松下竜一の青春

新木安利
Araki, Yasutoshi

海鳥社

松下竜一氏。「松下竜一その仕事展」シンポジウムにて（1998年10月26日，著者撮影）

「草の根通信」300号発送作業（1997年11月５日，著者撮影）

「松下竜一その仕事展」会場にて。左より，梶原さん，著者，松下さん，著者妻（1998年10月）

樸《あらき》山（または無名山，もしくはこれなに山，何というか何とも言えんもの，ないしは名辞以前，もしかして世界で一番低い山と二番目に低い山，ひょっとしてひょっこりひょうたん島，でなければ前方後円墳，というかラクダ，それとも乳房，むしろクジラ）の前で。左より梶原さん，松下さん（2001年９月２日，著者撮影）

松下竜一の青春◉目次

1 青春

松下竜一さんは一九三七年二月十五日、中津市塩町で生まれた。父は健吾（三十一歳）、母は光枝（二十六歳）。父は材木商、母は三毛門（現・豊前市）の農家の末娘で、市内の富士紡績に勤めていた時、優秀女工として横浜に派遣されていたところを呼び戻され、健吾さんと見合いをして結婚した。

父が市内の龍王の出身なので龍一と名付けられた（辰年生まれではない、丑年生まれです）。戸籍名は龍一であるが、龍の字が、字画からいかめしい印象を与えるのがいやで、昔から竜一を使っている。永井龍男氏が、竜の字はシッポがあるようでイヤラシイと言ったとかで気にしているらしいが、ある読者に、竜の方が、民衆の側に立つには相応しい名前だと言われたとかで気をよくしている。というより松下さんには草の根の一人という強い自覚がある。

生後八カ月で、松下さんは大きな不幸に見舞われている。十月頃、急性肺炎にかかり、高熱のため右目を失明した。宿痾の多発性肺嚢胞症はこの時発症したと思われる。父は中津の医者七人全てにみてもらったが、みんな見放した。有り金を全部使い果たし、行橋の奥のお宮まで（勝山町黒田の胸の観音のことだろう）御祓いを頼みに行ったりしたという。

松下さんの家は本のない家だった。そんな松下さんを読書に導いたのは母光枝さんだった。弟をおぶって、幼い松下さんの手を引いて、この子の読むような本はないでしょうかと、市立図書館（現在は中津市歴史民俗資料館）を訪ねたのだ（『吾子の四季』一九二頁、「ミルスのふしぎな旅のこと」「大分団地新聞」一九七一年五月）。本好きになったのは病臥が多かったせいという。その後の松下さんは、近所の貸本屋すみれ文庫の講談本や少年読み物、南洋一郎、高垣眸、吉川英治、海野十三、野村胡堂などを読んでいたということである。この講談本の文体が、もしかしたら、松下さんの、漢語調

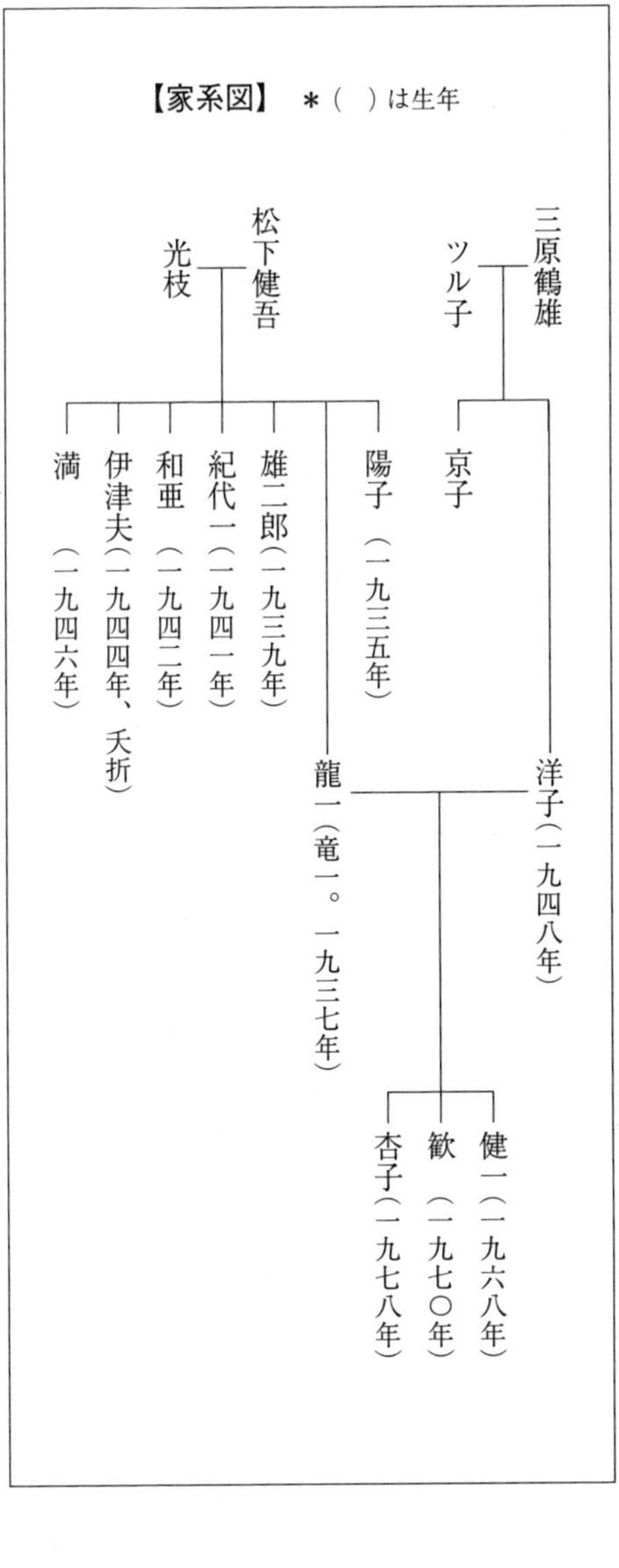

・文語調の基になっているかもしれない。無論後に短歌の勉強で『万葉集』などを読み、文語に親しんだからでもあるが。

中学生の頃、すぐ裏手の福沢公園を遊び場にしていた悪童十人が、「少年福沢会」をつくり、公園の掃除をし、福沢諭吉のことを勉強し、会員の一人が負けたら全員で報復することを申し合わせた。勉強会では旧邸の管理人川原田重治さんが、福沢諭吉の思想を講義し、「この中から第二の福翁が生まれるのですよ」と笑いながら言うのだった。

本格的に文学書を読むようになったのは高校に入ってからである。松下さんには肉体的なコンプレックスがあり、それの裏返しのような形で、一気に背伸びをし、受験勉強をする同級生を尻目に、宝館で洋画を見（当時中津には他に銀映、大師館、ローズ、公楽などの映画館があった）、図書館で文学全集にのめりこんでいった。福止英人さんと文学の話に時間を忘れ、文芸部に入り文章を書き、自分でも作家になると言っていたし、周囲もそうなるだろうと思っていた、という。

［高校生活に於て肉体的劣等感を感ずる程残酷な自意識はあるまい。青春の生命と新鮮な本能に芽生える青年の結合――これは全く神秘的本能的な肉体の不思議な息吹による結合以外の何ものでもない。そして、この歴然とした定則は全く、あの快活な青春群像から僕を引き離してしまった。――僕が極度に運動神経がにぶいという事と、このやせこけた、みにくい肉塊――たったこれだけの理由で。／何故に吾々は、未知の仲間を、彼の最も本質的なもの――精神によって測定しないのであろうか。僕は常にその精神的結合で友人を求めてきた。そして僕は、その全てに失敗した。（略）」（「殻」中津北高文芸誌『山彦　17号』一九五四年三月六日）

これは松下さんが高校二年の時の文章で、つまり豆腐屋になる前の文章である。たしかに本人も言うとおり、背伸びをした、生硬な文章で、掲載誌の発見されないことを祈ると言っている気持ちはよく分かる。

しかし、見なければならないのは、指ではなく、指が指し示しているものことである。作品の主人公と松下さんとは等身大である。ここには松下さんの後の展開から振り返ってみると、重要なことが書かれていることが分かる。すなわち松下さんの肉体的劣等感である。松下さんは体育の時間が嫌でたまらなかった。自分の弱点を晒したくなかったのである。それは想像以上にひどいものだったようで、そのために青春の生命と本能は内向し、「殻」の中に鬱屈していった。だが、その内向性は人間の本質、つまり精神を汚しはしなかったというか、むしろ「殻」の中にあることで自我を守ろうとした。なぜなら精神的な美において、友人との結合を求めることが松下さんの青春だったから。しかし、それも失敗に終わった、と主人公は言うのであるが、失敗というなら、確かにそのような自分自身にも姑息と思えるような策で乗り切ろうとしていることを、自身に見破られているという点であろう。

主人公の青春は演劇的に失敗ではなかったことを、ストーリーは物語る。この「殻」という作品は芝居の配役と演技をめぐる話である。映画青年だった松下さんの書いた演劇論としても読むこともできる。

［往々人々は、自己のファンタシイを現実の自己とは正反対の方向に助長させるものである。しかしこの虚偽的な演技は常に彼に漠然とした圧迫感を生み出す。……虚偽から発する最も陰

険な苦痛である」

好村勇二は、文化祭の演劇で、『ベニスの商人』のシャイロック役を割り当てられた。ポーシャ役を当てられた美津子の美しさに青春の情熱がときめく。自分がバッサニオ役であったならと思う。自分には演劇への才能と情熱がある。しかし演劇には肉体的な条件が必要だったのだと彼は気付く。彼は急に、この忌わしいユダ、シャイロックと哀れむべき現実の自分の姿とに不思議な関連を見出だし、身につまされて、がくぜんとした。彼のファンタシイは崩れさる。「僕は、僕のみにくさを利用されたんだ」

シャイロックは言い知れぬ悲しみと奇妙な孤独に一層背を丸めて舞台に出てくる。シャクロックは人々の狂喜に満ちた非難の中に茫然と立ちすくむ。彼はとまどいながらも、――これは僕の最初で最後の情熱だ、と考えた。彼は急に胸の奥底からあついもののこみあげて来るのを感じた。人々は彼の異様な迫力に魅せられた。ポーシャは、おやまあ、この人は一体どうしたのかしら、眼に一杯涙をためて、と思った。彼は心の中でつぶやいた。「これは極めて演劇的だ。そして僕は、あの憂愁をたゝえた名優×××だ」

ここには演技の本質論が展開されている。演劇青年はだれしも主人公役を望むものであろうが、悪役をふり当てられ、その理由に思い当たってショックをうけた彼は、演劇への情熱を失っていく。それは彼の演劇的人間としての幼さである。だが、最後の情熱をかけて、彼は声をふりしぼると、観衆は彼の異様な迫力に魅了される。それは脚本のせいでもあろうし、演技力のためでもあろう。彼の肉体的条件が押し出す迫力に陶酔するように、演劇の持つ魅力と言っていいものが場内にあふれ、彼の一挙一動に情熱があふれる。その陶酔の中で、彼は演劇の魔に憑かれるのだ。知らずの内に殻はやぶられ、彼は肉体を解放していたのであった。そして演劇は劇全体として人々に感動を与えるのだ。「演劇的人間」の誕生である（演劇についてはずっと後〔一九八一年〕に吉四六芝居で浪人役を演じることになるが、その時にもう一度振り返ってみたい）。

松下さんは三年の一学期に喀血し、肺浸潤の診断を受ける。その時松下さんは病気への恐れより、これで体育の授業を受けずにすむと、安堵したという。コンプレックスはそれほどに深かったのだ。以来一切の運動を免除された。学校からも、家からも、自分からも。二学期から休学し自宅療養をすることになったが、その間ますます読書にのめり込んでいった。本人が「小説のごときもの」というその頃の作品を引用する。

［「ああ云うのどう感じます?」と彼女は尋ねた。問いの意味が良く解らなかったので、一寸相手の次の言を待ったが、彼女は何も云わなかった。

「どうって、……そうですね、一寸変なこと云うようだけど僕はあの『審判』を読んでてコクトーの『オルフェ』を小説で読んでいるように感じました。どこか似通っているんでしょうネ。だから別にあの突飛なストーリーにも驚かなかったですネ。サルトル、ジイド、カミユ、カフカ、モーム、みな近代の小説の表現が合理的な説得ってよりも、むしろ作品全体から、漠然とただよって来るイメージによって読者を導こうとしているのが感じられますネ。云はば、頭脳を通してよりも、むしろ人間の感覚とか、肉体にジカに訴えようとする様子が感じられますネ。その方が、ずっと近代人向きなんでしょ。カミユやカフカなんか読んでると、あの中からただよって来る現代の圧迫された人間のあげる暗いうめきが、……なんて云うか、頭脳で受け入れる前に心臓に響いてくるんです。ずっと本能的で又、肉体的な苦痛を感じさせられるんです」

彼女はうなずいた。案外あなたを見直したとでも云うように一寸驚いた顔をみせた」（「夏休みからの記録」『山彦18号』一九五四年十二月二十日）

これは松下さんが高校三年生の時の文章で、『あぶらげと恋文』三四頁にも言及がある。学校をサボって小倉に映画を見に行き、そこで出会った女子高生と、映画の感想を話しているところである。本人は、若さの気負いと背伸びしたところが感じられると気恥ずかしがっている。文学全集を読みあさっていた頃の文章で、確かに、コクトー、サルトル、カミュ、カフカ……と、当時最先端のヨーロッパの作家の名前がズラッと出てきて、スゴイのだけれど。

この引用について、内容に立ち入ったことを一言だけ言えば、カフカの文章が頭脳で受け入れるよりも心臓や肉体に響いてくる文章かどうかは、ぼくにはよく分からないけれど、このことばは、松下さんの（後の）文章にはそっくりあてはまる評言であろう。

主人公は、「現実の不満へのレジスタンス」から、「文学や映画に身を浸し、むしろ現実生活を軽蔑している」。そうして、「映画や文学のイルュージョンを現実世界に持ちこんでしまう」と自分と彼女共通の性向として分析している。しかも現実の自分とは逆の方向へ背伸びし、自分を演劇的にあらわしてしまう。このことは、松下さんの理想主義の一つの水源であるかも知れない。

おそらく、そこには自己の存在に対して了解することが出来ないことからくる問いがある。なぜ自分はこうなのか、という、誰も答えられない問いは、日常をはみ出し、世界に対する問いとなっていく。文学や哲学に入っていく契機である。

松下さんが高校時代に書いた文章は、「西部劇礼讃」一九五二年十一月、「殻」一九五四年三月、「夏休みからの記録」一九五四年十二月、「おかしなドラマ」一九五五年十二月の四つである。どれも映画や演劇を素材にしており、「おかしなドラマ」は脚本仕立てである。映画青年だった松下さんの志向がうかがえるように思う。

松下さんは、大学に行って勉強すれば、作家になれると思っていたのだそうだ。このまま行ったら（というのは、後で出てくるように、松下さんは高校で一番の成績だった）、目指していたT大仏文科に入り、同級生の天沢退二郎さんや蓮實重彦さんたちと、さらにブランショ、ブルトン、バタイユ……について文学論を交わし、映画論を語り合っていたかもしれない。そして西洋仕込みの評論家として活躍していたことだろう、とふと想像してしまう。それはそれで文学の大切な分野であり、尊敬できるけれど、しかし、それは文学学というものではあるまいか。

ＫＯ大という線も考えられるが、その場合は、「僕ん家の裏が諭吉ん家でさあ、小さい頃はよく遊んだものさ」などと鼻持ちならねえことを言っていたのだろうか。日本資本主義の兵学校とも言うべきこの大学で学べば、現在の松下さんはなかったかもしれない。

一九五五年、復学し、翌年三月中津北高を卒業する。

一九五六年五月七日昼前、母光枝さんが仕事場で豆腐を固める重石を抱えようとして突然倒れ、昏睡に陥り、翌日午後亡くなった（四十五歳）。脳溢血だった。松下さんはその時、少しはなれた家に間借りして、受験勉強をしていた。葬儀の席で、松下さんは、必ず作家になる（『豆腐屋の四季』一二一頁には［偉い学者になる］とある）と声に出して誓った。しかし、伯父さんの言葉で松下さんは稼業の豆腐屋を継ぐことになる（弟紀代一さんも北高を休学し豆腐作りを手伝うことになった）。光枝さんは、松下さんが大学に進学するものと思って、手伝いもさせてこなかった。松下さんにとって全く初めての豆腐造りだったのだ。その時、豆腐屋になったことは、確かに挫折だった。作家になる夢・志は費えた、としか思えなかった。

皆がしあわせにぬくぬくと寝静まっている朝の二時、三時頃から起きだして豆腐作りに励む。不器用な松下さんはいつも失敗ばかりしていた。豆腐が固まらない。配達の自転車を倒して、豆腐をぶちまけてしまう。その時の絶望感。神に苛められているとしか思えないような惨めさ。友一人なく、ひたすらに殻に閉じこもっていた日々。仕事の合間に（図書館で借りた）本を読み（月に二十冊と『豆腐屋の四季』にある。ものすごい読書量だ）、休みの日（当初は休みの日はなかったが、一九五八年十一月から八百屋が月に一度十五日に休日を設けるようになってから、それに合わせて豆腐屋も休むようになった〔『あぶらげと恋文』一一八頁〕）、小倉に映画を見に行くのが唯一の楽しみだったという。

大学に行けなかったということで松下さんのコンプレックスがまた一つ増えた。都会の大学に進学し、夏休みなどで帰郷した同級生と出会うのが悔しくて恥ずかしくてならなかった。あぶらげの油にどす黒く汚れた前掛けをつけた松下さんは、遠くに級友の姿を見つけると横道に逸れてやり過ごしていた。高校で一番二番を競い、東大へ進んだ友と町で出会ってしまった時、「しばらく見ないうちに、ふけたなあ」と彼は言ったが、「まだ配達が残ってるんで、別れよう」と強引に振り切った（『あぶらげと恋文』三五頁）。松下さんの心は屈辱感と卑小感で一杯だった。居残っていることが無能・小心の証明のように、自分も回りも思ってしまう風潮がこの町にはあった。出て行ったものたちの前途は、福沢諭吉のように、洋々として、覇気に満ちているように思えた（「諭吉の里から2居残った者」『季刊 自然と文化 22秋号』一九八八年九月十五日）。

一九五七年晩夏、父が後妻をもらった。幼稚園に行く女の子を一人連れていた。秋には姉が嫁にいくことになっており、家にどうしても女手が必要だった。しかし義母と兄弟五人との仲がうまくいかない。女の子の浪費が目に余る。叱りつけると義母が腹を立ててむっつりする。そして何よりそんな些事に目くじらを立てているおのれの卑小さがたまらない（『あぶらげと恋文』七頁）。弟の一人が、「こんどこんなおかずをつくったら承知しないぞ」とどなる。それをたしなめる松下さんに弟がつかみかかる。彼女は彼女なりによく働いたのだが、血の違いが決定的だった、と松下さんは書いている。この「血」は性格という風に読んでもいい。彼女は現実的で荒々しく、松下兄弟は繊細で夢みがちだった。

一九六〇年九月十二日、その日、松下さんは、父が「考え直してくれんか」と言うのを、「冗談じゃないよ。家を出て行く人に加勢なんかさせられるもんか。おれが働くよ」と言って振り切り、咳と発熱をおして、仕事にかかった。義母はついに家を去る。

この時のことを「義母を去らしめた張本人は私だった」と松下さんは苦い思いをかんでいる。松下さんの生涯で一番苦しかったのは、この義母との関係だっただろう。兄弟は、四年間彼女のことを一度も「母」と呼ぶことはなかった。義母が去って三日、誰がしたのか、生母の遺影がまた壁に飾られていた。このことは血のなせるところだっただろう（『豆腐屋の四季』八〇頁、『ありふれた老い』七三頁）。

この時期の松下さんの苦悩は次の言葉に集約できるだろう。

［清潔であることが容易であるような環境で清潔であることは当然だ。書物に囲まれた静かな書斎で、「私は人間を愛する」などと書ける学者は結構なものだ。（略）］（『あぶらげと恋文』一〇〇頁）

これはかなり嫌みのこめられた言葉である。その底には嫉妬心がある。理想的な環境で理想的なきれいごとを言っていられる人は幸せだ、確かに。非現場の理想主義は、反発心を煽るだけで、なんの意味もない。しかし大切なことは逆境の現実の中で、理想を貫くことだろう。それが困難であることを知り、負けそうになっても、理想を捨てないこと。少なくとも、松下さんには自分がいいことをしているのではないという自覚がある。

一九五八年九月二十日、松下さんは姉さんに連れられて、中津市大貞の国立療養所で精密検査を受けた。［若い傲慢な感じの医師］が、

［ほら、これとこれとこれとこれ、四個も空洞のようなものが見えますね、しかし、これはおそらく結核の空洞ではないでしょう。そうだったら、あなたは動ける身体ではないはずですからね。多分、小さいときの肺炎のせいで、肺胞がふくれているんでしょうね。気管支も悪いで

すね。これで血痰が出ないというのが不思議なくらいですね。当然、咳は出ますし、息苦しいでしょうし、むりはできませんね。手術でなおせなくもありませんが、右肺全部切除になりますから、危険ですね。まあ、いますぐ命に別状があるということでもありませんから、むりせずにいくしかないでしょうね」(『あぶらげと恋文』九三頁)

これは後七七年秋の正確な診断、多発性肺嚢胞症を正確に言い当てている。医師の言う空洞とは嚢胞(ブラーゼ)のことだろう。しかし、この時松下さんは続いて発せられた医師の言葉に腹を立てた。

医師は「この人、頭がおかしいの?」と姉に問いかけたのだった。

姉が、「いいえ、弟は高校で一番の成績でした」と答えると、

「それは失礼――」と言って医師は笑った。「いえね、この人ひとことものを言わずに押し黙ってるから。秀才と馬鹿は紙一重ですな」。医師はもう一度馬鹿笑いした。松下さんはこの有能ではあるが性格の悪い医師を「私の体をつつきまわし嘲笑する冷酷な奴」と不快に思い、肝心のこの診断をあまりにもきれいに忘れ去ってしまった(『あぶらげと恋文』九三頁、『吾子の四季』一六四頁)。しかし松下さんが忘れても、医師の方は結核ではないということで対処できなかったのだろうか。

高校三年の時、喀血して結核と診断され(排菌はしていない)、自分が結核以外のものであるはずがないと思い込み、この冷酷な医師の診断は誤診だと思い込んだのだろう。その後毎年レントゲン検査を受けたが、結核の診断が変わることはなかった。

それにしても、松下さんは『吾子の四季』を書く時にこの日記を読み返したはずだが、その時は、

後半の「高校で一番だった」ところだけ取り上げて、前半部分には触れていない（文脈上、切るしかなかったのだろうが）。一九七七年秋、上野英信さんに紹介されて福岡県鞍手町立病院の山本廣史医師により、多発性肺嚢胞症と診断される（「ブラというヘンな奴」草の根通信一九七七年十月号、『いのちきしてます』一九八二）。その診断を聞いた後、『あぶらげと恋文』一九八八年を出版するためにこの日記を読み返して、あの「冷酷な医師」は正確な診断をしていたと分かった、ということだろう。なぜこんな重要なことを見逃していたのだろう。その後の毎年の診断は何だったのだろう。治療のためにのみ続けた薬は一体何だったのだろう。そのために左耳は聞こえにくくなったというのに……。本当に、「茫然とする思い」である（しかし実際には自分でもおかしいなと思っていて、いつ頃からか結核の薬はのまなくなっていた）。

この時期（一九五七年九月二十六日から）、松下さんはずっと日記を書いている。豆腐屋の激しい仕事のほかによくそんな時間があったなと思えるほど克明で密度の濃い日記である。しかし松下さんにしてみれば、この日記こそが生き甲斐だったのかもしれない。豆腐屋の日常とは異質の、映画や小説の感想も含め松下さんの精神の記録であり、自恃の記録だっただろう。現実にはうまく言えなかったこと、言うわけにいかなかったこと、鬱屈する思いや面従腹背の代償行為でもあった。この時すでに松下さんの文学は私小説的にスタートしていたのであり、それは生きた印ということであっただろう。精神の真実はこの「殻」の中で守られていた。

『あぶらげと恋文』はこの青春の日記の抄出であるが、これは当時書いたそのままの文ですか、それとも書き直したものですか、とぼくが尋ねると、「そのままだ」という答えである。仕事や家族の状況が、書いた本人だけでなく読者にも分かるということは、すごい筆力である。松下さんがナミの文学青年ではないということを示していよう。

都会に出た弟たちから、金を送ってくれという速達が幾通も届く。また失職して中津に戻ってきたり、皆自分の進路に躓いている。松下さん自身もこの時期豆腐屋をしながら、一方では東京に脱出したいと考えている。

一九五八年十月八日、申し込んでいた東洋大学夜間司書補講習会の案内書と申込書が送られてくる。仕事の後、これに眼を通した父が、「どうか、おまえもあてもなく東京に出ていくような無茶は考えんで、来年四月まで待ってこれに行かんか。いまから百円ずつ日掛けをしてやるが……」と言って思いとどまらせている。松下さんは、図書館の司書になりたかったのだ。荒れた家を離れ、勉強して独り立ちしようとしていたのだった。しかし松下さんは一家の精神的支柱だったのだ。限りなく自殺を思うが、自転車の荷台で松下さんの背につかまっている末弟のことを思い、家に居る父のことを思うと、暗然として嘆息する。思い切ることができない。自分の体のことを思うと、都会で一人でやって行く自信もない。どうにも展望が開けない（『あぶらげと恋文』一〇六頁）。

一九五八年十一月十日、弟の一人と激しく争って、松下さんは家を出た。姉の家に行き相談して、一旦は家に帰る。しかし弟の荒れは収まらない。翌日また姉の家に行き、十四日まで泊まった。末弟が来て、家に帰るように言うが、十五日（豆腐屋が月に一度休むようになった日）、松下さんは小倉に出る。知るもののいない都会で、思いきりみじめに生きられないだろうか。そうして食べ物にも窮して野垂れ死んで行ければ、それが一番自然な自裁だろうと思った。二十一歳だった。

小倉で職を探そうとした。工員募集の貼紙を見て行ったが、工場主は痩せた体を見て、「雇う」とは言わなかった。木賃宿に泊まり、〔満よ、おれが死ぬことによって、紀代一も和亜も改心してくれると思う。どうか、おれがいなくてもしっかり勉強して大学まで進んでくれ〕と遺書を書くと、もう行くあてもなくなっていた。そして翌日、松下さんは吸い込まれるように映画館に入って行った。ピエトロ・ジェルミ監督主演の『鉄道員』が上映されていた。〔まるでそれは、そのときの私のために上映されているような映画だった。……私はとめどなく涙を流しつづけた〕と松下さんは書いている。映画を見ながら、生のいとしさが胸に溢れた。いたいけなサンドロ少年が末弟のように思えてならなかった（『豆腐屋の四季』二八頁、『あぶらげと恋文』一二〇頁、「わが青春のヒーロー　サンドロ少年」「朝日新聞」一九九七年五月三十一日）。

父アンドレア・マルコッチは三十年鉄道に勤めている。ある日、カーブで彼の特急に飛び込んだ男があった。彼がその直後に信号を見落とし、衝突事故を起こしそうになったのは、自殺者の顔が忘れられず、酒を飲んだからだった。それに彼はその日すでに七時間も運転していた。組合でそのことを言ったが、取り合ってくれなかった。会社の取り調べのあと、彼は特急を降ろされ、ボロ機関車の乗務に回される。組合から組合費を払えと催促されるが、今度は彼の方が取り合おうとしなかった。彼は組合のストライキに協力せず、スト破りと誹謗され、職場で孤立して行く。家庭では、長男がぐうたらで働こうとしない。長女は妊娠したので結婚したが、流産してしまうと夫の冷たい言葉に傷ついて、夫とのあいだがうまく行かず、家を出て働いている。彼（マルコッチ）も家を出る。

母はサンドロに、それぞれの言い分は正しいけれどみんな幸福じゃないと言って嘆いている。サンドリーノ（サンドロは愛称）は、家族の仲をなんとかまとめようと心をくだく。勉強して良い成績を持って行き、父に帰ってもらおうとした。

クリスマスの夜、まるでクリスマスプレゼントのように、父は帰り、長女も帰り、家族が皆そろい、父の職場の友達も大勢やってきて家でパーティが始まる。そして皆がミサに出かけたあと、父はギターを弾きながら、死んで行く。母もそうとは気が付かぬほど静かな死だった（さっきのパーティは死後の夢だったのかもしれない）。そして父の死後、長男が鉄道で働き始め、家族は再び絆を取り戻して行く、というようなストーリーだ。

この映画で松下さんが感激したのは、家族や友人が再び絆を回復していったところだと思う。ただ松下さんはそれを父親の死後の夢とは考えなかった。絆の回復は死が媒介したというふうに考えたとすれば、松下さんは遺書に書いたとおり死んでいたかもしれない。もう一つ松下さんが感激したのは、やはり家族の離散と再びの結束までにあったサンドロ少年の努力とユーモアだろう。とりわけ、父が出て行った後、母と二人で夜を過ごした時、サンドロが母のベッドにもぐりこんで行った時のことだっただろう。松下さんはその時お母さんのことを強烈に思ったはずだ。あれは俺だ、と思ったし、またあの母が自分でサンドロが末弟だと平行移動的にみなしただろう。そしてサンドロ少年のたどたどしいナレーションは松下さんの感覚に直接響いてきた。止めどなく涙を流し続け、一つのカタルシスを得たように、松下さんは自殺を思いとどまり、中津に帰り、末弟に回転焼を買う（これは松下さんのあたたかさだ）。おみやげを買った以上、家に帰らないわけにはいかない。
この時、松下さんは自分の流した涙を信じたのだ、と思う。芸術作品には人を救う力がある。というか、映画にしろ文学にしろ、作品を読んできた人間は、作品によってしか救われないということだろう。映画『鉄道員』と松下さんの出会いは、作品と人間の最も仕合わせな出会いと言わなければならない。

家に帰った松下さんは、時間が全てを解決すると思いたのんで、ひたすらに豆腐屋の仕事に打ち込んでいった。しかし、家の中の事態は何も変わったわけではなかった。配達先でも、世間話ができず、天候の挨拶ひとつ満足にできない不器用な松下さんは、得意先の八百屋の親父に、「のう、あんやんよ。おまえんごと毎日くやんでんじょうると、しまいにゃ人間は悔やみたおれてしまうんど」とか、「あんやんよ、おまえなあ、なんぼ学校で頭がよかったか知らんが、おまえんごと頭《ず》を高うしちょっちから、商売人はつとまらんだい」などと怒鳴られながら、ひたすらに耐えていった。自分はこんな親父に頭ごなしに怒鳴りつけられるような人間ではないんだと、自恃を持とうとした。親父は松下さんにとって世間そのものと思われた。ただ彼もあんまり言い過ぎたと思った時は、「まあお茶でも飲んで行かんか」と言うこともあった。気性はさっぱりとした人だった（『あぶらげと恋文』一九〇頁）。

松下さんにスーパーカブ号を買うように勧めたのもこの親父さんだった。松下さんは一九五九年十一月十日、カブ号50ccを買い、翌日から配達に使用し、店々で得意になって、あるいは照れながら見せびらかしたが（しばらくは話の種ができてよかった）、夕方にはさっそくぶつけて、自分のことより、バイクが壊れると心配している（一八七頁）。松下さんはこのカブに乗って休みの日は小倉まで映画を見に行っていた。

そんな中で一つの出会いがあった。しかし、松下さんは豆腐屋になってからずっと彼女の店に豆腐を卸していたのだから、改めて「出会い」というのも変なのだが。三原食料品店はさっきの八百屋から五〇メートルほど離れた、路地の奥にあった。

一九五九年十二月十四日のことである。松下さんが病気の友福止英人さんのことを話し、お見舞いの菓子を買うと、ツル子さんは、「これはわたしからのお見舞い」と言って、生菓子を一つ余分にくれた。福止さんは一九六〇年一月七日に亡くなった。松下さんは亡くなった友のことを彼女にぼつぼつと語ったのだった。彼女もまた自分の不幸な結婚について語ったという。

「……私には一人の友もいなかったのだ。そんな孤独もきわまった頃、人に勧められて初めて指を折ってつくった短歌をA紙の歌壇に投稿したのだった。豆腐屋の暮らしをそのまま歌材とした一首が入選したとき、私は眼の前に新しい世界が展けたという喜びに震えた。（略）」（「学校の外で学んだ　短歌との出遭い」「信濃毎日」一九九二年十一月十三日）

この文の初めの方に（スペースの制約もあって）さりげなく「人に勧められて」と書いているが、彼女との出会いが松下さんの運命を変えた。豆腐を配っていく小祝《こいわい》の商店で、天候の挨拶もろくにできず、「変わりもんのあんやん」と呼ばれていた松下さんにも、たった一人話し相手ができた。松下さんは配達に行くたびに、かじかんだ手を奥の小部屋の練炭火鉢であぶらせてもらいながら、読んだ本の話を彼女に聞かせた。豆腐一丁二十円、味噌二十円、がん、あぶらげ半分とか封筒一枚、シロン一服などという小商いをしていた彼女に、樋口一葉が、駄菓子や糸針ろうそくなどを商いながら、小説を書いていたこと、日記に「あきなひひま也」とか「あきなひいと忙し」とか書いていることを話すと、彼女は心にしみいるように聞いてくれた。彼女は女優の若尾文子に少し似ていた。

［無愛想で変人の豆腐屋と陰口されていた私を、一番先に信じてくれたのは、この母だった。だからこそ、周囲の反対を押し切って、その稚い長女を貧乏豆腐屋の私に託してくれたのだった］（「かもめ来るころ　11小商い」「熊本日日新聞」一九七二年十一月二十五日）

と松下さんは書いている。

松下さんに短歌をつくるように勧めたのは、三原ツル子さん（つまり洋子さんのお母さん）である。彼女とのことは、生きている間は書かないという約束だったそうだが、すでに一九七二年という早い段階で、それとなく、言及されている。ここのあたりはデリケートなところで、詳しく書くことになるのは、彼女の死後、『母よ、生きるべし』（一九九〇年）の中である。彼女の不幸な結婚（一九四六年）というのは、両家の親同士で決められたいとこ結婚で、どういう男とも知らずに嫁いできた。彼は［生活力もなければ教養もない陰気で小心な男で、周囲からもすっかり軽んじられていた］。彼女はすぐ離婚したいと思ったが、親戚同士の気兼ねから、かえってうまくいかず、そのうち洋子さんが生まれた。

松下さんとツル子さんが親しく話しはじめたのがいつ頃なのかはっきりしないが、彼女のことが「三原の奥さん」として日記に出てくるのは、一九六二年五月二十八日である。福止さんの死から二年以上たっている。三原の奥さん（三十六歳）は洋子さん（十四歳）のひどく内気な性格を気に病んで、松下さん（二十五歳）に相談したのだった。

［（略）三原の奥さんの言葉が引き金となって、私の淋しい想念がその夕べにわかに展開を始める。／洋子ちゃんは母親に似て美しい娘になるだろう。とても気の優しい娘になるだろう。いまから五年、そのことをひそかに私の胸に秘めて、待っていようか。／それは、とても可能性のあることのように、しばらくは思えていたのだった。しばらくは私の心も希望に溢れたのだった。／しかし、私のこの呪われたようにいじけきった肉体は、あと五年の歳月をかけてみても、なお衰えていきこそすれ、若者らしいすこやかな生気を取り戻すことなど、決してありえないのだ。奇跡なんて、この世にありはしないのだ。……なんにもいらない。なんにもいらない。私を愛してくれる人さえいれば──］（『母よ、生きるべし』五〇頁）

松下さんはその時、絶望と孤独のさなかにいた。長男に嫁を持たせようという周囲の計らいで二度の見合いをしたが、二度とも先方から断られている。家庭が荒れ、豆腐屋という過酷な仕事で、松下さん自身が結核認定患者で、いつも咳をし、痩せて猫背だった。いつも出会う少女に恋文を送っては無視されていた。「私を愛してくれる人さえいれば」という願いは、限りなく切実なものだった。諦めても諦めても、やはり夢想はいつのまにか浮かび上がってくるのだった。

その夢想がにわかに現実味を帯びてきたのだ。今中学二年生の洋子ちゃんが高校を卒業するまで、あと五年、最悪の場合でも十年忍苦すれば、奇跡は起こるかもしれない……。一方、というか、同時に、というか、松下さんは［私の三原の奥さんに対する感情は、もはやまぎれもなく恋情である」と日記に書く（ここのところが、例えば『吾子の四季』一八七頁では巧みに伏せられている）。彼女はいつも不幸な結婚について語り、「このまま老いていくんだったら、いったい私の生涯なんて、何の意味があったんでしょう。（略）毎日毎日、あんなつまらない人を相手にいがみあっていくんだと思うと（略）」と涙声で訴える。

松下さんには、私とあなたの親密さを周囲の者たちが不審に思っているのではないかという不安がある。洋子ちゃんもまた、母親のそばにつきまとうようにしている私を、憎みはじめているのではないかという不安もある（六四頁）。

「もしわたしがもう一度若くなれるんだったら、あなたに結婚を申し込むんですけどね」と、彼女は冗談めかした口調で言った。あなたは私を愛してくれている！と松下さんは確信した。

「子供さえいなかったら、いまからでも家を出て行くんだけれど」

「いいさ、洋子ちゃんも百合ちゃん（妹）も連れて出ておいでよ。おれと一緒に豆腐を作ろうよ」

「そんなこと、世間が許してくれませんよ。それこそ町中の評判になって、あなただって外を出歩けなくなりますよ」（七三頁）

松下さんの日記から、彼女の発言の核心部分を抜き出していけば、彼女の思いとためらい（年齢、子供、世間）とが伝わってくる。

松下さんは一つの夢想を胸に秘めている。そしてその「洋子ちゃんと結婚して、洋子ちゃんをしあわせにすることで、あなたをしあわせにする」（八三頁）という計画が、絶望にひしがれている彼女に一つの灯を点すのではないかと思える。九月六日、便箋六枚にその計画を書き綴り、七日、

「はい、ラブレターをあげます」と言って渡した。

彼女の返事は、やはり戸惑いであっただろう。松下さんが手紙に書いた夢想と、彼女の思いは違っていたのだろう。これから五年も六年も、あなたがお父さんと二人で豆腐作りをするなんて、とか、洋子ちゃんは気が弱くて、頭は働かないし、長男の嫁は重荷だと思う、とか、あなたは頭のすばらしい人だから、つりあわないとか、断りの口実を並べ立てた。それは、私を愛して欲しいということだったのかもしれない。それを松下さんは、母親に特有の保護本能から来る漠然とした不安なのだと解し、もう宣言してしまったのだから、あとはこの計画を遂行し、事態を追い込んでいけばいいのだ、と決心した。［構うことはない、「押し」だ、「押し」の一手でいけばいいのだ」（七六頁）と自分の解釈を押し通した。

［寒い夜、二人はひっそりと灰になっていく火鉢の残り火に手をかざしながら、なにやらうしろめたいような同罪意識にいっそうせつなく結ばれていくのだ。／「もう、わたしも噂なんか恐れないわ。それよりも、あなたのことがつらいのよ。あなたが咳に苦しみながら夜中から起きて働いてるんだと思うと、このまま洋子ちゃんを待っていてほしいなんて、とてもいえないのよ。あまりにも、あなたがかわいそうやもの」

「ちっともかわいそうじゃないよ。こうして、あなたというすばらしい恋人がいるんだもの。四年や五年くらい平気で待てるよ」

「そういわれるのが、わたしにはつらいのよ。だって……わたしはどこまでいっても、あなたの〝心の妻〟でしかないんよ。あなたに抱かれることって、できないんよ」

そう告げたとき、あなたはまるで小娘のように顔を紅らめるのだった。
「そのことならいいんだ。おれはあなたや洋子ちゃんの傍にいるだけで心が満たされてるんだ。——ほんとに、あなたを〝心の妻〟と思ってもいいの？」
「あなたのためを思うなら、ほんとはこんな言葉を口にすべきじゃないって、わたしの中の分別がおさえてたんだけど、もうこれ以上わたしも自分の心を隠せないわ。わたしは、いつまでもあなたの〝心の妻〟でいたいの。——でもね、ときどき不安になるのよ。あなたから心をもてあそばれてるんやないかって思うときがあるの。だって、わたしなんて、あなたからそんなに愛される値打ちなんてないんだもの。ねえ、ほんとに真剣なの。ほんとにわたしや洋子ちゃんのこと見捨てたりしない？」」（八二頁）
これはむろん松下さんの日記によっているわけだが、これを見るだけでも、彼女の心が千々に乱れ、しかも大人の分別、親の分別をはたらかせているところが分かる。「もうわたしも噂なんかおそれないわ……」と言い、「もうこれ以上わたしも自分の心を隠せないわ。わたしはいつまでもあなたの〝心の妻〟でいた……」とここまで来て、自分の思いを言おうとして、胸の底にそれを押しとどめるものを感じ、分別した。それを押しとどめさせたのは自分の内なるためらいと、松下さんの「ちっともかわいそうじゃないよ。……」と「そのことならいいんだ。……」という言葉だったかもしれない。ツル子さんは、松下さんの人格と心の気高さを信じた。そして口から出てきた言葉は、「いたくないの」ではなく、「いたいの」だった……のだと思う。彼女はやはり今自分を愛して欲しかったのであろうし、洋子ちゃんを妻に迎えるというのを、自分の心がもてあそばれていると感じたのだろうと思う。松下さんは、彼女が「心の妻」であること、「心の妻」でしかないこと、の悲しみを思わず、一方的な夢想を貫いたのだ。「押し」の一手で。［洋子ちゃんと結婚して、洋子ちゃんをしあわせにすることで、あなたをしあわせにする」という関係は、松下さんの男の側からの強引な夢想とみえる。（それとも、松下さんはもう一人の当事者、鶴雄さんのことを考え、四人のことを十分考えて、四人の関係―枠組みを壊さないようにしたのだろうか？）

［洋子の母を慕いつつ、洋子の成長を待つということに、私はなんの矛盾も抱かなかった。私の中でそれは最初から一体のことであり、切り離して考えることなどできなかった。母は唯一最高の私の理解者であり、その母と共に将来の妻を見守る日々は稀有な輝きに満ちていた」（八七頁）

と松下さんは言うが、彼女の側からは矛盾だったかもしれない。松下さんは、なんの矛盾も抱かなかった、と一般的には矛盾かもしれないが、その矛盾を否定する形で計画を貫こうとした。こうして見ると松下さんが不敵で、したたかな人間であることが分かる。不敵、というのは、『檜の山のうたびと』の中に出てくる伊藤保が、ある女性に対する相聞歌を、実は別の女性に宛てたものであることを隠していたことに対する松下さんの評言である（同書五九頁）が、この場合は、松下さんが自分の夢想を「押し」通したことをいう。

せめて珠玉のような短編小説を一編だけ、この世に生きた証として残せたらというのが、松下さんの最後にすがる夢だったが、そんな絶望の中で、彼女から愛されたということは、まるで奇跡のようであった。彼女が「心の妻」になってくれると言った時から、不安も焦りも消え、生きていく歓びと自信がよみがえってきた。配達に行くたびに、彼女にいろんな小説や詩を読んで聞かせることが多くなった。ただ一人の友福止英人さんが亡くなってから、松下さんにはそんな文学の話のできる相手はいなかった。暗いうちから働きながら、今日は彼女に何を読んであげようか、何について語ろうかと思いをめぐらせるだけで、心がはずんだ。生きてるってことは小さな日常だけではないんだということを語りかけたいのだ、と松下さんは書いている。

ある日(それは一九六二年十一月十日のことだ)、朝日歌壇を一緒に読んでいて、「あなたも短歌を作ってみたら」と彼女に勧められた。先の引用で、さりげなく「人に勧められて」と書いていたが、内実は以上のような経過があったのだった。松下さんは小説のことしか考えていなかったので、虚を突かれた思いだったが、「あなただったら、きっとできると思うわ」と言われて、作ってみようかなあということになった。指を折って初めて作った短歌を幾首か朝日歌壇に投稿したが、彼女には伏せていた。

一九六二年十二月十六日の朝日歌壇(近藤芳美選)に、

[泥のごとできそこないし豆腐投げ怒れる夜のまだ明けざらん]

の一首が入選した。その時のことを[くやしさと、にくしみから、むらむらと私の歌は出発したのだ。文法も語法も詠法も知らなかった。歌の師も友もなかった。だがかまわなかった。胸中から噴きあげるものを、懸命にまとめようと、私は指を折ってうたい始めていた]と書いている。また、

[父切りし豆腐はいびつにゆがみいて父の籠もれる怒りを知りし]

という短歌が入選したときの五島美代子の評言を何十回も読み返し、[世間から無視され続けてき

た私にそそがれた、最初の（本当は二番目の）「理解ある言葉」と思った（『豆腐屋の四季』）。その短歌の中身は、悔しさと憎しみにあふれたものだった。それがその時の松下さんの胸中にある現実だったのだ。人に言えなかったこと、内にためていた悔しさがまず出口を求めてきた。人間の感情の中には恨みや憎悪も潜んでいる。その恨みや憎しみは、孤独と苛酷が招いたものであっただろう。しかし、そんな不幸も影をひそめ、浄化されていくのは、愛を得、理解を得てからである。松下さんの再生は、第一にツル子さんによってもたらされたのである。そして松下さんには自分で運命を切り開いていく力量があったのである。

［……毎日のように手順同じく繰り返される単調な豆腐屋の暮らしの中で、新しい歌を生み出していくためには、よほど眼をみひらき、心をとぎすませて日常と立ち向かうのでなければ、何かを発見するには至れない。発見といったが、感動といいかえてもいい。要するに歌の核になる部分との出遭いだ。／不思議なことに現実の生活は以前と少しも変わらないのに、短歌をつくろうとする眼になったときから、うとましかった豆腐屋の日々の隅々までが詩情を帯びて輝き始めたのだ。／私は長かった絶望から脱して、ようやく未来へ向けて歩み始めていた］

（「学校の外で学んだ」）

ここでいわれていることは、詩人の眼の獲得ということである。しかしそれは孤独の中からは生まれなかったものである。詩人の眼は日常の風景に輝きを発見するようになる。

［瀬に降りん白鷺の群舞いており豆腐配りて帰る夜明けを］

早朝、豆腐を配達して河口の北門橋を渡る。白鷺の群れが舞い、水面の餌を啄もうとしている。

東の空が明るんでくる。なんとも清涼で鮮烈なシーンである。そんな風景を松下さんは毎日見ていた（しかもただで）。それは、すでに、松下さんの至福の時空だった。そしてそれを話し分かち合える友がいて、さらに表現に踏み込んでいく力もあった。

松下さんは大学に進学できず、否応なく豆腐屋をするしかなかったのであった。大学に行けなかったことは松下さんのコンプレックスになっていた。高校で一番の成績だった松下さんは、進学した級友たちを避けるように暮らしていた。しかし大体大学に行った者は勉強なんかしていないのだった。大学に行きたくて行けなかった者は、大学に行った者が勉強していると思って、大学に行った者より数倍も勉強するのだった。

松下さんは学校の外で、自分で学ぶしかなかったのである。学校の外とはどこか。それはもう現場としか言いようがない。松下さんは、いつも現場で学んでいる。現場とは、豆腐を作る作業場であり、配達の往復であり、店々の人々との関係であり、河口の風景であり、家族との関係である。そこで松下さんは詩人の眼を通して、観察し、短歌を作り、文章を書いていった。

洋子さんが高校二年（一九六四年）の夏休みに、ツル子さんは、松下さんとの結婚を勧めた。

「あのお豆腐屋さんは、すばらしい人よ。きっと将来何かする人よ。それにとってもやさしい人だから、あんたがお豆腐屋さんと結婚したら、きっとしあわせになれると思うわ。あの人はそのつもりでずっとあんたを待ってるんよ」（八七頁）

お母さんにそう言われて、洋子さんは驚かなかった、という。

「いつかはそういわれるやろうなち、うすうす思ってたもの。……あんたと母ちゃんが好き合ってるのは、早くから知っていたわ。……うちはかあちゃんに返事しなかったんよ。いやだといったらかあちゃんが哀しむやろうなち思うと、はっきりいやとはいいきらんやった」

［結局、洋子は返事をせずに黙っていたことで、母の勧めを受け容れたことになる。洋子はそういう娘だった］（八八頁）

と松下さんは「押し」の一手で書いているが、そんな強引なという気もするし、三人の当事者の関係であるから、立ち入ることもないとも思うし。

洋子さんの愛を得るまでに、相当の時間がかかった。松下さんの短歌に、相聞歌が混じるようになる。

［マツヨイクサ／幾つ摘みては飾りやる／汝が髪あわく　月にひかりつ

秋いまだ／十七と云う君許せば／その黒髪に　ほのぼのと触る

我が愛を／告げんには未だ　稚きか／君は鈴鳴る　小鋏つかう

恋得し身／淋漓と風に　さからいて／姉の子の凧　高だか揚げやる」（『相聞』）

この四首目の日（一九六六年正月）、松下さんは洋子さんから、「今は何もいえません。ただひとこと、ハッキリと、好きですとだけ答えておきます」という紙片をもらった。「その瞬間から、ぼくの未来は展けた」と書いている。

しかし洋子さんは、結婚した最初の頃は、「かあちゃんをすこしうらんでいた」と白状したことがあった。「だってうちはそんなに早く結婚したくないんに、かあちゃんの身替りにされて結婚させられるやなあち思うと、かあちゃんがうらめしかったんよ。でもそれはほんの最初のうちだけのことやったんよ」と最後の部分を強調して言った。

そして「ねえ、うちはあんたのために生まれてきた女やなあ」と、つぶやくまでになっている(『吾子の四季』夏の章、一九七〇年)。

その後豆腐屋をやめ、作家となって、売れない本ばかり書いていて、相変わらずの貧しい生活の中で、洋子さんは、不満をもらしたり、人をうらやんだりねたんだりするということはなかった。そういう感情をどこかに置き忘れて来たようなところがある。

「「お前が天使みたいに純な者に見えることがあるよ」といって私はからかうのだが、洋子の欲のなさにはちょっと人間離れしたところがある。そんな洋子と暮らすことで、私の心はどんなに安らいでいるかしれない」(『母よ生きるべし』九一頁)

そういう洋子さんの資質であるからこそ、この関係はうまくいっているのだと思う。そしてそれを三人とも分かっているのだと。子供のしあわせを喜ばない親はいないはずだし。結婚してからも、松下さんの家から遠くない実家へ、洋子さんは毎日のように買い物に行っていたし、「ねえ、かあちゃんのところまで散歩に行かないか」と松下さんを誘うのだった。そんなふうにしあわせを分かち合っていた。

ある時、ツル子さんが倒れた。松下さんは仕事で手が放せない。洋子さんは直ちに駆けつけた。店番に立っていたら、急に気が遠くなって、土間に倒れていた。座敷に担ぎあげられて気が付いた、という。もう落ち着いたから、そろそろ店に降りようと思う、と言うツル子さんを、電話で、松下さんは本気で叱り、安静にして寝ていること、医者にみてもらうことを言い含めた。医者は過労による一時的昏倒と診断した。心配していた脳溢血ではなかった。

夜になって、松下さんは一足の女物の下駄を持って見舞いに行った。松下さんのお母さん光枝さんは、豆腐屋として働いていたが、それだけでは生活できず、下駄を売り始めていた。夜は錐を持って下駄の緒を立てていた。「これは、うちが履こうかしらん」と言って、光枝さんは下駄を膝に置いていた。何か気に入ってしまったのだろう。そして翌日、豆腐作りの仕事中、重い石臼を抱えようとして倒れ、脳溢血で亡くなる。松下さんがツル子さんのお見舞いにあげたのはその光枝さんが履けなかった下駄だった。

「豆腐屋とか八百屋とかは、自分の身を粉にして働くしかないなあ。誰も休みはくれん。……でもなあ、死んだらそれこそどうもならん。おれも、かあちゃんが生きちょってくれたらち、十五年たった今でん、くやしゅうてならん。……あんたに二の舞をさせたくないんじゃ。……あんたに、この、かあちゃんの下駄をあげる。十五年しまって来た下駄じゃ。命を大切に生きようやなあ……」（「かもめ来るころ　17母の下駄」「熊本日日新聞」一九七二年十二月二日）

松下さんがそう言葉をかけると、ツル子さんは、布団の中で声を殺して泣きはじめた。ツル子さんは幸せだった。松下さんの母となれたのはこの時かもしれない。

このことで何か気のきいた抽象的な論評をしようと思うのだが、胸が一杯で何も言えない（打ち明けていえば、いまこのくだりを書き写しながら、僕も泣いていた）。

松下さんはいつか、「抽象化、理論化できず、具体性にかぎられてしまう弱さが、私の書くものに内包されている、これが自らの文学の影と認識せざるを得ません」と述べたことがあるが（「松下竜一の光と影」文学展シンポジウム、一九九八年十月二十六日）、しかし、松下さんの核心は理論よりも叙情にある。「頭脳で受け入れる前に心臓に響いて来て、人間の感覚とか、肉体にじかに訴えようとする」文章というのは、高校生の松下さんがカフカに関して言った言葉だったが（カフカの文章はそうとは思えないが）、この文はまさに「心臓に響いて来る」と言える。つまり、松下さんの詩人の感性、叙情性は一貫しており、この叙情性のゆえに、後に豊前火力反対運動に、文学的に邁進することになる。

松下さんはいつも下駄を履いているが、それはこの光枝さんの下駄の思い出のためかも知れない。

「洋子ちゃんと結婚して、洋子ちゃんをしあわせにすることで、あなたをしあわせにする」という松下さんとツル子さんと洋子さんの関係は、良寛研究で著名な歌人吉野秀雄（一九〇二〜六七年）が、「とみ子を愛することによって亡き妻も成仏できる」と言い、また八木重吉の在天の霊もほほえんでくれるだろう、と言うのと、同じような位相にありはしないだろうか。全く同じということはあり得ないし、ちがうところの方が多いだろうけれど、一つのエピソードとして紹介したい。「わたしが前の家内の死を嘆き悲しんだ心緒は歌集『寒蟬《かんせん》集』に尽くしてある。しかしまたとみ子をめとるについては、この者を愛することによって、亡き妻も成仏できるのであることを悟った。これはわたしの変心か、少なくともわたしのわがままか。否、けっしてそうではない。わたしがとみ子をいつくしめば、とみ子は三人の子ら（四人のうち長女はわたしたちの結婚する前にとつがせた）にいっそうやさしくなろう。子らがしあわせであることは、亡き妻の第一の願望にきまっている。こう感得して「これの世に二人の妻と婚《あ》ひつれどふたりは我に一人なるのみ」といったのだ、……」（吉野秀雄「宗教詩人八木重吉のこと」『やわらかな心』講談社・一九六六年、文芸文庫・一九九六年）

一九四四年、吉野は妻はつ子を胃癌でなくした。『寒蟬集』はその妻のことを、

［真命の極みに堪へてししむらを敢てゆだねしわぎも子あはれ

これやこの一期のいのち炎立ちせよと迫りし吾妹よ吾妹］

などと詠んだ歌を収めた歌集である。山本健吉は、この歌について「なにか根源の生命への欲求、愛憐の情の極致ともいうべきものに促された、せっぱつまった一つの行為であり、それゆえにこのうえもなく厳粛なのです」と述べている（山口瞳『小説吉野秀雄先生』）。

とみ子は詩人八木重吉（一八九八〜二七年）の未亡人で、重吉が結核で亡くなった後、二人の遺児、桃子と陽二も次々に結核で亡くしていた。大きなバスケットにしまった重吉の遺稿や聖書が彼女の生きる支えだった。一九四二年、友人加藤武雄らの尽力で、『八木重吉詩集』は山雅房から刊行された。『秋の瞳』（一九二五年）、『貧しき信徒』（一九二八年・没後一年目）に続いて三冊目の詩集であった。

とみ子は重吉の終焉の地茅ケ崎の、結核療養所で事務員をしていたが、一九四四年十二月に鎌倉の吉野宅へやってきた。一九四四年八月に妻はつ子を胃癌で亡くした吉野と四人の遺児の面倒をみるためであった。それは、［どうも因縁というよりほかはない］と吉野は書き、［われには孀子《つま》らに

は母のなき家にえにしはふかしきみは来りける」と詠んでいる（『晴陰集』一九四五年）。とみ子は吉野に『八木重吉詩集』を贈った。吉野はそれを読み、心を打たれた（後に、その本をぱっと開いて「夕焼け」を読んだ小林秀雄は、創元選書版『八木重吉詩集』〔一九四八年〕を刊行することになる）。

一九四六年のある日のことである。

［いっしかわたしは、とみ子に特別の感情をいだくようになった。ある日、ガラス戸越しに、わたしは井戸端で洗濯するとみ子を見ていた。とみ子はわたしに気づかずただ一心不乱に盥の中の洗濯板にごしごしやっていて、それをななめにみおろしているとき、突然好きになった。そして間もなく、わたしは万葉流の単刀直入さで、「あなたはもしやわたしの家内になってくれぬだろうか」というと、これまたへんにあっさりと「なります」というのであった。……］

（吉野「前の妻・今の妻」『やわらかな心』）

吉野（四十五歳）ととみ子（四十二歳）は一九四七年十月に簡素な結婚式をあげた。病身（結核と気管支喘息と糖尿病とリューマチ）で貧しいが、詩歌の徒であることがうれしいというのだった。二人の素朴で高潔な人間性が出会ったのである。

ぼくはこのくだりを読みながら思わず涙が出てしまったが、松下さんもそうだったに違いないと思った。松下さんは八木重吉の詩に親しんでおり、一九六六年十月に出たばかりの『やわらかな心』を飛びつくように読み感動した（「不思議な因縁」『ちくま』一九八二年十月号）。それはそこに自分自身の似姿を見たからだったろう。松下さんの結婚はその直後、六六年十一月三日のことである。さらに、自費出版した『豆腐屋の四季』（一九六八年）を『やわらかな心』の編集担当者（加藤勝久さん）に送り、出版されるという展開になる。さらに、『豆腐屋の四季』を誰か（加藤さんではないか、とぼくは想像する）が吉野とみ子さんに贈った。そして登美子さんから松下さんの元に墨跡も美しい礼状が届いた。また登美子さんが書いた『琴はしずかに　八木重吉の妻として』（一九七六年）を署名入りで贈られる、ということがあり、松下さんは感激を新たにし、不思議な因縁を感じているようである。

一九五二年秋、重吉の二十五周忌法要の時、吉野は、

［重吉の妻なりしいまのわが妻よためらはずその墓に手を置け

われのなき後ならめども妻死なば骨分けてここにも埋めやりたし］

などの短歌を詠んだ。重吉ととみ子と吉野とはつ子の間には、寛い心と尊敬の念があるばかりである。美しい人間がいると言っていい。

この時、とみ子は二人の娘を嫁がせ、一人の息子を長年看病し、吉野をよく支え、自身も幸福であった。さらに吉野は一家をあげて『定本八木重吉詩集』（一九五八年）を編集し、弥生書房から出版した。八木の在天の霊は何事をも知ってほほえんでいることであろう、と吉野は書いている。そして、松下さんが読んだのがこの『定本八木重吉詩集』（改訂普及版・三版、一九六四年六月二十五日発行）であった。

一九六六年十一月三日、計画から四年半後、松下さんと洋子さんは結婚した。ツル子さんは周囲の反対を押し切って、洋子さんを松下さんに託した。

一九六七年二月、結婚記念に七十部作った歌集『相聞』が十一部残ったので、どなたかもらってください、と「朝日新聞」家庭欄「ひととき」に投稿したのは洋子さんだった（実は松下さんだった）。すると八〇〇通を超える希望者の手紙がやってきた。ひっそりと生きてきた家族にとって、それは驚きの始まりだった。新聞・ラジオ・テレビが取材に来た。もう一冊の歌集『つたなけれど』（一九六七年）を作った（「小さな歌集」『九州人』一九六八年四月号、『豆腐屋の四季』）。そうした中で、松下さんは、

「ふと一冊の本を想った。最初に題名が浮かんだ。「豆腐屋の四季」。小さな平凡な豆腐屋の、過ぎゆく一年の日々を文と歌とで綴ってみようというのだ。……」

しかしこの本を書くことが、「作家になる」ということではなかった。「美しい一編」を書くということでもなかった。それはまた別の機会に果たされるべきことであった。ただ詩人の眼は、この一年間文章を書き継ぐことでいよいよ確かなものになっていった。

『豆腐屋の四季』一〇〇〇部は一九六八年十二月一日、タイプ印刷で自費出版された。その年の暮れ、松下さんは小学校の時の先生（杉井先生）にもらった一冊の本（出口直日著『こころの帖』）を読んでいて、その本に挟み込まれていた読者カードの宛先（講談社）に、『豆腐屋の四季』を送ることを思い付いた。以前読んで感動していた吉野秀雄著「『やわらかな心』担当者様」という宛名にし（「不思議な因縁」『ちくま』一九八二年十月号）、「立派な人、高名な人ばかりの心でなく、私のような無名の学問のない豆腐屋の心を伝える本も、ぜひ出版してほしいと思います」という手紙を添えて。「世間知らずの大胆さがさせたしわざ」だった。しかし思いがけず、一月八日、出版内諾の

速達が講談社から届くと、「父ちゃん、父ちゃん、来た来た！」と叫んでいた（『吾子の四季』一九七〇年、六八頁）。

一九六九年四月八日、『豆腐屋の四季』は講談社から出版されるとベストセラーになり、同年七月十七日から翌年一月八日まで緒形拳さん主演でテレビドラマになり、ＴＢＳ系で放送された。結婚からわずか二年半、松下さんは一躍中津の町の模範青年となり、人気は盛り上がったのである。

ただし問題はあった。［私小説に毒され］ている松下さんが自分と家族のことを赤裸々に書くことを、姉弟は決して快く思ってはいなかった。自分たちの恥部をさらされるような気がしていたのだ。それに対して松下さんは「ふるさと通信」から引用しながら、次のように書いている。

［「涙」（毎日サロン大分県版一九六八年六月掲載。弟とのいさかいを書いた文）を「マスコミの反響をねらうために書いた」というのはお前の誤解だ。あの文の唯一の動機はうらみだ。おれが七年前に刑事たちから受けた屈辱を、いったいだれが知っているか！　おれひとりの胸中に深々と刺さったくやしさだったのだ。だが、そのうらみをだれが当時聞いてくれたか。見捨てられ馬鹿にされ続けていた貧しい豆腐屋の言葉に何の力があったろうか。おれは決して忘れぬ怒りの炎を胸奥に秘め続けてきたのだ。それはたんに、刑事たちへのうらみではない。それに象徴される世間の冷たさへのうらみなのだ。お前たちも、その冷たさにあれほど泣かされてきたではないか。／今、おれはどうやら世間に発言できる立場になった。おれは七年間のうらみをこめて、あの文を書いたのだ。（略）ハッキリいっておくがおれの書くものは絶対おれが世間に対して発言したい、やむにやまれぬ気持ちで書いているのであって、世のウケをねらっ

ているのではないことだ。／
以上は「涙」についてだが、ほんとうはあの小文のことはもう過ぎたことだ。むしろ、お前たちが恐れているのはおれが出版しようとしている本のことだろう。父母、兄弟、姉およびそれぞれの家族が全部実名で登場する本のことだろう。殊に母ちゃんの死後、乱れた兄弟の日々を世間にさらされるのが辛いのだろ。だが、そこを削ってしまってはおれの本は成立しないのだ。／おれは、おれたち一族がみじめでどうしていいかわからなかったどん底から、やがて一人ずつ立ちあがっていく過程をひとつの重い事実として書きとめたいのだ。（略）」（「信じてくれ」一五八頁）
ここは松下さんの文学の姿勢を表すものとして重要である。一人の人間の中にあるたくさんの感情（喜・怒・哀・楽・憎・恨・辛・妬・悔……）のうち、まず松下さんはうらみを晴らすところからスタートしている。それは先に見た短歌が悔しさと憎しみをモチーフにしていたのと同じ事情だろう。そうしたうらみやはずかしさをそのまま書いてこそ文学は成立すると言うのである。
最初に松下さんが、世間を憎むことを知り初めたのは、十二歳の頃（だったろう、という）、姉弟六人が生まれた生家を追われた時のことであったという。お父さんは材木屋を営んでいた。借家であったが、裏庭も材木を並べて余るほど広かった。空襲の防火帯をつくるため、通りの向こう岸（西側）の家が倒壊させられた。それによって今の広い福沢通りができた。家を壊されて寄辺ない人たちを父母は二階に住まわせた。ある日近所の人が、お宅は買われたそうだがと言ってきた。そんなはずはありませんよと父母は驚いたが、家は二階の住人によって買い取られていった。同情して住ませてやった一家から、松下一家八人は猶予なく追い立てられていった。決して人と争わぬ父母は、黙って追い立てに従った。姉弟はその日、炊事場の井戸に、思いつく限りののろいの言葉を吐きこんだ。そして急いでふたを閉じた。彼らが井戸のふたを取った時、きっと、むらむらとのろいが立ちのぼり、一家に襲いかかることを信じて（「生家を追われて」『豆腐屋の四季』一二四頁）。

まさに軒を貸して母屋を取られたということである。松下さん一家はその後、その家から一〇〇メートル離れた船場町の現在の家に移り住んだ。しかし、のろいの対象が目の前にあるというのは、どうだろう。毎日見る度に、そんな気になるのだろうか。精神衛生によくないのではあるまいか。

松下さんの中に鬱屈してコンプレックスとなっていた感情が、まず捌け口を求めて噴出する。しかし、それは自分自身を切る作業でもあった。自分自身だけでなく、それにかかわった家族の恥部をさらすことにもなった。松下さん本人はそれでも構わなかったかもしれないが、他の家族にはたまらないことだった。松下さんの志す文学は、日記を含めて、初めから、私小説であり、ノンフィクションであるということである。それには強靭な精神力と、日々の自分を見つめる詩人の眼が必要だ。ここを乗り越えなければ作家にはなれない。「過去がなんだ！　世間がどう思おうとなんだ！　過去のことなぞ、雄々しく笑いとばして前進する強烈な精神力を持たぬかぎり、松下一族はいつまでもダメな敗北者なのだ」。松下さんは姉弟にむけて必死に説得を試みる。

前半のうらみや憎しみに関しては後に弟から、「賛成できぬ、書くことで傲慢になる」と忠告されたのを受け入れて、「文を書いて発表するものの謙虚さをつねに心におき続けよう」と反省している（「第十三信」）。

松下さんが怒りや憎しみのない人間などとゆめにも思ってはなるまい。しかしやがて松下さんの文章は、うらみ憎しみの孤独を脱し、甘美な愛の賛歌を歌い始める。僕らは、そうした過程を松下さんの人間性として読み留めなければならない。

［「今、私は三十歳。妻は十九歳。青春である。私は二十代の後半まで、自らの青春を圧殺して、ただ黙々と耐えるのみだった。その頃の日々を青春とは呼ばぬ。今、やっと遅い青春が、ひそかな賛歌で私をくるもうとしている」（『豆腐屋の四季』）／その時から十五年を経て、私はその部分を訂正したくなっている。やはりあれは青春だったのだ。言葉を持たぬ獣のように暗い眼をして働いていたあの日々も、紛れもなく青春だったのだと」（「青春紀行」「読売新聞」一九八二年四月十九日）

この文章を書いたのは一九八二年だが、「あれも青春だったのだ」という思いは、早くから湧いていたはずである。それら暗い日々をも合わせて、青春と呼ぶ精神の獲得。その時その時を一生懸命に生きてきたという自信。先の引用では、うとましかった豆腐屋の日々も、詩情を帯びて輝き始めたと書いているが、そうした詩人の眼でみれば、過去の暗い日々もまた輝き始め、その意味が分かり、コンプレックスから解放される。これが現場で学ぶということの意味である。青春とは呼ばぬというような日々こそが青春であったという逆説。松下さんは自分の今までの人生を振り返って、静かに了解しているようである。おそらく松下さんの人生と社会に対する遠近感はこの時に確立されたのである。文学の勉強は決して学校でできるものではない。己の現場で現実をとおしてしかできないのである。まさに、豆乳（それができるまでの経過を忘れてはならない）に苦汁《にがり》を入れると、一瞬の凝固反応で豆腐はできる。できあがった豆腐には、にが味などかすかにも残っていないのが不思議である、というふうに(『豆腐屋の四季』二一九頁)。

松下さんは自分のことを「己」という風に表現する。短歌をやっていると自ずとそういう凝縮された表現になるのかもしれないが、この言葉は文語調であり、強い自己意識、心の勁さのあらわれである。常に自分のことと自分の回りのことを表現している松下さんがナルシシストであることは間違いない。ある時「殻」に閉じこもり自我を守り、ある時「殻」を破って解放されるという過程をたどる。松下さんを救ったのはこのナルシシズムであっただろう。自侍と言い換えてもいい。[人には自侍があればよい!」(中原中也)のだ。

この章のおわりに次の引用をしておきたい。

一度も中津を離れて生活したことのない松下さんにとっての望郷の地がある。入ることも覗くことも宥されない場所、他でもない塩町の生家である。

[生家のことでとりわけ望郷的な思いを誘われるのは、その広大な裏庭である。樹木を思い浮かべるだけでも、柿、橙、桜桃、茱萸、棗、無花果、石榴が季節の実をつけていたし、五月の節句には柏餅を包む葉を近所の者たちが貰いに来る柏の木も隣家との裏木戸を隠すように立っていた。多分、いろんな花も野菜も植えられていたと思うのだが、なぜか思い浮かぶのは金盞花と紫苑と春菊と葱と空豆である。/その広々とした裏庭は当然ながら弟たちとの遊び場所であったし、塩町の子らの集まって来る溜り場ともなっていた。塩町の子らの間では子沢山のわ

が兄弟がおのずから遊びの中心であり、私がリーダー格であった。まわりの町（いずれも小さな町だ）と較べて塩町の子らの気風はおっとりしていて、女の子を混じえて地べたに座っての草遊びなどをよくしていた。こう書いていてさえ、草と土の香が鼻孔をくすぐるようである」

（「ここにいる安堵」『松下竜一その仕事　7』一九九九年）

目と鼻の先にある望郷の地に入ることが宥されない松下さんの、失われた時を求めて、という感じであるが、松下さんは中津という町に対して、一言で言って愛憎こもごも、悲喜こもごもというアンビヴァレントな感情を抱いていると思う。しかし、右のような美しい回想は、どこかそれを超えて、「秘密の花園」はただ静かに黄金時代のように輝いているという印象である。五十年の歳月は、不条理な追い立てを浄化し得たかのようである。

2

作家宣言

『豆腐屋の四季』（一九六九年）がベストセラーになり、テレビドラマ化され、一躍脚光をあびると（中津市内の視聴率は九〇％だったという）、松下さんは町の人々から持ち上げられ、模範青年と持てはやされ、市長から表彰されそうになったりした。松下さんは、自分たちのドラマを見ていることを人に知られまいとして、部屋の明りを消し、小さなトランジスタテレビの前に座っていた。『豆腐屋の四季』に対して寄せられた手紙は二〇〇〇通を越え、そのどれもがそれぞれの重い人生を書き記していた。

ある時、高校を退学した若者から、「ぼくをあなたの豆腐屋で使って、鍛え直してください」という手紙が届いたが、現実の松下さんは緒形拳さんの演じるテレビの主人公とは全然違っているのだった。自分はあんなに逞しくないし、一人の少年の面倒を見るほど雄々しくはないと思っていた。本の読者は、テレビの主人公と本のイメージが違うと言ってきた。だがその本のイメージともまた自分は違う、と松下さんは思うのだった。日常接する人たちだけは、いつものようにありのままの自分を知ってくれている、というのが救いだった（「『豆腐屋の四季』決算の記」「西日本新聞」一九七〇年二月十日）。

しかしながら、松下さんはこのテレビドラマの主題歌についてこう書いている。

［どしゃ降りの雨なら／雨ならぬれるだけ

風なら　風なら／むかうだけ／ルルルル　ルルルル

二人で命を　生きて愛して貫いて

地球にしるしを　残すのだ（喜多内十三造作詞・木下忠司作曲）

今、「生きて愛して貫いて、地球にしるしをのこすのだ」とうたうとき、私にはひそかにこみあげるものがある。自分の生き方を、爽やかに単純化していった果てに、このなつかしい歌があるのだ。妻にとっても、そうなのだろう」（「かもめ来るころ　10おとうさんの歌」）

松下さんは、この歌だけは覚えこんでしまい（と思い込み）、一人の時にはふと口をついて出たりするのだそうだ（が、のち、交流会や懇親会の席上、唯一の持ち歌と称して歌ったりするけれど、メロディーがよく分からない。それはともかく）。この歌は、松下さんのテーマとして確かに相応しい。かなり宮沢賢治が入っているし、初志貫徹の自由人の姿がある。

短歌をものし、本を書き、それがテレビドラマになり、緒形拳さんや林隆三さんらの俳優と語り合うなどすると、イメージは一人歩きを始め、松下さんは小さな町のスターのようになっていた。しかし、褒められれば褒められるほど、松下さんはそのことを苦しく思っていた。

ある夜、一人の若者が、酔って絡んできた。「おれはパン屋だ。あんたは夜中の二時、三時から起きて一日中仕事をしていると言って本を書いて有名になった。しかし、パン屋の俺は徹夜で働いている。パン屋の方がもっと苦しいんだ。しかし俺には書く能力がない。それなのにあんたは自分一人が苦しんでいるように書く。それは困る」

その言葉は松下さんの心にしみた。パン屋の彼に指摘されるまでもなく、そのことは松下さんが苦しく思っていたことだった。松下さんは十三年間、一生懸命豆腐作りをやってきて、そのことが偉いということならば、世の中の全ての人は偉いことをしている。誰だって自分の仕事を愛し（いや、松下さんは豆腐屋の仕事を愛していたわけではない）、あるいは生活の手段としてとにかく耐えて働くということが偉いということならば、これは全ての人がやっていることだ。たまたまそれを表現したために、そしてその表現がすぐれていたため、テレビやマスコミに登場するようになってしまった。

考えてみれば、自分自身、社会に対して何をしてきただろう。一歩も家庭を出ることのない生活をしてきた。社会と連帯しようということがなかった。考えたこともなかった。そういう時間的な余裕がなかった。呼び掛けて来る人もなかった。

松下さんが作家になると言い始めた時、多くの人がやめておけと言った。「お前の作品が読まれるのはお前が豆腐屋であるからだ。豆腐屋が書くから、そのいじらしさが共感を得るのだ、その立場がなくなっていったい何が書けるんだ」と。

一般に、村の表現者は、いつもは日常の仕事・生活をしている。祭などハレの時、歌や踊りを披露すると、その後はまたいつもの生活者に戻るわけである（この、生活を文化表現として芸術にまで高めよう、また生活の中に芸術表現を持ち込もうというのが、宮沢賢治の農民芸術論である）。表現を専業にする者は、それが職業として成り立つような人口と経済力の集積のある都市に出て行った。小さな町の中にいて表現を職業としてやっていけるか、という問題に松下さんは当面することになる。『豆腐屋の四季』の出版記念会が開かれた時、松下さんは「中津を一歩も出ず」と寄せ書きに書いている（『吾子の四季』一七一頁）。これは、中津を一歩も出ずにいまに至ったというくらいのことで、この時点で東京に出てこないかという誘いがあったわけではない。「出た方がいい」という声が出るのは、作家に転身してからである、という。

確かに、豆腐屋歌人、豆腐屋作家という評価に甘んじていれば、それで通っていった。どんなに時代が変わろうと、日本人は豆腐を食べる。豆腐屋をやっていればそれなりの収入はあるわけで、生活も安泰であろう。世間から何か行動を求められた時は、仕事に追い回され忙しくて行きたいけどできないと言えばそれで通った。しかしそんな形で底無しに自分を甘やかしていくことに、松下さんは耐えられなくなっていた。そして中津の名士だ、模範青年だと、褒められれば褒められるほど耐えられなくなってきた（「文芸ゆくはし」での講演、一九七二年）。

模範青年と持ち上げられたのは、過激な学生運動をする学生たちと対比されてのことだった。末弟が熊本にいて、米原子力空母エンタープライズ入港反対運動で佐世保に行ったりしていた。松下さんには学生運動をする学生たちは単に過激なのではなく、社会のことを考えているからだというシンパシーがあった。そうしたことが松下さんをさらに精神的に苦しめた。また結核（この時はそういう診断だった）や神経痛、腰痛という持病があり、肉体的にも限界が来ていた。一年間休業して、その後再開というわけにはいかない。

松下さんはその時、病気で臥せっていた。湯布院での講演のあと、風邪で二日間寝込んだ。その後、以前からの約束で国東の両子寺の青年大学で講演し、帰るなり寝付いてしまった。咳の発作が激しい。医師から、こんなことを続けるなら責任はもてませんと告げられていた。「どうするか」と言い出したのは、お父さんの健吾さんだった。お父さんはすでに六十四歳になっていた。松下さんもこう言って同意した。

[「父ちゃん。豆腐屋をやめよう。……お医者の先生も、このまま働けば血を吐くかもしれんちゆうた」](『歓びの四季』一八二頁)

そして数日後、一九七〇年七月九日、戦後父母が始め二十三年目、松下さんが引き継いで十四年目の豆腐屋を、廃業する。一三〇万丁の豆腐を作ったという。松下さんは三十三歳になっていた。

[亡き母に廃業詫ぶと今日最後の美しき豆腐ひとつ供えき]

二日後、耶馬渓の奥の病気のお爺さんが松下さんの豆腐が食べたいと言うので、訪ねてきた人がいた。残っていたあぶらげを見つけて、それを持って行こうとする人に、それは二日も経って不格好だから、と断った。それでも構いません、とその人は持っていってしまった。その時松下さんは、自慢のあぶらげがこんなみすぼらしいものだったのかと思われるのが嫌だった。一週間ほどして、気がついた。自分の誇りが傷つくことばかり考えていたが、真っ先に考えねばならないのは何よりもそのお爺さんの命のことではないか、と。松下さんは自己中心の自分を恥じている。

一九七〇年という年は六月二十三日が安保自動延長の日で、それまでの日々、社会では労働者・学生がデモに繰り出していた。社会が騒然としていた中で、松下さんはその日、取り残された思いで、抗議デモもなく静かすぎる町中津の自宅で、「中国に木を植える会」の会報「しずかな決意」

を読みふけっていた。臆病でただひたすら柔和でありたいだけの自分が、なりゆきで二冊の本を出したばかりに目立つ市民となってしまった。手紙やミニコミが送られてくるようになり、部落差別の問題や、沖縄基地、ハンセン病、重症身障者、水俣病、農村、自衛隊、機動隊……それぞれの問題について問い詰められていた。

松下さんは他者の痛みについて考えている。松下さんも「ものを考える人間」、「ものを言う人間」になろうとしている。『豆腐屋の四季』(一九六九年)の巻末に石牟礼道子さんの『苦海浄土』の広告が載っている。二つの本は同じ編集者（加藤勝久さん）の手になるもので、松下さんは『苦海浄土』を加藤さんから贈られて、読んでいる。読んだ後、大企業への怒りが衝きあげてきたが、現実には何もしなかった。一方、一九七〇年七月三日、俳優砂田明さんは、東京から白装束で水俣を目指して巡礼の旅に出た。そのことが松下さんには転身を迫るまでの衝撃となっていた（『歓びの四季』一七九頁、「私に転身を迫った衝撃」「水俣東京展NEWS　6」一九九六年）。

「人は、他人の痛みをどこまで分け合うことができるのか？　どこまで他人の立場に立つことができるのか？／これまでの私は、あまりに他人の苦しみに無関心であった。ただ自分の家庭を守り、はらからのことを思うだけで精いっぱいだった。そんな私を、多くの読者は模範青年のようにほめてくださった。／何が模範青年だ！／今の私は、恥ずかしくてならない。／おろおろしつつ、私は今日も署名を頼んで廻った」（『歓びの四季』一九七一年、一八〇頁）

「人は、他人の痛みをどこまで分け合うことができるのか」という問いが松下さんの初心であり原点である。松下さんは社会に眼を開き、受難の道へ、一歩踏み出そうとしている。おろおろしつつ、というところに、サムサノナツ、どうしていいか分からず、けれども何かしないではいられず、オロオロアルキまわった宮沢賢治と同じ心性を見る。そういう資質なのだ。ぼくはこの受難する資質をマゾヒストと呼ぶことにしている。

松下さんにはもともと社会的な関心があった。『あぶらげと恋文』の終わり近くで、親友の福止英人さんが亡くなった（一九六〇年一月七日）直後から、

〔六〇年安保という激動の時勢の中で、「もう、自分のつまらぬ日々を記録することはあきてしまった」という私は、日々の新聞記事から内外の動きを克明に書き抜いていくことになる〕

と書いている。社会への眼は徐々に開かれていく。もちろん時事問題ばかり日記に書いてきたわけでもないだろうが、それから約十年、七〇年安保の激動の時期、『豆腐屋の四季』三部作（一九六八〜七〇年）の中にも、時事詠があり、新聞の「声」欄に投稿したり、「参院選」、「反戦デー」、「私の非武装論」といった文章がある。だからこそ各地で運動をしている人から手紙やミニコミが送られてきたのであろう。「私の非武装論」の中で、松下さんはこう書いている。これは新聞に投稿して採用されなかった。

〔決して人と争うまい。譲れるだけは人に譲ろう。だが、誇りだけは絶対に崩すまい。感情よりは、理性で判断しよう。屈することを知らぬ精神力に勝つほど強い暴力はありえないと、信じ抜こう。／そんな根深い幼児からの生き方を延長するとき、私にとって非武装中立以外にはない。どこの国も敵視せず、暴力的ないっさいの準備を持つまい。これしか考えられないのだ。／それでもなお、理不尽に侵略してくる狂気の国があれば、侵略されるしかない。暴力的な侵

略でも、人の心まで侵略しつくすことは不可能だ。（略）」（『吾子の四季』八八頁）

「屈することを知らぬ精神力に勝つほど強い暴力はありえないと、信じ抜こう」という言葉は、肉体的なコンプレックスにとりつかれていた松下さんが、人間の最も本質的なものを精神においていたことを表明している。内に秘めた精神を表現しようとして書くことに向かうことになる。そして負けても負けても闘い続ける精神の勁さを獲得する。これは松下さんの体の中から出てきた思想なのである。松下さんは子供の時から一度も喧嘩をしたことがない。甚だしい虚弱児だったので、喧嘩をすれば必ず負けると分かっていた。

「だから、どんなにくやしくてもひしひしとこらえるしかない。卑屈にみえてもいい、じっとじっとこらえて怒りを悲しみに溶かしてしまうのだ。（略）／私は、自分の自分の肉体の弱さを、かつてどれほど呪ってきたことか。だがこのごろ、その悪条件がむしろ、私の人間形成にさいわいしたのではないかと思いはじめている。／自分が弱いゆえ、私は人の肉体の弱さ心の弱さに深い同情を持つことができた。人へのいたわりや愛を深めることができた。身体が弱いゆえに、命というものを常に真剣に根元から考えることを迫られてきた。人よりはおそらく短い命だろうと思うことで、日々を大切に生きようと、努力を強いられてきた。そんなことを思えば、肉体の弱さは、呪いどころか、天の寵愛の証しなのかもしれないとさえ思う」（『吾子の四季』一〇六頁）

松下さんは生後まもなく肺炎のために高熱を発し、右目を失明した。虚弱体質で、運動神経も良

くなかった。小学校の頃はいじめられっ子だった。オイオイと泣いて帰ると、母光枝さんが、

「「そんなに泣くと目のお星様が流れ出てしまうよ」というのだった。「目の星なんか流れた方がいいやい」といっそう泣きじゃくる私に、さらに母はいうのだった。「お星様が流れて消えたら、竜一ちゃんのやさしさも心から消えるのだよ」と。泣き虫の私に、母は一度だって強い子になれとはいわなかった。ただ、やさしかれ、やさしかれと語りかけるのだった」（「瞳の星」『豆腐屋の四季』一〇七頁）

しかし、当時の松下さんが母の言葉の意味を理解できたわけではなかった。さらに、高校三年の時喀血し、肺浸潤と診断され、これで死ぬならそれでもいい、と思った。前述の通り一年間休学して自宅療養し、降級して復学した。松下さんの肉体的コンプレックスはつのっていった。自我が芽生え、恋をする頃になって、松下さんは目のホシを、猫背を、瘦身を、傷だらけの肺を呪った。なぜ、悪いことをしたわけでもない自分が、こんな目に合わねばならないのか。その恨みをこともあろうに母にぶつけていった。母はもう星の童話を語らず、涙を浮かべて、「みんな母さんのせいだ、すまない、すまない」と詫びた。

［母が若くして急逝したあと、その母の詫び声が、私を錐のように刺してやまぬ］

と松下さんは書いている。一生の不覚、というか、後悔の念が、松下さんの心の底に燠火のようにくすぶっている。そのことを反省するように（松下さんはお母さんにわびるように、また鎮魂と感謝のしるしとして、『豆腐屋の四季』を「母に捧ぐ」と書いている）、母の「やさしかれ」という言葉は今こそ理解できる。そして、体の弱さは、呪いどころか天の寵愛の証しなのかもしれない、と

いう地点にまで至っているのだ。ここが松下さんの原点である。やさしさの思想はそんな自分の体の中から出てきた信念なのである。

優しさとは、人を憂うことである。人の世の苦しみを共に憂い、共に苦しみ、受難《パシヨン》することである。松下さんの言い方だと、「他人の痛みを分け合うこと」である。さらに言えば、「やさしい心の持主は／いつでもどこでも／われにもあらず受難者となる。／何故って／やさしい心の持主は／他人のつらさを自分のつらさのように感じるから」（吉野弘「夕焼け」『幻・方法』）という詩は、やさしさの構造をすっきり解明している。

こうした前段があって、松下さんは、社会に対して何もできない自分を歯がゆく思っていたのだ。「人は、他人の痛みをどこまで分け合うことができるか」、これが松下さんのテーマとしてのっぴきならぬところまでせり上がってきていたのだ。豆腐屋をやめたのは、肉体的、精神的に限界に来ていたという理由の他に、もう少し自由になって社会と関わって生きたいという積極的な理由もあったのである。

自由ということで言えば、豆腐屋も自由な職業である。松下さんの労働の歌、生活の歌は豆腐屋という自営の気ままさの中から生まれ出てきたものである。身体が荒々しく動いている時に心もまた動いている。その動きを声に出して詠い、歌を作る。用もないのにいつもと違った小冒険の道を通る。そこが以前と同じ景色であってもそのことに驚き、また花が咲き始め、違う風景になっていれば、同じ心に新しい刺激が吹き込まれ、きらりと心に合図を放つ。心のままにふるまっても、だれも文句を言う者はない。「豆腐屋の私は、自由人である」と松下さんは書いている（『吾子の四季』

二六頁)。

松下さんの豆腐造りは一日に何度かに分けて作り、できた分を配達するというやり方で、朝からずっと時間に縛られ、遠出などはできない性質のものである。松下さんが今望む自由は、そのような限られた範囲の中での小さな自由とは自ずから違うものである。

松下さんは、実は豆腐屋の日常を短歌に詠うことに閉塞感を抱いていた。「短歌という表現を得たことで私の生き方が変わったが、今度はその短歌によって生活そのものが狭められ規制されていくという逆転現象が起きているのだ。/歌と別れねばならないと思った」(「歌との出遇い、そして別れ」『記録』一九九二年一〇月号)。もっと自由に生きてみたい、と、社会に開かれた眼を得て、今松下さんは社会に一歩踏み出そうとしているのである。そしてそれは歌の別れということだった。

しかしながら、豆腐屋から作家への移行はそれほど生易しいものではなかった。その移行期の状況をたどってみる。

無職ゆえに自由ではあるが、たった一つの泣きどころはお金のことだった。松下さんは社会的な行動をするに当たって、一つの鉄則を決めていた。生活防衛のために、年に一度の印税収入を決して運動費には使わない。これを守らなければ、家庭が崩壊する。それとても十分な額ではないが、切り詰めていけばなんとか暮らしていける。そんな中での運動に当てる額は重荷である。運動費としては、時たまある講演謝礼や新聞原稿料をあてることにした。それでも足りなかった時、切手のコレクションを売った(「切手を売る」「大分団地新聞」一九七一年七月号)。

松下さんがおろおろしつつ頼んでまわった署名とは、仁保事件の冤罪に関わるものである。宇部市の向井武子さんは松下さんの『豆腐屋の四季』のテレビを見、また本も読み、松下さんを訪ねている（五月頃か。「草の根通信」一九九八年十月三一一号）。そのあと六月、金重剛二著『タスケテクダサイ』（理論社、一九七〇年）を送っている。豆腐屋をやめた松下さんの、これが初仕事だった。というか、松下さんは仁保事件にかかわるために豆腐屋をやめたということなのである（向井武子さんは『汝を子に迎えん』一九九七年の主人公である）。

仁保事件は、一九五四年十月二十六日未明、山口県吉敷郡大内町大字仁保中郷牧川（現在山口市仁保牧川）で起こった、一家六人が惨殺された事件である。一九五五年十月十九日、仁保下郷出身で、当時大阪・天王寺公園に住んでいた岡部保さんが逮捕された。逮捕以来一八〇日間、弁護士に会わせてもわえないという不当な状態の中で、山口署での取り調べは拷問そのものであった。大阪から仁保に戻って犯行を犯したという予断に合うように自白させられ、調書が作られていった。例えば凶器については次のようなヒントつきであった。

「お前、なんで殺したか」と、それで、毒とピストルと出刃包丁と、こういうふうな、今までに小説とか犯罪があったことで知っておるようなものを、全部言うていったわけなんです。そしたら、違えば、「知っちょって嘘を言うか」とくらわされるんです。それで、次から次へと言って、最後に言ったのは「百姓家にあって、毎日使うちょるじゃないか。牛の駄屋のまわりにあるじゃないか」と言うので、牛の駄屋のまわりにあるものを全部、「草刈り鎌と銅金鎌と薪割ナタ」というふうに、掛けちゃるものを皆言うていったわけであります。それで、「鶴嘴、鍬」と言ったら、「それみい、言うたじゃないか」と、それで鍬で人間を殺すようなことがあるじゃろうか、と自分もたまげたわけであります。それも一ぺんじゃなしに、二日も三日もかかるわけです。それを一つ当てるのに、ひどい苦労をするわけです」（第一審第四十回公判『タスケテクダサイ』二〇二頁）

現場から岡部さんの指紋は発見されず、手袋をしていたとされたが、岡部さんは手袋を売っている店を知らなかったので答えられず、手袋ははめていなかったとされた。「鍬の柄などは平素常に使用し、そのため絶えず脂肪性があり、その上を握っても一ツの斑点となって、指紋は出ません」と鑑識課員は証言した（一八四頁）。

そもそも岡部さんには高い汽車賃を払い大阪から防府（三田尻）まで行き、飲まず食わずで防石鉄道を二〇キロ歩き、さらに峠を越え仁保まで戻り（十九日とされた）、家族にも村の人にも会わず、一家六人を皆殺しにするような動機がない。七七〇〇円を奪い、長谷峠を越え小郡からまた大阪に戻るというのも不自然だ。この他あいまいな目撃証言やあやふやなアリバイ証言が積み重ねられている。二十日に一度のわりで血液銀行に血を売りに行っていたが、十月は行っていないというので、仁保に帰って事件を起こしたのだろう、などと責め立てられている。

金重さんは「人間を一人、絞首台へ送るためには、万人に納得のいく説明がなされなければならない。そうでなければ、死刑の判決を下す裁判官こそ殺人罪に問われることになるだろう」（二〇二頁）と書いている。しかし一審山口地裁（一九六二年六月十五日）、二審広島高裁（一九六八年二月十四日）ともに死刑判決であった。二審判決後、山口親愛教会の林健二牧師が息子の岡部通保さんを訪れ、救援活動が始まっていく。

「『タスケテクダサイ』という一冊の本を私は読んだ。しかし、それを本屋で買って読んだのであれば、果たして私は運動に参加していったであろうかと、今になって疑問に思う。私は私の読者である一夫人からその本を贈られたのであり、いわば私は一人の読者から『タスケテクダサイ』を読んでの私の反応をじっと監視されているのだと感じたのだ。（略）そして私は永かった豆腐屋を廃業したのであった。健康がすぐれぬためもあったが、しかし豆腐屋という厳しい長時間労働に縛られている限り、とうていこのような運動にかかわる余裕はありえないと悟った私は、作家への転身に踏み切ったのである」（「ひらかれた眼　仁保事件と私」「西日本新聞」一九七二年十二月十八日）

松下さんは『タスケテクダサイ』を読み、冤罪被告人の声を聞き、早速「朝日新聞」「声」欄に投稿している。このすばやさは、松下さんの現実感覚の鋭さというものであろう。

［この一冊の本を読んで私は岡部保さんの無罪を信じました。無力な一市民が、圧倒的な権力機構により犯人に仕立てられていく過程に恐怖を感じます。いつ、自分もそんな立場におかれるのかわからないと思うからです。（略）］（「朝日新聞」「声」欄「タスケテクダサイ」一九七〇年・七月十七日）

松下さんはそういう意味で運動神経は抜群だった。一九七〇年七月二十九日、中津市で多田牧師や恒遠俊輔さんらと協力して、仁保事件の真相を聞く会を開く。講師は『タスケテクダサイ』の著者であり童話作家の金重剛二さん。宇部市の向井牧師夫妻らも参加した。この直後七月三十一日、仁保事件は最高裁で高裁差し戻し判決を得た。この仁保事件支援活動について、松下さんは新聞に、次のように書いている。

「（略）歓よ。父は、今日のお前のこんな愛らしい勘違い（仁保事件の無罪判決要請と妖精を勘違い＝注）をしっかり書きとめておこう。ほんとにたわいない些事なのだが、しかしこんな些事をもこまやかに記録していくことで、父である私の今の生き方をのちの日のお前や健一にいきいきとなつかしく伝えうるだろうと信ずるのだ。／そして歓よ。私が日々こんな些事までも記録してお前達に伝えたいのは父としての自信なのだ。今の私の行動が、十五年後、二十年後の成人したお前達の視点から裁かれても、なお父として恥じないものと信ずればこそどんな切り口を見せてもいいほどに、日々の些事をすら大切に記録し伝えたいだ。とうてい財産など築けぬ父であってみれば、伝えうるのはそれだけしかない。父の「生き方」を丸ごと伝えて、しかもその中に、きらきらとお前たちの想い出をちりばめておいてやるつもりだ。（略）歓よ。父は今、三十五才の冬を溢れる情熱で生きている」（「かもめ来るころ　23ヨーセイ」「熊本日日新聞」一九七二年十二月九日）

啄木に、「「労働者」「革命」などといふ言葉を／聞きおぼえたる／五歳の子かな」という一首がある（『悲しき玩具』一九一二年）。松下さんは訪ねてきた友達に、仁保事件の無罪判決要請の話をしていた。「オトウサン、カンハヨーセイシッテルヨオ」と言って、そばにいた二歳の歓クンが妖精の絵本を持ち出して来て、友達に見せた。彼は「……おじさんも、歓ちゃんのおとうさんと一緒に、妖精さんにお願いしよう」と言う。そしてせがまれてその絵本を読み始めた……。松下さんは友達の美しい受けとめかたが心にしみる。

松下さんはこの二年半でこんなに自信に溢れた人間になっている。社会に一歩踏み出し、救援活動をする人たちとの連帯感と、自分が社会に役立っているという充実感が生んだものであろう。松下さんはこの後、一九七二年十二月十四日、広島高裁で無罪判決を勝ち取るまで、誠実に支援活動をした（七二年十二月というのは、同時に周防灘開発・豊前火力問題に駆け回っていた時期でもある）。

そしてついに仁保事件は広島高裁で無罪判決を勝ち取り、松下さんは歓喜の声をあげる。

［この連載随筆は（略）実はこの十二月十四日の勝利判決をこそ主題としてこの三十回を書き続けていたのです。もし有罪判決が出れば、私の連載随筆は失敗に帰するはずでした。私は、そこまで自分を賭けて、本欄を書き続けました」（「かもめ来るころ　30勝利」「熊本日日新聞」一九七二年十二月十八日）

松下さんの最初の社会的な活動は、冤罪事件の支援活動であったが、それが有罪となれば、第一歩から躓くことになる。後に甲山事件の冤罪事件を取り上げることになった時、［「絶たれるほど大層な作家生命なんか、もともと私は持っていませんけどね」］（『記憶の闇』一九八五年）、と一笑に付しているけれども、その時も、作家生命を賭けて、書いているのである。そして松下さんの判断は的確なのであった。

また同じく向井さんの呼び掛けに答えて、牟礼事件（一九五〇年）で死刑が確定し（一九五八年）、再審を請求している佐藤誠さんの救援活動にも尽力した。向井さんは佐藤さんの歌稿を預かっていた。その歌集の出版に協力するという歌人が現れ、佐藤さんは喜んで獄中で貯めたお金をその人に送った。ところがそれは全くの詐欺で、お金は戻ってこなかった。人の世には、自分の家庭を犠牲にしてまで救援活動に尽くす人がいるが、一方なけなしのお金さえ盗む卑劣漢もいる。そんなやつに負けてはいけない。向井さんに相談を受け、松下さんは『人魚通信』を自費出版したことのある大分市の印刷店を紹介し、自費出版するよう取り計らい、校正にも協力して第二歌集『自由か死か』を七二年春に刊行した（「古い教会での一夜」「大分団地新聞」一九七一年十二月、「かもめ来るころ29見舞金」）。

一方で社会的な活動をしながら、作家としての生活もある。豆腐屋をやめて作家宣言をした松下さんに、なにかを書くあてがあったわけではない。朝起きても、今日の仕事があるわけではない失業者のような生活。無職であるということは、絶対の「自由人」だということであり、精神的自由、時間的自由をなによりも貴重に思う（「切手を売る」「大分団地新聞」一九七一年七月号）、と言うはしから、また豆腐を作りたいという悔恨がわき起こってくる。お前は金ができたので働くのが厭になったのだろうとか、お前は有名になったつもりで作家気取りなんだろうとかいった中傷も襲ってくる。食欲もない日が続く。

［豆腐屋をやめてむなしき仕事場に包丁ひとつ瞬ちに錆ぶ
失いし職忘らえず積乱雲立てば豆腐の売れん思ほゆ］

父母が豆腐屋を始めた時、石臼を使って豆すりをしていた。やがて機械が入ると、石臼は豆腐を固めるための重石になった。その重石を抱えようとして母は脳溢血で倒れ、死んでいった。その松下豆腐店の二十三年間の歴史の象徴「悲しみの臼」を松下さんは墓に葬っている（その墓は龍王の墓地にあり、『豆腐屋の四季』の印税を姉弟で分け、改めて全員にお金を出してもらって建てたものである。黒御影の表面やや右下には横書きで「松下家」、裏面には「昭和四十五年三月　『豆腐屋の四季』出版記念」の文字と、父と姉弟六人の名がならんでいる）（『吾子の四季』七一頁、「随想　オシロイバナ」「神戸新聞」一九九七年八月十三日）。

『豆腐屋の四季』三部作を書き終えると、後はもう、出版の予定はないのだった。失業者のような生活の中で、メルヘンのような短編を書き継ぎながら、松下さんは家族五人、一日を大切に精一杯生きようとする。徳山市に住む童話作家金重剛二さんと、周防灘をはさんだ交流が始まり、寂しい時はホーホーとふくろうの笛を吹きあおうと約束したりする。互いにメルヘン的な調子で、よく言えば純粋ということなのだろうが、ちょっと面映ゆい感じもする。

その頃（一九七〇年十二月二十三日）、庄野潤三著『夕べの雲』と出会った。一九六五年に刊行された本だったが、遅れたが故に、松下さんが一番必要としていた時に出会えたのだった。松下さんは自分の家族や身辺のことを書き継ぎながら、気にしていたのである。その気にしていたことを後に人から言われることがあった。例えば、「松下のやっているのは文学ではない。生活記録に過ぎない……」（轟龍造さん）とか、「自分の生活を作品化して人に売るという安易な行為はもうここらでやめるべきではないか。豆腐を造って売るのとはわけが違うのだよ」（『絵本切る日々』二一二頁）とかいう言葉を聞くと、いたいところを突かれる思いがあった。また書かれる家族の側も、先には

姉弟からクレームがついたし、今度は洋子さんも、

「「あんたが毎年自費出版して、それでなんとかして暮らせたら、それでいいわあ。うちが案内ハガキや発送荷造りは一生懸命するもん。……ただ、あんたが本の中にうちんこと書くんが厭じゃけど、あんたはうちんことやケンちゃんやカンちゃんのことしか書けんのじゃき、しようがないなあ」（略）」（「かもめ来るころ　20おお！トルストイ」「熊本日日新聞」一九七二年十二月六日）

ということであって、決して積極的というわけではない。松下さんもこのまま生活記録を売り物にしていて、それで本当に文学なのかという迷いはあったのだ。さらには、書くテーマについての悩みもあった。そんな中で『夕べの雲』と出会った。

「日録を繰ってみると、私が『夕べの雲』を初めて読んだのは一九七〇年十二月二十二日となっている。（略）そのころ、私は途方に暮れていた。（略）二人の幼子を相手にしながら、「どうすればいいのかな、お父さんはこれからどうすればいいのかな」と呟いていた。／そんなときである。未知の人から『夕べの雲』が送られてきたのは。（略）／この作品には生きて在ることのなつかしさがたちのぼっている。家族が平凡に日々を送っていることの総和的なしあわせがにじんでいる。今日という時間をていねいに生きているがゆえのゆたかさがあふれている。／あのとき、私は生きる勇気を与えられたのだろう。／これでいいのだ。たとえ失業者のような日々でも、妻と幼子に寄り添って、日々をおろそかにせず、ていねいに生きてゆけばいいのだと、こみあげるような思いで自らにいい聞かせたのだったろう。三十三歳であった」（「私の新古典　庄野潤三『夕べの雲』」「毎日新聞」一九九一年八月二十六日）

失業者のような空しい日々。どうすればいいのか分からず、途方にくれている。そこには焦りや迷いがあったのだ。しかし、庄野潤三さんの作品（この記事では『夕べの雲』となっているが、実際には一九七〇年十一月六日に読んだ『小えびの群れ』の方が先であった）に出会って、勇気づけられ、自分の文章のスタイルは、これでいいのだと思い決めたのだ。松下さんは子供たちと徹底して遊ぶのだと心に決めたのである。

松下さんの文は、人が言うような単なる生活記録ではない。それは確かに作品としての結構をそなえ、多少のフィクションをまじえ、独自の文体を持ち、徹底した自己意識によって文学的に昇華されたものである。後に『いのちきしてます』（一九八一年）に所収のずいひつについて、同書の「あとがき」には、「八分の事実を二分の才筆で潤色したものだと思ってください」と書いている。潤色に関してはこの最初期の作品にも言えるのである。ただし、後に見るように最初期の作品の文体と「草の根通信」連載のずいひつの文体は全く違っているが。

松下さんのその頃の作品は、『人魚通信』（一九七一年）と『絵本切る日々』（一九七二年。後にセレクトして『潮風の町』一九七八年）にまとめられている。前者の中に、「夜・蜂鳥など」という作品がある。次の引用は上の文とほぼ同じことを言っている。

「今、午前二時。君も原稿用紙に向かっているだろうね。私もがんばっている。どんなに苦しくても、矢張りペン一本にしがみついていたい。ひとつの平凡な小さな家庭の、寄り合って生きる毎日の中から、生きているということのどんな小さな歓び哀しみをも、一滴一滴しぼり出して記録したいのだよ。（略）」（三九頁）

作家になりたいという夢、作家になるという決意、その志を捨てるわけにはいかない。日々をおろそかにせず、どんな小さな歓び哀しみをも記録していく。これでいいのだ、という決意は美しい。しかし現実は厳しく松下さんの上に襲いかかる。志はあっても、実態は失業者に等しいという現実。

石川啄木に次のような歌がある。

［こころよく／我にはたらく仕事あれ／それを仕遂げて死なむと思ふ

何となく汽車に乗りたく思ひしのみ／汽車を下りしに／いくところなし

何がなしに／さびしくなれば出てあるく男となりて／三月にもなれり

人間のつかはぬ言葉／ひよつとして／われのみ知れるごとく思ふ日

あたらしき心もとめて／名も知らぬ／街など今日もさまよひて来ぬ

友がみなわれよりえらく見ゆる日よ／花を買ひ来て／妻としたしむ」（『一握の砂』）

これは明治四十一（一九〇八）年五月、啄木が北海道から東京に出て来て、小説家になろうとしてうまくいかず、金田一京助の世話になり、金ができると浅草で遊び回ってはまた借金を重ね、『スバル』の編集に携わり、「朝日新聞」の校正係として働き始める（明治四十二年三月）前後の頃、「暇ナ時、仕事の後」に作った歌である。

それを仕遂げて死なんと思う仕事（文学）はある。だが、現実は無職のような無聊の日々である。暇を持て余して、目的のある人のように汽車に乗ってみたが、汽車を下りてみれば、行くところはない。家に籠っていると、他の人の知らない言葉を使っているのではないか、という不安感が過ぎる。それで外を歩いてみるようになった。散歩の途次にあたらしい刺激物に出会えばあたらしい心になれるかと思う。街を歩いていると、他の人はみんな仕事をしており、それだけで社会の役に立っているようだ。友達が皆、自分より偉く見える。こんな時は、花を買ってきて妻としたしむしかない……。そんな啄木の日常と、この時期の松下さんの日常はよく似ている。

豆腐屋をやめた後の松下さんの日常は、毎朝五時に起きて、二時間歩き回る。やめてしまった豆腐屋に執着するのを振り切るように、新しい生活に踏み出そうと決意を固めるように。まず体を鍛練すること。山国川の散歩道を歩き、三百間の浜辺を歩き、駅まで子供を連れて汽車を見に行くといったふうであった。ある時自動車が田舎道に車輪を落としていた。松下さんも手伝って車を持ち上げようとしたが、上がらない。近くの家に応援をたのんだら、その人の力で軽々と上がってしまった。自分の非力と普通の人の運動能力がないということが深い悲しみを残してしまう。そして腰痛と（『歓びの四季』）。

「穴」という凄まじいまでの作品がある。

［穴を掘ることにした。／今の自分を支えるのはそれしかない］

というふうに始まる。

［訪ねて来る友もない。かかって来る電話も稀。まして、自分から訪ねて行ける友もない。寂しさと無為に耐えかねて、幾日か続けて目的もなく町を歩いてみたが、行き交う人々の誰もが行き着くあてをしかと持ったふうにみえて、唯一人目的もなく、吹かれるように歩いている私だと見抜かれてしまってでもいるかのように、孤りのあゆみは次第にうなだれてしまう。／ある日、豁然と目的を持った者のあゆみで、四キロ離れた隣町まで行き、そこから汽車に乗って

戻ってきた。妻にも知られずに。／／
そんなむなしさに／そんな寂しさに／そんな世の役立たずであることに／
しかし、徹底的に耐え抜いた果てに、ひょっとして私は「作家」になれるのではないかと、ほんの針の穴ほど、ひとすじ洩れ来る光にすがって、祈りのように先を先を見つめている」（「穴」『人魚通信』）

作家という看板は掲げたが、実態は無職の怠け者以外ではない。何一つしなかった日の終わりは、そのむなしさが心の奥にキリキリときしむ。そんなむなしさ、寂しさに耐え抜いた果てに、ひょっとして作家になれるのではないかと、ほんの針の穴ほど、ひとすじもれくる光にすがって、祈りのように先を見つめている。ここでくじけてはならない。そのために、一個の大きな穴を掘ろうと思いついたのだ。

掘り始めて、たちまち血はぬくんだ（この実感がいい）。「なんするん？」ときく妻に、「ただ穴掘ってみたいだけじゃ」と答える。「あんたらしいなあ」と妻は答え、掘った土を実家の裏庭まで捨てにいく。健一が大喜びで一緒になって泥遊びをする。老父が昔取った杵柄で蓋を作ってくれる。家族そろって一生懸命遊んでいる。子供との遊びの中に、童心を解き放っている。姉（姉は世間・常識の役を担っている）が訪ねてきて、常識では考えられない行為にあきれている。「あんた達は一体、生活をどう考えちょるん？」。この穴は、何をしていいかも分からぬ寂しさに耐えるために、掘っているのだ。どこまで掘っていけば救われるのだろう。この穴を掘り続けていけば、その無償の行為の果てに一個の井戸ができ、底から白昼の星が見えないだろうか。井戸の底の水に星は映らないだろうか。まるで自分自身の深淵を掘り進むような深刻さがある。

穴を掘ることで、むなしさと寂しさが解消されたわけではない。むなしさを描くに穴を掘ることをもってしたということ。涙ぐましい行為である。松下さんの思いはどこまでもメルヘンのように夢見がちで純粋でイノセントである。自分は大人になり切れなかった人間だと自らをふりかえって言っているが、子供の眼が、ここでも息づいている。

こうした子供との日常を綴った短編を小倉で発行されている文化誌『九州人』に発表した（松下さんは『九州人』の同人で、恒遠俊輔さんとはここで出会った）。その際これを小説と銘打つことが気恥ずかしく、「大人の童話」という総題にした。それを幾つかの出版社に送ったが、応諾の返事はもらえず、『人魚通信』は大分市の友人寺司勝次郎さんたちの応援を受け、自費出版という形で、八月十日刊行された。

出版の準備中、一九七一年七月二日深夜、松下さんは腹部の激痛でM記念病院に一カ月間入院する。結核が腸に転移したのではないかという診断だった（しかしこれは腎臓結石ではないでしょうか、と身に覚えのあるぼくが尋ねると、一月後、大分日赤病院に転院してそうだと分かったという答だった）。そんな中で松下さんは死について考えている。

「激しく「生」の世界との連帯を思いつつ、しかし消灯後の一人の時間を、私はよく「死」の準備を思った。（略）死ぬ病状とはつゆ思わぬながら、しかし真剣に死に迫る思いで自問してみて、「準備は出来ている」――私は確信を持ってそう自答するのだった。／宗教心も何もない私の「準備」というのは、この世界に吐き散らした心の嘘も何も精算してというようなことではなく、そんなありのままの汚れを抱いて、この世のすべてをふっと捨てて泡の消えるように消えこんでいきたいというだけの思いだ。私が、妻と二人の幼子と老父に遺せるのは、生命保険を入れて一五〇万円だろうか。それで遺族四人二年余の生活しか出来はしないだろう。その先はどうなるのか?／だが、それを考えてどうなるだろう。「死」とは、泡のように消えていくこと。遺る者は、またおのずからなる生の道をたどり始めるのだ」（「風船昇れ」『絵本切る日々』。しかし内容からしてこの作品のタイトルは「指輪と真珠」が相応しい。互いに入れ違っている。『潮風の町』では修正されており、同書中の「風船昇れ」ではない）

死とは泡のように消えていくこと、遺る者はまた自分の人生を生きていくとクールなことを言っている。これは厭世主義というのとは少し違うようだ。自分が死ぬことも、自ずからなる生の道なのである。自分の死後のことも、遺るもののことも、考えても詮ないことである、というのである。松下さんは十八歳の時喀血して、これで死ぬなら死んでもいい思ったし、その後も、病弱であるゆえ、やがて死ぬのだろうと本気で思っていた。三十歳までは生きていないだろうと思い、むしろそのことが救いだったと言っている。そして何かを、せめて日記でも書いておかないと、貧しい孤りの豆腐屋の若者が、この世に生きて在った痕跡は何ひとつ遺らぬだろうと思っていた（『吾子の四季』七七頁）。松下さんは、生きた痕跡を抹消しようとするタイプではなく、生きた印を遺したいと思う人だった。それは生への愛というものだろう。

「一切を断ち切られる死という瞬間があり、それから先の永劫の無を想うとき、本能的恐怖に陥るのだから、死の瞬間から先を考えなければいいのではないか」（「死を想う」『アサヒグラフ』

一九八九年三月十七日）

これがいちばんうまい手だ、と松下さんは書いている。これはエピキュロスの方法に近いのではあるまいか。生きている間は死んでいない。死んだ時にはもう生はない。死に囚われることなく、生きている現在を楽しもう、という思想。エピキュロスはしばしば誤解されて、退廃的享楽的になってしまうが、松下さんの死生観は淡々として、涼しい。まさに正しいエピキュリアンと言えよう。

松下さんは、「死は涼しい」と言う。これは『あぶらげと恋文』六七頁に出てくる。「死んでゆく者は涼しい」というのは『人魚通信・咳取り老人』の中に出てくる。「死んだ者はみんな涼しい」は「ふるさとへの回帰」（「西日本新聞」一九七一年八月十日）に出てくる。中原中也の詩の一節というのだが、中也にそういう詩句は、ない。ただし、「生きのこるものはづうづうしく／死にゆくものはその清純さを漂はせ……」（「死別の翌日」）という一節はある。また「秋岸清涼居士」というタイトルの詩がある。この二つのミクスチュアかも知れないが、「死は涼しい」いう言葉は、小さい時から病弱で、いつも死のことを考えていた松下さんのオリジナルと言ってもいいように思う。青春とは、人間が死について考え始める季節である。人間の足元に空いている大穴に気付く季節である。死とは泡のように消えていくこと、遺る者はまた自分の人生を生きていくということを、松下さんは、「死は涼しい」と言ったのだが、これはおそらく松下さんの死生観の根本にあるものである。言わば、これは詩人の眼に加えて、末期の眼を持つということである。この涼しさゆえに、松下さんは現実のこもごもに拘泥しない。このことが、松下さんがいつも現場にいながらも、現実に絡めとられて、脂ぎったリアリスト、もしくはエコノミックアニマルにならないことを可能にしていると思う。

松下さんは豆腐を配達する朝、よく虹を見ることがあった。小祝の向こう（西）、豊前の山並みの上に、あえかな虹が顕《た》っているのを見るのは、豆腐屋であることのしあわせの一つだった。しかし豆腐屋をやめ、部屋に籠るようになると、虹を見ることがなくなってしまった。虹を見失うことは生活の美しい核を失っていることのように思えた。虹を取り返さねばならぬ。一九七〇年初秋、そう決心して、松下さんは一つの仕掛けを作って遊ぶことを思いつく。これも一つのドラマタイズである。十人の友達に、「虹を見たら、すぐ電話で教えてください。どの方向に虹、とひとこと告げてくれたらいいのです。これからずっとね」というはがきを書いた。そして知らせがあると、「虹の通信」を出すことにした。第一号は十月二十九日だった。N高のO先生が授業中に見つけて、授業が終わると同時に知らせてくれた。松下さんは通りに出て、八面山の方向を見る。「健ちゃんよ。お前は、これからこうしてこの町のめぐりに顕つ虹は、みんな見ることができるんだぞ。しあわせだなあ」と健一くんを肩車して言う。松下さんが発見してみんなに知らせることもある。虹の顕つのがとだえると、虹の絵の描かれた絵葉書を送ってくれる詩人の友もいた。「寂しい感傷がはじめたこんな遊戯めく小通信」と松下さんは書いているけれど、虹を見ると心がおどるのは誰も同じなのではないだろうか。ワーズワースも虹の詩を次のように書いている（これは僕からの「虹の通信」ということで……。松下さんはつとにご存じのはずだけど）。

「わが心はおどる／虹の空にかかるを見るとき。／

わがいのちの初めにさなりき。／われ、いま、大人にしてさなり。／われ老いたる時もさあれ、／さもなくば死ぬがまし。／
子供は大人の父なり。／
願わくばわがいのちの一日一日は、／自然の愛により結ばれんことを」（「虹」『ワーズワース詩集』田部重治訳）

子供は大人の父なり、というのは、子供時代の心が基調となって大人の思想感情が生み出されるという意味である、と訳者は解説している。幼児体験が将来に及ぼす影響のことだろう。三つ子の魂百までもと意訳されることもある。松下さんは健一くんを肩車して虹を見せ、子供の心に美しいものを見て感動する心を植え付けようとしている。子供の時も、大人になっても（そして今も）、松下さんの心は変わっていない。この詩はまるで松下さんのためにあるような詩だ。というか、子供の心を保ち続ける人間への賛歌であろう。

「虹の通信」を収めた『人魚通信』を自費出版（一九七一年八月）すると、この虹の通信の波紋はさらに広がりを持つようになり、ある詩人の十四歳のお嬢さんが、学校でバレーボールをしていて虹を見つけ、十六人の友達と一緒に、ボールのことは放ったまま、まぶしい空を見上げていたという葉書をくれたりした。女性雑誌の編集者から、「松下さんに寄せられた虹の通信を紹介してください」と依頼があり、少年の科学雑誌の編集者からは、雑誌で虹の通信を呼びかけたいが松下さんの承諾を頂きたいという電話もあり、虹の通信本部の松下さんはワクワクしながら通信を待っている。

ある朝まだ眠っているところに虹の通信があった。二重の虹がくっきりと沖代平野の上にかかっていた。松下さんはこの虹のことを、一九七二年七月三十日の中津の自然を守る会の声明文に書いている。

［去る七月二五日早朝、すばらしい二重の虹が大きく沖代平野にかかっているのを仰ぎました。汚れのない朝空に、それはあざやかな弧を描いていました。私達は、空の美しい町中津に住むことを誇りとしています］

この型破りな声明文は、後の環境権裁判の型破りの第一準備書面［一羽の鳥のことから語り始めたい］を思わせないだろうか（この日松下さんは梶原さんと出会うことになる）。

虹の通信はさらに続く。東京のＮＨＫ「午後のラジオ・ロータリー」で電話インタビューを受けることになった。東京で虹が見られなくなったのは、空が濁って見にくくなったからでしょうと東京天文台の人が答えていた。その後、台風一過の東京ですばらしい二重の虹が顕ったと知らせてくれた読者がいた。虹の通信はもう全国から寄せられるようになっていた（「虹の通信」『人魚通信』、「虹の通信」・「虹の通信その後」・「虹の通信更にその後」「大分団地新聞」一九七二年十一月号、一九七二年六月号、九月号）。

こんな子供じみた遊びが、実はみんな好きなのではないだろうか。自然を愛好する心情に訴えるものがあるからである。美しいもの、花でも風景でも、「ほら見て見て！」と家族や友達を呼んできて一緒に見て幸せを分かち合おうとする、あの素朴な子供の心に通い合うのである。

先の朝日歌壇もそうだし、「ひととき」欄に『相聞』をもらって下さいと投書した時もそうだったが、松下さんの呼びかけは、人の心、子供のような遊び心に伝わり、反響を呼び、返事が返ってくる。

話が先走ってしまった。次に、『絵本切る日々』（一九七二年）の中にある「詩人の窓」という作品を読んでみたい。

［明け放った窓にふくろうの笛を置く日、私は人恋しく部屋内にひそんでいるのです　詩人R］という三行広告を、松下さんは新聞に出した。それに応じて訪ねてくる人がいるのではないかと思って。豆腐屋をしていた頃の作業場は今、改装されて松下さんの書斎になっている。福沢通りは松下さんの家の前から狭くなる。南の窓からは福沢通りが見通せる。詩人Rは人恋しくて、誰かと語り合いたくて堪らない。松下さんは小さな仕掛けを思い付き、南の窓を開け放ち、その窓の辺にふくろうの笛を置いている。そしてこの広告に応じて来たのが、やはり金重さんだった。

松下さんは自分の苦境を隠そうとしない。「殻」を破り、人とつながるために、窓を開こうとする。それは先の「虹の通信」でも書かれている通りである。連帯の中に生きがいがある。そのことは『豆腐屋の四季』以来一貫した姿勢である。ただし、現実の松下さんは人付き合いが苦手で、人見知りがはげしい。とっつきにくいところがある。しかし作品の中では開けっ広げで自らをさらす。自分の弱さもしたたかさも、苦悩も幸福も語ってしまう。それは人と話すのが苦手だから文に書くことで自分を語るということなのだろう。人と話していると話が思わぬ方に飛んでいってしまうことがある。文は自分のペースで書くことができるから。その場でうまく言えないことも時間をかければなんとかまとめられる。

松下さんは、仁保事件のことを訴えている文章の中で、生活のむなしさを訴えてきた人に、こんな返事を書いたと言っている。それは自分自身への手紙だっただろう。

［あなたの日々がむなしいのは、あなたが自分だけの殻に閉じこもって、真に他人との連帯を忘れているからではないでしょうか。人との連帯を信じ、他人の歓びを歓びとし、他人の痛みを痛みと感ずるとき、日々のむなしさを嘆く余裕など、けし飛んでしまうでしょう。……］

（「病床から」「大分団地新聞」一九七一年八月号）

松下さんはこの通りのことをやっているわけだが、すごく立派なことを言って、後で必要以上に恥ずかしがるということが、松下さんにはある。この時もそうだったかもしれない。

さらにもう一つ、『絵本切る日々』の中の「リルロ星」という作品を取り上げたい。リルロ星という名前からしてメルヘン調なのだが、そこに出てくるのはこんな文章である。

［三年寝太郎は実は作家だったんじゃないかしら、村の無名作家だったんじゃないかしら——じっと寝ている寂しさの底で、そんなことを私は考えた。（略）／寝太郎などと呼ばれて、彼はどんなに寂しかったろう。村一番の怠け者とされて、どんなに哀しかったろう。彼は決して怠け寝ころんでいたのではない。ひたすら作品を想い続けていたのだ。結果的にその作品がついに実らなかったとしても、彼が怠け者であったということにはなるまい。／それどころか。彼は三年も耐え続けたではないか。三年寝太郎などとあざけられながら、彼が必死に眼をとじて己が内部をキリキリと凝視し続けたその苦悩を、村人の誰も知らなかった。創っては消し創

っては消した数々の未完の作品を知ろうはずはなかった。ある日ソッとこぼして頬を伝った涙のしたたりを村人は気付かなかった。／私には今、それがありありとわかる。／私も寝太郎だから」（一四二頁）

ぼくもね太郎だったことがあるから、よく分かる。

三年寝太郎が何もせずにごろごろ寝ていたということと、松下さんがこの時期、目的を持った者のように散歩に明け暮れ、穴を掘り、空しさに耐えていたということが同じ位相にあることは、言うまでもない。三年寝太郎に自身を仮託して、寝太郎の悲しみを描く。しかし寝太郎はただごろごろと寝ていたのではない。夢を見ていたのだ。遠くの川から田んぼに水を引いてくる水路を作る夢を。松下寝太郎さんは作品を考えていたのだ。リルロ星人からの通信を、じっと耳を澄ませて聞き取り、それを書き取れば本ができるのだ、と自分と子供たちに言い聞かせる。ただごろごろ寝ている姿を見せるわけにはいかないから。

「じゃけんど、寝太郎はどうやって生活しよったん？」と心細く思って聞く妻に、「（略）やさしいばさまが寝太郎のために働いていたよ。（略）寝太郎は、きっと心の中で、ばさまごめんなあ。ばさま許せよなあと、手を合わせ続けていたんだと思うよ」と答えると、妻はもう、何も聞き返さずひっそりと黙った。妻はあの人間離れした欲のない洋子さんである。もっと稼いで来い、などとは絶対に言わない。

こうした苦しい日々を送りながら、心は澄み切っていた。松下さんはこの二年間を振り返って書いている。

［この二年間が私のどん底であったが、しかしこのときほど純粋な生き方をした時期もないように思う。もう一度繰り返そうにも繰り返すことのできぬ稀有な、澄んだ日々であった］（『潮風の町』あとがき、講談社文庫版、一九八五年）

そうして松下寝太郎さんが次に書いた作品が「絵本」である。次に書いたと推定するのは、『絵本切る日々』の作品配列は、この「リルロ星」の次が「絵本」となっているからである（作品の配列は書いた順番ですか、と松下さんに尋ねると、そうだろうという答だった）。この「絵本」こそ、松下さんが書きたかった「珠玉のような短編小説」ではあるまいか。同時に、福止英人さんへの鎮魂歌であっただろう。おそらく福止さんの死には、松下さんにとって「涼しい」と言っていられないものがあったのである。

冬の初めのある日（一九七一年）、北門の海にかもめが帰って来た幾日目かだった。差出し人の名のない小包みが届いた。宛名は「松下竜一様方健一様」となっていた。開封すると『ももたろう』の絵本が出て来て、「私」は拍子抜けした。絵本を開こうとしたら、封筒がポトリと落ちた。表書きは「ぼくの唯一の友松下竜一君へ」とあった。裏返して見ると、F・秀人と名が記されていた。「私」は茫然となった。

［君よ。／この手紙を君が読むのは、五年後だろうか、いや八年も先のことかも知れない。ぼくはもう、この冬を越せない。（略）］

と書き始められた手紙を読み進むうちに、「私」の胸に涙が溢れ出てくる。

「(略) 昨日も一日、そんな夢うつつの状態で自分の死後のことを考えていた。そうしたら、とても愉しいことを思いついたのだよ。なんで、そんな突飛なことを思い付いたのかわからないのだが、今はその愉しい思いつきに夢中になっている。／それは、こうだ。／ぼくから君の子供へ、一冊の絵本を贈ろうという計画なのだ。(略)

ぼくはもう死んでいくけれど、君が生きて子供の父となるのだと想像すると、なにかぼくすら未来にかかわり合っているようななつかしさに浸るのだ。ぼくの心が君の心とかかわり合い、更に君の子の心へとかかわり合っていく――なんといおうか、不滅の命の流れにぼくも溶けこんでいく、そんななつかしい安堵をおぼえるのだ。／そのかかわり合いを、もっと確かにするために、ぼくは君の子供に一冊の絵本を贈ろうと計画したのだ。(略)」

秀人さんは、おふくろさんにたのんで、三歳の子が見るような絵本を一冊買ってきてもらった。それが『ももたろう』だった。おやじに「俺が死んだ後、ずっと松下を見守っておくれよなあ。松下が結婚してもし子供ができたら、その子が三歳になる頃を待って、この絵本を贈ってやっておくれよ、この手紙と一緒になあ。これだけが俺の最後の願いじゃから、きっときっと守っておくれなあ」と頼んだ。手紙の日付は「昭和三十四年十二月二十五日」となっていた。秀人さんはこの手紙を書いてから二週間後(翌年一月七日)に亡くなった。二十五歳だった。

「私」は溢れる涙をぬぐわず、健一と妻にその手紙を見せた。

「Fよ、確かに今、私は君からの絵本を我子のために受けとっているよ。君は五年か八年かと想像していたが、実に十二年を経て、一冊の絵本をこの手に抱きとめているよ。そして私はとめどなく涙を溢れさせているよ。（君が死んだ日も、私はこんなに泣きはしなかった）」

松下さんとF・秀人、本名福止《ふくし》英人さん（以下「私」と松下さん、F・秀人さんと福止さんを敢えて区別しない）が出会ったのは、中津西高（後に北高。当時は中津城趾のほとりにあった）に入った年だった。病気で休学していたとかで、一年上から下がってきて同じクラスになった、という。

福止さんは中学時代、野球のキャッチャーをしていた。河村君と友達で、松下さんと河村君とが友達になり、彼を介して話し始めた。ある日誘われて福止さんの家によると、梶井基次郎や志賀直哉、小林秀雄の本を見せられた。松下さんはそれまで貸本屋で借りた本を読む程度だったので、本格的な本を読む福止さんに当てられてしまった。そのころから松下さんは精一杯の背伸びをして、文学全集を読みあさり、カフカ、カミュ、サルトル、ジードを読み込んでいくことになった。同級生が皆こつこつと受験勉強しているのを睥睨しながら、福止さんと松下さんは市立図書館で文学書を借りて読んでいた。福止さんの志望はヴァレリーのような評論家で、松下さんは志賀直哉のような小説家になることだった。

一九五六年四月、同級生が都会の大学に進学していく中で、二人は取り残されてしまった。松下さんは病気で療養方々受験勉強をすることになったし、福止さんもやはり病気で、しかも家が製材所の経営に失敗し、債鬼に追われ住所を転々と変える状態だった。結核予防法は一九五一年三月に全面改正され、治療費は公費負担ということになっていたが、福止さんはその恩恵にあずかれなかった。

五月、お母さんが急死して、いやおうなしに豆腐屋を継ぐことになった松下さんは、互いに唯一の友達となった福止さんを訪ねては、文学の話をした。

「「どうして、あんたもやらないのか。あんたが文学への野心を殺して、豆腐屋になりきろうとしているのが、おれには理解できん」

その口調に非難を感じた私は、折からの落日に顔を向けて答えた。

「たとえば、この美しさだ。これがおれには総てといっていい。この美しさに同化し陶然とする。それだけで充分だと思うんだ。――だってね、陶酔を表現しようとすると意識するとき、その瞬間からもう純粋な陶酔ではなくなるわけだろ。表現を考えて客観視する分だけ、陶酔は薄れるんじゃないかなあ」

もちろん、そんないいかたを彼は納得しない。

「それは多分、あんたが感じ過ぎる人間だからだろうね。――おれは、あんたみたいに陶酔はできない。この夕日の美に対しても、それにうっとりするよりも、この美しさを解剖し、瞑想し、表現したいと思ってしまう。表現に置き変えたいという衝動をどうすることもできないんだ。まあ、これはおれの業だろうなあ」

そうだろう、彼は彼のいかんともしがたい業に突き動かされて、いつかは輝かしい作品を産み出すだろう。私は心から君の成功を祈る。／だが福止よ、君は知らないのだ。押し殺したはずの私の文学への野心が、まだ心の奥のどこかにすくっていて、布団の中の私を絶望で呻吟させる夜もあるということを」（『あぶらげと恋文』一九五八年二月二十日）

ここには表現の根源的な問題が語られている。表現は、現実に一歩遅れる。それでもなおその陶酔の美を取り留めたいという欲望、瞬間瞬間に流れ去る美を、永遠に取り留めたいという欲望が表現を生む。その時表現する主体は、陶酔する主体の外に立たねばならない。そして表現する中に陶酔する。

松下さんが感じ過ぎる人間であるというのは、正しい。それは今でも正しい。しかしここでは松下さんは、自分が豆腐屋になってしまい、もはや文学など諦めざるをえないと観念して、その口実として純粋陶酔に浸るのだと言っているようで、そのことが福止さんを苛立たせたのだろう。松下さんは豆腐屋の現実の中で、読書だけで築いてきた世界はたちまちのうちに砕かれてしまった。配達が三十分遅れたといっては八百屋の主人から怒鳴られるみじめさ、できそこないの豆腐を値引きして売るときの卑屈さ。何かを書けると思っていたのは、現実を知らぬがゆえの幼い夢に過ぎなかった、と思っていた。だが、それでも松下さんの心の奥底にはやはり文学への熾火は消えていなかったのだ。おれはそんな八百屋のおやじから怒鳴りつけられるような程度の人間じゃないんだと思う悔しさが、鬱積していた(それを松下さんは日記に吐き出していた)。

一九五九年十月二十二日、松下さんは、福止さんを海に誘った。海のきれいな空気を吸えば自分も福止さんも体にいいと思ったのだ。かつてよくしたように二人で青い海に見惚れたかったのだ。福止さんはもう顔色がさえず、紺碧の海の照り返しにも反応を見せない。「さむい」と福止さんが呟く。松下さんは、はっとして堤防を降り、日だまりに座り込んだ。そしてぽつりぽつりと話し始めた。

「「もう、おれは来年の春には死んでしまう気がする。結局、そうなるのが、おれのためにも社会のためにもいいことなんだ（略）」

「（略）若くして死なねばならんのが宿命だとするなら、――もしおれがそうなのだとしたら、おれは誇りをもって、高潔に死にたいね。その宿命に耐えて、美しい瞳のまま、なにもうらまずにいさぎよく死ぬよ。（略）おれには宗教心なんかかけらもないけれど、おれの死に方と宗教は関係ないんだ。むしろ、それがおれの意地だな。――だってね、これだけ神の奴からいためつけられ、あざ笑われてきて、その神に復讐できるのは、死のその瞬間しかないじゃないか。おれはその瞬間に神の奴ににっこりと笑っていってやりたいんだ。おまえはさんざんおれをなぶり苦しめてきたが、さあどうだ、おれはこんなに涼しい顔をして死んで見せるぞって。それこそがおれの中に流れている青春の血のみごとな証明になろうじゃないか」

医者にもかかれず不遇の中で死んでいく友を自分の手では助けることもできず、ただ見守るしかなかった松下さんの精一杯の励ましの言葉であり、不条理な生を神に訴えている言葉である。それは松下さんの自分自身への言葉でもあった。

松下さんは宗教心など持たないといっているが、神に対する考えを引用する。

［神に対する私の寸感をいえば、非情なるものというに尽きる。神は天に在って、我々を見降ろしている。冷然と見ているだけだ。惨めに死ぬ人間をして、惨めに死なしめるのみ。戦争で数百万の人間が虫けらのように死んでいこうとも、神は眉も動かさずに見ている。すぐ地上には数百万の新しい虫けらが誕生するのだ。神にとっては痛くもかゆくもあるまい。私は死ぬとき、神にむかって唾を吐きかけてやる］（『あぶらげと恋文』一〇九頁）

これはルナンの『イエス伝』を読んだ後の記述なので、神というのはキリスト教の神のことだろうと思われる。また、東洋大学司書講習会の書類が届いたが、やはり東京への脱出は不可能と分かって数日後の記述である。神に唾を吐きかけるというのは、映画のタイトルからの言葉かもしれない。

なぜ善良な人が苦しめられるのか。一般に神が苦境を救ってくれるという期待はある。しかし、実際にはそんなことはまずない。不感無覚にして非情な神は冷然と超然と見ているだけだ。故に無神論《ニヒリズム》になるというのはよくある図式である。西洋のニヒリストは神に挑戦してサディスティックな破壊活動に走り、人間や聖なるものを破壊する。しかしながら、日本の松下さんはひっそりと耐え、鬱々として内向していくだけだ。神の論理?と人間の論理・感情は違うのだ、という議論もある。前世の因縁とか、試練を受けているのだとか、時が経てば分かるとかいう議論もある。神は人間に自由を与えたのだから人間には悪を犯す自由もある。人間はそんな自由にはたえられないのだ、という議論もある。内発的倫理を持たないニヒリストは、欲望の赴くまま、傍若無人にふるまって自由を悪用し、他者の痛みを意に介さない。

それはともかく、松下さんとしては、非情の神が救ってくれないのなら、人間としてできることをするということだ。人間としてのシンパシー（友情）を福止さんに贈るしかない。松下さんは福止さんに、「不敵に雄々しく死んでみせることこそが、みじめに過ぎた青春の最後の自恃ではないか」と言いたかったのだ。松下さんは自分も遠からず死んでいくと思っていたのだから。しかし福止さんからは、「おれに、あんたのほどの強い気持ちが持てたらなあ……」という弱い言葉が返ってきただけだった。生に執着しながらも、すでに福止さんの気力は萎えていたのだろう。そうなると、松下さんの励ましの言葉も酷薄に映ってしまう（『吾子の四季』五八頁）。

また別の日、見舞いに来ていて、「おれはもう死ぬよ」と弱々しく呟く福止さんに、優越感を感じている自分におぞましさを感じ、なんと酷薄な人間なのかと、松下さんは、自分を怪物のように思う（『あぶらげと恋文』二〇一頁）。

十二月二十五日の日記。

［午前二時起床。

午後、福止にミカンを持って行く。ようやく訪れた小康状態に心もなごんでいるのか、今日初めて私の訪れが嬉しいふうで、ぽつりぽつりと話をする。／兼好法師になって、何かをじっとみつめている夢をみたという。みつめている物がなにかはわからないが、ひたすらじっとみつめているうちに必ずわかってくると信じて、みつめ続けている夢だったという。いかにも彼らしい夢で、こんな夢をみるくらいに気力が戻っているのだとしたら嬉しいことだ。しかし声を出すたびにのどの奥でゴロゴロと音がこもり、咳のからむらしい様子はやはり不気味だ。私は性典映画専門館にまちがってかかってしまった「戦争と貞操」のおかしさを話そうかと思ったが、とても彼にはこのおかしさは通じないだろうと思ってやめた。（略）］

以上が『あぶらげと恋文』のこの日の日記の福止さんに関係する部分である。「絵本」の中の日記は［当時の私の日記からほぼそのままに書き写している］（「小説「絵本」の背景」『教室の窓　東書中学国語』一九八二年二月一日二五五号）ということだが、『あぶらげと恋文』の方には、次の「絵本」の日記の部分は出てこない。

［午前二時起床。あぶらげから先に揚げ始める。足の凍傷がとうとう破けたらしく、ひどく疼く。／今日は豆腐十二箱造って、四十丁余りとなった。

午後、やっと暇をみつけてFに蜜柑を少し買って行く。今日は小康状態らしく、布団の中から首を少しあげて私に微笑し、枕元まであがれと合図する。数日前までの暗鬱な彼とうって変わった今日の明るさに、私はホッとした。私が蜜柑の皮をむいて口に入れてやると、おいしそうに汁を吸った。

「俺はなあ、愉しい計画を思いついたよ」とFはいった。「そうか、どんな計画だ？」私は内心びっくりして尋ねた。「それはいえん。秘密計画だ」彼は本当に愉しそうにいった。四日前に訪ねてきた時、彼は寝床の中からじっと天井をみつめたまま、「俺はもういよいよ駄目らしい」とつぶやいて、見る見る涙が溢れ、耳の中へこぼれこみそうになったのだった。その彼が、今何かを計画しているのだという。彼はまた生を信じ始めているのだ！　私は嬉しさでいっぱいになった。／そうとも君よ。必ず生きるのだ。死に負けてたまるか。生きて、君の計画を成就させるのだ］（「絵本」）

二つの日記はずいぶん違う。福止さんの「秘密計画」のことは、『あぶらげと恋文』の日記の中には出てこない。

これから先は無粋な話になる。『あぶらげと恋文』の中の、十二月二十八日の日記を見てみよう。これは二十五日の日記の直後の記述である。

［夢のようなことを想ってみる。英二と清（弟）にクリスマスプレゼントとして（もう、クリスマスは過ぎたが）五万円の金をポンと送るのだ。差出人はサンタクロースとして、中津からでは消印でわかるから、福岡あたりまで行って送る。びっくりした英二から問い合わせて来ても、なんのことか分からない対応をするのだ。狐につままれたような気がするだろうが、どこの誰とも知らないサンタクロースに励まされて、英二も清も発奮するといった物語。O・ヘンリーにそんな短編がありそうな……］

知らない人を装った手紙が届く、という構造は、「絵本」の「秘密計画」と同じではないか。この構造はすでに『人魚通信・春雷』の中でも見られたものだ。松下さんのところに読者から励ましの手紙が届く。しかしそれは妻の書いたものだった。消印も隣町になっていた。隣町まで行って投函したのだ。そのことに気付いている松下さんは、妻の気遣いを傷つけぬために、知らぬ顔で、嬉しそうな顔をしている……という物語。やさしい嘘にだまされるやさしさ。引用文中、O・ヘンリーの短編というのは「賢者の贈り物」のことだろうか。

『底抜けビンボー暮らし』の中に（前掲の『アサヒグラフ』の文章の中にもある）、

［よく、「絵本」は本当にあった話ですかということを読者の皆さんから尋ねられます。私は作品の秘密を打ち明けるように、「あなたが本当の話とうけとめたのなら、これは本当の話なのです。あなたがフィクションだと思われるのなら、これはフィクションなのです」と答えることにしています］（一六頁）

というくだりがある。「絵本」はフィクションかと、ストレートに聞かれれば、そうだろうと答えるしかない。

福止さんは書き溜めたノートは全て自分の手で焼却していた。一切の痕跡をこの世に残そうとしなかった。しかし彼の死後、鶏小屋の中に打ち捨てられた彼の布団を見た時、松下さんには彼の惨めさが残念でならなかった。死は涼しいなどと言っていられなかった。だれ一人知られることなく忘れ去られていくことが残念でならなかった。小説の中に蘇らせたかった。松下さんにはそれしかなかった。地球に、福止さんのしるしを残したかったのだ。

もちろんフィクションだからだめだと言っているのではない。この物語を読んで誰もが感動の涙を禁じ得ないと思う。その涙は、真実のものだと思う。その涙を、感動を信じればよい。フィクションだけれど、真実の話だ、ということである。珠玉の短編小説というゆえんである。

「Fよ、見ているか。／こうして夜の炬燵を囲み、妻を挟んで健一と歓が一冊の絵本をのぞきこんでいる姿を。このような平穏な夜を、十二年前の私は想像だにしていなかった。私は君を間もなく追って死ぬだろうと本気に思っていた。思いがけなく生きて、夫となり父となって、今日君からの「光」を私は確と受け止めている」（「絵本」）

松下さんが抱いて来た死者への鎮魂歌である。自ら感じすぎる人間と言う松下さんとともに、ぼくらもその「光」を受け止めれば、心が浄化されるように感じるだろう。ぼくはもう感動で何も言えない。これは松下さんの青春の光と影である。

一九七一年九月、西日本新聞社から、原稿の注文が入った。豆腐屋をやめて一年三カ月めのことである。大分新産業都市として急速に発展していた町の裏側で、公害に苦しめられている市民や漁民を取材して、十五回の連載にまとめるというものだった。

注文主は「私的な歌詠みの空間に生きる竜一さんと産業公害問題はどこをどう結んでも繋がりそうにない」と思ったのだそうだが（「草の根通信」一九九八年十月号）、それは少し認識不足というものではあるまいか。松下さんが社会的な関心を『豆腐屋の四季』以来書いてきていることは、前述のとおりだし、石牟礼道子さんの『苦海浄土』を読んで心を痛め、何もできない自分を歯痒く思ったこともある。今も仁保事件の冤罪を雪ぐための支援活動に連なっている。そういう受難する資質をもっていた。

松下さんは、公害問題に関しては初めての取材だったが、一年三カ月ぶりの原稿注文を断ることはできなかった。なりゆきで公害問題に直面することになった、と本人は言っている。なりゆきと言えばなりゆきかもしれないが、渡りに船という面もあったのである。後の展開を思えば、この上ないタイミングだった。

このルポルタージュの中で、松下さんは自分の立つ位置を言明している。

［ここで私は、はっきりさせておきたい。この取材記の視点を、新産都計画による被害者に据えていることを。／「陰でどれほどもうけよるじゃろうか」とうわさされる政治家、役人は論外としても、地価高騰で笑いの止まらぬ地主、活気づいた商人など、新産都サマサマの人々は多い。それらに目を向けず、被害者のみをたずね歩く私の取材記は偏向には違いない。／だがしかし、新産都計画の大前提が、県民生活の向上であり、しあわせの保障である以上、絶

対に被害者が出てはならぬはずではないか。多数のしあわせのためには、少数被害者の声など抹殺しようとする思想を私は容認しない。――しかも、決して少数者ではないのだ。バラ色の計画の陰で苦しむ者は」（「落日の海　7」「西日本新聞」一九七一年十一月二十八日）

後に甲山事件をあつかったノンフィクション作品『記憶の闇』（一九八五年）を書いた時、松下さんはこの事件を冤罪と見極め、「あなた（刑事裁判の被告山田悦子さん）の主張に沿ってこの事件を記録してみましょう」と言ったことを受けて、「客観拒否のノンフィクション」（「西日本新聞」一九八五年一月十九日）という評価があったのだが、客観拒否という姿勢はすでにこの「落日の海」の時から、つまり初めからのことだったのである。客観とは、この新産都計画には、これこれこういういいところがある、一方こういう問題点もある、これらを総合的に勘案して、計画を進めようなどという立場である。松下さんはそういう第三者的な位置からものを書くことをせず、被害者の視点からこのルポルタージュを書き続ける。その時それは、単なる記録ではなく、文学性を内包することになる。

松下さんの文学の姿勢についてここでまとめて書いておきたい。

松下さんは『砦に拠る』を書く時、まず新聞記事のスクラップを熊本県立図書館で閲読したのであったが、十三年間にわたる大量のスクラップを読んで、「これはあまり面白い作品にはなりそうもないなあ」という感想しか持てなかった。なぜなら、それは下筌ダム反対闘争の公的な、つまり客観的なと言い換えうる部分しか伝えていなかったからである。［闘争の私的な部分にまで踏みこまぬ記事からは、人間のドラマは顕ち現れぬ］と松下さんは考えていた（「新聞記事と作品と」「読売新聞」一九七七年十二月一日)。確かに報道と文学は別のものだ。

[(略) そういう公的な顔ではない、日常的な陰の部分に、いつも私の思いは潜んでゆくのだ。生活に憊れ、孤立に耐え切れずに、もういっそ安穏な生活に埋もれてしまいたいとひそかに思うこともあるひとりの時間を、どんな猛々しい闘争者もきっと持っているのだと思う。そういう闘いの哀しみを持たぬ闘争者を、私は同志として信じ切れないという気がする。/余りにも勁過ぎる姿をしか印象づけなかった室原知幸氏にも、闘いの哀しみが浸すように湧いてやまぬ日は、必ずあったろう。これまでどのような記録者も見抜けなかったこの老人の哀しみを、妻の視線だけはとらえ得ているのではなかろうか」(「闘いの哀しみ」『ちくま』一九七七年九月号)

文学とは人間を描くことを旨とするのであれば、間違いなく松下さんは文学をしている。強いばかりの一面的な人間像ではなく、夜一人になった時の孤独な人間像、雄々しく闘う陰で、ひとり、妻の手を握り、「かあちゃんよい、かあちゃんよい」と涙を流す人間の哀しみと弱さを描いて、『砦に拠る』は人間の遠近感・立体感をみごとに表現した。室原知幸の最後の砦は、即ち妻ヨシであったのだ。松下さんの本来的な叙情性が、それを描くことを可能にしたのである。時代・社会を論じ、男を通した人の陰で、これを支えてきた女たちがいた。松下さんはよくこのテーマを取り上げる。上野英信さんとその妻晴子さんのことを次作に取り上げる(NHK・ETV特集『豆腐屋の書斎から』一九九九年三月八日)のもそれだし、すでにこの『砦に拠る』や『疾風の人』がそれだ。松下さん自身がそれだと言えよう。松下さんの砦は洋子さんということになる。

松下さんには時代・社会を論じるノンフィクションの系統の作品と、私小説的なずいひつ群がある。両者の関係については後述するが、家族が静かにそっと生きていくために、それに襲いかかるものに対して反戦・反核・反原発・反開発・反権力の闘いをやっているという図式になると思う。このことは、一九七〇年八月九日、長崎原水禁大会に出かけ、閉会式で挨拶した時のことを、「妻が恋しく、子がいとしいゆえに、それらかわゆき者を守るために私はこの原水禁の決意の旅に出てきたのではないか」(『歓びの四季』二二二頁)と書いていることからして、確かなことだと言えよう。

その松下さんが、文学が分からないというのだ。

「(略)果たして文芸時評はいっせいに「記憶の闇」(一九八四年)を俎上に載せて、これは文学ではない。人間が描けていないなどと、いきなり文壇に陳入してきたノンフィクションに対する過激な拒否反応を示したものだ。(略)/当の松下センセにしてみれば、おのが作品が「文学」になりえているのかどうかという点に関してはまったくこだわりはなく、「こんなもの文学ではない」ときめつけられれば、「そうですね。わたしもそう思います」といって引きさがるにやぶさかでない。どうでもいいことなのだ。そもそも文学とは何ぞやということが、松下センセにはわからないのだもの」(「困惑、また困惑」「草の根通信」一九九七年十二月三〇一号)

人間が苦しんでいる時に、それを何とかしようとして描いたものが文学であるかどうかは二次的なことである。そんなことはどうでもいいことなのだということが、松下さんにはよく分かっていた。そんなことはそっちの話だろう、自分は自分の書きたいものを書くのだ、という信念があった。そしてまさにそれゆえに松下さんは文学をしたのだ。念のために言えば、それは文学であって、文学ではない。自分には文学がよく分からないというのは、むしろ自信であった。松下さんは人間を描いているのだから。

さらには方法が良くないという指摘もあったという。

〔松下＝『狼煙を見よ』（一九八七年）は、ちょうどそのとき大宅壮一ノンフィクション賞の候補に挙がっていたのですが、それが選考で外される一番の原因として挙げられたのが、作者と主人公との距離の取り方が密着し過ぎて、客観的事実が損なわれているということで、それがこの作品の失敗だという指摘でした。／しかしそもそも私が『狼煙を見よ』をどうしても書きたいと思った契機は、そういう安定した一定の距離をおいてということでは、全然書けるはずのものではなかったんですね。どこまで大道寺将司君に近づいていくかということが、この作品を成り立たせる私としての契機であったわけです〕（佐木隆三・鎌田慧・松下「事実と虚構　ノンフィクションの可能性」『群像』一九九一年十二月号）

松下さんがテーマを決める時、必ず自分が生きることと関係のあるものという動機がある。作品には必ず松下さん自身が出てきて、主人公との関係を語る。自ずと、自分から見た主人公像というものが描かれることになる。（現象学の言説をまつまでもなく、人間には自分から見たものしか見えないのである。表象とは私の表象である。）そこには主人公の、松下さんへの信頼に基づく様々な生きざまが語られ、人間像はより深く描かれる。それが松下さんの主人公との距離の取り方である。このような方法がとられることで、大道寺将司さんが、マスコミによって流布されたような無差別テロリストというイメージとは全く違う、真面目で真摯な人間であったことが浮かび上がってくる。それを「作者と主人公との距離が密着し過ぎていて客観的事実が損なわれる」と言い、偏向である、「文学」でないと言うのなら、それはもうしようがない。それが「文学」でなくても、書きたいことを書くという信念は枉げられない。なぜなら、松下さんにとって書くことは他人の痛みを分かち合うこと、即ち優しさゆえの松下さんの受難であり、すでに松下さんの人生になったのだから。「客観的」とされる態度は松下さんにとっては、第三者的な、傍観者的な態度としか思えなかった。それゆえに松下さんは取り上げたテーマについて最後まで責任をもって関わり、現場に出ていく。甲山事件の裁判はもう二十五年続いているが、支援活動を続けているし、大道寺さんたちの死刑反対運動にも積極的に関わっている。それは松下さんの文学であり、社会運動であり、基本的には自分の生活を守るためなのである。

松下さんの文学に対する姿勢は当初から一貫している。松下さんの場合、生きることと文学することは同義であった。自由になるために作家になった松下さんの人生は文学そのものであり、一見政治的に見える市民運動も、その根底にあるのは文学なのである。松下さんの生のエネルギー（欲望・情熱）は文学として萌芽し、松下さんの受難を生み、作品や社会運動として開花する。そしておそらく歴史的に結実するだろう。

話を元にもどす。このように、松下さんは、大分新産業都市計画の陰で、公害に苦しめられている人々に寄り添う位置に立ち、書き進めていく。わずかな漁獲量しかなく、小魚ばかりの水揚げの中にやっと海の幸らしいものがかかっていたが、それは奇形のハマチだった。満ち潮の時に大分の方から吹く風が工場廃液を運んでくる。すると、きっと魚が「死んじ浮いちくる」。マリンパレス

（水族館）も、赤潮の切れ目を見つけて、今のうちだと言って取水する。まず一部を埋め立て、工場を建て海を汚し、漁民に漁業をあきらめさせ、また次の埋め立てをする、それには金も付きまとう、という常套手段。さらに政治家と行政と企業の癒着、もらった補償金の行方、地域の人間関係、等々この大分新産都計画には公害問題の典型が全て出そろっている。日の出の勢いで繁栄する新産都の陰にある落日の海を、松下さんはクローズアップで取り上げる。

佐賀関町神崎の稲生利子さん、亨さんたちは一家をあげて反対運動に取り組んでいる。彼らの学習会で松下さんは、過疎でけっこうとか、私たち住民の意志が無視されるんなら、国家とか県とかはなんのためにあるんだろうとかいうことを学んでいく。さらに、

「漁民たちだけの海ではないはずです。漁協が漁業権放棄したから、即埋め立てていいという法的根拠を突きくずさねばなりません。私たちここで生きる者の環境権は当然あるんだから、海面保護も法的に争えぬことはないと思うんです。……もっと学習しなければ」（「落日の海9」）

この言葉は、後に松下さんたちが環境権裁判を闘った時の論理である。環境権の考え方はすでに一九七〇年九月二十二日に提唱されていた。

もう一つ環境権裁判の思想的支柱になった言葉を、松下さんはこの取材の中で聞いている。「落日の海」十五回のうち最後の二回は臼杵市の風成に取材した。一九七一年二月十二日から十五日の間、風成の女たちが、セメント工場の海底ボーリングを阻止するため、筏に乗り移り、一斗カンをたたき、般若心経を唱えて座り込んだ。機動隊が排除し始めると、女たちは命綱で体を筏に縛り、全員が一本の綱で結び合い、首まで海水につかりながら、必死の抵抗をした。漁業権放棄の手続き

の不備をつかれて大分県側は、ついに埋め立て水域の漁獲量より、セメント会社の生産高のほうが遙かに大きいのだから、漁業権者の同意がなくても埋め立て免許は出せると主張した。七月二十日、大分地裁高石博良裁判長は埋め立て免許取り消しの判決を出し、風成の漁民は勝訴した。県、市、漁協が控訴して、十一月から福岡高裁で控訴審が始まるという時点での取材であった。

松下さんが聞いた風成の漁民の言葉というのは、こうである。

「なあ松下さん。やがて周防灘もやられるそうじゃなあ。わしゃあ無学じゃき、ようわからんのじゃが、そげえ工場だらけになって気違いんごと物を作り出して、いったい、物ちゃそげえ必要なんじゃろうか」（「落日の海15」）

もっともな考えである。自身の豆腐屋時代を思い起こせば、直ちに同意できる。松下豆腐店では、松下さんと老父と妻の六本の腕で、一日二百余の豆腐を作るのだが、松下さんは、機械化された設備で作られるマスプロ豆腐というものに抵抗を覚えていた。日産三万丁の豆腐を作る工場ができ、「マスプロ豆腐」と呼ばれ、値段も半額になる。流通はスーパー方式でやる。松下さんは、生産者が苦労して作った豆腐が安売りに出されることが嫌だった。生産労働の苦労や心遣いや愛情までを推し量り、労働の対価として正当に販売されることを望んだ。安売りする者は労働する者の心を踏みにじっていると。

もう一昔前の父母の頃の豆腐作りは、一臼二臼と仕事量を量っていた。豆腐を作るということは重い臼を引き、大豆をすりつぶすということだった。その臼を引きながら母は歌を歌っていたという。苦しみを紛らそうと母は小声に何を歌っていたのだろうと松下さんは耳を澄まそうとする。その松下豆腐店には豆擦機が据えられ、十分間で一臼分の豆を擦ってしまう。臼は重石に転用された（前述したように松下さんのお母さんはこの重石を抱えようとして昏倒したのだった）。豆腐作りを臼の単位でいうことはなくなり、一箱二箱と数える。一つの型箱から三十五丁の豆腐ができる。場が意識を決定するという言葉をもじったのか、［生活が言葉を決める］と松下さんは懐かしんでいる。そんなにも松下さんの思いは濃やかで心情的である。文学的と言ってもいい（『歓びの四季』一三七頁）。

松下豆腐店は企業的経営合理化に逆行して、機械化にすぐには踏み切ろうとしない。それは時代の流れが読めないなどということではない。

［いま業界では、テコ利用の装置があり、重石を苦しんで積む愚から解放されつつある。だが私は、あすもこの悲しみの臼を力いっぱい苦しんで積み上げるだろう。私は愚か者ゆえ、身に刻む苦はいとわぬが、機械はきらいなのだ。自分の両手のみをたよりに、豆腐をつくりはじめた若き父母をなつかしむ。ほんとうにものをいとしみつつ造るのに、わが手にまさる道具があろうか。苦しまずに造るものに愛がわこうか。誇りを感じようか。じっくり時間をかけぬものに、尊びがうまれようか］（『豆腐屋の四季』四九頁）

額に汗し、油にまみれて働くこと、それは松下さんにとって生きている実感である。

やがて松下豆腐店にもボイラーが入り、一釜煮あげるのに十分もかからないようになっても、松下さんは、いぶったり燃えつかなかったりした古くどがなつかしくてならぬと述懐している。さらに重石を水切り機に換える。激しい腰痛に襲われて動けなくなったからだ。その時も、

「機械が据わり、労働の過程が楽になればなるほど、私は何かを失いつつあるきがしてならない」(『豆腐屋の四季』二四八頁)

と書いている。

しかしそんな悠長な、真っ当なことを言っていては時代に乗り遅れる。そんなことは今のスーパー商戦の中ではこっけいな感傷かも知れぬ。それも分かっている。零細豆腐屋が一掃されるのは時間の問題だろう。

ある時、「あんたはそんなままごとみたいな商売しかできんほど、馬鹿かなあ」と言われた。あんたはいまや有名人なんだから、その「名」を商売に利用して、量産豆腐に商標をつけ、「竜ちゃん豆腐」、「竜ちゃんあぶらげ」として売り出せばいい、と言うのだ。「これは当たるぜ、そうなりゃあんたは人を使って働かせればいいんだ。あんたはそれだけ著述に専念できるんだぜ」と言う。なるほどなあ、と思うが、松下さんは、「どこか私の世界とは違うなあ」と思っている(『歓びの四季』一四二頁)。

それは確かに松下さんの志向とは違う。仕事を人にやらせるような傲慢ではないし、自分は何もしないという怠慢でもない。松下さんは、労働とは労《いたずき》のことであり、骨折りのことであったはずだ(『豆腐屋の四季』二四八頁)と言い、自分の体を動かして、身を削ってものを作ることが生きることだと思っている。そして、松下さんは文学も己の身を削って書くものだと思っている。身辺のことを書くということは、多くそういう意味合いが込められているだろう。ただ、このあと「竜ちゃん豆腐」のコマーシャルソングを思い浮かべて一人真っ赤になって照れているところは、後の「ずいひっ」の先取りのようなユーモアがある。

［現在の経済の生動は巨大な浪費によりささえられているのであり、いわば社会の繁栄はムダな消費の結果なのだ。節約は経済を停滞させ、社会の進歩を阻害する悪徳となった。貧しく育った私の二本の支柱だった勤勉と節約が、愚劣であり悪であるとされるこの時代の移りに、私はひしひしと寂しい。細々と手造りする豆腐に生計をかけた私と妻と老父の三人を、いつまでひそやかに生かしてくれる世だろうか］（『豆腐屋の四季』一九六八年）

松下豆腐店の廃業の理由は、松下さんの体のこと、模範青年像に耐えられなくなったこと、自由に生きたいということと、経済的に生き残れなくなったからということがある。エコノミックアニマルとしては失格だったからだ。確かに商売には向いてない。

また松下さんは入院中に、人間にとって本当に必要なものはこんなに少なくてすむのかという感慨を抱いたりしている。人間の欲望をくすぐり、欲しくなれ欲しくなれ、とあおり立て、ものを大量に生産し、大量に消費することで経済発展を図ろうとする高度成長、バブルなどとは対極にある考えである。

豊前地方には、「いのちき」という生活哲学がある。いのちきとは、命＋生きる、の短縮だと思う。なんとか生計を立て、かつがつ生きていられれば、もう多くを望まないという知足の生き方であり、倫理的にまっとうでやましいことがない生き方であり、さらには妥協のない自由な生き方というニュアンスが込められている（「ビンボー暮らしと親しむ」NHKラジオ深夜便、一九九九年一月三十一日）。

いのちきとは自分で自分のメシを食うこと、基本的な人間の生活力のことであり、つまり自立するということであり、それができない者は、「いのちきもしきらん」と言われて、甲斐性なしということになる。

松下さんはいのちきという言葉に一種の畏怖の念を抱いていた。松下さんは自分が一人前にいのちきできない人間ではないかと恐れていたのだ。高校の頃、自我に目覚めて、肉体的なコンプレックスから、同級生ともうまく話せないようなことになった（そのことは高二の時の作品「殻」〔一九五四年〕につぶさである）。細い腕を見ると自信がなくなってくるし、無口で内気な性格では、世間とうまくつきあっていけないのではないかと、存在の不安を感じ、人生を悲観するようになった。対人恐怖症のようである。

たとえば松下さんはどんなふうに挨拶したらいいのか分からないのだ。豆腐屋を始めてから、配達先の店で、天候の挨拶、世間話一つできない。高慢で頭が高いと思われてしまう。

なんと人々は平然と生きていることか。通りを行き過ぎる人々はいかにも当たり前のように挨拶を交わしている。今日の暑さのこと、さっきの夕立のこと、いとも易々と笑顔で言葉を交わしている。それが松下さんにはできないのだ。向こうから知人が来るのが見えると、引き返したくなってくる。おびえてしまう。あの人に頭を下げて挨拶しなければと思う。しみいるような笑顔で挨拶をしなければと思う。すると緊張してしまう。どこまで近づいたらお辞儀をしていいのか、あんまり間近まで来るのを待っていると先にむこうに挨拶されてしまう。どうも間合いがはかれない。表情はぎこちなくなり、こわ張ってしまう。こんなつまづきの石は人々には存在しない。しかし松下さんにとってはつまづき、落ちていく深淵は日常のそこここに穴を開けていた。これでは大人の社会を渡って行けない。自分は大人になれない人間ではないか、いのちきできない人間ではないか、という不安は、常に胸の中に秘められていた（『あぶらげと恋文』七五頁、「ああ…人気ものになりたい」「草の根通信」一九七八年六月六七号→改稿して「頭が高い」『いのちきしてます』、「げに、いのちきは」「草の根通信」一九八一年五月一〇二号→『小さな手の哀しみ』）。

上の文章はこの三つの文献を再構成してみたのだが、『あぶらげと恋文』の中の一九五八年七月十一日の日記の文体は本当に深刻で閉塞感があり、大人になれないことに絶望し、存在の深淵に今にも落ち込んでいきそうな救いのなさがある。しかし「心から陽気でつきあいのいい人間でありたいと、切ないまでに願っている」と（ぬけぬけと）言う「ああ…人気ものになりたい」はすでにユーモア調（演技調？）になっている。言っていることは同じ内向していったものであるが、運動の連帯感の中で救われ、余裕と解放感がある。夏目漱石は、小説には「余裕のある小説」と「余裕のない小説」の二種があると言っている（高浜虚子『鶏頭』序）が、松下さんに余裕をもたらしたのは一人称語りと松下センセというキャラクターの三人称語りの違いかも知れない。時間的にも二十年がたっている。というか、これはむしろ、解放感はあるが、中身は相変わらず深刻と言った方がいいのかもしれない。今にいたるも松下さんは大人になれていない。相変わらず人見知りと気後れを感じているようである。言い換えれば、世慣れたすれっからしにはならなかった。

しかしながら、その内向していった不安と悩みをバネにして、松下さんの文学は生まれたのであり、大人になれないのではないかという不安は、現実に追従することをさえぎる働きもあったのである。松下さんがなみの大人にならなかったことは、この社会のありように異議を感じていたという面があった。

いのちきという言葉は、高度成長を経過した世の中ではすでに死語である。松下さんのいのちきがまっとうであるのは、戦後社会の経済成長に取り残され、機械を拒否したり、スーパー商法になじめなかったからである。風成の人たちの「そんなにものを作っちどうするんか」という言葉に直ちに同感できるのも、こうしたいのちきをしてきたからである。この「いのちきの思想」は、やがて「暗闇の思想」、さらには「ビンボー」と呼ばれることになる。

「いのちき」という言葉について一言いわせてもらえば、松下さんは「いのちきしてます」というふうにこの言葉を普通文・肯定文の中で使っているが、ぼくの感じでは、「いのちきぁでけよるか?」、「いのちきさえでけよか、それでいい」というふうな挨拶の言葉、それもその人がともかく最低限生活が成り立っていっているかを気遣って言う挨拶の言葉であり、また「そげなことじゃあいのちきでけん」というふうに、疑問文か否定文の中でしか使われない重い、ぎりぎりの言葉のように思うのだけど。「いのちきしてます」というのは軽すぎると思う。「してます」というのが標準語であるところにも多少の違和感はある。しかしながら、その重い現実を、そこを何とか、明るく楽天的に笑って、ビンボーを軽くいなし、余裕をもって生きているというのが松下さんなのであってみれば、いのちきの新しい姿があると言うこともできる。

「落日の海」の取材中、すでに周防灘総合開発計画（新全国総合開発計画は一九六九年五月三十日決定）は進行中で、松下さんは逆に、「やがて周防灘もやられるそうじゃなあ」、「周防灘開発計画はどんな具合かね」と聞き返されていたのだった。「ぼやぼやしていたら、あなたの中津も公害のルツボですよ」と。松下さんは答えるすべを知らなかった。

松下さんは『歓びの四季』の中で、

「（略）れんげ田のことを書くのは、東京に住むあなたに対して、思いやりの欠けていることかもしれませんね。でも、この中津だって、十年後にはたしてれんげ田が残されているかどうか。周防灘開発計画が完了して、この豊前海一帯が大工業地帯に生まれ変わった日、こうしてれんげ田と母の墓に遊んだ日が遠い夢のように思われるかもしれません。そう思うと、やはり、しっかりと書きとめておきたいのです」（一二九頁）

と書いていて、この時（一九七〇年春）、周防灘開発計画については政府の既定の方針で特にそれに反対しようなどとは考えていない。しかし松下さんは学んだのだ。公害問題に関してゼロからスタートして、この「落日の海」の取材を通して全てを知ってしまったのだ。この時は公害問題について答えるすべを知らなかったけれど、松下さんの中でそれは重い宿題となっていった。松下さんはいつも現場で学び、問題の本質をきちんととらえ、それを文章に書いて人に伝える。さらにその問題を自分のこととして考え、自分の生の現場で生かしていく。

一九七一年十一月、松下さんは風成の取材をさらに続けた。翌年一月五日、『風成の女たち』というノンフィクション作品にまとめた。初め原稿を講談社に送ったが、五カ月後に断られてしまった（この間、取材済みであった『５０００匹のホタル』を足かけ三年かかってまとめている）。自費出版のつもりで準備をしていたら、「毎日新聞」の記者から電話があり、新聞社から出したらどうかとアドバイスを受けた。しかし、資料に使ったのが、「朝日新聞」の記事だったので、毎日新聞社というわけにはいかず、朝日新聞社に送ると、すんなりと出版は決まってしまった。本は八月二十日に出版された（「大分団地新聞」一九七二年八月）。ところが、この本に風成の人からクレームがついた。

悩んでいるところに、八月二十七日、上野英信さんがひょっこり訪ねてきた。上野さんとは、一九七一年六月、戸畑の穴井太さんの主宰する俳句結社「天籟通信」に呼ばれて行った時に初めて出会っている。しかし、松下さんがルポルタージュを書くようになったのは、上野さんの影響ではない。松下さんは上野さんの作品をまだ一冊も読んでいなかった。

「どうかね、ペン一本で喰えそうかね。喰えなくなったら、いつでもぼくに相談したまえ。ぼくには金はないが、借金の名人だからね、なんとかなるよ」と上野さんは言った。この一言で、松下さんは上野さんを文学の師と決めたという。まだ上野さんの本は一冊も読んでいなかったのに（「かもめ来るころ」）。

ただし上野さんの真意は次のようなことだった。

［ただ、その借金は、かならず至上の誇りをもってできる種類のものでなければならぬ。相手もきみに金を貸したことで生涯の誇りにできるような仕事のためにのみ、金は借りたまえ。そうでない借金は、自分を辱めるばかりでなく、相手をも辱める。自分を不幸にするばかりでな

く、相手をも不幸にする。まかりまちがっても怠惰と虚栄の尻ぬぐいのために借金してはならぬ。借金の理由にチリほどの嘘もあってはならぬ。／きみは、わたしを借金術の師と呼ぶ。しかし、わたしはきみに借金術は教えない。借金道だけを教える。借金道は、要するに、もっともきびしい人間道だ。天稟ゆたかな詩人のきみは、そのことを理解してくれると思う」（「西日本新聞」一九七八年、『火を掘る日々』「借金訓」一九七九年）

これは上野さん自戒であり、そのような借金をしてブラジルに取材し、『出ニッポン記』は書かれたのだった。

「風成」問題について途方に暮れていた松下さんは上野さんに相談すると、上野さんは「君ねえ、そんなことぐらいでうろたえるのなら、今後記録文学はやめたまえ。ぼくなんか炭鉱の荒くれ男たちのことを書いているんだから、いつも闘いだよ。それこそドスを持って乗り込んで来る者だっているんだ。きさん、またおれんことば書いちくれたな、といって、枕元にドスを突き立てたりするんだ。命を張らずに記録文学がやれるなどとは、思わないことだな」と言い、松下さんは、記録文学作家の覚悟というものをたたき込まれたと思った。松下さんが上野さんを文学の師と決めたのはこの時である。

松下さんには、『風成の女たち』に関して一行一句たりとも撤回せねばならない理由はなかった。きっぱりと絶版要求を断り、やがて風成の人たちにも理解を得られるようになった。

数日後、松下さんは筑豊文庫を訪ね、「入門式」を執り行った。作家たる者、文闘、武闘、酒闘の徒であらねばならぬ、という英信先生に入門するには、酒を飲まねばならぬのである。そう思って松下さんは、飲めない酒を真剣に飲んだ。「俺は嬉しいんだ。俺に言葉をかけてくれた作家は上野さん一人だ。俺は先生の弟子になるぞ」と、松下さんは繰り返し言い、上野さんも「ああ、いいともいいとも」と笑っていた。松下さんはその夜、ゲーゲーと吐き続けた。

一九七二年九月三十日、上野さんは「松下竜一を励ます会」（＝「『風成の女たち』出版記念会」）を小倉で開いてくれた。前田俊彦、森崎和江、河野信子、深田俊祐、林えいだい、穴井太さんらの他に、筑摩書房の原田奈翁雄さんも上野さんに連れられてきていた。松下さんの作家仲間は一挙に増えることになった。誰からも相手にされないというひがみ根性も解消し、「この人たちのあとに従いて歩く。懸命に、遅れずに」と決意を新にしている（「原石貴重の剛直な意志」『追悼上野英信』一九八九年、「かもめ来るころ　24師と決める」、「頭が高い？」『いのちきしてます』）。

先にも書いたように、この時期、一方で仁保事件の救援活動に力を尽くしている。すでに引用した「かもめ来るころ　23ヨーセイ」に見られる情熱と自信は、こうした文学の仲間や運動の仲間との連帯感の中から溢れ出てきたものであろう。

3

環境権

一九七二年五月一日、広島大学工学部助手で瀬戸内調査団の石丸紀興という人から手紙が届いた。周防灘開発問題シンポジウムを開催したいが、現地での準備を受け持ってくれないか、という内容だった。松下さんはためらわずに、引き受けたい、という返事を書いた。臆病で非行動的で、およそ運動などとは無縁の自分がなぜそんな返事を書いたのか、不思議でならない、と後に振り返っている。それはおそらく松下さんの運動神経の鋭さから来るものであろう。石丸さんは松下さんの「落日の海」（一九七一年）を読んで、手紙を書いてきたのであったらしいが、松下さんだけに書いたのではなかった。しかし返事を書いたのは松下さんだけだった。松下さんはやはり、大分での取材中、周防灘開発について問われていたことを誠実に受け止めていたのである。だからといって、引っ込み思案で気の弱い性格の自分が、その反対運動の先頭に立つなどとは毛頭思いもしなかった。

「誰かが立ち上がるだろう、その時はうしろからついて行こう。そんな思いで待ち続けていた日に受け取ったのが、石丸氏からの呼びかけだったのだ。私は、ついうっかりと返信を書いてしまった。そのあと、どんな大きな問題をしょいこむことになるかさえ、予感せずに――」

（『暗闇の思想を』一九七四年、一四頁）

この文章を書いたのは一九七三年中のことであろう。「どんな大きな問題をしょいこむことになるかさえ、予感せずに」と書いているが、以後、この時点での予感以上のものが被さってくることになる。そして松下さんは、ひたすらにそれを引き受けていった。この引っ込み思案だが誠実であるところ、つまり気は弱いが芯が勁いところが松下さんの真骨頂である。

松下さんは広島大学に石丸さんを訪ねている（広島高裁で仁保事件の裁判を傍聴した五月十六日である。判決は十二月十四日）。シンポジウムの日時を半月後の六月四日と決め、直ちに準備にかかった。すると宇佐市の共産党員Tさんが、石丸はトロツキストで、うんぬんと言いだしたが、それでも松下さんは、「とてもそげなんおそろしい人には見えんじゃったが」と言って、計画を進めた（シンポジウムを「進行事務」と看板屋が書いてきたので、集会の名称を「周防灘開発問題研究市民集会」と改めた）。

周防灘総合開発計画とは、いかに地元の発展を言おうと、中央政府の机上でつくられた郷土破壊計画である、と見極めた松下さんは、このシンポジウムで学んだことを、「スオーナダカイハツってなんなのだ？」にまとめ、「落日の海」と合わせて、『海を殺すな——周防灘総合開発反対のための私的勉強ノート』（一九七二年七月）を刊行した。

周防灘総合開発計画とは、遠浅の周防灘（山口県、福岡県、大分県）を沖合一〇キロ、水深一〇メートルまで埋め尽くし、そこに

鉄鋼年産二〇〇〇万トン（現在世界最大の日本鋼管福山工場が年産一二〇〇万トン）

石油精製一五〇〇万バレル（大分の九州石油が一〇万バレル）

石油化学工業四〇〇万トン（全国のエチレン工場生産能力が四八一万トン）

火力発電一〇〇〇万キロワット（大分の火力発電所が五〇万キロワット）

の大コンビナートをつくるという巨大なものである。さらにアルミ工場も来るという。巨大開発には巨大公害がついてまわる。公害の現実を知っている者には、開発や発展は神話に過ぎない。「平和郷中津の荒廃が目に見えるようである」と松下さんは書いている。一九七二年というのは、六月、田中角栄通産相が『日本列島改造論』を発表、七月五日には首相になる。一方、前年からイタイイタイ病、新潟水俣病、四日市ぜんそくなどで患者側が勝訴していく時代であった。

開発反対を言う松下さんに、開発がバラ色に見える賛成派から匿名の手紙が舞い込む。あるいは脅迫状が舞い込む。匿名の電話がかかってくる。しばらくは外出をひかえ、外出する時はタクシーを利用するという日が続いた。ある時、お父さんが電話に出たことがあって、「わしんの息子は正しいことをしちょります」と言っていたと、洋子さんから聞いて、こみあげるものがあった、と松下さんは書いている（「かもめ来るころ　12氷砂糖」）。

しかし松下さんが本当に辛く思ったのは、そんな手紙や脅迫状ではなかった。かつて『豆腐屋の四季』を愛読してくれた人たちからの手紙だった。そこには、昔のやさしい豆腐屋の世界に戻りなさいという趣旨が書かれていた。それに対して松下さんは言う。

［私の最初の著書『豆腐屋の四季』が多くの人に愛された時、一番多く冠せられた評語は、「この著者のやさしさ」という一語であった。その頃から三年を経て、私は変わっただろうかと、自問してみる。――変わってなんかいない。以前にも増して、やさしい父であり夫であり、友

人にも誠実なつもりである。そこで気付くのだが、匿名氏が意味している「やさしさ」とは、何に対しても発言せず、庶民の分を守って、ただ黙々と耐えて働いている状態のことらしい。豆腐屋の頃の私はまさにそうであった。匿名氏の眼には、その頃のわたしがいじらしくもやさしく見え、今やっと社会に対して声をあげ行動に立ち上がった私が、にわかにやさしさを喪った心荒い人間として見え始めているらしい。／やさしさということを誤解すまい。闘うやさしさのあることは、あの臼杵市風成の主婦たちを見ればわかる。彼女たちは極寒の海上で機動隊とわたり合って闘った。「かあちゃんパワー」と呼ばれたが、心やさしい涙もろい母たちなのだ。当然であろう。やさしい母たちなればこそ、子らの未来を思って必死に闘ったのである。／……もし今、私たちが沈黙して周防灘開発を許したなら、公害は幾年かののちの子や孫を苦しめるのである。その時の子や孫にとって、今一見やさしく沈黙して見過ごした父母がやさしかったのか、今一見荒々しく闘ってこれを撃退した父母がやさしかったのか、そのことを匿名氏よ厳しく自問していただきたい」（『暗闇の思想を』二二六頁）

あの『豆腐屋の四季』を書いた松下さんが、今、周防灘開発反対運動の先頭に立っているのを見て、多くの人は、ああ、あっちもおかしな方に行ってしもうた、と戸惑ったのである。だが、ことは単純である。松下さんはそれを「闘うやさしさ」という言葉で止揚した。『豆腐屋の四季』のやさしい世界が脅かされた時、それを守るために闘うということはごく当然の論理である。やさしければこそ、立ち上がり闘うのである。やさしさとは、ともに痛みを感じ、一緒にいることだから。ここが松下さんの原点であることは前述の通りである。

六月四日の集会で市民組織の発会を見送った松下さんは、周防灘開発問題第二回研究集会を七月三十日に設定し、新しい会の発足に宇井純さんの講演を企画した。するとやはり宇佐市の共産党員Nさんが、反対した。それでも松下さんは会を開き、名前は「中津の自然を守る会」(以下「守る会」と略す)と決まった。会長は横松宗さん(大学教授、魯迅研究家)、副会長は向笠喜代子さん(中津市連合婦人会会長)。事務局長に松下さん。松下さんが事務局長になったのは、やはり『豆腐屋の四季』の著者だったからだろう。会場は中津市公会堂(現在市立図書館が建っている所)。

この日の講演会で、松下さんは「落日の海」の取材で風成の漁民から聞いた言葉を代弁して質問した。年一〇パーセントの経済成長を目論む日本社会の情勢をふまえた「一体、そげえ物を造っち、誰に売るんじゃろうか?」という質問に対して、宇井さんは、きっぱりと答えている。「ふたつの道しかありませんね。ひとつは外国に売りつける。ことにアジアに。しかし今でもエコノミックアニマル日本はアジアの嫌われ者ですから、これ以上物を売りつけるには、武力による威嚇が必要になって来ます。自衛隊の海外派遣にエスカレートします。もうひとつの道は国内に溢れる物をかかえこんで自爆してしまうしかありません。どちらの道をたどってもほろびます」(「地域エゴ、涙もろさを起点に」「西日本新聞」一九七二年九月二十七日)。宇井さんは確かに資本主義の発展の必然性を言い当てている。日本はすでにアジアへの経済侵略を始めていた。かつてハードに攻め立てて失敗したので、今度はソフトに、自分でもそうと気づいていないふうを装って「進出」していった。松下さんは、これを受けて、地域エゴのはずの私たちの住民運動が、実は巨視的には救国の運動だということになってくる、と書いている。

そして松下さんはこの日の声明文を、「去る二五日の早朝、すばらしい二重の虹が大きく沖台平野にかかっているのを仰ぎました」と書き始めている。

この日、松下さんは梶原得三郎さんと出会っている。梶原さんはたまたま勤務（住友金属小倉製鉄所）が休みだった。朝刊に載っていた集会案内の記事を和嘉子さんに手渡された。講師が宇井純さんということで、ちょっとミーハーな気持ちもあり、ふっと、それにいってみようかと思った。集会が終わって、椅子の片付けなどを手伝い、カンパを置いていった。引っ込み思案で、人見知りもはげしいはずの梶原さんだが、なぜか、宇井純さんの宿泊する日吉旅館で行われた交流会にも出席した。聞いてみると、松下さんとは高校は違っていたが同い年（三十五歳）だった。松下さんが中津北高で、梶原さんと和嘉子さんは中津南高の同級生だった。梶原さんは津民《つたみ》から耶馬渓線で通学していた。学年は松下さんの方が一つ上だけど、卒業は同年だった。一九七一年九月から住むようになった新堀町の梶原さん宅は、松下さん宅から二〇〇メートル位の近さだった。以後松下さんの良き相棒として、家族ぐるみで運動に参加していき、「この人と出会ったばかりに私の運命はくるってしまいました」と言って笑っている。

守る会は活動の当面の目標を、周防灘開発のエネルギー拠点である豊前火力建設問題に絞っていった。松下さんは九州電力の宣伝に対して、そのまやかしをあばいていく。九電が、排煙脱硫装置は八〇～九〇パーセントの亜硫酸ガスを除去できると言うのに対し、松下さんは、実は四〇パーセントしか除去できないということを論破していく。年間二・六八万トンもの亜硫酸ガスが撒き散らされる。四日市ぜんそくが問題になっている四日市コンビナートの全工場が吐き出す亜硫酸ガスが年間四～六万トンであるから、これは豊前火力一つで四日市全工場の半分量ということである（「計算が示すこの害」「朝日新聞」「声」欄、一九七二年十月十一日）。

また九電が「排煙濃度換算の燃料硫黄分を一パーセント以下にする」というのは、「排煙濃度換算で一パーセント」ということであり、実際に焚く重油硫黄分は、一・六六六パーセントで、これまでの一・六パーセントを上回るほどであることを松下さんは自分で解いていき、分かりにくい言い回しで市民をたぶらかす九電を批判した。

窒素酸化物についても、一〇〇万キロワットの豊前火力は、毎時約一五〇〇キログラムの窒素酸化物を排出する。これは車一万一四〇〇台分の窒素酸化物に相当する。松下さんはこうしたことを青年部学習会の皆で解いていった。こうして現場で学ぶことで、松下さんのコンプレックスは次第に解消し、自信をもつにいたっている。

しかし本体の守る会は穏健で紳士的な会であった。市の政財界の名士たちとは事を荒立てたくないというのが基本姿勢であった。松下さんや梶原さん、成本好子さん、須賀瑠美子さん、今井のり子さんたち十人たらずの青年部の作る中津公害学習教室とは、事あるごとに方針が食い違った。そこには、豊前火力が無公害なら反対しないという者と、豊前火力を巨大開発の出発点ととらえる者の違いがあった。松下さんたちは、九電をはっきり敵ととらえる立場をとるようになる。九電技術陣を向こうにまわして、理論戦を挑んだ。すると会長・副会長は、過激な者たちとは一緒にやれないと言い、会長の方針に従うか、組織を別にするかという選択を迫ってきた。

一九七三年一月二十一日、青年部は「公開・公害学習教室」を開く。豊前火力の主要問題点を八

テーマ選び、それをこの日担当者が発表するというものだった。八つのテーマとは、
1　豊前火力の規模及び建設の意味するもの
2　発生する亜硫酸ガス量と被害予測
3　亜硫酸ガス対策の問題点
4　拡散式と風洞実験の問題点
5　窒素酸化物とばいじん問題点
6　温排水・タンカーなど海の汚染問題
7　公害防止協定の問題点
8　各地の運動と、今後のわれわれの運動
で、これを一問一答形式で『火力発電問題研究ノート』にまとめ、刊行した。以後火電公害問題のテキストとなる。

一九七三年一月二十八日、「豊前火力反対市民集会」は六者（婦人会、守る会、社会党、公明党、共産党、地区労）共闘で開かれ、五〇〇人を集めた。これには松下さんたちも守る会として参加したが、同日、宇井純さんの九州一巡の一環に組み込まれた「公害自主講座」は、中津公害学習教室が単独で受け入れたものであった。集まったのは八〇人であった。松下さんには、組織動員で集まった五〇〇人が虚数のように思えてきたという。この日、松下さんは守る会から分かれ、中津公害学習教室として活動していくことになる。

二月十四日、周防灘総合開発は棚上げとなる。六億五〇〇〇万円の調査費が無駄になった。しか

し、豊前火力は残った。それと耶馬渓ダムと新北九州空港も残った。誰が見ても豊前火力は周防灘開発のエネルギー基地なのだが、九電は二つは無関係だと言い張る。

二月十七日から二十八日まで、豊前市の公民館で、市教育委員会主催で、豊前火力に関して賛成派と反対派の両方の意見を聞くという講演会が開かれ、松下さんは反対派の講師として話した。賛成派の講師は九大講師で、元築上《ちくじょう》火力発電所の所長だった。これは市職員労組の強硬な要求を行政側がしぶしぶのんだということであったが、全国でもまれな市民学習会であった。だがその学習の最中なのに状況は一変していった。

二月十九日、椎田町は町全体で反対表明をしていたが、椎田町議会が、一転して建設を認める議決をした。

二月二十一日、福岡県と豊前市は「豊前火力建設に伴う環境保全協定」を九電との間に結んだ。

もはや豊前火力阻止の手段はなくなったように思えた三月十五日、中津・公害学習教室と豊前・公害を考える千人実行委員会と自治労現地闘争本部の三者は、「豊前火力絶対阻止・環境権訴訟をすすめる会」を発足させた。その決議文を松下さんは次のように書き、清き空気と深き緑と美しき海を守ることを主張した。

「(略) 我らの棲みつく環境を破壊しようとする巨大火力発電所を阻止するか否かは、まさに我らが我らの子孫に負うべき歴史の決定的決断である。我らの戦いは厳しく苦しい。我ら土着同胞の内部にあっても、土地の工業的繁栄を期して巨大発電所誘致に賛する者少なしとしない。現実的利益から発する彼らを説得するに「清き空気を、深き緑を、美しき海を」主張する我らは、心情的に過ぎるといわれるやもしれぬ。とはいえ、我らは信ずる。——我らが頑迷なまでに守り徹するものの、はかりしれぬ尊貴は、ますます破滅的な国土現象の中で、歴史と共に光芒を強めるであろうことを。されば、我らはここに立つ。（略）」（「草の根通信」一九七三年四月四号、『暗闇の思想を』一四六頁）

理想と現実の問題は何にでもいつでもついて回る問題である。現実的経済的利益を求める人の方が圧倒的に多いこの国の中で、自然を守ろうという主張は彼らには届かないかもしれない。松下さんたちは歴史的未来における評価を俟つという立場に立つ。

しかし、状況はますます悪くなっていった。

三月二十三日、中津市議会総務委員会は、「豊前火力建設反対決議」の請願を不採択とした。それを見届けてから、松下さんは、銚子市で行われる「反火力全国住民組織第二回勉強会」に参加するため、旅立った。その勉強会の席上、豊前の状況を報告して、「こうなった以上、伊達の皆さんのように、環境権訴訟を起こしてでも反対運動を貫くつもりです」と述べている。

三月三十日、中津市と九電は公害防止協定を調印した。これによってそれまでの中津の自然を守る会は実質的な行動を終えた。あんなに盛り上がった反対運動から、皆一斉に退いていった。同時に松下さんたちの運動は孤立していった。

残された少数者の顔ぶれを見ると、一つのパターンがあるように思える。真面目で誠実で、気弱で、思っていることの半分も口にできない引っ込み思案だが、芯が勁く、自分の世界を守り通すようなタイプ。運動することと人間として生きることが重なっている人。言っていることとやっていることが一致している人。現実に負けず、理想を捨てない人。志を枉げない人。確かにこういう人は極めてまれである。そして、環境権訴訟をすすめる会の活動は、こういった人たちによって、これから本格化していく。

裁判の準備を進めていく中で、やはり機関紙が必要だということから、「草の根通信」が発行された。「豊前火力絶対阻止」の副題を持つ。一九七三年四月五日が創刊日だが、実際には第四号である。一、二、三号は、恒遠俊輔さんの編集で、豊前公害を考える千人実行委員会の機関紙として、前年九、十、十一月に発行されていた。誌名はこれを引き継いだのである。

「草の根通信」の名付け親は恒遠さんで、幕末の草莽吉田松陰の思想を紹介しながら、「野にあって志を同じくする者の決起によって社会の変革をめざすという、わが国における草の根民主主義」という意味をこめて命名したと書いている（「草の根通信」二〇〇三年九月三七〇号）。「草の根通信」の題字は九大の青木保弘さんが書いた。

通信は闘いの現場の生き生きとした情報の報告と、それを書いている者の顔が見えるような和気藹々とした雰囲気が、人気の秘密であっただろう。それは残され孤立した少数者たちの気兼ねのないホンネだけの機関紙だった。

［誤解をおそれずにいえば、中津市・豊前市という地方の町での知識人的運動が、この環境権裁判であったのであり、「草の根通信」の想定した読者の中には漁民も農民も町のオッサン、オバサンもいなかったといっていい。月に五百円の会費を払って裁判を支持してくれるよく分

かった読者だけが対象の機関紙として出発したといっていい」（「羞じるべきか誇るべきか」『80年代№12』一九八一年十一月）

「草の根通信」の発行部数は、最初五〇〇部、最高時で二〇〇〇部。地元中津が一〇〇、豊前が五〇〇、他は全国に郵送されている。「知識人」というのは、前述のような残され孤立した少数の理解者ということである。全国の読者というのが、そこでの孤立した運動の担い手たちということでなければ良いが。

孤立した者はペンをもって闘うのが有効である。それは松下さんの豊前火力闘争を記録した一連の著作にも、「草の根通信」についても言えることである。なぜなら書かれたものは時間と空間を超えて広がり、残るからである。

少し先走るが、「草の根通信」には、裁判の模様は、法廷で録音許可されたものが、生のまま、記録されていったし、電調審行動や、強行着工、梶原さんたちの逮捕、といった事件が、生々しく伝えられていった。あまりにあけすけに何もかもさらけ出してしまうので、それでは警察に筒抜けではないかと弁護士に叱られ、梶原さんらの阻止行動を記載した号は発行が遅れてしまったこともある。しかし、少数者の運動を支えるためには、文章に書いて広く全国に訴えることが有効な手段となるわけで、運動の理念とともに、それをどんな人がやっているかで理解は深まる、という松下さんの編集方針は変わることはなかった。報告者も登場人物も実名で出てくる。匿名では人間が見えてこないというもどかしさがある（むろん匿名の人もいる）。

［私小説に毒され、おのがことをあからさまに書いてこそ文学と心得て来ている三文文士松下

センセは、隠さねばならぬことを思いつきもしなかったのである。（略）人と人がつながっていくきずなは、勿論、その考え方であり理屈の共通性においてであろうが、それがほんとうのぬくもりで結ばれるには、丸ごとの人間を知ってのことでしかないだろう」（同前）

そして、まず隗より始めよと、松下さんは「草の根通信」二六号から「ずいひつ」を連載し始める。とかく硬い話になりがちな機関紙に息抜きのページをという思いもあった。それこそあけすけに「松下センセ」一家と友人のドジぶりやビンボーぶりを描き続け、ユーモアとペーソスで好評を博している。粗忽味と稚気にあふれた清涼感がある。そしてこの「ずいひつ」が「草の根通信」のスタイルを決めているというところがある。というか、草の根の仲間たちとの連帯感が、「ずいひつ」の文体を支えていると言ってもいい。つまり相互関係にある。ただしそこには「八分の事実と二分の脚色」があるのであって、それゆえ文学作品なのである。

確かに「松下センセ」は、舞台に上がった松下さんという感じがある。現実の松下さんとはやや違う。現実の松下さんは、自分でも言うように、人付き合いが下手で、不器用で、容易に人とは馴染めない性格であり、不機嫌で無愛想と受け取られかねないと気にしていて、このことが運動を広げていくことの障害になっているのではないかと悩むほどである。あまりに寡黙であるため、相手を不愉快にさせたのではないかと心配になり、後で手紙を書いてフォロウしたりすることもある。書く分には何も苦にならない。筆まめなのである。

次に「松下センセ」についての自己分析を紹介する。

「ずいひつ」は「草の根通信」一九七五年二月二六号から連載開始になるのだが、その「小さな読者たち」という文章の中で、子供たちを前にして自分のことを何と呼んだらいいのか困っているところがある。多分この連載中ずっと悩んでいたのだと思う。「ぼく」の場合が多いが、「小生」という場合もある。それで考え出したのが「松下センセ」という三人称だった。この呼び名は一九七六年五月四一号から定着する。『いのちきしてます』(三一書房、一九八一年)を出版する時に「松下センセ」に統一される。

「松下センセ」とは、松下竜一が突き放した目で見た己であると言っていい。「松下センセ」は「ずいひつ」に登場する主人公なのだが、彼は豊前火力反対運動の代表的存在である。その実態は、きわめて小心で軽薄でおっちょこちょいというに尽きる(このおっちょこちょいを「軽忽」などと難しい漢字で言って気取ったりする)。一応は作家として自認しているらしく、時にはセンセイ呼ばわりされるのが面映ゆくて、一字たりないセンセにしたということらしい。「松下センセ」というキャラクターの登場で、これまでの一人称の語りによる内向する深刻さから解放され、松下さんはずいぶん気が楽になり、「ずいひつ」のスタイルを手に入れ、己を開放・解放することができ、見せ方を獲得することができた。

しかしながら、地方作家のことゆえ彼の書く本など売れるはずもなく、必然的に彼の貧しさは相当なものである。家族五人を抱えながら、年収二百万円前後で、私立大学に通う二人の息子への仕送りもままならず(それゆえ二人の息子ケンとカンは、アルバイトで学費を稼ぎ、自立心に満ちている)、車もクーラーも持たず、一五アンペアの質素な生活を守っている。清貧の思想というより、清貧の現実なのだ。

おまけに、生後まもなく肺炎にかかり、高熱のため右目を失明、高校の頃肺結核の診断を受けた。その治療のために左耳も聞こえにくくなっている。これは後（一九七七年）に多発性肺嚢胞症という病気だと分かった。が不治の難病で、肺活量は普通人の半分しかなく、医者も、よくその体で動きまわれるものだと言うほどである。そのため咳の絶える時がなく、嚢胞が破れると喀血する。他にも神経痛、腰痛、それから痔の手術もしたし、腎臓結石の激痛にも度々襲われ、入退院を繰り返すという状態である。

そんなお先真っ暗な生活なのに、四十歳を超えて三人目の子をつくってしまって（一九七八年一月）、その子にキョウコと名前をつけ、我が家ではカン・キョウ・ケンは確立したとうそぶいている。さらに厄介なことに、センセには、洋子病と名付けられる退嬰的な病気がある。世間から隠れて幼児のようになってしまいたいという衝動が起こる。もうだめだ、何も書けそうにないとか、無収入になりそうだとか、ハゲになりそうだとか、くどくどと愚痴を言う。こんな重症は年に一度くらいだが、普通の場合でも十一歳年下の細君の洋子さんのそばを三日と離れられないのだ。三日以上離れていると、心が落ち着かず、仕事も手に付かなくなってしまう。そのため遠くへの講演旅行も断る。ある忘年会で洋子さんは、「わたしは愛され過ぎている」と言って、みんなの爆笑をさそったことがある。山国川の河口を二人で五匹の犬を連れて散歩し、カモメにパンくずをやるのが、無上の楽しみというふうである（これを最高の贅沢と言う人も多い）。

ある時、取材に訪れていた新聞記者にお茶を出しにきた洋子さんのことを、記者が「今の人は息子さんのお嫁さんですか」と尋ねた。「いえ、妻です」と松下センセが答えると、記者は「今の人ですよ。今お茶を持ってきてくれた」と聞き返した。「はい、今のが私の妻です」とセンセはすまして答えた。細君の若さから記者が勘違いしたのだと知って、センセはこの時内心大喜びしたのである。なんとも他愛のないことだが、そんなほとんどノロケ話をデレデレと皆に話しては失笑を買っている。しかもみんなは嬉しそうに笑っている。あとでこの話を聞いた伊藤ルイさんは、「まあ、あの人はくだらないことばかり嬉しがって」と言ってほんとに嬉しそうに笑っていた。

本来運動なんか嫌いで、人と争うことなど大嫌いなセンセなのだが、気が付いてみると、環境権裁判の先頭に立ち、「過激派」などと呼ばれている。そして「過激派」というのが、最も誠実で熱心な者という意味なら、その通りだと思うという。言葉と行いとが分ちがたく結びついているのだ(さらに後には反戦、反核、反原発運動もやり、天皇制反対、死刑制度反対、と叫んでいる)。つづめて言えば、前にも言ったけれど、カモメにパンくずをやるために、反戦・反核・反原発……運動をやっている。

「ずいひつ」がウケルのは、この哀れにもこっけいな松下センセの、当人としては大まじめで懸命な生活ぶりが赤裸々に語られ、こんな無力な、こんな軽薄な、こんな小心者が、こんな運動を闘っているのか、という共感からであろう(「無力なはぐれ者たちの『わが闘争』」『朝日ジャーナル』一九八〇年一月四日、「いつになったらやめられる　草の根通信二〇〇号に」「西日本新聞」一九八九年七月十七日と、ぼくの知見をミックス)。

現実の松下さんと、二分の脚色のある松下センセとは少し違う性格である。また松下センセと運動の現場の松下さんとでは別人のようなところがある。「過激派」というにはダラケタところがある。三人の松下さんはおそらく三層の構造を成している。舞台に上がらない松下さん、舞台の上の松下センセ、そして運動する松下さん。演技的性格、ドラマタイズが三層を分けていると思われる。

先走った話を元に戻す。

一九七三年六月十六日、豊前市の平公園で暗闇対話集会を開き、翌日中津市の福沢会館で環境権シンポジウムを開く。その日の講師、仁藤一氏は環境権（後述）の提唱者である。淡路剛久氏は民法学者で「皆さんは環境権を魔法の杖だと思っているようで困るんだなあ」と言っている。それに対して松下さんは「私たちは環境権を掲げて突っ走るから、あなたがた専門家はその理論づけに、必死に追いかけてくださいよ」と注文している（「武器としての環境権」「朝日新聞」一九七三年六月二十三日）。法律の専門家（後に環境権訴訟を起こした時のことを考えると、この専門家には、裁判官も含まれる）と素人の位置関係をこの会話はよく表している。星野芳郎さんは瀬戸内調査団の団長である。瓢鰻亭《ひょうまんてい》前田俊彦さんは、ピグミーの世界観に学び、人間は地球の客なのであり、他の生き物、自然環境とほどよく共存し、足ることを知ることが大切で、主のように自然を侵略・収奪してはならないという「客の思想」を話した。

七月三日、豊前火力反対の椎田漁協は総会を開き、「条件交渉に入る」が、「反対決議は下ろさない」という決定をした。亀井光福岡県知事は、反対決議を下ろさなかったのは交渉を有利に進めるためだろう、つまり実質賛成に転じたのだとして、九電に知事同意書を出した。しかし松下さんたちは反対のままであるという一点で押し通した。九日、上京した松下さんたちは小野明参議院議員

（社）の仲介で呼ばれた環境庁や通産省の役人に不当を訴えた。結局九電は、七月九日の電調審への上程は手続き不十分で見送らざるを得なかった。しかし、知事は九電と椎田漁協との交渉を急がせ、結局八月十七日、椎田漁協は補償金一億二五〇〇万円で妥結した。

もう間もなく妥結するだろうという状況の中で、八月九日、豊前市の釜井健介さん宅に集まった松下さん、梶原さん、恒遠俊輔さん、伊藤龍文さん、坂本紘二さんの六人（後で市崎由春さんが加わる）が話し合っていた。

「どげえかなあ、俺たちみんな原告に立つか」

「ああ、みんなで立とうや」

と軽い気持ちで（軽はずみのココロガマエで）環境権訴訟を起こすことを決めたのである（翌日坪根侔《ひとし》さんが加わり、福岡市の坂本さんが原告不適格ではずれる）。

伊達環境権訴訟（一九七二年七月二十六日提訴）の訴状を参考に、松下さんが訴状を書き上げ、七人の原告は（坪根さんは欠席したが）、一九七三年八月二十一日、福岡地裁小倉支部に、環境権に基づき、豊前火力建設差止め訴訟を提訴する。

松下さんは自分の行動の原理を「暗闇の思想」として、すでに新聞に発表している。

［……電力が絶対不足になるのだという。九州管内だけでも、このままいけば、毎年出力五〇万キロワットの工場をひとつずつ造って行かなければならぬという。だがここで、このままいけばというのは、田中内閣の列島改造政策遂行を意味している。年一〇パーセントの高度経済

成長を支えるエネルギーとしてなら、貪欲な電力需要は必然不可欠であろう。しかも悲劇的なことに発電所の公害は現在の技術対策と経済効率の枠内で解消し難い。そこで電力会社や良識派と称する人びとは、「だが電力は絶対必要なのだから」という大前提で公害を免罪しようとする。国民すべての文化生活を支える電力需要であるから、一部地域住民の多少の被害は忍んでもらわねばならぬという恐るべき論理が出てくる。本当はこういわねばならぬのに――誰かの健康を害してしか成り立たぬような文化生活であるのならば、その文化生活をこそ問い直さねばならぬと。／じゃあチョンマゲ時代に帰れというのかという反論が出る。必ず出る短絡的反論である。現代を生きる以上、私とて電力全面否定という極論をいいはしない。今ある電力で成り立つような文化生活をこそ考えようというのである。（略）私には暗闇に耐える思想とは、虚飾なく厳しく、きわめて人間自立的なものでなければならぬという予感がしている」

（「朝日新聞」一九七二年十二月十六日）

松下さんの言う「暗闇の思想」とは、真っ暗闇とか江戸時代に帰れ、といったものではなく、現代社会に生きる生活者として、ある程度の電力を認めた上でのことである。オール・オア・ナッシングではないのである。なにしろ、松下さんは暗闇がこわいので、夜も小さい電気をつけて眠るのである。「われらは皆いじらしきまでに豊前平野に棲み着き、定職大事に、妻子ともろもろの血縁はらからのしがらみに縛られて生きる小心平凡の徒輩であれば、まさか一切の電力拒否などありえなかろう」といった微温的なものである。住民運動から生まれる思想は極北的なものではない（「われらが暗闇の思想」『月刊エコノミスト』一九七四年四月号）。「暗闇の思想」というものものしい名前ではあるが、物があふれかえり、豊かな暮らしと喧伝されるもの（3C＝カー・クーラー・カラーテレビは大量生産大量消費、使い捨て時代の新三種の神器として、喧伝されていた）が、実はヴァニティフェアではないのか、足元を見つめれば、その下に誰かを踏みしいているのではないか。［誰かの健康を害してしか成り立たぬような文化生活であるのならば、その文化生活をこそ問い直さねばならぬ］という、要するに人間の真っ当な生活を問い直そうというただそれだけのことである。文明とは麻薬なのではないか。これは人間の文明批評というか、人生の質を問うという意味で、極めて文学的・哲学的・倫理的な考え方である。

そしてこの「暗闇の思想」とは実は『豆腐屋の四季』の世界なのである。前にも触れたように、松下さんはマスプロ豆腐やスーパー商法に抵抗を覚え、心身の労《いたずき》がなくなることで、人は何かを失っているのではないかと問う。失っているものとは、おそらく生きることの手応えのことであろう。松下さんには、体を動かして労働することが人生を味わうことだという考え方がある。それが松下さんの「いのちき」である。

［その「暗闇の思想」というのは、何程のことを言っているわけじゃないでしょ。私の中では、あれは『豆腐屋の四季』からなんですね。『豆腐屋の四季』の中で書いていることを今読み返せば、あれは正に高度経済成長の始まる直前の一地方の状況の記録になっているんですね。その中でくり返し書いているのは、豆腐屋が機械化されていくことへの抵抗であり、あるいは家庭にテレビが入ってくることへの抵抗でありね、正に火電反対運動の中で、「暗闇の思想」を掲げる中身っていうのは、私にとっては、豆腐屋をやっていた時からの私自身の感性みたいな

ものなんですね」(「闘いの現場」『クリティーク　12反原発、その射程』一九八八年七月)

松下さんは、豆腐屋をしていた頃、豆腐を配達するため日に幾度となく山国川の河口の橋を渡った。その河口に展開されるカモメやカラス、シラサギやシギなどの鳥たちの姿や、夜明けや夕暮れの清澄にして荘重な風景。あるいは野草の名前はほとんど知っていて、土手に咲く小さな花々に季節を感じるといったこと。それらを松下さんは「私の青春の風景」と呼び、歌や文章に書き、その小世界を築いていった。これは松下さんの心棒と言ってもいいものである。

[瀬に降りん白鷺の群れ舞いており豆腐配りて帰る夜明けを
豆腐積みあけぼのをゆく此の河口早やおどろなる群鴉の世界
わが犬は豆腐積み行く土手に沿い暁の瀬をしぶきて走る]

周防灘開発計画、そのエネルギー拠点としての豊前火力に反対するということは、松下さんにとって、青春の風景を守るということであった。風景とは、海と空と土と、そこに生きる生物と人間の総体のことである。つまり、環境のことである。

[この山国川の河口というのは私にとって、実に自分の「青春の風景」とも呼びたいような、きれいなところであります。これはちょうど周防灘への河口をなしておりますが、十四年間ここを往き来する中で、自分の心というものを養われてきたわけです。／私が短歌なんか作るようになりましたのも、こののんびりとして静かで美しい風景の中に日々を浸っているということの中から、おのずからそういうふうなことになっておりまして、随分この河口を背景に私は歌を作りました。

「瀬に降りん白鷺の群れ舞いており豆腐配りて帰る夜明けを」……ま、そういう歌をいまだに忘れないいんですけれど。／そういう風景というものの中で生きる日々というものは、私にとって非常に倖せでした。ところが或る日、周防灘開発というようなことが出て来まして（略）」（環境権訴訟第二回公判での意見陳述、一九七四年三月十四日）

［しかしその世界が、まさにブルドーザーにより下敷きにされてしまおうとしていることを知った時に、それを見過ごすならば、私の書いた歌も文章も嘘になってしまう。私は孤独であった自分の青春を支えてくれた風景を守る為に、立ち上がらざるを得なかった。つまりそれは、優しさを守る為の闘いであった］（「優しさということ」一九八三年二月十五日の講演から）

［今までの開発論議に欠落していたのは、自然愛好的心情論であった。それが欠落する限り、開発論者の「計算可能な巨大利益」の説得に、住民は常に屈服するしかないのである。／作家である私が、あえて市民学習会の講師の席に立つのは、開発論議の中に「計算不可能な人間的心情」の主張を復権させたいからにほかならぬ」（「人間的心情の復権を」「毎日新聞」一九七二年三月二十三日）

これまでの開発問題の中で心情的な反対理由は一切顧みられることがなかった。確かにその風景の喪失がどれほどの痛苦になるかを科学的に、数量的に示せと言われても、それは不可能だ。しかし、それを科学的に示せないから問題外だとするのは、人間の尊厳の否定である、と松下さんは言う。人間は心があるから人間なのだ、と。例えば、アサリ貝を掘って何百円と電力会社のもうけ何億円とを比べるのは、心を葬り去ることなのだ。計算可能な巨大利益のみで物事を計ろうとするのは、まさにエコノミックアニマルそのもののあられもない姿である。

ある日、この「人間の尊厳について」のテーマで講演をした。聴衆は深い感銘を受け、この感動をこのまま抱き締めていたい、などと言って目を潤ませている。ところが松下センセは帰る段になってその謝礼ののし袋をなくしてしまったのに気が付いた。あわてふためいて駅の遺失物係に連絡したが出てこない。悄然としていたところ、タクシーの運転手から届け出があった、と講演の主催者から連絡があった。「エッ、ありましたか」と思わず大声を出し、取り乱してしまった（「のし袋遺失一件」「草の根通信」一九七八年十二月号、『いのちきしてます』一九八一年）。松下さんは、あまりに立派なことを言うと、露悪的にドジなところを披露して、それを中和させようとするところがある。そこが松下さんのマトモなところなのである。［なまじっか聴衆を感動させたりしたあとのうしろめたさはやりきれない。自分の偽善の仮面をひっぺがしたくて、講演会場からそのままストリップ劇場へ直行したこともある］（『うどんげの花』一九八三年）というのもそれである。

松下さんの主張は、「人間的心情の復権を」とか、「涙もろさを起点に」とか、敢えていえば文学的叙情的な主張である（映画『鉄道員』を見てとめどなく涙を流したことを思いだそう）。また短歌や『豆腐屋の四季』の世界の叙情性を思い出そう）。その住民運動は、一見政治的に見えるかもしれないが、その一番底には松下さんの文学がある。すなわちそれまでに自分が親しみ、自分を育て支えてくれた風景、青春の風景が破壊されていくのを黙って見過ごすことは、松下さんにとって、節を枉げるに等しいことである。すでに引用した「環境権訴訟をすすめる会」の声明文の中にも、［現実的利益から発する彼らを説得するに「清き空気を、深き緑を、美しき海を」主張する我らは、心情的に過ぎるといわれるやもしれぬ」とあって、その文学性ははっきり読み取れる。

松下さんは『歓びの四季』（一九七一年）の中に「海からのあいさつ」というメルヘンを書いている。小祝島の草土手で原稿を書きあげて寝転んでいたら、風にその原稿が吹き上げられ、海に落ちてしまった。松下さんは海の中に入ってそれを拾おうとした。どぶ泥の中に足がズブズブとうまってしまう。その感触を心地よく思いながら、原稿をすくい上げた。原稿に松下さんの書いた文字は消え失せ、あとには水の跡がまるで文字のようにくねくねと読める。

「私は北門の海。

あなたが、とても私を愛してくれるのがうれしい。／私も昔は、深くゆたかだった。／あなたが少年のころ、子どもらは北門橋のらんかんから、真っ青な私の中に飛び込んで来て泳ぎ廻ったものだった。彼等を受け入れるほどゆたかな深さを持っていた私は歓びのしぶきで子どもらをくるみこんだものだ。

秋がくると、自分でも制御しえない荒々しい力が台風に呼応して、幾度も北門橋や小祝橋を倒壊させ押し流した。

あのころのあのとどろきを想い出すと、夢のような気がする。

なぜ私はこんなに浅くとぼしい流れになってしまったのだろう。私はもう老いたのかもしれない。

私は遠いさかんな日から、どんなに気長にあなたを待ちつづけていたことか。

いつかは、私のことを歌いあげてくれる詩人が、このほとりに現れるのだと信じて、せめてそれまでは私が涸れ果ててしまわぬように祈りつづけながら。

でもとうとう現れました。／あなたでしょ？

あなたこそ、私が待ちつづけた詩人なのでしょ？

　私は今、うれしさにふるえています。こんなにキラキラと波打って歓んでいます」

読んでいくうちに、午後の日射しが紙を乾かしてしまい、水の文字は消えていってしまった。でも君よ、寂しいけれど、私は君が永い間待ちつづけた詩人ではない、ただ夢多い豆腐屋に過ぎない。

［だが、気を落とさずに待ち給え、きっときっと君の待つ詩人の現れる日が来るだろうから」と松下さんは書く。


　この一九七〇年初夏の時点で、既に周防灘開発計画は発表されていて、状況は単に歌いあげるだけでは十分ではなくなっていること意識しながら、松下さんはこの掌編を書いたはずだ。メルヘンという形式をとったのは破壊されていく海の言葉を聞くためである。しかし豆腐屋である限り身動きできない松下さんの限界というか、この時はまだ海の言葉に応えられる条件が整っていなかったのである。

　だが、その日は来た。待ち続けた北門の海の心に応えるべく、詩人の心と社会に開かれた眼を持ち、松下さんは立ち上がる。一九七三年の夏のある日、午睡をむさぼっていた松下（寝太郎）さんの脳裏に、なぜか「ランソのヘイ」という言葉が浮かんできた。最初屁の一種かと思ったが、次の瞬間、日本国革命の確実な一手段を発見したのである。ガバと撥ね起きた松下さんは不気味なほど静かな声で呟いていた。「ぼくがやらねば誰がやる」

「ランソのヘイ」とは、元々は「濫訴の弊」である。日本政府はこれを何よりも恐れている。庶民がみだりに互いを訴えあっては社会秩序がみだれるし、また庶民が法律になじんでは支配がうまくいかなくなるからである。そこで逆手を取って、松下さんはこれを「ランソの兵」と読み替えた。支配者・強権者の理不尽に泣き寝入りせず、国も県も、大企業も、訴えて訴えて訴えぬくことによって、新しい庶民の世は到来するのであると看破したのである。

「さあれ、今は戦闘開始である。隗より始めよとは史書の語なり。ぼくがまず敢然と雄々しき大裁判を打つ、されば続きて「立て、日本のランソの兵よ！」／痩身四二キロ、猫背で万年肺病青年松下竜一は、大分県中津市船場町、四辻から二軒目の軒低き貧しげな家の一室で、心中熱く全日本に向けての呼号を放ったのである」（『五分の虫、一寸の魂』）

『五分の虫、一寸の魂』（一九七五年）は最初、雑誌『終末から』に一九七四年四月から連載された。連載時のタイトルは「立て、日本のランソのヘイよ！」である。独特の文体で書かれており、少年時代に読んだ講談本の講談調の影響か、文語調・漢語調の中にも、巧みなユーモアにあふれ、人々を鼓舞している（実際この本に鼓舞されて裁判を始めた人がかなりいる）。すでに孤立を味わっていた松下さんたちにとって、笑いと明るさは、闘いを続けるエネルギー源である。「ぼくがやらねば誰がやる」と志願するのは、北門の海の言葉を聞いた詩人の受難、使命感と言ったらいいのだろう。そこには詩人の眼と子供の眼が生きている。運動の高揚期にあって、いつになく、ランソの隊長、まさにドン・キホーテのように勇ましい。またの名を憂い顔の騎士というのも、いっそう相応しい。

そして、このランソの兵の先達が、かの蜂の巣城城主室原知幸である。松下さんの心の中に、何時の頃からか、この老人の姿が息づいていた。室原知幸という人は、松下さん自身の紹介によるとこんな人である。

［室原知幸（一八九九年九月十日～一九七〇年六月二十九日）山林地主。熊本県生まれ。／一九二三（大十二）年早大卒。肥後小国の山林地主として、静かな人生を終えるはずであった彼の晩年は、五十九歳を境として激変する。一九五七（昭三十二）年建設省が筑後川治水を理由に計画した下筌・松原ダムでは、彼の住む志屋部落は水没地域となる。村人に請われて、反対運動の指導者となるが、予定地の急峻な山腹に壮大な「蜂ノ巣砦」を築き、次々と繰り出す訴訟に国は立ち往生を続け、六〇年安保闘争終息後の全国の注目がこの山峡の里に集まる程の大闘争となる。彼が突きつけた「公権と私権の相剋」は、やがて七〇年代に激発する住民運動のテーマとなっていく。十三年間闘い抜いて、病没］（『現代日本朝日人物事典』一九九〇年）

筑後川の上流津江川に計画された松原ダム・下筌ダムに反対して、国を相手に十三年間闘い続け、室原が国を提訴すること五十件、国が室原を提訴すること二十六件、合計七十六件の訴訟で、このランソの兵は一歩も譲ることがなかった。一九五三年の筑後川大洪水による被害を教訓になされたこのダムは多目的ダムで、洪水調節のためには空にしていなければならないが、発電のためには湛水していなければならない。これは矛盾である。しかし、国は公共の利益のためとして、私人の権利にまで踏み込んで計画を進めようとした。土地収用法を適用したのである。室原は、これに対抗すべく、猛勉強を始めていた。その範囲は、法律、地質学、河川工学、気象学、ダム工学、電気工

学などの分野に及んだ。法律だけでも、土地収用法、憲法、河川法、多目的ダム法、電源開発促進
法、民事訴訟法、行政訴訟法などという多岐にわたる。これに六十歳を超えた老人が挑んでいるの
である。
〔或る深夜、縫い物をしていたヨシは、背後の気配に振り向いて、あっと魂消た。いつ書斎を
出て来たのか、放心したように知幸が立っていた。／「おとうさん、どげえしましたと」／
幽鬼……という言葉が動顚しているヨシの脳裡をかすめた。
「おれには誰も教えちくるるもんがおらん」／それだけ呟くと、知幸は又影のように奥座敷へ
と戻って行った。ヨシの動悸はいつまでも鎮まらなかった。室原知幸は既に鬼になったという
べきであろう。己が意志力と能力のあらん限りを燃焼し尽さんとする凄絶な一匹の鬼に〕（『砦
に拠る』一九七七年、五三頁）

さらに続けて松下さんは、室原が、荒畑寒村の『谷中村滅亡史』第二十六章の土地収容の一節を
声に出して読んでいる姿を書いている。

この幽鬼のように学習に没頭する室原の姿は、そのまま松下さんの姿であったはずだ。松下さん
は己の姿を室原の中に見、己を仮託して室原を描いた。「あれは、俺だ」と。

かつて松下青年が豆腐を作っていた作業場を改装した板の間の本箱に、読み散らした推理小説や
SFものや、幼子らのガッチャマンやウルトラマン人形と並んで、異彩を放つ一群の書物がある。
『六法全書』、『基本法コンメンタール――民事訴訟法』、『現代損害賠償法講座』、『憲法講座』、『公
害の法律相談』、『図解による法律用語辞典』、『四日市公害訴訟』、『環境六法』、『民事訴訟法判例百

選』などの本が並んでいて、「法律書コーナー――誰でも自由に利用してください」という松下さん手書きの貼紙がしてある（『五分の虫、一寸の魂』六三頁）。

松下さんはこれらの本以外にも、幽鬼のようになって、科学と法律に挑戦し、NOx、SOxについて学び、環境権や法律の文献を読むのに没頭したはずだ。『五分の虫、一寸の魂』の文体はユーモア調であるが、文語調でもあり、漢語の凝縮された言葉が力強い。普通、一寸の虫にも五分の魂というのだが、この五分の虫は身の丈以上の魂＝志＝信念を持っているのである。

『五分の虫、一寸の魂』の終部に、室原が松下さんの夢に立つ。

「わしじゃとて敗けたんたい。わしの訴訟ことごとくみごとに散華して果てたたい。かの蜂の巣城も攻め落とされ、ダムは現実に造られたとじゃ。ばってん、わしが主張したことは正確に法廷記録に書きとどめられたのじゃ。（略）後世、必ずその書類は誰かによって検討され、本当の評価――つまりだ、真実正しかったのは国家なのかわしなのかが評価されるとじゃら。その時、新しい何かが始まるたい。……分るか、お若いの。まだまだ日本の人民は敗け続けるたい。敗けて敗け続けるたい。ばってん、その敗北の累積の中に刻みつけていったものが、いつか必ず生きて芽を吹くとじゃ」

「敗けない闘い」こそは室原知幸の口をかりた松下さんの歴史観である。敗けても敗けても闘い続ける松下さんの精神的支柱である。歴史の進歩を信じているのだ。松下さんの運動の姿勢はこの信念で貫かれている。

そしてこのあと松下さんは、室原から由緒ある室原王国旗を贈られる。夢の中で。

「「この赤地は、ばあさんの赤い腰巻で、白丸はおりがふんどしをとったもんたい。ばってん、これをお前にやろうたい。これをランソの旗と定めて屋根上に掲揚しろ。……独立せにゃいかん。日本国から独立せんといかんたい。（略）もう二度と泣くなよ」

卒然と醒むれば、まだ未明の刻。されど眼は冴えかえり、今や精気五体に満ちて、独立の気概むくむくと湧き起こり、傍の妻を揺り起こすのである。

「おい、お前、ひょっとして赤い腰巻を持たぬか？」」（『五分の虫、一寸の魂』）

この部分は、もちろん松下さんが室原の口をかりて自分自身に贈った言葉である。室原は『砦に拠る』から飛び出して、松下さんの夢想の中に現れ、松下さんを励ましたのであった（この本を読みながら、ぼくは百回くらい笑ったと思うが、「二度と泣くなよ」というところで、涙が出てしまった）。

室原知幸の事跡を追った『砦に拠る』を、松下さんは環境権裁判や海戦裁判のかたわら書き継いでいる。その文体は、『五分の虫、一寸の魂』とは対照的に緊張感にあふれ、勁い意志力を漲らせている。当時の闘いの中で、自分自身を叱咤しながら、「書くこと」と「行動すること」は両立しうるか、という問いに実作で答え得た作品である。

何を書くか、という問いに対して、運動した人を書くということがありうる。運動の先達を書くことは、書く者を支え励ます。そして自身の運動することを書くということにつながる。「（私が）市民の敵のように言われた時、思い浮かんだのが彼だった。筑後川下流の全ての人が望んでいるのに、一人で反対した。とてつもないことをやり遂げた。あの人はどうしてその孤独に耐えたのか。

あれは自分のために書いたのだ」と松下さんは語っている。いわば『砦に拠る』に拠っている。「くずおれそうになる心をたてなおすように、「わが心にも勁き砦を」と呪文のごとく唱えることで、自らを懸命に支えようとするくせだけはついたように思う」(「自作再見・『砦に拠る』」「朝日新聞」一九九一年十一月二十四日)

『砦に拠る』を書くことで松下さんは、その意志力と能力によって学習し、克服していった。運動した先達を書くこと、そして運動している自分を書くこと、そこには、運動する者の共感と思想的な共振があった。『豆腐屋の四季』の松下さんと豊前火力反対の松下さんは別人だという人がいる。しかし、これを読めば、『豆腐屋の四季』の優しい松下さんと、その世界を守るために闘う松下さんが同一人物であることは、沁み入るように納得できることである。

ただ松下さんには教えてくれる者が一人もいないということはなかった。少数とはいえ公害学習教室や原告の仲間がいたし、全国には公害先進地があって、松下さんは、岬町、姫路、水島、直江津、富山、福井、内灘、七尾、銚子、伊達、高知、酒田、など各地の住民運動を訪ねまわり、適切な指導を受けている。市民運動のネットワークは親切です。

「実は私たちはこういう問題をかかえて途方にくれていますので、教えを乞いに来ましたと挨拶する。この挨拶が「仁義」であり、仁義を切ることによって、たちまち旧知のごとく暖かく受け入れられ、運動談義に花が咲き、「一宿一飯」のもてなしにあずかる。さらには翌朝の旅立ちに、つぎにはどこの誰を訪ねなさいと指示までされるのである」(「視点　仁侠の世界」「毎日新聞」一九七四年六月十九日)

（ついでにいうと、このコラムの同時期の執筆者欄にあの庄野潤三さんの名前がならんでいて、松下さんは大いに喜んだのであった。）

こうしたことを踏まえ、また資質として叙情派だからなのであろう、松下さんは義理と人情の世界に親しんでいく。松下さんが「人間的心情の復権を」とか「涙もろさを起点に」とか言う時、多分にこの義理と人情のことを言っていると思われる。たとえば、大阪府岬町の多奈川第二火力に反対して厳寒の山頂でハンストに入った宇治田一也さんに、松下さんは豊前の同志を語らって寄せ書きを送り、「忿怒われもまた」と書いた。松下さんは宇治田さんのことを次のように書いている。

［宇治田氏は保田与重郎に師事して、右翼とされる。各地の公害問題地で、加害企業のガードマンとして登場する右翼をしか見ていない我々に、一見、氏の行為は奇異であるが、しかし右翼思想の純粋な系譜は、当然なまでに「国のまほら」を守らんとする心なのであり、氏の行為こそ優れて右翼の神髄だと分る］

正しい右翼はまほろばやうぶすなを荒らし続ける開発行政や企業に対して抗議してしかるべきなのだ。ここは物凄いねじれ現象があるところだ。正しい右翼が奇異に見えるほどに。

宇治田さんに関して、松下さんは続けてもう一つの体験を語る。一九七三年十二月、松下さんたちが電調審に突入して排除され、翌日審議の行方を建物の外から機動隊に囲まれながら見守っていた時、支援に駆け付けていた宇治田さんが静かに機動隊長に言った。「あなたにこういうことを言ってみても通じるかどうか。この青年は、ついこの前血を喀いたばかりの身体で九州から出てきているのです。彼はここで再び血を喀いて死ぬかもしれない。もしこの青年がここで死ぬなら、私もこの場で死にます」。その言葉に、機動隊長は松下さんがその場にいることを黙認した。そして彼より松下さんの方がその言葉に打たれていた。

［由来、私には右翼も左翼もありはしない。照れながらいえば常に人の意気に感ずる浪速節漢を自称するのだが、しかしもし氏が厳冬の和泉山脈についに自らの命を絶つとするなら、その刻私も又死にますといい切れぬ己れに、果たして浪速節漢の資格があるのかと思うたじろぎはいま寂しく湧いてやまぬのである」（「フォーカス75 文明への懐疑」『日本読書新聞』一九七五年一月十三日）

いや、もう十分浪速節漢と言っていいと思う。「人間的心情の復権を」とか、「涙もろさを起点に」とか、意気に感じて、義理と人情で連帯感を育てていくのは、感じ過ぎる性格の松下さんの本来の姿である。やさしさ、と言い換えてもいい。

さらに先走って松下さんの浪速節的性格をまとめて言っておけば、ある読者が電話で、『風成の女たち』のさわりのところを浪曲でうなるのを聞いていて、「……わたし、涙が出ました」と、ほんとに涙をにじませていた。そしてこれはいけるじゃないか、運動を大いに鼓舞するのではないか、と思った。

［もともと松下センセは、住民運動の結びつきを義理と人情のナニワブシの世界で捕らえていて、臆面もなくいえば、イデオロギーなどという高等なものをそれほど信じているわけではない。遠くの地であっても、権力に痛めつけられている非力な者がいると知れば、なんの見返りを求めるでもなく、支援に駆けつけるといった住民運動の世界こそがナニワブシそのものにほ

かなるまい。……」（「草の根通信」一九八一年十月一〇六号、『小さな手の哀しみ』七八頁）

今までの引用と合わせて、もう自分でいうのだから間違いないというところである。松下さんはこのあと、演歌大全集というカセットテープを買いこんで、義理と人情のこの世界……という歌を聞いては、これなんだ、とジーンと胸が熱くなっている。一曲覚えて忘年会で皆をあっと言わせてやると意気込んでいる。

そして極めつけは、「草の根通信」一〇周年記念集会（一九八二年十一月三日）の出し物に、浪曲「蜂の巣城」を企画したことである。口演は司太郎さん。先に「風成の女たち」を電話口でうなって松下さんを泣かせた人である。演歌がかかるとスイッチを切っていた演歌ぎらいの坂本紘二さんも偏見を改めたとか。

話を一九七三年に戻し、ランソの兵松下さんの拠って立つところ、環境権について少し考えてみたい。

環境とは自然のことである。その要素として空気、水、土、光、音、匂いなどがある。空気とは大気であり、水とは海や川、飲み水、湿度のことである。土とは人間が暮らす土台のことである。空気と水と土を汚す者は、自分自身を汚す者である。なぜなら人間は空気と水と土に生える植物を自分の体の中に取り込み、消化し、排出している開放定常系だから。自然は循環（あるいは輪廻）のうちにある。身土不二という言葉はそれを表している。空気と水と土を汚すことは、人間の拠って立つ土台を崩すことである。

環境権は、一九七〇年九月二十二日、新潟市での第十三回人権擁護大会（日弁連主催）において、仁藤一、池尾隆良弁護士によって初めて提唱された。憲法二十五条、十三条に基づく。

［環境権とは、良き環境を享受し、かつこれを支配しうる権利である。それは人間が健康な生活を維持し、快適な生活を求めるための権利である。（略）大気や水、日照・通風・自然の景観等という自然の資源は人間の生活にとって欠くことのできないものであり、不動産の所有権とは関係なく、全ての自然人に公平に分配さるべき資源である。（略）共有者の一人が、他の共有者全員の承諾を得ることなく、これを独占的に支配・利用して、これらを汚染・減耗させることは、それ自体他の共有者の権利の侵害であり、すなわち違法である］（「法廷に挑む「環境権」の焦点」掲載誌不明、一九七六年ころ）

・憲法二五条　すべて国民は、健康で文化的な最低限度の生活を営む権利を有する。

・憲法十三条　すべて国民は、個人として尊重される。生命、自由及び幸福追求に対する国民の権利については、公共の福祉に反しない限り、立法その他の国政の上で、最大の尊重を必要とする。

松下さんは環境という言葉のイメージから、地域の自然、風景、歴史的、民俗的なつながりなど、常に身の回りにあるものごとが脳裏に彷彿とし、それを守ろうとする権利が環境権だと思った、と言う。海は漁業者だけのものではない。漁業者の漁業権以外に、後背地に住む一般住民にも海に対する権利があるはずだと。即ち、海の景色を眺め、貝掘りをし、海水浴をするというような、海で遊ぶ権利が人間にはあるはずだ、ということであった。ここまでは、すんなりと同感できた、と松下さんは言う。これは高砂市の高崎裕士さんの言う入浜権と同じような主張である。

しかるに、法律の世界では、事はそれほど単純ではないことを知り、松下さんは、仰天し、唖然とし、驚かされ続けたのである。

まず、我々個人には環境に対する権利が法的には全く認められていない。たとえば私が住む環境の大気が汚染されたとして、私的権利を規定した民法の中に、それが我々個々の私的権利の侵害であるという規定がない（法的根拠を持たない）ゆえに、手をこまぬいて傍観するしかないということである。法律がないので違法ではない、というに等しい。つまり大気が汚染されたというだけでは訴訟を起こすことはできない。大気汚染の結果、個々人の健康に具体的な被害が出て初めて、人格権という私権の侵害ということになり、やっと法律の世界に入れるということである。しかも、訴訟を提起できたとして、なおそこには受忍限度論というハードルが待ち構えている。Aという工場から出る煙によってBが健康被害を受けても、Aの社会的貢献度（公共性）とBの被害の度合が比較衡量され、なおBの健康被害が受忍の限度を超えて著しいと認定された時、Bの訴えは認められる、という裁定のしかたである。しかし、それでは後手に回ってしまう。それでは遅い。そこで考え出されたのが環境権の主張である。

「四大公害訴訟が全面勝訴であったにもかかわらず、多数の死者は還らず、尚多くの患者が苦しみ抜いているという取返しのつかぬ悲惨を二度と繰り返さぬ為にはどうすればいいのかという厳しい反省から生み出されたのが、環境権という法理の主張であることは、むしろ当然であったといえよう」（同）

ここには環境権が公害予防の意義を持つことが明確に語られている。それは、環境権が公共的な環境の保護を目的とし、企業の私的権利、私的利益の追求の範囲を超えているということである。生活者一人ひとりの私的権利、私的利益を守るために、公共的な（みんなの）環境を守る必要があるということである。したがって環境権による提起と民法による提起との間には異質のものがある。この環境権を実際の法廷の場に持ち込んでも、その考え方は未だ法廷では認知されていないのである。環境権は憲法十三条、二十五条に基づくと言っても、それは、個人を尊重し、国民の生存権を保障するような国政を運営すべきことを国の責務として宣言したにとどまり、直接個々の国民に対して具体的権利を賦与したものではない、という憲法プログラム規定論に阻まれることになる。

国立岡山療養所の重症結核患者朝日茂氏は、国の生活扶助費では到底療養生活はできない、これは憲法二十五条違反であるとして、厚生大臣を訴えた。これは経済的な救済を求めての裁判であったが、第一審勝訴、第二審却下、最高裁上告中の一九六四年、朝日氏の死去で、自然終結した。最高裁は、憲法二十五条は国に施策を促すべく定められているのであって、国民一人一人が直接具体的権利を引き出せるわけではない、という憲法プログラム規定論による見解を出した。資本主義経済組織のもとでは、生存権確立の実質的前提を欠くので、国の施策として生活扶助費を出して経済的救済をしているのであって、それは個人個人の権利ではない、というのである。しかるに、環境権は、経済的理由でそれを求めているのではない。大気汚染その他の環境汚染という新しい形で、生存権が脅かされ、健康で文化的な生活ができなくなってきているということが問題なのである。

環境はみんなのものであり、一企業がこれを汚染するのは、生存権の侵害である。健康で文化的な最低限度の生活を営む権利を奪うものとして、この企業を排除できる、というのが環境権の主張である。しかし、憲法から私権は引き出せぬ。即ち、環境権は実定法上の権利ではないということになって、相変わらず、法的な認知が得られない。

さてこそ、ここからが松下さんたちの運動・苦戦の始まりである。

ここまでは法律のプロなら先刻承知のことであった。であればこそ、松下さんたちの環境権訴訟には弁護士がつかなかった。法律家は、環境権は未だ十分に検討されていない法理であり、魔法の杖ではないと言い、時期尚早であり、裁判を起こしても勝ち目がないし、負ければ、それが判例になってしまうと言って、むしろ松下さんたちに提訴を思いとどまらせようとした。それにもかかわらず、本人訴訟という形で提訴したのは、豊前火力を阻止するには、もはやそれしか手段はなく、やむにやまれぬという思いからであった。さらに、

「今ひとつは、一個の権利というものは次々と実戦によってしか獲得できぬはずだという肚の内であった。よしんば我々がドン・キホーテであろうとも、おそらく全国各地で忽ちのうちに環境権訴訟は澎湃と起こるだろうという予感が我々にはあった。そのような圧倒的な実戦力によってしか環境権が一個の人民権利となりえぬと考えたのである」(同)

シンチョーの心にとらわれると、事は起こしにくくなる。松下さんはカルハズミの心で、あるいは運動神経の鋭さで、「ぼくがやらねば誰がやる」と立ち上がり、ドン・キホーテのように先駆・突進するのだと決めたのだ。事実、全国各地でランソの兵たちによる環境権訴訟は澎湃として起こった。一九七五年十一月までに、四十件以上を数えている。大阪空港騒音訴訟、広島県吉田町し尿

処理場等の建設工事禁止仮処分申請訴訟などである。臼杵市（風成）の漁業権確認請求訴訟判決にも、環境権的な発想がある。また、騒音や日照権の問題や、ゴミ焼却場の問題や産業廃棄物処理場が地下水を汚染し、飲み水を汚染するということを問題視して反対するのは、まさに環境権的な発想と言える。

一九七三年十一月二日、瀬戸内海環境保全臨時措置法が施行される。瀬戸内海の水質を三年以内に、一九七二年当時の汚染指数の半分にまで減少させることが目標であった。しかし、この法律に基づく「埋立てについての規定の運用に関する基本方針」は、瀬戸内海を二十三のブロックに分け、それぞれA＝COD濃度指数、B＝滞留度指数、C＝COD汚染流入度指数を調べ、A＋B＋Cが三〇〇以下なら埋立てていいというものであった。当該の周防灘南部はそれぞれ一四八＋一一四＋十一＝二七三なので、埋立てていいという結論になる。しかし、問題はそのブロックの線引きである。AのCOD濃度指数一四八は瀬戸内海全体で一番汚染されていることを示している。山口県側の汚染が恒流にのって運ばれ滞留したものと考えられるが、豊前海沿岸には工場がなく、汚染の流入度指数は十一と少ない。従ってトータル指数は三〇〇以下になり、まだ汚していいし、埋立ててもいいということになる！　これはためにする論議であり、詐術というものだ。国は法の趣旨をねじ曲げ、悪用している。

しかるに、十二月十二日、豊前市議会は埋立てに同意する。

一九七三年十二月十四日、環境権裁判第一回口頭弁論が開かれる。松下さんたちはこの裁判をあくまで運動の一手段として考えていた。法廷を被告九電との闘いの場と見なしていた（先のことを言っておけば、第六回公判以降、証人が登場し始めてからは、法廷を「法廷塾」と呼び、全講座を聴講した者には、「海と海岸を守る人民学会」から名誉バカセ号が贈られる、ということになっている）。

この時、素人なので、あとで勉強しなければならないと法廷での証言の録音許可を得て、松下さんがカセットのスイッチを押した。途端、『荒野の七人』のテーマが法廷に鳴り渡った。法廷内に喝采と爆笑がわいた。

この日カセットレコーダーとテープを用意したのは梶原さんで、有り合わせのテープを持ってきたが、それには好きな西部劇映画音楽が録音されていた。松下さんが録音ボタンを押さず、再生ボタンだけを押したもんだからこんなことになってしまった。止めるボタンもよく分からなかったらしく、かなりの時間『荒野の七人』は法廷内を流れ続けた。しかもドジな松下さんは、カセットを裏返す時に、も一度！やらかしてしまった。本人は同じギャグは二度使わない見識があると言い、単なる機械オンチだからと釈明している（『五分の虫、一寸の魂』）。

原告の恒遠さんが言う。「われわれの主張は、法律用語ではなく、豊前平野の日常生活用語を用いてなされるでしょう。法律があるから暮らしがあるのではなく、暮らしがあるから法律があるという原点をふまえて、暮らしの中から生まれたことばにこそ耳を傾けていただきたい。原告は七人だが、豊前平野全体十数万の住民の代表としてここにのぞんでいる。いや、豊前平野の環境の永続性を考えるならば、このの ち永遠に続く子孫の環境権をも代表して、数えきれぬ無告住民を背景にして、ここにのぞんでいる」

この言葉は後で重要な意味を持つことになる。豊前平野の代表として、というのは、当然原告七人を含むということである。住民個々の私権の総合ということである。

つづいて松下さん。「今のような状況の中で、九州電力自身が豊前火力をやめるんじゃないかと考えた」（少し注釈をすれば、「今のような状況」というは、この年一九七三年十月六日に第四次中東戦争が起こると、石油ショックになり、町では市民がガソリンやトイレットペーパーを買い占めに走り、企業も石油事情の逼迫に直面し、九電社長も「出たとこ勝負でいくしかない」と言っている状況のことである）、「いまある発電所にすら焚く油がない。そんな中でどうして新しい発電所を造ることができるのか。燃料計画をもっているのか。おそらく九電は、こういう非常時になったからには、悪質な石油をたいてでも、電力は確保しなければというふうに思っているだろう。この際大気汚染防止などという贅沢は言っておれないと考えているだろう。とんでもないことだ。我々は、ずっと前から、暗闇の思想を言い続けている。人間の健康や国土の破壊や、そういうことによってしかなりたたない文化生活なら、その文化生活そのものをわれわれは反省しなければならないと言いつづけている」

つづいて梶原さん。「九電は十二月二十日に予定されている電調審に豊前火力の認可を得ようとしている。九電は裁判とは無関係に行政手続きを進め、着工しようとしている。これは行政の司法蔑視ではないか。発電所の建設途中で原告側が勝訴した場合、どうするのか。発電所は撤去すればいいとしても、しかし一度埋立てられた豊前海の一端はもはや復元不可能であります」

しかし九電側は何も痛痒を感じていない。「本件訴は具体的権利を根拠とせず訴訟条件を欠くので却下を求める」と答弁書の言うように、環境権など認められないのだから裁判にならないというのが一貫した姿勢である。

十二月一七日、松下さんたちは電調審の実質的審議の場といわれる幹事会議に突入した。「地元住民の声も聞かずに、なんで豊前火力を認可できるのか！　おれたちの声を聞け！」と叫んだ。会議室には下河辺淳氏ら四十人近い中央官僚がいた。すでに豊前火力の審議は終わっていた。その机上に「（豊前火力に関しては）問題点を残したまま（電調審に）かけるのは問題であり、前例とし ない」というメモを発見した。前例とできない問題点を認めながら、例外として認可したのだ。怒りにふるえながら、「いったん埋立てた海をお前たちは掘り起こして復元できるのか」と迫った。この日の幹事会は流会になったが、翌日にはもう機動隊が出動し、松下さんたちは排除されてしまう。二十日、電調審は機動隊に守られ、豊前火力を認可する。しかも、現地のことを何も知らない中央官僚は、埋立て地明神の地名を「妙見」と間違えるお粗末をおかしている。

この時一緒にいた恒遠さんは、こう書いている。

『豆腐屋の四季』は松下竜一が書いたものではないという結論に僕は達した。なにしろ十二月十七日に電調審幹事会に先頭切って躍りこんだ彼のすさまじい怒りの形相を見たぼくには、あの心やさしくおとなしい物語の作者と同一人物とはどうしても信じられなくなったのだ。（略）

二十日深夜までぼくらは彼の留守宅で帰りを待った。夜の十二時近くに帰って来た彼は、腕時計を割られ、手には噛みつかれた傷を受け、腕にも切り傷を残して、「負けちゃった」としょんぼりしていた。たよりなく、痩せて悄然たる彼を見れば、今度はあの怒りの形相の彼が嘘みたいに思えて来る。ああ、松下竜一の正体はどちらなのか」(「草の根通信」一九七四年一月十三号)

二通りの松下さんが同じ根から生じていることを恒遠さんはよく理解していたのである。

この時の「怒りの形相」を沼本満恵さんが写真に撮っている(「権力の構造」「草の根通信」一九七四年二月一四号)。政府の役人に鋭く迫る松下さんの憤怒の形相こそ、闘う優しさということではあるまいか。気弱で、人見知りで、いつもうつむいている松下さんと二つの松下像は、恒遠さんも言うように、二つとも松下さんなのである。それにしても、そのエネルギーはどこから出てくるのであろうか。思うに、松下さんは自分のことなら我慢できるのである、しかし、こういう皆の問題になると力が出てくる。無論、皆の中には自分も含まれているが、私的利益を追求しようということではない。そうではなくて、問題が他人事ではないということ、自分自身の問題であるということを示す。社会に対して、「おれ」を含めて「おれたち」という地点から、松下さんのこの行動のエネルギーは発していると考えられる。言わば義憤ということになる。社会に開かれた眼がある。

一九七四年三月四日、地裁に準備書面を提出する。

「一羽の鳥のことから語り始めたい。/ビロウドキンクロ。ガンカモ科に属する冬の渡り鳥で、遙かなシベリア方面からこの豊前海沿岸にやって来る。波静かな内海の浅瀬で貝類をあさり、潜水も得意である。遠い極寒の地からひたぶるに飛来したこの小さな鳥の姿をみつめていると、「本当によく来たね」と呼びかけたい親しさがこみあげる。来年冬、また懸命に飛翔して来たこの可憐な鳥が、明神浜に降り立とうとして、既にそこが海岸ならぬ埋立地と化していた時のとまどいを思うとあわれである。豊前火力建設が推しすすめようとしているのは、そういうことである。／それは例えば、次のようにいうこともできる。即ち、法的にいえばこれは「日ソ渡り鳥等保護条約」（一九七三年一〇月一〇日調印）を明かにないがしろにしているのであり、国際信義にもとることだと。同条約が渡り鳥等の生息環境の保護をうたっている以上、それに逆行する明神埋立は、まさに申しひらきの出来ぬ同条約違反であるからだ。／だが、私達が語りたいのはそのような条約に触れる触れぬの論ではない。なによりも、可憐な渡り鳥そのものへのいとしさに執してこそなのだ。しかしこのような「いとしさ」の心情はしばしば勝手に忖度されて、かくもささやかな心情は、豊前火力建設などという巨大問題に比すれば、歯牙にもかけえぬうたかたの如きものとして抹消され勝ちである。そのような価値判断は、人間の尊厳の否定である。（略）」

「海が母の字より成るは、太古、最初のいのちを妊んだ海への古人の畏敬であっただろう。その母への凌辱の今やとどまるところを知らぬ。豊前火力建設の為の明神地先三九万ヘクタールの埋立を、私達はいのちの母への凌辱として、自らを楯としても阻止する覚悟である」

「（略）しかして私達が述べてきたひとつひとつのことが、法的にいえばどのような権利を侵害しているのか、それを私達は述べることはできない。私達は法律に疎い原告らによる本人訴訟であるからだ。だが私達が懸命に述べてきたように、もし豊前火力が来れば、こうなるであろうというひとつひとつの事は、私達にとって怒りを誘うまでに理不尽なのである。とすれば、これほどの理不尽をこらしめ、私達を救済する法律は当然に存在するはずだと信じる。そしてそれは、私達が主張せずとも、裁判所が判断して適用してくれるものだと信じる。……」（以上「第一準備書面」「豊前環境権裁判」学習会資料・伊藤ルイ、ガリ版）

一羽の鳥のことから始まり、「海という字は母という字から成る」と言う準備書面というのは、画期的なものだ。自然とは母性のことであり、それを破壊することは許せない、という主張は、文学的と言ってもいい。実際、松下さんは児童文学『あしたの海』（一九七九年）でシラサギを劇中の法廷に登場させ、「どうして、人間はあんなに海岸を次々と埋めてしまうんでしょう。わたしたちの生きる世界はどんどん追いつめられるばかりですわ」と、言うべきことを語らせている。

（さらに、一九九五年二月、奄美大島でゴルフ場開発許可取消し裁判を起こした名瀬市の環境ネットワーク〔籠橋隆明弁護士〕は、原告としてにアマミノクロウサギやルリカケスなどを登場させている。籠橋弁護士は、その後の諫早湾自然の権利訴訟では、諫早湾自体、ムツゴロウ、シオマネキ、ハマシギなどが原告の裁判の弁護士を務め、その他茨城のオオヒシクイ裁判、大雪山のナキウサギ裁判、沖縄ジュゴン自然の権利訴訟〔サンフランシスコの米連邦地裁〕など、自然の権利裁判の弁護士となっている。しかも、米連邦地裁はジュゴンを原告適格として認め、本格審理に入ったという〔「朝日新聞」二〇〇五年四月十日〕。）

一九七四年三月十四日、第二回口頭弁論で、七人の原告はそれぞれ、なぜ豊前火力建設反対運動をつづけてきたのか私的事情を述べる。

この日の意見陳述のうち松下さんのものはすでに引用ずみ（一三四頁）なので、梶原さんの言葉を引用する。梶原さんは、自分の弱さと怠けぐせと何とかしようとして、自分を逃がさないようまず決意表明をしたのだった（「ボラにもならず」「草の根通信」一九九三年九月）。

［で、これから私が申し上げることは、とくにお願いしたいことなんですけど、裁判長も法律というヨロイをまず脱いで、一人の住民として、人の子として、さらにいうなら人の子の父親として、今の日本の公害の実態について耳を傾けていただきたいと思います。これは、被告九州電力の代理人としてまえに座られている四名の方にも、さらに九州電力から賃金をうけとりながら本日の傍聴にきている人たちにも同じように考えていただきたいと思います。けっしてみなさん方も、いまの日本の公害の実態にまったく心が痛まないということはないと思います。ほんのわずかそういう部分があるとすれば、その部分だけで、本日の原告の意見陳述を聞いていただきたいと思うわけです。（略）いま私の会社としては、着工の段階で実力阻止にたちあがったときに、なんらかの形で私が刑事責任を追及されるような事態が招来することを待っている。それであれば、就業規則によっていつでも懲戒解雇できるわけです。しかし、私はそれにひるみません。なぜなら、自分がどう生きるかという問題で、この運動があるわけです。（略）一人の人間が自分の生活を賭けてこの運動をやっているということです。それにまったくうごかされないような人ならいざ知らず、生身の人間である以上、なにがしかの感じはでてくるだろうと思う。いまこそ、そういう心を大事にして、それを正面からぶっつけて、それぞ

れが生きることをしなければ、どうにもならないところまで、すでにきてしまったんじゃないかという気がします」(『豊前環境権裁判』七七頁〜)

一人の人間が、一人の人間に対して行った心からの言葉である。人間にはいろんな立場やしがらみがあるだろう。裁判長には裁判長の、弁護人には弁護人の、九電社員には九電社員の、それぞれの立場はあるだろう。けれどもそれらを取り除いたところにいる一人の自由な人間として、今の公害の実態を考えてほしい、という真摯な言葉である。梶原さん自身、一人の人間としての原点からこれらの言葉を発している。自分自身の生き方の問題として、この公害問題をとらえ、行動している。しかし、裁判長も九電職員もその立場を通した。松下さんの文学的訴えも、梶原さんの倫理的訴えも、法律の世界では機能しないかの如くである。それら心情的訴えは、聞き流されてしまう。

一人の人間が、人間に対して訴えたこれらの言葉も、結局届かなかった。要するに、社会的にどんなに有益なことであっても、法律とは関係ない主張だというのである。あるいは法律がないので、裁判が機能しないということである。森永龍彦裁判長は、やはり裁判制度の中でしか動かない人だった。カネミ油症事件の民事裁判担当でもあった森永裁判長は、カネミ・ライスオイル被害者紙野柳蔵さんが原告団からおりることを告げに行った時(七月五日)、松下さんたちの主張を念頭におき、それを否定するように、次のように語ったという。

[たしかに人間不在という感じをもたれるでしょうな。昔の大岡裁判のようなことができれば、余程これは違ってきますけどね。やっぱり法律で枠をちゃんと決めてですね、その範囲内のことしかやる権利も義務もないという形にしとかんとですね、かえって弊害が出るわけですね。

／（略）同じ人間の心を生のまま、こう持ってこられても、それでその判断するということは我々には許されていないんで、法律的に組み立ててそれが組み立てが出来ればいいと、出来なきゃ裁判制度じゃどうしょうもないと、こういうことになっとるんですね。（略）」（紙野さんのビラ「法と秩序こそ人間否定」環境権裁判に関する部分。「草の根通信」一九七四年九月二一号、『豊前環境権裁判』一三〇頁）

法律があるから暮らしがあるのではなく、暮らしがあるから法律があるという原点を踏まえ、暮らしの言葉で裁判を進めるという原告側と、ナマの言葉で言われても裁判制度にのらないという裁判所との乖離は大きい。松下さんは失望に沈みながら、こう書いている。

「法の枠組みがあるとしても、それを精一杯におしひろげていく可能性まで封じられてはいないはずであり、そこにこそ裁判官の真に人間としての創意と覇気が賭けられるのじゃないか。この裁判長には新しい領域を拓いていこうという意欲・覇気はのぞむべくもない。そして、いうまでもなく、環境権訴訟がもっとももとめているものこそ、その新しい領域を拓くこと以外ではないのだ」（一三一頁）

環境権は憲法を根拠にした新しい権利主張である。確かに未だ認知されていない権利であるが、だからそこのところを流動化させ、新しく開拓していこうというのが松下さんたちの運動である。そして、公害に病む七〇年代の社会はそれを求めていたと言えるのである。だからこそ、裁判所は環境権に基づく訴えを即時却下することなく、審理を始めたのである。しかし、裁判長はここのところを一歩も踏み出すことなく、松下さんたち原告に言うだけは言わせておいて、旧態依然と、民事に関わる部分（例えば人身被害）の立証を促すだけだった。

『五分の虫、一寸の魂』を読むと、このあたりの法廷での様子は、町崎さんの忠臣蔵の仇討ちの話や鍋井さんが盆踊りの歌を歌うと傍聴席も手拍子で盛り上がるなど、いかにも元気いっぱいで、抱腹絶倒で、読む方も力づけられる所であるが、しかしながら、法の実効力という点から言えば、九電側はやはり何の痛痒も感じていないのである。


そして、この三月十四日の法廷で予想した通りのことが起こる。

五月二十五日、福岡県知事は九電からの埋立免許出願を告示した。三週間の縦覧の後には免許が交付される。公有水面埋立法の改正により、意見書を出すことができることになった。松下さんたちは十六項目の意見書を出した。しかし、それに回答しなければならないという規定はなく、知事は意見書を黙殺した。

第三回公判（六月二十日）の後、六月二十五日、知事は豊前火力発電所建設に伴う明神地先公有水面三九万平方メートルの埋立免許を交付した。

この件に関して松下さんは、「公有水面埋立免許処分取消請求」と「執行停止」の行政訴訟を起こすべく二通の訴状も書き上げ、法的準備を完了していたが、豊前火力誘致反対共闘会議（豊前市、行橋市などの地区労で構成）が、それは自分たちがやると言い出したので、そちらに任せ身を引いたが、ついに期限の三カ月を過ぎても、提訴はなかった。十分に勝ち目はあったと思うだけに、残念なことをした。［革新組織なるものに対し、おさえがたいほどの憤りは鬱積しているが、いまは洩らすときではない」と松下さんは書いている（九一頁）。

一九七四年六月二十六日、九電は埋立て工事に着工した。松下さんたちは、豊前火力誘致反対共闘会議とともに阻止行動に立ち上がった。測量船がやって来る。一文字護岸にも築上火力の屋上にも測量機がすえられている。その悔しい思いを松下さんは書いている。

［船を持たぬ私たちは、茫然として沖をみつめている。もし一人一人の視線が矢を放つなら、この小さな海岸から幾百の怒りの矢が海上の測量船をひゅうひゅうと襲っていったろう］（『明神の小さな海岸にて』一九七五年、六五頁）

午前十一時、共闘会議代表団が築上火力に行き、建設所長に面会を申し入れるので、「環境権訴訟をすすめる会」からも代表を立ててくれということになり、松下さんは宣伝カーに乗り込んだ。その時、大漁旗を飾った真勇丸が見えた。はるか大分県佐賀関から、西尾勇さんと上田倉蔵さんが応援に駆け付けてくれたのだった。反対運動に貸す船はないと地元漁民に断られた松下さんの支援依頼（その確認の電話をしたのは梶原さん）により、午前三時に出港し、豊前まで来たのだった（「草の根通信」一九七四年七月一九号）。真勇丸が明神鼻防波堤に接舷するのを見届けてから、松下さんは宣伝カーで築上火力での交渉に向かった。第一準備書面で［豊前火力建設の為の明神地先三九ヘクタールの埋立を、私達はいのちの母への凌辱として、自らを楯としても阻止する覚悟である］と言ったように、真勇丸は支援の学生二十名近くを乗せて、作業指揮船ふじに接舷し、指揮に用いていたトランシーバーを奪った。続いてふじを捨て石作業中の第五内海丸に接舷させ、全員が乗り移った。「海を殺すのか！」、「作業をやめろ」と叫ぶと、作業員たちは抗議行動を覚悟していたように、おとなしく作業を中断した。梶原さんは、クレーンバスケットに登り、ワイヤーにすがりつくように座り込んだ。この船にはなんとテレビカメラまで乗り込んで来て、梶原さんは現場インタビューまで受けてしまった。「そん時のわしん内心はビクビクで……乗組員がみんなおとなしいんでホッとしていたもんなあ」と梶原さんは言っている。作業員の中には、「あんたたちも大変じゃなあ」と話しかけて来る者もいた（『明神の小さな海岸にて』六八頁）。

　後の公判で、威力業務妨害を立証しようとする検察側の証人（乗組員）により明らかになった真相は次のようである。乗組員たちは、「もうそろそろ反対派が来るんじゃないかなあ。来てくれんと、おもしろうないなあ」と待ち受けていた。期待どおりに、反対派が乗り移ってきてくれた。ほとんどが学生だったが、中に一人年増！（としまだって、と松下さんが笑わせている）がいて、リーダーだと思われた。彼は俳優待田京介に似ており、きわめておとなしく、「作業をやめてください」と言って、クレーンバスケットに登っていって座り込んだ。よく見ると、彼は落ちないように必死にワイヤーにしがみつき、緊張のあまり震えているようであった。学生たちと「あんたら、なんぼで雇われたんや？」などと、親しく談笑していると、昼刻になったので、皆で愉しく弁当を食べた。乗組員は、退去してくれとか一度も言わなかったし、こわいとも思わなかった、というのである。これでは、英雄得さんの栄光の伝説が消えてしまい、かわって立ち現れるの姿は、あのお人好しで、小心で律義で、少々オッチョコチョイなわれらの得さんである、と松下さんは書いている（「海戦裁判報告に代えて」「草の根通信」一九七七年三月五一号。ほかに「被告冒頭陳述書」「草の根通信」一九七五年四月二八号）。

午後一時十分、海上作業は中止になり、船団は苅田港に引き上げていった。松下さんが築上火力での交渉から帰ってきた時、もう海戦は終わっていた。

翌二十七日は雨だった。巡視船一隻、巡視艇が五隻等間隔に並び、海岸にいる反対派に備えているふうである。まさに電力資本と国家権力の合体である。沖合に十八隻の船が捨て石作業をしている。この凶暴な風景に向かい、「海を殺すな！　ふるさとの海を奪うな！　海が泣いているぞ！」と叫ぶ松下さんたちを、背後の機動隊と私服が薄笑いして見ている。松下さんはマイクを握って叫ぶ。

〔今薄笑いしているお前たち！　お前たちはそれでも人間の心を持っているのか。こんな光景を眼の前にして、お前たちに心の痛みは少しも湧かぬのか。必死に叫んでいる私たちを薄笑いするお前たちを、もはや私は人間の仲間とは思わぬ。お前たちはそうして笑っているがいい。やがて歴史がお前たちを裁くだろう。……私は……私は、今日のこの豊前海のくやしい光景を一生忘れないだろう〕（『明神の小さな海岸にて』七七頁）

圧倒的に巨大な機械力に威圧されると、その前で心情的な反対を叫び続けるひ弱な一個人は、めめしい卑怯者のように思え、自らの中にさえたじろぎが生まれてくる。しかしながら、松下さんはともすればくずおれてしまいそうな心中で、祈りのように呟き続ける。

〔強靭な意志を、強靭な意志を。小山のような機械とも対峙して、なお揺るがぬほどの屹立した意志力を……〕（七九頁）

これは松下さんの闘いの現場に常にあった言葉である。

この日、築上火力の裏門で、学生が怒りの叫びをあげていたが、握った有刺鉄線がもろくもちぎれてしまった。同じく学生が裏門の板戸を蹴はずしてしまった。二人は器物損壊現行犯で逮捕された。

七月四日午前五時、梶原さんが門司海上保安部に逮捕される。佐賀関の二人も逮捕されていた。西尾さんが船舶安全法違反と艦船浸入、上田さんが艦船侵入、梶原さんが艦船浸入と威力業務妨害、に問われたのである。海を守ることが本務であるはずの海上保安部が、海を殺そうとする者の手先となって、海を守ろうとした者を逮捕するという事実に、無性に腹が立つ。これは弾圧である。

梶原和嘉子さんから電話がかかる。「ほらみないちゃ。あげなんことするから、おとうさんがつかまって、今連れて行かれたわあ。……」

和嘉子さんとの問答が始まる。毎日のように一緒に裁判所に通う汽車の中で、裁判所の庭で、苦しい問答は続けられた。長くなるが松下さんの運動の核心をついている所なので、いとわず（なるべく短く）引用する。

［松下「（略）なして実力阻止行動なんかしたかちゅうことは、やはり単なるミエなんちゅう動機では片づけられんことなんだよね。これはもう、これまで二年間以上反対運動を続けてきた経過を背景にして、どうしてもそこまでいかなならんじゃったとしかいいようがねえ気がする。もしあの時あれをやらんで見過ごしちょったら、それまでの二年余の運動が嘘になったと思う。少なくとも、運動を続けてきた俺たちには、そう思われたちゅうことなんよ。……とにかく、今はっきりいえることは、あん時実力阻止行動したという事実に関しては、一片の後悔も俺は

抱いちょらんちゅうことじゃら。これは拘置所の得さんも西尾さんも上田さんもおんなし思いだち、俺は断言できる。……だいたいあんたは、ふたことめには、おとうさんが可哀想、おとうさんが可哀想ちゅうて、なんか俺なんかが得さんをこんな方向に引っぱりこんだごと責めてるけど、そらぁあんた、妻として得さんの人格に対する侮辱やないかなあ。得さんをみくびっちょるちゅうことじゃないか。得さんが変わっていったんは、自らの力での変革で、むしろこの頃は俺ん方が得さんに引っぱられよるちゅうんがほんとじゃないかなあ……」

和嘉子「(略) 昨日もある人が来て、(略) 今どうあがいてぶつかっても、敵は強力やから、いたずらに弾圧されて傷つくばかりや、それより選挙で革新議席をふやしていき、やがて民主連合政府をつくれば、こんな個々の問題は政治の段階で一挙に解決されるち、その人はいうんよ」

松下「(略) それはそれで結構なんよ。(略) だけどね、その民主連合政府ちゅうんは、まだ出来ちょらんのだ。ところが、今現実に眼の前に豊前火力は建てられ始めてるんだ。さあ、どうするんやちゅう時に、それに目をつぶって、とりあえず先の、いつできるか分からん民主連合政府に期待して、今の現実の阻止闘争をせんちゅうことにはなるまいが。(略) とにかく俺も得さんも、今眼の前に起こっている理不尽に眼をつぶることができんタチの人間ちゅうことじゃら」

和嘉子「そじゃけど、たった六人か七人で何ができるちゅうんね。(略) 松下さん、あんたはほんとに豊前火力を止めきるち信じちょるんで」

松下「（略）そげなん問いかたがそもそもおかしいんだよ。止めるち信じちょるかどうかじゃないんだよ。止めたいち思うちょるんかどうかちゅう問いかたをせないかんのだ。そう問われたら、俺は止めたいち思うちょると答える。そして、その思いに忠実にありたいちゅうことなんだ。（略）」
和嘉子「（略）あんたたちからもう見捨てられてもいい、どんなに軽蔑されてもいい。うちははっきりいいます。今度おとうさんが出てきたら、運動をやめてもらいます。（略）うちののぞみはただひとつ、あんたからみれば笑うやろうけど、お父さんとれい子と一緒に平和に永生きしたいだけのことじゃから……」
松下「そうなんよ。俺ののぞみも、ただそれだけだよ。俺だって、洋子やケンやカンと一緒に平和に永生きしたいもん。しかし、その平和な生活を確保するためには、やっぱ今、俺たちは闘わなならんと覚悟しちょるだけじゃないか。そらぁ、得さんもおんなし思いじゃろ」（『明神の小さな海岸にて』九六頁〜）

松下さんののぞみも、和嘉子さんののぞみも、平和に暮らしたいということである。その同じことをのぞみながら、行動が別になる。和嘉子さんが、理由開示裁判で裁判官に激しくくってかかる学生たちを見て、まともな良識人の言うことではない、やはり過激派なのかと思い、おとなしくしていた方が裁判官の心証が良い、あんな騒ぎ方をして何も得にはならない、と言うのに対して、権力にお慈悲を期待するんは、結局権力に媚びてもうたてつきませんということになるんよ、と松下さんは、闘う姿勢を貫こうとする。このことは既に風成の女たちの間でも、松下さんたちが電調審に突入した時にもあったことであった。暮らしを守るからこそ、闘うということ。闘うやさしさということを、松下さんも梶原さんも今身をもって体現しているのである。「もしあの時あれをやらんで見過ごしちょったら、それまでの二年余の運動が嘘になったと思う」ということは、松下さんが反対運動に立ち上がった理由、今これをやらないと今まで短歌や文章に書いてきたことが嘘になるということと一貫している。言葉と行いが一つであることは、生き方の誠実さを証しする。それは逮捕された梶原さんも西尾さんも上田さんも同じく、自らの力で変革してきたところなのである。その時、「闘いに勝てるか」という問いかたではなく、「止めたいと思っているか」と問うことが要点なのだ。それは意志の問題である。ここには、現実に敗れても、なお理想を忘れぬ初志貫徹の生き方がある。ものごとを長いスケールで見る姿勢がある。得さんもそのことはよく分かっているのだ、家庭を守るということが日曜に自動車でドライブに行くこととは限らない、と松下さんは和嘉子さんに、誠実に、懸命に自分の考えを伝えようとした。

もう一つ、民主連合政府をつくって解決しようと言ってきた人に対する松下さんの姿勢である。今話している相手が和嘉子さんだから穏やかな口調であるが、松下さんはこの時、その卑劣な男をはげしく憎んだ。

実は『豆腐屋の四季』の中で、松下さんは、佐世保港に原子力空母エンタープライズが入港するということに関して次のような文を書いている。

「角材で機動隊に挑んでも無益だ。敵の本体は、戦争協力姿勢の現政権そのものだ。これを選挙で打倒するほかに道はないはずだ。佐世保での闘争が、世論の起爆剤に成るならともかく、現実には権力にどうしても勝てぬ無力感を助長させているのみではないか」

これは「朝日新聞」への投書であり、六年前、一九六八年一月二十日の「声」欄に載った。この時はこう思っていたのである。しかし、今、自分が闘いの最中にあって、目の前の敵に対して、いつできるか分からぬ民主連合政府を当てにして選挙に行き、直接には何もしないで手をこまぬいているなどとは、とても考えられないことであった。「今の問題に眼をつぶってやり過ごすような者たちが作りあげる民主連合政府に、そもそも期待できるかちゅう気が、俺はするんよ」と言うのはまさにその通りであり、「選挙見つけて投票に行こう」というのはその政党揶揄の常套句であった。

（先の「声」欄投書から十五年後のこと、今この豊前明神海岸埋立て着工から九年後のことであるが、一九八三年三月二十日、松下さんはこの投書を精算するために、原子力空母エンタープライズ入港抗議で佐世保に行っている。十月一日にはカールビンソンの入港抗議でも一度佐世保に行っている。組織に属さない、自立したひとりを自覚した人間として参加した者たちの集まる場所が必要と痛感して、この時は「あなたと手を結ぶ草の根市民のひとり」というゼッケンを二十枚、和嘉子さんに作ってもらって。梶原さんと一緒に。そしてそこでも圧倒的な空母を前にして、「決してひるまぬ強靭な意志を」と呟き続けていた。「しょせんかなわぬ強大な相手だとしても、だから無益な阻止行動、抗議行動はしないということと、それでも阻止行動、抗議行動をするということは、決定的に違うはずである。それはおのれの意志を枉げるか枉げないかという人間の尊厳に関わることである」と言って、松下さんは意志力を屹立させようとする。これは松下さんの一番重要なポイントである。ことは人間の尊厳に関わるのであるから。）（「あなたと手を結ぶ草の根市民のひとり」『季刊

いま人間として 7』一九八三年十二月、「草の根市民が主力になるときこそ」『赤とんぼ』12号、一九八三年十一月十五日）

ちょうどこの（一九七四年）七月七日、参議院選挙が行われた。松下さんたちは梶原さんたちの釈放を求めて、早朝から裁判所で待っていた。八日、裁判所は検察側の準抗告を認め、三人の勾留を決定した。十五日には勾留が再延長になる。その頃にはもう和嘉子さんも、「こんだ、あんたが逮捕された時は、うちが救援対策本部長をつとめてやろうかなあ」と言うまでになり、松下さんは、はげしい弾圧がかえって彼女に境を乗り越えさせたのだと思い、快笑した。だが、それは必ずしもそうではなかったのである。和嘉子さんはそう簡単には割り切れなかったのであった。

梶原さんは、逮捕されたのが自分でよかった、これが逆に松下さんが逮捕されていたら、と思うと身のすくむ思いである、と言う。松下さんは、獄中の梶原さんたちとその家族に向き合い、行動の正当性と逮捕の不当性を世間に訴え、保釈金のためのカンパ集めまでやってのけた。さらに環境権裁判（民事）とこの豊前海戦裁判（刑事）の準備、毎日明神海岸に通い、常駐の学生たちの生活に心を配り、悪意を持って話しかけてくる市民とも話し合わねばならない。本当に大変だったのは外にいた松下さんだったはずである、と（梶原「ボラにもならず16」「草の根通信」一九九三年十二月）。

梶原さんたち三人は起訴された七月二十二日にも、第一回公判の八月十六日にも、保釈されなかった。やっと保釈されたのは、八月十九日である。保釈金一人五〇万円、三人で一五〇万円。異例の四十七日間の長期勾留であった。起訴された日、梶原さんは住金を退職した。失業中、梶原さんは、職業安定所の書類に「豊前火力の反対運動が忙しくて（就職活動は）何もできませんでした」

と正直に書いている。それで、「草の根通信」一九七四年十二月二四号の表紙ではなばなしく求職活動をしている。

和嘉子さんとの問答の中では毅然としているように見えるかもしれないが、しかしなんといっても実力阻止闘争を続ける松下さんや同志一人一人の動揺は激しかったのである。梶原さんの家族や親戚、裁判の原告たち、関係の人たち、学生たち。松下さんの内心の動揺は人一倍激しかった。弾圧によって、運動の方向を誤るのではないかという不安も巣くっている。松下さんは本来気弱で臆病で、運動なんかに尻込みしてしまう性格である。毎日海岸に座り込みに通う時も、ちゃんとした社会人から「あん馬鹿が、いい年をしちから、学生んじょうと一緒におだっち、仕事もすらぁせんじ、なんの考えよんのんか」という声を浴びせられるような気がする。その間にも明神海岸の埋立ては進む。海岸の団結小屋に通い続ける松下さんたちの心に、目の前の既成事実を見ると、ある種の徒労感が生まれる。しかし、松下さんは、そんな時にはいつも、「強靭な意志を、強靭な意志を」と呪文のように呟き続けていたのである。

「私にもそんなむなしさと不安の湧く日がある。そんな時、私はあわてて首を振る。迷いや疑いを振り払うように。今そんなことは考えまいと思う。よしんば無意味であろうとも、ここに座り続けるのだ、頑迷なまでに座り続けることによって、現実状況に呑みこまれぬ屹立した反対意志を研いでいくのだ。懸命にそう考えるのである」（『明神の小さな海岸にて』一三〇頁）

この時既に松下さんは、日田市の室原家を訪ね（一九七四年二月十一日、つまり「建国記念の日」にぶつけたのだ。なぜなら、室原知幸は日本国から独立すべく、赤地に白丸の王国旗を作った人なのだ）、『砦に拠る』の取材を開始している。松下さんは心の中に、国家権力を相手に一歩も引かなかった一人の老人の姿を思っていた。

松下さんが明神海岸に座り続けて思っていたのは、やさしさについてである。

［そのやさしさとは、たとえば亡くなった幼子を哀れんでお地蔵さんを建てた人々のやさしさ、まだ子供のお地蔵さんだからおひとりではさびしかろと隣に千手観音を添えたやさしさ、山の神さまに海水を汲みに来る人々のやさしさをいうのだが、そんなやさしさの溢れた小世界に、ある日巨大な支配勢力が侵入してきた時、そのやさしさゆえに抵抗精神は萎え果て、ついには支配者の意のままに操られてその手先にまでなって行くのだ。やさしさを理不尽に踏みしだく者への怒りとともに、やさしさゆえにもろく無残に散っていく者の哀しみを思う。やさしさがやさしさゆえに権力からつけこまれるのではなく、やさしさがそのやさしさのままに強靭な抵抗力となりえぬのか、せつないまでに私が考え続けている命題である。得さんが逮捕された日から、その動揺の底で嘆きをこめて想い続けているのは、そのことに尽きる］（一七六頁）

素朴な庶民の暮らしの中に、ある日巨大な支配勢力が、バラ色の夢、あるいは近代の毒もしくは麻薬を持って侵入してくる。欲望を刺激されると、素朴な田舎者もたちまちのうちに欲の塊となり、甘い汁に群がるように、利権に群がる。そのように権力は人間を踏みしだき、意のままに操る。当人は、操られているなどとは思いもしない。そしてそんな利益誘導に反対して立ち上がると、庶民からかえって突き上げられる。民衆の敵として、攻撃にさらされることになる。権力はそこまで利用する。民衆の人の善さ、やさしさというものは、巨悪というか権力に、常に付け込まれて来た。

民衆の想像力の貧困は、まさにそこにある（一九九八年十月十一日、読書会での松下さんの発言。佐高信さんの、政財界には想像を絶する巨悪がある。そんなに悪い人はいねえべと、自分の悪と同じ程度に考えてしまうのは庶民の想像力の貧困というものだ、という発言を受けて）。だが、だからこそ、人のやさしさについて考えねばならない。やさしさがやさしさのままで強靭な抵抗力になることを、身をもって示さねばならない。これが松下さんのテーマである。

そしてこのことは一人松下さんだけの問題ではなく、梶原さんにも共通のテーマだった。この海戦裁判の方針は高知生コン裁判の線で行くことに、梶原さんと松下さんの意見は一致していた。浦戸湾を守る会の山崎圭次さん（会長、山崎技研社長、詩人）と坂本九郎さん（事務局長、退職教師）たちは、江ノ口川に褐色の廃液を二十年にわたって垂れ流す高知パルプに度々抗議をして来たが、これを無視し続ける工場に鉄槌を下すべく、一九七一年六月九日、ついに専用排水管のマンホールに生コンを流し込み、実力封鎖した。二人は威力業務妨害罪に問われ、十二月二十四日起訴された。しかし山崎さんは、「なるほど俺たちは起訴されたが、俺たちは実は現代の文明を起訴したのだ」と言って、止むに止まれぬ行為の正当性を主張した（「ボラにもならず 16」「草の根通信」一九九三年十二月二五四号、「高知生コン闘争からの激励」「草の根通信」一九七三年十月一〇号）。松下さんと、この事件の裁判の傍聴に出かけ二人の話を聞き、梶原さんは大いに勇気づけられた。裁判長は二人（山崎さんと坂本さん）に有罪判決を言い渡す時、「お二人は前へ……」と言葉をかけた。これは二人の人格が尊敬に値するものだったからだろう、と梶原さんは書いている。

八月十六日の第一回豊前海戦裁判（刑事）において、梶原さんは次のような意見を述べた。これこそまさに梶原さんの強靭な意志である。

[被告の一人として、本裁判に対する考え方について一言述べさせていただきたいと思います。／今日、汎地球的規模で工業化による自然破壊がすすみ、とりわけわが日本列島における破壊はすさまじく、世界中から巨大な人体実験室として注目を浴びている現状であります。ここに至ってなお、企業は全く反省を示さず、間に合わせの法律は次々に作られるものの、全く骨抜きのザル法でしかなく、各段階の行政体は、みごとなまでに主権者を踏みにじって、企業利益のガードマンと化し、全体としてまさに破滅への近道をひた走っている姿があります。／われわれは二年余にわたる反対運動を通じて、この実体《ママ》を体で確認させられてきました。その中で得た結論は、自分と自分の子孫が生きるための自然破壊は自分で守る以外にない、誰も守ってくれないということであります。／逮捕の理由となった本年六月二六日の阻止行動は、そういう背景の中でまさに万策つきた果てにとられたものであり、いうならば、身に降りかかる火の粉を手で払う、たったそれだけのことであります。（略）／最後に、われわれは現実には被告でありますけれども、しかしその志は、未だ経済発展が善であるとする現代文明の根底を、人間の名において告発する原告として、本裁判に臨んでいることを明かにしておきたいと思います。（略）]（『明神の小さな海岸にて』二〇一頁）

この意見はみごとなまでの近代批判であり、現代文明批判である。問題の本質をとらえ、そのことを実行すると、被告人になってしまうということがある。俗に言うと、探偵が被告になってしまうということがある。例えばこの梶原さんのケースがそれである。梶原さんは、この法廷を、[先祖から受け継いだこの自然を、これ以上汚さずに子孫に引き継ぐことが出来るのかを真摯に探る場とする」ことを望み、裁判長から被告と呼ばれて、「いえ、私は原告です」と答えている（『五分の虫、一寸の魂』二〇一頁）。被告が探偵なのである。

しかしながら、和嘉子さんはやはり、梶原さんの考え方、生き方についていけないものを感じていた。秋から冬にかけて、二人は来る日も来る日も深刻な口論を続けていた。和嘉子さんは、梶原さんにもう運動から外れてほしいと思っていた。どうしてこれからいのちきしていけばいいのか、不安にとらわれていた。さらには、和嘉子さんには梶原さんのような立派な人と一緒に暮らすのは大変なことだという思いがある。遠くで苦しんでいる人のためにはすぐに行ってあげるけれど、私の苦しみなんか眼に入らんのよという気持ちもある。

「『なぜ、あんたたちだけが正義派ぶってこんなに苦しまねばならんの。自然を守れ、海を守れっちゅうて、反対行動をして逮捕され、あげくのはては会社をクビになったのに、世間がほめてくれましたか。逆に陰では笑われてるのよ。あんたがいえないんなら、わたしから間島（＝松下）さんにいいます」

「どうして、おまえにはおれの生き方が分ってもらえないのか。おれはこういうふうにしか生きることのできん人間なんだ。なにも良一（＝竜一）さんにひきずられたからこういうことをやってるんではないんだ」」（『小さなさかな屋奮戦記』一九八九年、一五五頁）

ある初冬の日、得さん（＝梶原さん）はついにノンノン（＝和嘉子さん）の頬をたたいた。そして家を飛び出してしまった。夜の十一時過ぎ、松下さんに連れられて家に帰ってきた。梶原さんは家を飛び出した後、行き先もないまま、喫茶店を五軒はしごした揚げ句、松下さんの家に来たのだという。「たたいた得さんが絶対に悪いと叱っておいたから、許してやってよ」ととりなす松下さん。むっつり黙りこんでいる梶原さん。和嘉子さんは、飲み屋をはしごして酔いつぶれたというのではなく、喫茶店のはしご五軒という不器用さに、やっぱりこの人はこういう人なのだと、何かがふっきれてしまった。この人には私がつきそってあげるしかないのだという思いが、こみあげてきた。和嘉子さんは得さんを信じ、松下さんを信じ、その友情を信じ、さらには環境権を信じ、自己変革をとげねばならないと自らも覚悟を定めたのであっただろう。

こんな家庭の事情も一方ではあっていたのだが、表では裁判闘争が進行している。

梶原さんが第一回公判で言った「身に降りかかる火の粉を手で払っただけ」(演歌調!)というのを、難しく言うと抵抗権ということになろう。松下さんははじめ抵抗権という言葉があることさえ知らなかった。やらざるをえないでやることが抵抗権だと考え、にわか勉強を始めた。法律の本は難しいので、自由民権運動や秩父事件のこと、足尾鉱毒事件のことなどを歴史に学んだ(「住民にとって抵抗権とは」『月刊労働問題』一九七五年五月号)。埋立て差止めを求めて係争中であり、もし原告側が勝訴した場合、海を元どおりに復元できるのかと聞いているにも関わらず、既成事実はどんどん進行し、抵抗せざるをえず阻止行動に立ち上がると、逮捕されてしまう。これではやったもん勝ちであり理不尽である。

抵抗とは、被支配者としての民衆が、支配者の圧政に対してぎりぎりに追いつめられた時点で武器を取り、闘うことだとすれば、このような事例は歴史上無数に見受けられる。民衆の抵抗は、例えば百姓一揆という形になり、あるいは強訴や直訴という形になる。時の権力者にとっては法に背く不逞の輩であっても、彼らが死を賭して改変して来た歴史の恩恵の果てに連なる現在の我々は、彼らの抵抗を正当に評価する。歴史の進歩はこのようにして勝ち取られて来たのである。

松下さんは埋立て阻止・抵抗の意図を次のように位置づけている。

［やむにやまれず立ち上がった抵抗行為を正当化する権利をわれわれは当然持つはずだ。（略）法に救いを求め得ぬ民衆が遂に自らを救うべく命を賭けて権力に肉薄していった。凄絶な姿である。それら蒼氓の抵抗のほとんどは無惨に打ち拉がれたのであるが、打ち拉がれながら発した叫びこそが、歴史を推めて来たのだといえよう。（略）現今各地の住民運動が直面している公共性と私権の衝突にみられるように、多数者による民主的手続きに従って少数者の基本的人権が一見合法的に侵害される時、その少数者は法に逆らっても己が権利を守ろうとするしかなく、その結果罪に問われるなら、「抵抗権」に拠って超法規的違法性阻却を主張する以外にない］（「抵抗権は人民の見果てぬ夢か」「毎日新聞」一九七六年一月十日）

抵抗権の思想は、古代ギリシャにも見られる。おそらく人間の社会と権力とともにあるものであろう。ジョン・ロック（一六三二～一七〇四年）は、統治者が彼に信託された権力を濫用する時、国民は抵抗して新しい統治組織をめざすことができると説き、これはアメリカ独立宣言やフランス人権宣言（第二条＝人権とは、自由の権利、財産の享有権、圧迫に対する抵抗権をいう）に採択されていった。またルソー、マルクスなどにも受け継がれ、植木枝盛の『東洋大日本国国憲按』（一八八一年）には、「日本人民ハ凡ソ無法ニ抵抗スル事ヲ得」、「政府官吏圧制ヲ為ストキハ日本人民ハ之ヲ排斥スル事ヲ得」などとある。足尾銅山の鉱毒にたまりかねた渡良瀬川流域の被害村民が、「人の体は毒に染み、孕めるものは流産し、育つも乳は不足なし、二つ三つまで育つとも、毒の障りに皆斃れ、悲惨の数は限りなく……」と鉱毒歌を歌いながら押し出したが、官憲の暴圧に流血の惨事となった川俣事件なども数えられる。戦後一九五四年、ポポロ事件東京地裁判決には、「……自由は、これにたいする侵害に対して絶えず一定の防衛の態勢をとって護って行かなくては侵されやすいものである」とあり、抵抗権を示唆している。そして抵抗権に拠ろうとする者は、権力を濫用する国家に対して、厳正に法を守れ、と主張しているという逆説的事実がある。

豊前火力に即して言えば、次のようなことである。

豊前火力問題がここに至る経緯はすでに述べたとおりであるが、九電は金と権力に飽かせて、テレビや新聞広告などを通じて世論操作をし、県知事や市長市議会に裏工作をして寝返らせた。市当局は市民に対して何の説明もせず、一方的に環境保全協定を結び、ことをすすめてきた。瀬戸内海環境保全臨時措置法、公有水面埋立法にてらして多くの問題点があることを指摘して意見書を出したが、県知事はこれを無視して埋立て免許を出してしまった。

「国が公有水面埋立法と瀬戸内海環境保全臨時措置法を守るなら、係争中の埋立を認可出来ない筈だといい続けて容れられなかったのである。つまり、法の本意を恣意的に（詐術的に）踏みはずした国家に「抵抗権」は法（とりわけ憲法）の精神の遵守を迫っているのだといえよう」（同）

権力が法をねじ曲げて運用するなら、もはや民衆は身体を楯としての阻止行動以外にはなくなる。そうやって抵抗する権利が民衆にはある。

［真に己が生存の環境を守り、更には子孫へ遺すべき義務を考えるとき、むしろ座してこれを見送ることこそ恥ずべきことと思えたのである。（略）／いうまでもなく公正なる法なるものも、支配体制保持の為の強力な道具であるに過ぎず、人民とは乖離したひと握りの権力者の利益を守るにふさわしく出来ているわけであり、されば我々の抵抗権は、かかる現行法を超えて、歴史の発展法則に添う正当な権利として、そのような体制を打破し、新しい人民の社会を導くに至る行為を正当化しているのだと宣言して、冒頭陳述を終わりたいと思う］（豊前海戦裁判被告冒頭陳述「抵抗権についての我々の考え方」一九七五年二月五日、「草の根通信」一九七五年三月二七号）

であるからこそ、梶原さんも松下さんも、今の裁判の判決より、歴史の審判を恐れると言って、果敢にこの運動に邁進しているのである。国家が犯人であり、被告が探偵なのである（抵抗権については「4　いのちきの思想」でまた触れる）。

先走って、この豊前海戦裁判の判決を書いておこう。四年八カ月後の一九七九年四月十八日のことである。懲役十月を求刑されていた梶原さんは罰金八万円（ただし未決拘留中一日を二千円として参入するので実質二万円）。西尾さんは罰金一万五千円（ただし同じく全額を参入するので〇円）、上田さんは無罪であった。

福嶋登裁判長は、［同被告人梶原らは、海面の埋立及び火力発電所の建設はもはや許されない環境条件にあり、また九州電力が計画している火力発電所については、環境を保全するについて十分実効性のある措置が講じられないと考え、公害の発生と環境破壊を防止するため、本件当日の行動に出たものであるから、その動機、目的は正当であるが、同被告人らは、各作業船の船長や乗組員らに対し埋立作業を任意に中止させるための平穏な説得や呼びかけを事前に行なうことなく、無計画に、勢いの赴くまま多数で作業船に乱入し、その船内の平穏を害するとともに船長らの行動の自由を妨げたもので、その行動は前記の目的のための手段として社会共同生活上許される相当な限度を超えたものであって、刑法上違法である」と理由を述べ、さらに「これは判決の中には書きませんでしたが」といって、次のようなコメントを付した。

「(略) このような環境問題は多数決原理だけでは解決されない。顕在化した少数意見も尊重しなければならない。埋立によって、程度の差こそあれ環境破壊の発生することは明白であるが、本件の場合、少数意見に対して企業や行政が真剣に対応したかどうかは疑わしい。被告らの行動はひたむきで真摯であり、犯罪性も強くない。それに対して勾留が長すぎたことを思えば、実刑とするにしのびないので、罰金刑としたものである」(「草の根通信」一九七九年五月七八号、『豊前環境権裁判』四三六頁)

阻止の目的は正しいが手段がよくない、しかしその行動は真摯でひたむきであった、というのである。梶原さんの誠実な人柄を見て、裁判長の心が動かされた部分であろう(高知生コン事件の判決を思い出そう)が、当の梶原さんは「たとえどのような心情的理解を示されたとしても、実力阻止行動を違法なものとして否定した以上、なんらの評価もできない」と述べた。それほどに、梶原さんにとって、この行動は人間としての強靭な意志に基づくものであった。なお経過を言えば、検察側が控訴するとの情報を摑んだ梶原さんは、なぜ無罪でないのかと、検察側より先に控訴したのであったが、結局検察側が控訴しなかったので、梶原さんも控訴を取り下げた。これ以上煩わされたくなかったということのようである。

さらに先走って、梶原さんのいのちきについて書いておきたい。二年間の失業中、運動に邁進し(和嘉子さんは「あんた、よお遊んだなあ」と言っている)、一九七五年秋から耶馬渓の津民(出身地)で養父の跡を継ぎ魚の行商を六年間やった。その間「さかな屋の四季」を「草の根通信」に連載した(これは誰かさんを強烈に意識したタイトルだ)。お父さんの死を契機に魚屋を止め、修理屋になろうと思ったこともあったが、ある朝クサカゲロウの卵(ウドンゲの花)が鉛筆削りにつき、吉兆となった。新堀町の自宅近くの車庫を改装し、新たに魚屋を開店したいという意向に大家さんの同意が得られた。吉兆は松下さんにも及び、『砦に拠る』が講談社文庫から出ることになった。ちょうどこの時松下さんは「朝日新聞」に「日記から」を連載し、このウドンゲのことを書いていた。二週間後、連載の最終日(一九八二年六月十九日)、新聞は『ルイズ』の講談社ノンフィクション賞受賞を伝えた。ウドンゲの吉兆はここでも証明された。しばらくはウドンゲの話でこの界隈は持ち切りになったのだった。

梶原鮮魚店の開店にはもう一騒動あった。松下さんが「梶原一家の再出発を励ますために、せめて祝儀をつのり、開店資金の一助に贈りたい」という印刷物を何十人かの人に送った。するとたちまちのうちに四十万円が集まった。これを持って松下さんは梶原さんを訪ねたが、梶原さんも和嘉子さんもいずまいを正して、これは受け取れんと言う。そう言うだろうとは松下さんにも分かっていた。梶原さんの人柄だからこれだけの祝儀が集まったのであり、梶原さんの人柄だから、それをもらうのを断るのである。四万円なら常識の範囲だろうが、四十万円は祝儀の枠を超えていると梶原さんは言う。二時間の押し問答の末、やっとこのお金で魚屋の冷蔵ショーケースを買わせてもらうということで落ち着いた。しかし、さらにあと六十万円の祝儀が集まった！　誰一人裕福な者などいないのに。［得さんと和嘉子さんをめぐる人の輪の嬉しさ］を松下さんは嚙みしめていた。

受け取ってもらえないに決まっている六十万円をもって梶原さんを訪ねると、梶原さんは、先の四十万円はみんなに借りたことにして借用書を書くと言う。

松下さんは「いつまでそんな水臭いことを言うつもりか」と怒鳴ってしまう。

梶原さんは「わしはあんたが思うちょるほどビンボーじゃない。あんたの方がビンボーだ」と応戦する。

「なに！　いまのおれよりあんたの方がもっとビンボーだ」

二人の怒鳴りあいに和嘉子さんは泣き出しそうである。そして一時間の沈黙の後、梶原さんが折れて出た。松下さんとの友好関係を維持して行くためには、そうするしかなかった。「わしは、いったいどうしたらいいんで」

四十万円はショーケースを買う代金として納めてもらい、その上で、さらにこの六十万円を資金にして「さかな屋の四季」を本にし、みんなに返礼に配るということで松下さんは任せてもらった。

そしてまたこの本作りに回りのみんなは燃えたのだった。本の「あとがき」に梶原さんは書いている。「もう、立って寝るしかありません」。お世話になった人が全国各地全方位にいて、その人たちに足を向けて寝られないというのである！

一九八二年七月九日（この日は奇しくも、二十二年前松下さんが作家宣言をした日だ）、梶原さんは自宅近くに小さなさかな屋を開店し、「新鮮で間違いのないさかなだけを食べてもらう」をモットーにしている。表に憲法九条を書いた立看板を掲げ、店内には野の花のたえることがない。

一九九二年七月一日から、中津市内の東九州短期大学の寮管さん（良寛さん？）になった。梶原さんは一日中立ち詰めの仕事に疲労困憊の状態だった。［あまりにも念の入った得さん流商売が、彼の肉体を限界にまで追い込んでいる］。一方で大家から立ち退きを迫られ、あと五年の条件で存続を認められたりという不安定な状態だった。そこに突然舞い込んだのが寮管の仕事だった。松下さんは自分が寂しくなるとは思わず、二人にこの仕事をすすめた。梶原夫妻は、学生寮の管理と四十人の寮生の、排水が悪い、蛍光灯が切れた、蜂がいてフトンが干せない、掃除機が吸い込まない、おなかが痛い、熱がある、自転車がパンクした……などの対応に追われている。

翌年の三月、セグロセキレイが車（箱型の軽のバン）のスペアタイアの上に巣を作り、巣立ちまでの一月間、自転車で動き回った。巣立ちの日には松下さんも洋子さんと寿司をもって駆け付けて乾杯したりしている。

一九九四年夏、二十一年間「草の根通信」の発送作業所であり、会議や学習会も行われ、遠来の人たちの宿泊にも使われた新堀町の梶原さんの家の離れが取り壊されることになった。梶原さんは寮管さんになってからもこの家を借り続けており、発送作業はずっとここで行われていた。一九七一年から二十三年間住み続けた梶原夫妻にとってここが実家のようなものだった。新しい発送作業場は松下さんの家の近くの北部公民館となった（梶原得三郎『さかなやの四季』一九八二年、「しんまい女子寮管理人の告白」「草の根通信」一九九二年八月二三七号、「ボラにもならず」「草の根」一九九二年十二月二四一号〜一九九四年十月二六三号。松下「どちらが悪いのか」「草の根」一九八二年七月一一六号、「自立のときがきた」「草の根」一九九二年七月二三六号、『小さなさかな屋奮戦記』一九八九年、「草の根」一九九三年五月二四六号、「草の根」一九九四年十月二六三号）。

さて環境権裁判の方であるが、裁判所とうまく嚙み合って行かない。一つは訴訟救助の問題であり、もう一つは進んで行く既成事実に翻弄され、訴えの趣旨の追加と変更を余儀なくされ、印紙問題も持ち上がる。さらには本題の環境権そのものが嚙み合っていない。第一回の訴訟救助申立てについては、『五分の虫、一寸の魂』で詳しすぎるほど書かれていて、笑いと涙を誘うのであるが、却下されてしまった。二回目も、三月一日付で、却下された。「理由」にはこう書かれてあった。

「本件の場合は、将来における損害発生の可能性の有無が争点であって、（略）今後相当程度の立証を尽くさなければ、現段階における本件記録からは申立人らの主張するような大気汚染等による受忍限度を超えた被害が果たして生ずるか否かの予想すらなし難く、現状では申立人らが勝訴の見込なきに非ざる場合に該当するか否かの判断は困難であるいわなければならない」

訴訟救助は勝訴の見込がないわけではない人に対して与えられるが、「理由」は、受忍限度を超える被害が出るかどうかすら予想しにくいので、却下するというのである。これはかなり露骨に勝訴の見込はないと言われたに等しい。裁判官は環境権について全く理解を示していないのである。

これからどうしますかと新聞記者に問われて、松下さんは、「これまでどおりのやり方でつらぬいていく」と答えた。「なんとしても二〇〇人証言を実現させますよ」

一九七四年七月二日、現地検証の打ち合わせに行った松下さんは、裁判長から、火力発電所建設差止めと、埋立てとは法的には別のものだと言われて、当惑する。松下さんの常識では、建設するなということはその土台である埋立てもするなということを含んでいるはずであるが、法的に厳密に言うと、埋立てと上物は区別されると言う。それは詭弁ではないかと争いたいのだが、それにはまた長い時間がかかるだろう。

そこで、一九七五年一月三十一日付で、埋立差止の趣旨追加申立書を出した。しかし、埋立て工事は進み、夏にはすでに第一工区の埋立ては完了し、第二工区も三分の二が埋立てられてしまった。そこで、十月三日付で、なんら埋立てしていない水面の状態に現状を回復せよ、という請求の趣旨の一部変更を申し立てた。そうしないと、埋立てられた海にたいして埋めないでくれと言っても、訴えの利益がないとして切り捨てられるおそれがあったからだ。沖縄金武湾ＣＴＳ訴訟でそういう判決が予想される事態となっており、四日には予想通りの判決が出された。原状回復は著しく困難であり、回復工事が周辺海域を著しく汚染するからだ、というのである。これじぁあ、既成事実を作った方の勝ちということであり、まさに盗っ人猛々しいとはこのことである。

ところが、埋立てた海を原状回復せよという趣旨の変更には、印紙を貼れと裁判所が言ってきた。

書記官は、海面復元の工事費がその訴額になるのではないかという。裁判長は埋立てた土地（不動産）の価格が訴額であるという（この点は裁判所も迷っているのだそうだ）。松下さんたちはまたしても面食らってしまう。「私たちはその土地を争っているわけじゃないんですよ。土地をのけて、海を戻せといっているんですよ。（略）埋めてくれるなといって訴訟を争っているのに、それを無視して勝手に埋めておいて、だったらそれをとりのけよというのに、いやもう埋めたから埋立地を訴額対象にせよなんて、あんまり身勝手すぎますよ」

松下さんたちは、埋立てられた土地の所有権を争っているわけではない。その海において潮干狩りをしたり、海水浴や磯遊びをする権利、つまり環境権を主張しているのである。それは算定不能の非財産上の請求であるから、訴額は三十五万円と見做されるべきである、という準備書面を提出する。裁判長は、九電がその造成地をとりのぞいた時にはじめてあなた方の利益になるわけで、つまり、あなた方の主張する利益とは造成地をとりのぞくということであるから、その訴額も造成地にかかわってくるはずです、と言う。松下さんたちは、われわれが主張している利益とは、海面そのものであり、造成地をとりのぞいた結果こそが利益なんであって、とりのぞく行為はわれわれにはなにも関係ないことですよ、と反論する。ここはなんとか頑張らないと、先例となってこれからあとの者は海面復元訴訟を起こせなくなる（一九二頁）。（しかし、さらに既成事実は進み、一九七八年五月十二日には、建設差止を操業差止に変更せざるを得なくなる。）

発電所建設差止めには当然埋立て差止めも含むと思っていたところ、埋立てと上物は別だからと裁判所に言われて追加請求したわけだが、今度は復元された海面だけでいいというのに、その撤去工事費もしくは造成地の価格も当然含むことになると裁判所に言われてしまった。裁判というものはなかなかややこしい。造成地の価格をどうしてもというのなら、埋立て地全部ではなく、発電機が設置されることになる部分の土地一平方メートルだけを対象にするという手もあると、松下さんはそれこそ吉四六さんのような機知を働かせて言っていたことがある。

この印紙加貼問題については、一九七六年九月十六日、第十回公判は裁判長が低い声でこう言った。「これは非財産権的請求だとは認められないんですが、しかし現実には算定がほとんど不能ですから、これはあなた方の陳述のとおりにします」。これで決着した、かにみえたが、九電側は反論し、原状回復に要する費用は一一〇億円！　であるから、それに見合った印紙を貼るように求めてきた（三三八頁）。もうあとは裁判長の判断である。

裁判は立証の段階に入っている。一九七四年十月三日の第四回公判で、立証計画表を提出し、各地の火電公害の実態、豊前火力建設に関わる環境アセスメントの不備、発電所が巨大コンビナートの引き金となり、それは巨大な公害の元凶となるであろうこと、石油危機下における国の総需要抑制策と火電新設は相反すること、行政の許認可の問題点、豊前火力反対運動の経緯、そして我々は環境権を有すること、などを説明した。

これに対して、珍しく九電側が発言し、「一番先に環境権があるのかどうかの立証からしたら」という意見が出された。火電公害の実態が法廷にさらされる前に、この裁判を法律論争で片付けようというのである。環境権などありはしないのだというたかをくっての発言である。さすがに裁判長はこの意見をとらなかった。社会の公害問題に関する熱気がそれを許さなかったということであろう。

ここで話を進めて、豊前環境権裁判一～十八回の公判の全体像を見ておきたい（上の算用数字は公判の回次）。

■一九七三年

八月二一日　福岡地裁小倉支部に提訴。

1　一二月一四日　豊前平野の代表として、法律用語を用いず豊前平野の日常語を使って、この裁判に臨む。『荒野の七人』のテーマ曲が流れる。

■一九七四年

2　三月一四日　七人の原告が意見陳述。

3　六月二〇日　埋立地の概略図を示し、五〇万キロワット二機の他にもう二機の計画があるのではないか。埋立てた海を元に戻せるのか。

六月二六日　明神海岸埋立て実力阻止。梶原さんら逮捕される。

4　一〇月三日　立証計画。先に環境権があるのかどうかの立証をしようと九電。

■一九七五年

5　二月六日　埋立差止の趣旨追加。

四月一五日　現地検証。

6　六月一二日　横井安友さんが水島コンビナートによる備讃瀬戸の漁場の被害について証言。

一〇月三日　埋立てた海を原状回復するようにと趣旨変更。

7　一〇月九日　星野芳郎さんが瀬戸内海汚染について証言。

■一九七六年

8　二月一二日　星野芳郎さんがスライドを使って証言。

9　六月一三日　市民証言。釜井千代、相本義親、吉永宗彦、広田恵惟子さん。

10　九月一六日　市民証言。川本さかえ、沢田正広、上田日丸、林博美さん。

この市民証言が環境権裁判の眼目である。海に対する権利は漁業者だけでなく、後背地住民にも貝掘りや磯遊び、魚釣り、海水浴、散歩など様々な権利があるはずだ。豊前平野の住民二百人が法廷で次々に「私はこの明神海岸でこんなことをした」と証言すれば、それがすなわち環境権の証明なのである（ただし実際にはこの八人しか証言は採用されなかった）。これは次の入浜権と同じことを言っている。

印紙加貼問題が決着？

■一九七七年

11　一月二〇日
高崎裕士さんが入浜権について証言。

12　五月一三日
秋山章男さんが干潟について、狩野浪子さんが野鳥について証言。

干潟に棲息する生物には、砂の中に埋没して生活するもの、砂の表面を這って生活するもの、干潟にある礫、棒杭などに付着して生活するもの、礫の下などに棲息するものの四つのグループに分けられる。この内、礫の下に棲息する二枚貝には、砂の奥深くまで酸素を供給する役割と、満潮時には海水中の有機物を取り除く浄化の働きがある。七五年三月から六月にかけて、松下さんたちが秋山さんの指導を受け、『干潟の生物観察ハンドブック』を参照し、九大生物分析調査団の協力を得て、海域調査を四回行った。梶原さん手製のコードラート（二二×二五×一〇㎝の板の枠）の中の底生動物を調べる（「草の根通信」一九七五年五月二九号）。

また沖に出てヘドロを採取し、硫化水素の悪臭に悩まされながら調査を行った結果、明神海岸には貝類（アサリ、ハマグリ、シオフキ、サルボウ、イチョウシラトリ、ヒメシラトリ、テリザクラ、シズクガイ、ムラサキガイ、ホトトギスガイ、マテガイ、ウミニナ、ホソウミニナ、アラムシロ、ムシロガイ、イボニシ、キサゴ、マタキビ、ウズラマタキビ、ツメタガイ、キセワタ、イシダダミ、ベッコウザクラ、ウノアシ、キノコザクラ、コガモガイ、コウダカアオガイ、アマガイ、アラレタヌキビ）、甲殻類（コメツキガニ、フキサイソガニ、アマメコブシガニ、オオギガニ、ギボシマメガニ、アミメフジツボ、シロスジフジツボ）、多毛類（ゴカイ、ミズヒキゴカイ、スゴカイ、チロリ、チンチロフサゴカイ、ニッポンオフェリア、クマノアシツキ、チリメンイトゴカイ、ウロコムシ、ウミケムシ、イワムシ、クロイソカイメン、ダイダイイソカイメン、スサイソギンチャク、ウスヒラムシなど）、その他カブトガニ、クマヒトデ、カシパン、スジホンムシモドキなど八六種類の生物が棲息していることを確認した。

明神海岸に棲息する二枚貝は一日に三六〇万トンの海水をろ過している。これは明神海岸の埋立て地三九ヘクタールの一〇〇〇倍の海水を浄化していることになる。石ころがごろごろして見てくれの悪い海岸はこんなにも豊かな海岸だったのだ（「草の根通信」一九七七年七月五六号）。

これら生物や魚を餌にしている野鳥の種類も多種類にわたる。もちろん魚も海草も。目に見えないプランクトンなどもいる。

■一九七七年九月九日　13

讃岐田訓さんが底生動物について、柳哲雄さんが恒流について証言。

埋立てには三段階の弊害がある。まず埋立てられるその場所が海でなくなる。次に埋立てに使う土砂を生物もろともすぐ近くの海底から吸い上げて埋立ての箱の中放り込む。周辺の海域まで抹殺してしまう。三番目は埋立て地に出来る工場による汚染である。

海洋の汚染を計るには水を調べることと並行して、流動性が少なく、何年か前からの蓄積をあらわす底生動物（ベントス）の種類や数によって調べることが有効である。七五年三月の調査では、明神干潟は良好な状態であったのが、四月一日から埋立て浚渫が始まり、六月の調査では個体数と種類が極端に減少している。海水の透明度も悪くなっているという観測結果であった。それから二年後七七年の六月と七月に調査をしたが、二年前と変わらない、つまり回復していない、むしろ悪化している所もあることが分かった。

海水の動きには、一日二回の干満の動き、潮流の他に、恒流と呼ばれるものがある。周防灘には、海岸の地形によって、北から南への恒流がある。例えば、宇部の低潮時にものを投下すると、潮流にゆられ、六時間後には上げ潮に乗り西に移動し、また六時間後には戻ってくるが、元の位置には戻らず、恒流に乗って次第に南下して行く。東西に揺られながら南に下っていく。工場地帯のほとんど無い周防灘南岸豊前海のＣＯＤ濃度指数が瀬戸内海で一番高いのは、この恒流に乗って、周防灘北岸山口県側の工場群の汚染が流れて来たためである。

14　一二月九日　生井正行さんが多奈川第一火力の公害について証言。

■一九七八年

15　五月一二日　裁判官が三人とも交替。森永龍彦裁判長から塩田駿一裁判長へ。
また裁判長が替わっていた。森林稔裁判長。

16　八月二五日　恒遠俊輔さんが豊前市の火力誘致について証言。

■一九七九年

17　一月一二日　西岡昭夫さんが豊前平野の気象について証言。豊前平野の気象観測は一回目は一九七四年一二月二五日から二六日、二回目は一九七七年四月一六日から一七日まで、七二人が参加して行われた（「草の根通信」増刊号一九七七年六月五五号）。
　この観測結果に基づいて西岡さんが証言した。

四月一八日　豊前海戦裁判で梶原さんに罰金刑判決。

五月八日　松下竜一を証人として追加申請。

18　五月一八日　九電側が西岡さんへ反対尋問。その後、弁論終結を宣する。裁判長忌避。二五日、忌避却下。

八月三〇日　豊前人民法廷（豊前市中央公民館）。法廷で許されなかった最終弁論を行う。

八月三一日　門前払い判決。「アハハハ……敗けた敗けた」の垂れ幕。

九月一〇日　福岡高裁に控訴。

環境権の観点から行けば、原告側はいちいちもっともな立証をしているのであるが、しかし、被告側は環境権などないという立場であるから、よその火電の公害の話や、明神海岸でアサリを掘ったとか、泳いだとか言われても、また干潟や野鳥や底生動物が海水をどれだけ浄化していると話されても、法的には何の痛痒も感じない。そこが浅はかである。被告側にとって（裁判所も同じく）問題はただ具体的な人格権の侵害（人身被害）があったどうかだけである。それも受忍限度を超えた被害が。

一九七七年六月十一日、政府は三全総の見直しを行い、周防灘開発計画も棚上げとなった。だが、それはあまりにも巨大すぎる開発の不可能性と、不況による経済的な理由が大きいのであって、松下さんたちの運動の成果というわけではない（「スオーナダ開発を凍結させたわれら!?」「草の根通信」一九七七年七月五六号）。だがそんな巨大開発は誇大妄想にすぎないと政府には分かっていなかったということでもある。周防灘開発計画は中止となったが、すでに豊前火力一号機は試運転に入ろうとしており、一九七七年十二月九日、営業運転を開始した。裁判長が突然二度も交替したのは、この裁判を早期に終結させるためであるらしい。

第十八回公判で、九電側弁護士が西岡さんへの反対尋問を終えた直後、森林裁判長は小さな声で、「ここで裁判所は判断を示すために、弁論を終結いたします。原告ら申請の証人は総て採用しないことにします。判決は……」と言い始めた。そのとき空かさず、松下さんは立ち上がって「われわれは裁判長を忌避します。裁判長を忌避します」と叫んだ。この運動神経の良さに、ぼくは敬服する。あるいはその日の気配を察知してのことだったかもしれない。珍しくテレビカメラが待機していて、今日で打切りの情報が入ったのかと記者に尋ねたりしていた。裁判長の声はよく聞こえず、傍聴席で見ていて、何があったのかよく分からないほどだったのだ。他の原告も一斉に「裁判長忌避」の声をあげた。それを無視して、裁判長は判決日を「七月二十八日」と告げて、そそくさと退廷していった。

五月二十一日、裁判長忌避申立書を提出した。が、二十五日には却下された。

一九七九年七月七日、松下さんは喀血した。この裁判中二度目である（一九七三年十月一日の時は肺結核によるものと思っていたが、今回は一九七七年十月に多発性肺嚢胞症と病名が確定していた）。文字通り血を喀きながらの裁判闘争であった。国立病院の五階の病室から広がる風景を眺めながら、八月三十一日（あの時「七月二十八日」と言ったのは、忌避されて慌てた裁判長が言い間違えたのらしい）の判決を前に、松下さんは一九七二年五月から六年余りのこの運動について振り返っている。申請していた証人（その中には最初に周防灘総合開発のシンポジウムの開催を打診してきた石丸紀興さんもいた）も全て採用せず、最終弁論もさせないで、審理を打ち切った裁判所のやり方には、環境問題に対する世論の後退が反映していると考えられる。

［六年の運動をへてたどりついたのが「後退した場所」だったとすれば、いったい私たちの苦闘はなんだったといえるのだろうか。（略）だが私に悔いはない。私たちのかかげてたたかっ

てきた理念の正しさを私は確信しているし、ともにたたかってきた同志たちの友情こそかけがえのないものであったのだから。（略）却下判決などは、私たちの眼中にはない。私たちのかかげてきた旗を、私たちはまだ降ろすわけにはいかないのだ」（四四五頁）

判決の前日、八月三十日、豊前市中央公民館で、豊前人民法廷を開くことにした。こういうドラマタイズを思いつくのが映画好きの作家らしいところである。はじめ三十一日の裁判所の判決公判をボイコットして、同日同時刻に人民法廷を開く予定だったが、たとえどんな判決でも最後まで見届けるのが正しい態度ではないかという正論を受け入れ、前日の三十日とした。裁判所の突然の結審によってできなかった最終弁論をやろうというのである。被告九電側の主張も、その役をする者によって述べられる。

松下さんは病院のベッドの上で、原告と学習会に参加する者たち十四人が分担して書き上げた文章を一つの文章にまとめなおしている。松下さんは豊前人民法廷の中で、次のようなことを述べている。

［エー、わたくしごとをいいますと、私は肺の病気にかかっておりまして、肺のう胞症という厄介な病気であります。この病気に関しましては、お医者さんも、今の状態より良くなることはないといい渡されております。進行することはあってもよくなることはないという病気でありまして、私を診察してくださいましたお医者さん達が慰めていいますには、あなたの場合、さいわいにも、この豊前平野のいい空気の中にいきているから、まだ長もちするでしょうというのが、保障です。そういうことを考えますと、まさにここの空気が汚されていくということ

は、私にとってはまさしく生存権の侵害であります。／環境権というものが、ともすれば、なにか、単に貝掘りの場を守るとか、あるゆとりを持った、切迫した権利ではないかの如くいわれたりもしますが、けっしてそうじゃない、環境権とは実は生存権を守ることであるということを、私自身痛切に思っているわけです」（「豊前人民法廷」「草の根通信」一九七九年九月八二号）

これは「病者の生存権を考える」（「草の根通信」一九七七年十一月六〇号）と同じ趣旨だが、個人の人格権に関わるこの意見なら裁判所も取り上げたのではないだろうか。裁判所は具体的な個人の人身被害の立証をするように求めていたのだから、この生存権、人格権に関わる意見を無視することは許されないはずだ。しかしこの証言は裁判所でなされることはなかった。「豊前火力操業により汚染が発生している事実を立証し、さらに九電に増設計画があることを立証する」ための証人として、松下さんを申請していたのに、裁判所はこれを認めなかったのである。いくらなんでも原告本人尋問まで無視できないだろうと思って、急遽五月八日付で申請しておいたのだったが。まさに裁判所による生存権侵害であり、裁判を受ける権利の侵害である。

さらに幻の「最終弁論」の中で、環境権について述べている。環境権の本論については本稿では既に考察ずみであるから繰り返さない。環境権の概念がすでに社会では一般化していることを述べている。けっして後退はしていないのである。

「いまや世論においては「環境権」という言葉（とその概念）は、しごくあたりまえのこととして定着してしまっているという事実である。これほどあたりまえの考え方が、なぜ法律の世界で認知されないのか、そのことの方が不思議とされるほどなのだ。／資源の問題、環境問題というのっぴきならぬ両側から、いやおうなしに発想の大転換を迫られているいまこそ、環境権認知の絶好期であろう。それこそが発想転換の方向と合致しているからである。／われわれは裁判官各位に心から訴えたい。あなた方一人一人が、いったい自分たちの愛する子や孫に対してどんな世界を残そうとしているのかを真剣に問うていただきたい。なによりも、自分自身の問題として。／なぜなら、この豊前火力問題は、あなた方から遠くにある豊前地域の問題というにとどまらないからである。この問題は、あなた方の英知と決断を問う問題であるのだ」

（『豊前環境権裁判』四六四頁）

これは裁判長だけが聞かねばならぬ言葉ではない。われわれ一人一人が人間として受け止めなければならない言葉なのだ。われわれ一人一人の英知と決断が問われているのだ。残念ながら裁判長はこの意見を聞く機会を自らつぶしてしまった。裁判長は環境権についての原告側の主張を法廷で全く聞かなかったのである。それなのに判決の中で、環境権は認められないとしたのである。

一九七九年八月三十一日、午前十一時。裁判官が入廷すると、松下さんは弁論の再開を申し立てたが、森林稔裁判長はこれを無視し、わずか八秒で判決を言い渡し、さっと退廷して行った。松下さんは裁判官に向かって、「逃げるのかっ」と叫んだ。

判決理由は言う。

「4　もとよりおよそ何人に対しても健康で快適な生活を営む利益が保障されなければならないことであり、何人も環境の破壊によって自己の財産もしくは生命・身体・健康・自由などの利益が直接に侵害され、又はそのおそれが生じた場合には、所有権もしくは人格権などの具体的権利を根拠に侵害行為の差止めを請求して、民事訴訟による私法的救済を求めうることはいうまでもないところ、本件訴訟は、原告らも自認するとおり、原告ら各人の私的権利、私的利益を超えて、もっぱら豊前平野及び豊前海域の地域環境一般の保全を目的としてなされていることは明らかであるから、原告らは原告ら各人の所有権ないし人格権などの具体的権利の侵害を理由として本件訴訟をなしているものと解する余地はない。

5　以上の次第であって、環境権なるものを法的根拠としてなす本件差止め等の請求は、環境権が現行の実定法上具体的権利として是認しえないものである以上、審判の対象としての資格を欠く不適法なものといわねばならない」

判決後、記者会見の席上、松下さんは次のように述べた。この時の映像が『豊前火力闘争八年史』（一九八〇年、中村隆市制作）の中にあるが、松下さんは、この独善的な判決に対して、怒り心頭に発していた。あのような（逃げるように退廷していった）裁判官の態度は、自らをおとしめるものであると。

「（この判決に）我々は非常に憤りを感ぜざるを得ないのは、環境権の法的主張および立証に関して我々はこの裁判の一番最後の締めくくりとしてやるべく立証計画を早くから提出していて、そのために憲法学者なんかも証人として申請したにも関わらず、それら一切論じさせることなく切り捨てておきながら、つまり原告側の主張は何らさせないでおいて、裁判所はその環境権にふれてそういう考え方はないんだということを判決理由の一番主要な柱としている。ということは、全く裁判として成り立ってないんじゃないか。原告に対して何も言わせんでおいて判断だけ示したと。こういう裁判があるだろうかというふうな憤り、本当にこういう裁判はないんじゃないかという気がするんですね。もう全く森林裁判官の独断と偏見にみちた判決で、これはおそらく法曹界全体としても恥ずべき判決じゃないか。理屈の通らん判決じゃないかというふうに思います」

判決では豊前火力に公害があるかどうかについては何も触れていない。ただ環境権というものは法的に認められていないのだから、却下するというのである。提訴以来六年間、豊前火力の公害の可能性を立証してきたのに、裁判所はそれには触れず、まだ立証していない環境権について法律論のみで判断し、切り捨てたのである。全く乱暴な判決と言わねばならない。環境権は人格権、生命と生活に関わらないだろうか。環境が生命と生活に関わるようになるほどひどくなる前に、その手前で、防止しようという趣旨に、裁判所の乏しい想像力が及ぶことはない。

前日から、マスコミ向けに垂れ幕を用意していた。敗訴判決は十分予想されたものであったので、判決前夜集まった原告・支援者の考えた候補作の中からしいて採用された捨て台詞「敗けた敗けた」に、松下さんが、熟慮の末、「アハハハ……」を書き加えて、名文句としたのだった。皆は爆笑し、「決まったぁ」と声が起こった。松下さんはM紙の記者のリクエストでこの垂れ幕の文句を、

「アハハハハ敗けた敗けたと笑いつつその哀しみに耐えてあるかも」

と歌に作り直し、敗訴判決が出る前、記者に渡したが、ボツになった（「喪われゆきし渚よ」「草の根通信」一九七九年十二月八五号→『いのちきしてます』）。

この垂れ幕について二つの意見があった。一つは不真面目な文句だ、という意見である。法曹界

の人に多かった。松下さんを支援してきたある民法学者はこの垂れ幕を見て、絶縁を申し出た。テレビ局では放映カットされそうになった。もう一つは涙が出るほど感激したという意見だった。いつも絶望と敗訴を味わい続けている運動家に多かった。「アハハハ……敗けた敗けた」とうそぶいている心中の哀しみが分かるからである（「道化の裁判を演じ抜く」『ちくま』一九八一年三月号）。

松下さんは、この垂れ幕について、

［われわれがコケにしたのではない。裁判所がわれわれをコケにしたのだ。最終弁論さえ許さずに裁判を打ち切った不真面目な裁判所に恐れ入る必要はない。笑い飛ばして次なる戦いへ進もうという決意が「アハハハ……敗けた敗けた」なのだった］（『図録　松下竜一その仕事』一九九八年）

と書いている。確かに、必要な証人の採用もせず、最終弁論さえ許さないという筋の通らぬやり方に対して恐れ入る必要はない。こんなのありか？　まいったまいったとしか言いようがない。かるくいなして、次の闘いに進むのだ。敗けても敗けても闘い続けるのが、草の根の闘いであり、楽天性なのだから。もちろんその底には、自分たちの考えは間違ってはいないという信念がある。来るべき未来のイメージを描いてみるということである。止められるかという効果を問うより、止めたいと思っているという思いに忠実であること、今はゼロでも、ゼロ＋ゼロ＋ゼロ＋……がいつか五になり、六になるという歴史の進歩を信じているのだ。

ところでこの一審判決の中に環境権を評価するような次の部分がある。

［3　近時わが国の経済成長にともなって公害による環境破壊が進んできているから、良好な

環境を破壊から守り維持していく必要性は高いものがあり、国や地方公共団体が立法・行政の両面において、環境保全のため防止の施策をなすべき重大な責務を有し、企業も公害の防止に努めるべき社会的責任を負うことは当然である。そこで、立法政策的な提言あるいは思想としての環境権論には環境保護の理念にそうものとして傾聴に値するものがある。しかし、そうであるからといって直ちに、公害の私法的救済の手段としての環境権なるものが認められるとするのは早計といわなければならない」

裁判所は「立法政策的な提言あるいは思想としての環境権論」は認める、というのである。（しかも、思想としての環境権は、実は九電幹部も認めているのだと、新聞記者は伝えている）しかし、思想として正しくとも、それを直ちに現実に、法的に適用するわけには行かない、と判決は言うのである。これに対して松下さんは反論する。

「大人が子供にこんなふうにいうぐあいである。／「おまえのいう正義は、本当にその通りなんだ。だけど、この世はそんな正義だけじゃどうにもならないんだよ。正しくないことにも、時には眼をつむらなきゃならないものなんだ」／子供にはそんな大人の答が甚しく理不尽に思えて幻滅する。幻滅を重ねながら、いつしか子供も大人になっていくのである。ドン・キホーテとは、ついに大人になれなかった子供の謂であろう。／われわれは、思想として正しい考え方が、この社会で通用するようになることを信じて運動を続けて行くだろう」（「それでもやらねばならぬ」「草の根通信」一九七九年十月八三号）

ドン・キホーテという言葉は、この運動の中の要所要所で出てくる。見果てぬ夢を追う憂い顔の騎士は、子供のような純粋な心を持つ初志貫徹の自由人である。ぼくはこういうタイプをマゾヒストと呼ぶことにしている。

判決前日からの討議の末、原告全員一致で意思確認していたことだが、記者会見の席上、「このような一方的な判決に黙って屈するわけにはいかないので、控訴します」と表明した。しかし、その二日後、松下さんは原告団の緊急会議を招集し、「控訴をやめようか思う」と切り出した。控訴審は、判決理由にある環境権という法律論に限定され、具体的な豊前火力の公害に関しては論議されないことになる。そうなると素人原告には荷が重いし、肝心の九電は、原告と裁判所の法律論争を高みの見物しているだけ、ということになる。控訴の意味が本当にあるのか、という問い掛けである。

重苦しい空気の中から、市崎さんが言った。「いや、松下さん。やらにゃいかんちゃ。たとえむつかしくても、やらにゃいかんちゃ。なんちゅうたって、わしらの言いよることは絶対正しいんじゃからくさ、必ず歴史が証明することになるんよ」。市崎さんは、先日の豊前人民法廷で、葉山嘉樹の「馬鹿にされてもいい、本当のことをいう者がもっとふえればいい」という言葉（豊津町の八景山の碑に刻まれている言葉）を二度繰り返して一同の心を打ったのだった。市崎さんの言葉が口火となって、原告はみな控訴審を闘い抜くことを表明した。松下さんも、もはやスッキリしていた。九月十日、福岡地裁小倉支部に、控訴状を提出した。

松下さんはこの環境権運動――訴訟について、孤立を極めた、と言っているが、判決後、中津の町を歩いていて、ざまあみろとかそれみたことかとかいう言葉は一つも聞かなかった。ある時全然知らない人から、「どうも長い間ご苦労様でした」という挨拶を受けたことがあった。そのあたりから、あっ、ちょっと違ってきたなっていう感じがあったという。確かに、程度の差というものがある。それに同意できると言ってそのものの中にじっくりと入り込むことのできる人と、入り込めずにその周りで見守っている人と、勿論関心のない人もいる。例えば、新聞に運動の折り込み広告ビラを二万五〇〇〇部（全世帯分）入れても、中津市内での反響はまずない。だが、ある時「私、もう十年間以上もあることで苦しめられている者です。ビラを見て、あなた方にならら相談に乗っていただけるのではないかと思いまして……」と、遠慮がちな声で電話がかかって来たりする（「町の声村の声」『朝日ジャーナル』一九七八年六月二十三日）。また学習会の夜に直接訪ねてきた人を僕は何度も見掛けたことがある。そんな各層の関心を背負いながら、運動は進められる。

控訴審の開始を前にして、一九八〇年一月十五日、豊前市中央公民館で、『ビデオで観る豊前火力闘争八年史』（中村隆市さん制作）の集会が行われた。この八年間のそれぞれの心情を語って興味深いものがあるが、一審判決を批判する松下さんの語気の鋭さも見物だが、圧巻は釜井さんの応援団長だろう。「草の根通信」の忘年会の最後に、「フレーーーッ、フレーーーッ、カーン・キョー・ケーン！」とやると、皆がそれに「ガンバレ、ガンバレ、マ・ツシ・タ！」と大声と手拍子で応じて爆笑し、それがえんえんと続き、元気を盛り上げるのだ。たいていの鬱陶しさは吹き飛んでしまう。

この日、松下さんは伊藤ルイさんに出会っている。梅田順子さんが一緒だった。いや、この時はまだその人が誰なのか分からなかった。後でこの集会の感想を書いてきたはがきを見て、これはただものではないなと直感し、「伊藤ルイって何者？」と福岡の友人（森部聰子さん）に問い合わせて、彼女が大杉栄（一八八五〜一九二三年）と伊藤野枝（一八九五〜一九二三年）の四女だと知る。

実はルイさんは、これより以前に松下さんの文章と出会っている。福岡市鳥飼公民館の「くらしの学級」（政治学級）で学んでいた時（一九七四年頃）、九大の横田耕一さんの世話で、環境権裁判の第一準備書面（一九七四年三月四日「一羽の鳥のことから語り始めたい」）をガリ版に切り、梅田さんと印刷してテキストに使っている（梅田順子さんの話。この第一準備書面は二万字を超えて長いので別冊で印刷したため「草の根通信」には載っていない。僕が持っているのもガリ版刷りのものである。これはルイさんの字なのかと思うと、感激も一入である）。

松下さんはルイさんに、次の「アメリカの環境権裁判を聴く」という集会（三月五日）の案内状を出した。アメリカ最高裁が、一九七八年六月十五日、ＴＶＡがリトルテネシー川に建設中のテリコダム工事の中止を命じる判決を出した、という小さな新聞記事に眼をとめた松下さんは、プラッターさんを豊前に招いた。プラッターさんは一尾の小さな魚のことから話しはじめた。渓流にスネールダーターという絶滅の危機に瀕している、体長七センチほどの小魚が棲んでいることが分かり、プラッター教授らがダム差止め裁判を起こし、勝訴したのである（「魚と鳥結ぶ環境権裁判」「朝日新聞」一九八〇年三月十二日）。

集会の後、ルイさんは中津に泊まり、松下さんを訪ねた。松下さんはルイさんと友人が話すのを聴いていた。聴きながら松下さんは彼女の昭和史を書きたいと思った。が、その時直接それを言い出せず、彼女に速達の手紙を書く。彼女からは迷っていますという電話があったきりだったが、許諾の返事のないままだった。それまでに何人もの人から取材の申し込みがあったが、ルイさんは全て断っていたのだった。そんなこととは露知らず、松下さんが『ルイズ――父に貰いし名は』の取材に福岡市内野に押しかけたのは三月十九日のことである。

戸惑いながら、数カ月をかけ、自分の半生を語り尽くしたルイさんは、その荒療治によって一挙に脱皮を遂げ、両親の名の重さから解放され、その活動の自在さは松下さんの方が圧倒されるほどであった（「冬の今宿海岸」「朝日新聞」一九八七年十二月二十五日、「彼女の方から現れた」『図録　松下竜一その仕事』一九九八年）。

控訴審は一九八〇年一月二十三日に第一回口頭弁論が開かれた。裁判長はあの風成裁判を担当した高石博良氏だった。それだけに多少の期待もあったし、いや、ほんとに勝って差し戻しにしてもらうつもりだった。松下さんは最初控訴をやめようと言っていた時、「控訴審は、判決理由にある環境権という法律論に限定され、具体的な豊前火力の公害に関しては論議されないことになる。そうなると素人原告には荷が重いし、肝心の九電は、原告と裁判所の法律論争を高みの見物しているだけ」と言っていたのだが、実際には、法律論争に限定して、早く地裁へ差戻しにしてもらおうと方針を転換していたのだ。一審判決は大変な誤解に基づくものと思えたから。

以下控訴審の一覧を掲げる。

一九七九年
　九月一〇日　福岡高裁に控訴
一九八〇年
1　一月二三日　第一回口頭弁論、原告側第一準備書面　被告側第一準備書面
2　四月七日
3　五月二一日　原告側第二準備書面
4　九月三日　原告側第三準備書面　被告側第二準備書面
5　一〇月二九日　原告側第四、第五準備書面　被告側第三準備書面
6　一二月二四日　決審
一九八一年
　三月三一日　判決
　四月七日　上告

原告側第一準備書面は言う（「草の根通信」一九八〇年二月八七号）。

一審判決は、原告らは私的権利を超えて豊前地域の環境の保全を目的としており、各人の所有権や人格権など具体的な権利の侵害を理由として請求しているわけではないし、法的根拠として環境権に基づくと主張するが、環境権なるものを私法上の具体的権利として認めるような実定法上の根

拠は存しない、と言う。しかし、本件の訴訟物は環境権ではなく、九電の操業差止め、埋立て地の原状回復などの差止請求権や原状回復請求権であり、環境権はその理由づけである。環境権は、本件火力発電所の建設に伴い原告らの健康などの生活利益の侵害を除去するための根拠として主張しているものであり、これに「環境権」という名称を与えるか「人格権」という名称を与えるかは、たかだか用語の問題に過ぎない。環境権という言葉は非常に象徴的に使っているわけで、原告の主張が、何法の何条に関わるものであるかは裁判所の方で判断してくれ、と言っている。環境権でなければ、人格権に基づくと言っても構わないと。

しかも、判決は、原告がまだ主張する機会を与えられていない環境権を勝手に判断してそんなものはないと言い、故に切り捨てるという。これでは原告は唖然としてしまう。

さらに、原告は私的権利を主張しているわけではないと言うが、そんなことはない。第一回公判冒頭で、「原告は七人だが、豊前平野全体十数万の住民の代表としてここにのぞんでいる。いや、豊前平野の環境の永続性を考えるならば、こののち永遠に続く子孫の環境権をも代表して、数えきれぬ無告住民を背景にして、ここにのぞんでいる」と述べているように、「豊前平野の代表として」というのは、当然原告七人を含むということである。住民個々の私権の総合ということである。原告は「自分たちの利益だけを護ろうというのではない」と言っているのであり、当然その中には自分たちの利益も含まれる。環境権の主張は、人格権の主張を含んで、更に人格権のみではカバーできない外延部をも包みこもうとして考え出された法的権利である（環境権については、原告側第二、第四準備書面に詳しい。「草の根通信」一九八〇年六月号、一九八〇年十一月号）。

これに対して、被告側の第一準備書面は、原告らは一審において、環境権のみを主張し、その内容も明白であった、いまさら、環境権のみを主張するとは言わなかったなどというのは牽強付会である、と応じた。さらに、原告は「主張、立証も許されないままに審理は打ち切られてしまった」と言うが、弁論終結までの間、原告ら各人の具体的権利侵害の主張が裁判所により制限されたことはなかった、と（「草の根通信」一九八〇年五月九〇号）。

しかしこれは曲解である。事実原告側は裁判所から、環境権について求釈明をされたことはなかった。「もし裁判所が、環境権の法的解釈によって本件の判決を下すことを意図したのであるなら、原告が考える環境権について当然求釈明をして、その中身について正確に把握するのが当然である。それ以外に正しい判決はくだせぬはずである。それを裁判所はしなかった」（原告側第一準備書面）。求釈明を怠った裁判所の訴訟指揮は無責任であり、違法である。

第二点も事実に反する。健康被害の立証のための証人を裁判所に請求していたのに、それを不採用にしたのは裁判所である。中部電力渥美火力発電所の影響地域で大気汚染が進行し、呼吸器疾患の患者が多発していることを証言する証人や、豊前火力操業後の大気汚観測データに基づき、着実に汚染の発生していることを証言する松下さんらの証人を不採用にした。松下さんはそこで健康被害について述べる予定だったのである。そればかりか裁判所は最終弁論さえ許さなかったのだ。裁判所はまさに立証の制限をしたのである。

一九八一年三月十三日、控訴審判決を前に、中津文化会館小ホールで砂田明さんの勧進興行が行われ、水俣病をテーマにした一人芝居『海よ母よ子どもらよ』が上演された。その前座芝居として吉四六芝居をやることになり、松下さんは『徳利ん酒』の浪人役を演じることになった。脚本は吉四六劇団の野呂祐吉さんのものが使われた。吉四六役は中根剛誠さん、おへま役は高野弓子さん。

臼杵の町から酒を買って帰っている吉四六を、浪人が襲って徳利の酒をせしめてしまう。くやしくてならぬ吉四六は、今度は徳利に自分の小便を入れて、仕返しを計る。そこへまたぞろ昨日の浪人が現れ、徳利を奪う。それはわしの小便じゃと言うのも聞かず、燗がついておるな、などと言いながら、一気に飲み干してしまい、ゲーッと吐いてしまう。ほら、見なんせえ、ちったあ百姓の言うことも聞くもんじゃ、と吉四六が言う、というストーリーである。

この侍もかつては志を抱いていたのである。しかし酒に溺れ、禄を失い、落ちぶれてしまったが、時々誇りのよみがえることがあって、腰の刀にものを言わせて、百姓から追剝ぎをしている。そんな強がりがみじめに思えてまた酒を飲む、という堕落ぶりを松下さんは演じなければならないのである。なんか身につまされる話だ、と本人は言っている。松下センセもかつて志を抱いていたというのであるが……。

芝居の配役のことで身につまされるという経験が、高校の時にもあった。もっともこれはフィクションなのであるが。「殼」という小説を高校の文芸誌に発表している。青春期の肉体的コンプレックスと、それが暴露されるのを恐れる気持ち、さらにシャイロック役を振り当てられたのは、容貌が利用されたのだとショックを受けるが、舞台の上に立つと、解放されたように情熱をほとばしらせて演じている、という話だ。

松下さんは映画青年であったが、実際に芝居を演じるのは初めてだった。松下さんはこの芝居の練習を通して、自分の肉体的コンプレックスについて振り返っている。無口で人付き合いの苦手なところを、誰彼に言われても、自分でもどうしようもないと思っている。すべてのぎこちなさは、宿痾にもにた運動神経の鈍さに収斂される。それは松下さんの悲哀である。

［小学校の頃から体育の時間は辛く恥ずかしい責苦の刻以外ではなかった。何一つとして、人並みに出来る運動がなく、ランニングは半周も取り残されたし、鉄棒には跳びつけず、一段の跳び箱も越え切れなかった。飛び交うドッジボールの勢いが私には恐怖だった。嬉々としている級友達との肉体の差が、努力すればなんとかなるといった程度でないだけに、絶望は内向した。何も出来ないだけでなく、裸身をさらさねばならぬことも、言い知れぬ屈辱であった。私の身体は、この上なく痩せて青白く、猫背もひどい。／高校に入って肺浸潤と診断された時の安堵を忘れない。病気への恐れより、これで体育の授業が「見学」になるという安堵の方が大きかったのだ。／私はそれ以来、一切の運動から免除され、積極的に身体を動かすということがなくなっていた。多分その頃からであろう。わたしがこれほどにぎこちない人間となったのは。／身体を動かすということに甚しく羞恥を覚えるようになり、ついには人とのさりげない挨拶すらうまくできない程に、筋肉自身が内へ内へと萎縮したかのようであった。／／そんな私が、火力発電所建設反対運動という運動の渦中に捲き込まれて、十年近くが経つ。運動というものが、基本的には身体を動かすことである以上、それは私に取って何よりも、自身の裡に巣くった羞恥との葛藤であったと言って、言い過ぎではない。／あろうことか、私は東京での

某審議会に乗り込もうとして、阻止する役人と組打ちし、押さえ込まれてもがいたりもしたのである。見るも無惨な光景であったろう。正気に返れば、貧弱な肉体は羞恥に震えてやまぬというふうであった。／機動隊に囲まれて、小さな抗議デモを指揮しつつ、おのが肉体の非力とぎこちなさに、ともすれば自壊しようとするギリギリの線上で耐えていたりした。そんな繰り返しの中で、まことに遅々とではあるが、私の萎縮し切った肉体も、緊張を解き始めたのだと思う」(「肉体を動かすことの羞恥とそこからの解放」「毎日新聞」一九八一年四月二日)

この文章は全文引用して松下さん自身に語ってもらいたい気持ちに駆られるが、そうも行かないので要約すると、運動神経の鈍さから来るぎこちなさとそこからの遅々たる解放を、この芝居の練習を通して、凝縮した形で味わったと言うのである。四十四歳の松下さんは、まとってきた何もかもを剝ぎ取られ、肉体という一番恥ずかしい裸身にされていった。

蛇足ながら、運動神経について一言付け加えておきたい。前にも述べたけれど、確かに体操としての運動は苦手だったかもしれないが、市民運動（それも苦手なのではあるが）をする時の運動神経の良さと判断の的確さに僕は敬服している。

当日、本番の二時間も前から、浪人の伊達姿は出来上がった。そして腰に刀をたばさんだばかりに、松下さんは人格が変わったように威張り始めたのである。「みなさん、刀を持ってはいけません。銃など持ってはいけません。それだけで人は強くなったように錯覚し、平常心を喪い、人を平然と蔑視し始めるものです」と松下センセは書くのを忘れない。よく車に乗ると性格が変わる人がいるけど、あれも同じ仕組みである（原子力空母とかに乗っているやつ、米・ソとかに乗っているやつも同じことである）。日頃の猫背を反っくり返らせ、肩をそびやかせ、眼光鋭く人をねめ回す。時々刀を抜いて、切り付けたりもしている。子役の子供たちが、「おじちゃん、その刀ほんもの？切れるの？」と聞いてくれるのが嬉しい。「おじちゃんなどと呼んではならぬ。お侍さんとと呼びなさい」と言いふくめ、刀を抜くと、子供たちは逃げ散って行った。その刀を国定忠治みたいに真っ直ぐに立てて思い入れをしたあと、パチンと鞘に納める。その快感たるやこたえられない。ともちゃんがやってきて、「かっこいいわよ」と言ってくれるので、手を差し出した。「握手だろ」と言うと、ひどく間の悪い顔で手を握り、そそくさと離れて行った（「腰に刀をたばさめば」「草の根通信」一九八一年四月一〇一号、『小さな手の哀しみ』一九八四年）。

本番が始まると、すさまじいメーキャップの浪人が現れ、客席はどっと湧いた。

「笑われつつ、思いのほか私の肉体は自在に動いていた。観客の笑いが私の肉体をほぐしてくれたのだと思う。観る者と演ずる者の一体感が確かに感じられ、互いに心を展き合った解放の場が醸成されていたように思う。／もし今、自分がここで真裸になることを要求されるなら、それが出来るかも知れないという、実にそらおそろしいことを、私は一瞬確かに思ったような気がする」（「肉体を動かすことの羞恥と……」）

練習の時の羞恥は消し飛んで、本番では自信に満ちて演技している。松下さんのこの心理の変化は何だろう。松下さんはこれまでもエッセイなどに自分のこと、家族や友人のことを、それこそ赤裸々に、露骨に、臆面もなく、ぬけぬけと、あけすけに書いてきたのだったが、それはここで言う肉体の裸身とは別のものであろうか。多分同じものだと思う。すでに「殻」は破られている。書かれたものは一つの結構を備えて、力強い文章になる。講演などでも、壇に上がると、シャキーンと変身する。まるで陶酔したように語りかけ、強い言葉と、肺嚢胞症とは思えないよくとおる声と声量で引きつける。刑務所の中の受刑者相手だろうと、東大生相手だろうと、日米共同訓練反対だろうと、何千人何万人いようとおじることはない（ただ某小学校で子供を相手にした時は立ち往生したことがあるらしい）。

松下さんは三人いるということを前に記した。現実の松下さんは寡黙で閉鎖的で、はにかみ屋でうつむいている。作品の中、講演舞台壇上の松下さんは自らを解放して開放的である。そして運動の現場で、厳しい眼をして役人に迫る松下さんの姿もある。二番目と三番目の性格は松下さんの勁い意志から生まれる表現であろう。松下さんの文章は一つの演技なのである。言葉による演技。表現する快感。自分を見られたいように見せること。こうした点から、松下さんの演技的性格というか、表現することで解放される人間のタイプを見ることができる。「ずいひつ」における「松下センセ」のキャラクターと同じ構造をしていると考えられる。

控訴審判決は一九八一年三月三十一日に言い渡された。

その日、福岡高裁西口玄関では、裁判所職員が異様な警戒をしていた。一審判決の時の垂れ幕の件があって、今度もあんな垂れ幕を掲げられては、裁判所の権威に関わると阻止しようとしたのである。前日から用意していた垂れ幕は、勝訴と敗訴の二種があった。勝訴の場合は、「勝った！環境権元年の春」などがあった。敗訴の場合は、「ガハハハ……また敗けた」などという二番煎じに甘んじることなく、「ばかんごたる、シラクーッ!」についても、「まさかそれを書くわけにはいかんじゃろう」と松下さんは制止した。前回の垂れ幕について、松下さんの方でも多少の反省はあったようである。

判決は「本件控訴はいずれもこれを棄却する」というものであった。今回の垂れ幕は、それでも地球は動くといったガリレオの心境にもなぞらえうる、

[破れたり破れたれども十年の／主張微塵《みじん》も枉《ま》ぐと言わなく]

という格調高いものであった。裁判所側はまたどんな文句を書いてくるかと怯え、テレビ、カメラに映されないように職員たちが取り囲み、もみ合っているうち垂れ幕の紙は破れてしまった。この字を書いた恒遠さんは、「わしが字を間違えたもんじゃき、破られてしもうた」と言って笑っている。

判決後、裁判所入り口の濠端の歩道に原告・支援者は座り込みをした。この判決を、司法が自らの判断を捨て、政治的状況に屈した自殺行為と見なし、「司法は生きる気をなくした」、「環境権は死なんき」、「哭して問う、司法いずこに」、「判決を恐れず、後世の眼を恐る」といったプラカードを掲げた。五時まで続けた座り込みの間中、裁判所職員たちはずっと入り口で見張り続けていた(「草の根通信」一九八一年四月一〇一号)。

判決理由は、原告側が差止め請求の根拠として、健康被害の立証をし、これは人格権の侵害であるという点については、次のように言う。

[2　確かに、(略)控訴人らは、豊前火力発電所の操業により予測されるべき公害の一つとし

て、豊前市一帯における地域住民の呼吸器系疾患を中心とする健康被害の発生の蓋然性に触れた事実主張をしており、当審において、豊前市居住の控訴人らが自らの健康被害を主張する趣旨を当然に包含するものである旨釈明する。

3　しかしながら、（略）右は控訴人らの個々的な人格的利益としての具体的な健康被害を主張する趣旨ではなく、豊前市周辺に居住する地域住民全体の抽象的な健康被害の蓋然性を、農業被害、漁業被害、樹木被害等の蓋然性とともに環境汚染の一例として主張したに止まる趣旨を看取できるのであって、（略）控訴人らの釈明は人格的利益の一身専属性ないし個別性を無視した論法に基づくものであり、採用のかぎりでない」

なんとも分かりにくい文章であるが、要約すると、豊前火力発電所の操業によって、豊前地域の不特定の住民に呼吸器系疾患が予測されるかもしれないが、それは特定の原告個々の健康被害というわけではないので、固有の人格権の主張とは認められない、と言うのである。つまり、原告の誰某が実際に具体的に、例えばぜんそくになるか、確かになると立証できなければ、受け付けないということである。程度は軽いが多くの人がその地域ではぜんそくになる可能性があるという場合も含めて、誰かがぜんそくになってからでは遅いといって公害を未然に防ごうと裁判をしているのに。これでは法律が機能しない、というか、裁判の限界ということか。

次に第二点として、一審で裁判所が環境権とは何かについて求釈明をしなかったのは違法であるという点について。

［控訴人らは、（略）環境権の具体的事実主張として、環境の地域的範囲は半径二〇キロメート

ル以内の地域である旨、環境侵害の態様は年間二万トンのイオウ酸化物の排出による各種公害の発生である旨、権利者は豊前平野の地域住民である旨を当審においてそれぞれ釈明しているが、そのいずれもが法概念としてはあまりに曖昧模糊としており、この程度の明確化をもって環境権に法的権利性を与えることはできないし、（略）原判決が指摘した環境権の権利概念の不明確さについて的確に釈明するところのものは何もない」

原告は、一審で裁判所が求釈明をしなかったのは違法だと言うが、釈明させて出て来たのが、環境権の主体、客体、その内容の範囲について、この程度のことでは曖昧であり、「環境権」は認められない、と言うのである。このことについて、松下さんは次のように書いている。

「（略）たとえ求釈明を行使しても、ちゃんと答えられはしなかったろうからと、軽くあしらって済ませている。／そこには、しろうと原告団への微塵の思いやりもない。どうすれば公害問題の解決に近づくのかという、真摯な取組の姿勢が見られない。／住民の傍まで降りて来るのではなく、高みからあしらったという感じである」（「草の根通信」一九八一年四月一〇一号）

さらに判決は、価値観の多様化と意識の変遷に伴い、「環境権」が将来なんらかの形で法的に承認される日が来ないと断言することはできない、しかし「環境権」は健康や快適な生活利益のために、他者の私権を排他的に支配することであるから、その権利性の承認には慎重な配慮が要請される、と言い、次のように続けている。

「本件の場合、控訴人らが主張する環境権が、その効力において、被控訴人の豊前火力発電所の操業に関する私権の行使を強力に制限し、その結果、被控訴会社のみならず、ひいては現代及び将来におけるわが国経済に少なからざる損失を及ぼすであろうことを勘案し、右効力との対比において、その主体、客体及び内容を考えると、（略）現段階におけるわが国の法秩序に混乱を生じさせないといえる程度まで、客観的に明確な限界を画することができるものとは到底言い難い。（略）控訴人らが主張する環境権なるものは、わが国において、未だその具体的権利性を承認するまでに成熟した権利であるとは認め難いという外ない」

この点に原告らはアタマに来たのだった。公害がなぜこんなにひどい状態になるまで放置されていたのかとか、被害者がどんなに苦しめられてきたかとか、そういう視点がまるでない。まさに高みからの経済優先、企業優先の論理であり、資本家か政治家をきどったような判決である。これがあの風成裁判で「企業進出のメリットだけでなく、デメリットも充分勘案し」なければならない、と言った高石裁判長の十年後の姿である。彼のこの変貌がどのようにしてもたらされたのか、いたく興味を惹かれる、と松下さんは書いている。

最高裁への上告は、福岡高裁に上告状を提出することから始まる。上告状を受理したという通知が最高裁から届くと、上告理由書を五十日以内に提出する。そしてそれで終わりである。あとは書面審査だけで、よほどのことがない限り、口頭弁論が開かれることはない。原告は最高裁でいつどうして審理されたか知る術もなく、ある日突然「決定」が送られてくる、ということになっている。であれば、最高裁には一切期待しないと、不信と抗議を表明して上告を断念した方が、むしろ意義があるのではと、松下さんは考えていた。

しかし、前記の経済優先の論理には日頃温厚な原告団もカッカと怒って、「最高裁には一片の期待も持たんが、裁判所をからかってやるつもりで、上告しようや」と全員一致で最高裁に上告を決定し、一九八一年四月七日、上告した。六月八日、上告理由書を最高裁に送付した。しかしこんど、最高裁でも環境権はないという判決が出された場合、環境権はないという判断が確定し、環境権の未来を閉ざすことになるのではないか、という危惧はなかったのだろうか、と僕が質問すると、もうこの頃にはすっかり吹っ切れていて、メンバーの誰も問題にしなかった、という答である。

最高裁に上告はしたが、既に松下さんの活動は多岐にわたり、豊前火力より他の分野に及んでいる。すでに豊前火力は稼働し、しかも運転休止の状態にある。電力エネルギーは、原子力発電にシフトしていき、松下さんも、一九八一年七月、玄海原発や川内原発に取材し、火力発電とは比較にならぬ問題を抱えた原発の問題点を追い、反原発運動に力を注ぐようになっていた。松下さんは、原発を動かすくらいなら、豊前火力を動かしてもらった方がいいと言っていた。

夏、耶馬渓で原告団中心の合宿をした時、松下さんがすすめる会の解散を言い出したが、まだ最高裁に上告しているのだから、その判決が出るまでは現状維持でいくということになった。年末になって、大阪空港裁判の最高裁判決（門前払い）が出て、もはや一片の期待も抱けないと実感した。

一九八二年一月三十一日、環境権訴訟をすすめる会は解散した。環境権裁判は最高裁になお係属中であるが、ただ決定を待つだけのことで、行政に屈服した分かり切った判決に期待するより、先手を打ってこっちの方からサヨナラを言ってやろうということだった。一方、すすめる会の活動も停滞している。毎週木曜日の学習会の出席者も少ないし、新しい参加者、とりわけ若い人をひきつけることができなかった。そんな実態なのに、あたかも大きな力を持っているかのように思われ、なお支援者からは「草の根通信」へカンパが送られてくることへの心苦しさがあった。「これから新しく出発するには、はっきりと解散するしかないんじゃないか」と恒遠さんや坂本さんが言い、形としては存在するが、命を喪っている運動を隠れミノのようにしていれば、一人一人の堕落は止めどなくなる、と松下さんが言う。解散によって、一人一人の再びの出発が問われることになるのだ（「むしろ新しい出発のために」「草の根通信」一九八二年二月一一一号）。松下さんは解散声明を次のように書いている。

「解散理由を単的に述べますなら、もはや対豊前火力闘争が、実質的に終わったことを認めざるをえないからです。／当会は解散しますが、一人一人の反公害闘争への志、エネルギー問題への関心などは消えるものではなく、それぞれがそれぞれのやり方で、いろんなことにかかわっていくのは当然のことです。そのことの、いわば確認作業として、当会解散後も「草の根通信」の発行を続けることは、結論として一致しました。／この解散声明が、実質的な敗北宣言ととられるなら、それはやむを得ないことです。しかしそれに対しては、あの高裁判決で敗訴した時、裁判所で掲げた垂れ幕の歌を以て答えとするのみです。／破れたり破れたれども十年の主張微塵も枉ぐといわなく／この闘いにかかわった十年間を、おそらく誰も後悔していないということをいい添えれば、これ以上の答えはありません」（「謹んで会の解散を報告させていただきます」「草の根通信」一九八二年二月一一一号）

会は解散するが、それは環境権の主張を枉げるということではない。この十年間はそれぞれに充実した連帯の時間だった。だれ一人後悔などしていない。

解散するかどうかの論議の中で皆が思っていたのは、「草の根通信」の存続だった。解散が「草の根通信」の廃刊を意味するなら、だれも賛成はしなかっただろう。「草の根通信」は残るという一点で、新しい出発を皆が受け入れたのだ。「草の根通信」は「やめさせてもらえない」のだ。松下さんは「草の根通信が読者に必要とされているかいないかは、（露骨に言うならば）金が集まるかどうかで計ることができる。魅力がないということになれば、購読料は入らなくなって、発行は不可能になる。したがって、発行者としては、経済的に赤字になった時は、その段階で草の根通信の発行はやめることを決めている」と言う。確かな指標かもしれない。しかし通信で赤字だと言えば、たちまちカンパが集まるのだから、やはり「やめさせてもらえない」のである。

「ひとつ、パアーッと解散パーティをやりましょう」と原告の釜井さんが言い出して、ひっそりとこそこそと解散するはずだったのが、ちょっと大袈裟なものになってしまった。会場の豊前市民会館にはテレビカメラまで来ていた。パーティではクラッカーまでパパーンと弾ける。あまりの元気よさに、解散は偽装ではないかとのうがった見方まで出てきたりした。

4

いのちきの思想

「草の根通信」は一九八二年二月一一一号から、そのサブタイトルを「豊前火力絶対阻止」から「環境権確立に向けて」に変え、第二期として新たなスタートを切る。編集方針も変わることなく、一人一人のめめしいまでの不安や弱気や気おくれをさらした人間性の中から出てきた運動の記録たらんとした。おのれの弱さをよく自覚した者の抵抗でありたい、と松下さんは言う。掲載するテーマは、環境、エネルギー、反原発、反戦、反核、反天皇制、右傾化への抵抗、教育、障害者、差別、冤罪、死刑廃止の問題など、間口はぐっと広がった。これらはすでに「草の根通信」誌上で取り上げられていたものもある。マスコミでは取り上げられないような小さな運動や、孤立した中で自分を貫いて運動している当事者が肉声で本質と状況を伝える場になっていった。

一九八二年三月十日、松下さんは『ルイズ——父に貰いし名は』を刊行し、六月十八日、講談社ノンフィクション賞を受賞した。伊藤ルイさんと出会ってから、松下さんの運動は、控訴審が福岡高裁だったこともあって、福岡市の市民運動との連携が強くなっていく。後述するように、作品もルイさんとの出会いから生まれてきたものが多い。

一九八三年三月と十月、佐世保港に原子力空母「エンタープライズ」と「カールビンソン」が入港すると、(前述したように)梶原さんたちと抗議に駆けつけている。
エネルギー・反原発問題については、一九八四年、九電株主総会で百株株主として九電社長らに原発を止めるよう直接意見を述べた。過去十年間の豊前火力闘争で九電側に直接意見を伝えることはなかったのだった。その後も毎年、株主総会に出席して意見を述べている。また一九八六年四月二十六日、チェルノブイリ原発が爆発事故を起こす。そのニュースが伝わるとただちに九電の原発も止めるべきだと申し入れをしている。一九八八年一月には伊方原発出力調整実験反対行動の仕掛人の一人として駆け回る。

一九八四年十二月、『文芸』(河出書房新社)に「記憶の闇」を一挙掲載し、甲山事件(一九七四年三月十九日に発生)の冤罪事件を取り上げた。一審判決の出る前に、被告の冤罪を主張したものであった。

一九八六年十月、「狼煙を見よ」を『文芸』冬号に一挙掲載する。それに至るまでの経緯を記す。

一九八四年八月、獄中の大道寺将司さん(東アジア反日武装戦線狼部隊の一人。一九七四年八月、の三菱重工ビル爆破などで死刑判決。一九八七年確定)から手紙をもらう。文庫版『豆腐屋の四季』を読んだ感想を書いてきていた。大学のバリケードの中にいた頃、彼がこの本を手に取ったとしても、あっさり放り出していただろう。またこれが『砦に拠る』を読んでの感想ならば、松下さんの方が、ああ、そうかと思うくらいだったかもしれないが、他でもない、『豆腐屋の四季』に感動したということだったので、「えーっ、大道寺将司とはこんな男だったのか」と松下さんも意外に思った。爆弾に走った思想犯がなぜ市井の豆腐屋の記録に感動するのか。「無差別テロリスト」とか冷血漢とかマスコミは言い、「草の根通信」の読者からも、そんな凶悪な過激派と関わるべきではないという忠告が寄せられた。しかし松下さんは、世間のレッテルと実態は違うのではないかと思った。大道寺さんは「ぼくが『豆腐屋の四季』に感動し涙を流したのは決して「大衆」としてくくってすますことのできない生活を見せてもらったからだと思います。ぼくが人民とか大衆とくくってしまう中に松下青年（当時の）生活があった訳だし、三菱で死傷した人たちも含まれます。ぼくはそういったものが全然見えなかったのじゃないかと思いました」と松下さんあての手紙で書いている（『狼煙を見よ』一〇〇頁、「出会いの風景」「朝日新聞」一九九四年三月七〜十一日）。松下さんは大道寺さんに東京拘置所で面会し、手紙のやり取りを重ねるうちに、大道寺さんたちがこのうえなく誠実であったがゆえに企業爆破に行ってしまったということ、真面目に真摯に社会のことを考えていたことを知ってゆく。前述したようにこれが松下さんの距離の取り方である。

［1　日帝は、三六年間に及ぶ朝鮮侵略、植民地支配を始めとして、台湾、中国大陸、東南アジア等も侵略、支配し、「国内」植民地として、アイヌ・モシリ、沖縄を同化し、吸収してきた。われわれはその日本帝国主義者の子孫であり、敗戦後開始された日帝の新植民地主義侵略、支配を許容、黙認し、旧日本帝国主義者の官僚群、資本家共を再び生き返らせた帝国主義本国人である。これは厳然たる事実であり、すべての問題はこの確認より始めなくてはならない」（『腹腹時計』、『狼煙を見よ』三六頁）

これは「狼」たちの決意表明の宣言文であり、そのような文体であるが、これを言う大道寺さんたちが実際にどのような経過からこのような認識に至ったかを知るに及んで、松下さんにとって大道寺さんはすでに第三者といった存在ではなくなってきていた。大道寺さんは、祖父は北海道釧路に移住してアイヌ・モシリを侵略し、父は「満州」のハルピン学院を経て満鉄に入った中国侵略者であり、自分は日帝の子孫であると認識し、そのことを倫理的に、ドラスティックに自身と社会に問い詰めたのである。松下さんは大道寺さんに対して、理解などという言い方はおかしい、熱い共鳴を感じていた。作家として彼らの苦しみに触れ続けたいと思った（「草の根通信はなぜ東アジア反日武装戦線のことを載せるのか」「草の根通信」一九八五年八月一五三号）。

［私が一九七〇年代の初めに周防灘開発に反対し、あるいは火力発電所に反対したのは単なる公害ということだけではなしに、これ以上日本が経済大国になってはいかんのだということがありました。こんなにも、もの、もの、ものを生み出してその結果アジアに進出してゆく、経済侵略してゆく、そしてまた他国の資源を収奪し濫費してゆく。こういうことは許されないんだというのが一番根幹にあって、だからこそ私は自分たちの運動を「暗闇の思想」と名付けた。考えてみると、そのことと、「狼」たちが三菱重工に仕かけた爆弾とは同じ意味であったことになる。同じことを考えながら彼らは爆弾に行った。臆病な私たちは爆弾に行けずに裁判に行った。あるいは住民運動に行った。（略）そしてまた自分達の裁判が無視され、豊前の海は埋められてゆく。その時にあの海岸に立ちつくして憎しみをこめて機動隊に向った時、大きな建物の屋上から船に向って信号を送っているものをそれこそ銃で撃ち落としたいとすら思った。その時の自分の衝動と武装闘争と、本当に一歩の差だったというふうに今になって思うわけで

す」（『豆腐屋の四季』から『狼』まで」「こみち通信」九・十合併号、一九八七年一月号）

松下さんには彼らの軌跡と自分達の軌跡が重なるように思えた。そんなに物を作り出して一体誰が買うのかという問いに、先に宇井純さんの指摘した資本主義のたどる道として、一つの答はアジアに売り付けるということだったし、また松下さんも仮想の銃口を豊前海を埋立てる船団に向けたことがあった。臆病ゆえに自分たちは何もしなかったので失敗しなかった。やったがゆえに失敗してしまった彼らを、不正を正すために何もしなかった者が裁くことができるのか。死傷者を出したことで一番苦しんでいるのは彼ら自身なのだ、と松下さんは言う（「彼らの視線を感じ続けねばならない」『インパクション 41』一九八六年五月十五日）。やがて松下さんは『狼煙を見よ 東アジア反日武装戦線狼部隊』（一九八七年）を書き、死刑反対運動に加わっていき、一九八七年三月二十三日、伊藤ルイさんたちと共にTシャツ訴訟（差入れ交通権訴訟）の原告となる。

一九八五年十一月二日、なかつ博覧会（豊のくにテクノトピア）の中で、非核平和展（反核パビリオン）をやることになった。行政や企業の片棒を担ぐのはどうかという意見もあったのだが、松下さんたちは、中津地区労や、毎年大分県下の新聞に憲法九条を護ろうという意見広告を出している市民運動体「赤とんぼ」や、障害者と汽車の旅を楽しもうという中津国労の「ひまわり号」の人たちと、非核平和展を実現させる会を発足した。なかつ博は、一九八四年十一月一日から福沢諭吉（一八三四〜一九〇一年）が新一万円札の肖像になったのと、生誕一五〇年を記念して、遅れ馳せながら一九八六年三月二十一日から五月十一日まで開かれることになったのだった。

松下さんは福沢旧邸のすぐそばに住み、子供の頃は福沢公園が遊び場だったので、福沢諭吉が一万円札の肖像になることはそれなりに喜んではいるが、一つだけ気にかかることがあると言う。他でもない、「脱亜論」についてである。福沢は［其の支那朝鮮に接するの法も隣国なるが故にとて特別の会釈に及ばず、正に西洋人が之に接するの風に従て処分す可きのみ］と述べた。つまり、お隣りだからといって遠慮することはない、旧態依然のままでは欧米に侵略されかねない、日本も近代化して、西洋列強のやり方に従って、中国・朝鮮を侵略する側になろうと言ったのである。

［私が気にかかるというのは、東アジアの人々の眼には福沢諭吉が、まさにこのような近隣諸国蔑視者、侵略主義者として見えているに違いないという点である。そうであれば、そのような人物を「国の顔」に選んだということは、傍若無人と受けとめられても仕方無いのではないか。／現実にいま、日本が「円」の力にまかせてアジア諸国でふるまう様を見れば、その気がかりは杞憂とは思えなくなってくる。売春観光であり、国内を追われた公害企業の進出であり、次々と森林を丸裸にしていく買占めであり、バナナ園での搾取であり、はては放射性廃棄物を他国の海に捨てさせようとまでいう厚顔無恥ぶりである。このような思い上りと、福沢をお札の顔に選んだ基準とは、はたして無縁といい切れるのであろうか］（「一万円札フィーバーの中で気にかかること ── 福沢精神にのっとって一言」「毎日新聞」一九八四年十一月一日）

松下さんはこれを福沢精神に則って、敢えて言ったのである。［もの、もの、ものを生み出してその結果アジアに進出してゆく、経済侵略してゆく、そしてまた他国の資源を収奪し濫費してゆく。こういうことは許されないいんだというのが一番根幹にあって、だからこそ私は自分たちの運動を

「暗闇の思想」と名付けた」という松下さんの一番根幹基底にある認識から来るものである。フィーバーに水をさすことになるだろうが、やはり釘をさしておかないわけにはいかない。

なかつ博自体は大きな赤字を出す大失敗に終わったが、非核平和展は、二十万人の人に見てもらえて大成功だった。非核平和展は反核兵器に焦点をしぼった展示であったが、会期中、四月二十六日にチェルノブイリ原発が爆発し、大量の放射能を地球規模で撒き散らす史上最悪の事故が起きると、反原発にまで踏み込まざるを得ないことになった。某新聞社へのコメントを引用しておきたい。

[今回の放射能雲の驚くべき拡がり方をみますと、原発を核の平和利用といういいかたで核兵器と区別しようとする考え方が、まったく無意味だということが恐ろしいまでに証明されたと思います」(『仕掛けてびっくり反核パビリオン繁盛記』一九八六年)

一九八七年の夏から非核平和展の平和の鐘を移した中津市中央公園で、平和の鐘祭りをやっている。一九八七年十一月、日出生台日米共同訓練に反対して、玖珠川原であった三万人集会に参加し、挨拶した。

一九八五年十二月二十日、非核平和展の準備で大分市に向かう車の中で、最高裁判決のニュースを聞く。車には、地区労の小西秀夫さんらが同乗していた。環境権訴訟をすすめる会の発足当時、地区労に告訴されたりした仲だったが、それから十二年を経て、今はまた共に運動をするようになっていた。

最高裁判決が出た時、上告から四年九カ月が過ぎていた。初め一年くらいで判決は出るだろうと予想していた。すでにすすめる会も解散し、いわば首を洗って待っていたのに、こんなに時間がかかったのはなぜだろう。最高裁は環境権について慎重な討議を重ねているのであろう、と原告は解釈していたが、それは甘かった。判決は次のように言う。

「上告人らの本件訴訟追行は、法律の規定による第三者が当然に訴訟追行権を有する法定訴訟担当の場合に該当しないのみならず、記録上右地域の住民本人らからの授権があったことが認められない以上、かかる授権によって訴訟追行権を取得する任意的訴訟担当の場合にも該当しないのであるから、自己の固有の請求権によらずに所論のような地域住民の代表として、本件差止等請求訴訟を追行しうる資格に欠けるというべきである」（「草の根通信」一九八六年一月一五八号）

判決は、環境権には触れず、原告適格がないので却下ということであった。一審第一回公判冒頭で、「原告は七人だが、豊前平野全体十数万の住民の代表としてここにのぞんでいる。いや、豊前平野の環境の永続性を考えるならば、こののち永遠に続く子孫の環境権をも代表して、数えきれぬ無告住民を背景にして、ここにのぞんでいる」と述べているが、判決は、代表としての授権（委託）がない、というのである。環境権に触れる以前に適格がない以上、それに触れる前提を欠くということである。しかしそれなら上告後ただちに結論できたはずで、こんなに長くかかったのにはやはり他の理由があると想像される。環境権に触れなくてもいい方途を探していたのであろうか。判決は環境権があるともないとも言っていない。そこが最高裁の見識であろうか。

「もし、今回、最高裁が環境権の解釈に触れることをためらった理由が、それを肯定もできな

いが否定もできないというジレンマにあったとするなら、安易な否定で一蹴する判決になった
　よりは、救いを残したといえるかもしれない」（同）

一審判決には環境権的な考えを評価する部分があったし、二審判決にも、環境権が将来的に法的に承認される日が来ないと断言することはできないという部分があった。最高裁もこの時点で環境権が法的にあるとかないとか言うことを回避したのであろう。最高裁が環境権はないと言えば、そのように確定してしまう。

松下さんは、大阪空港公害訴訟で最高裁が門前払い判決を下した（一九八一年十二月十六日）ことを批判して、「今回の遁走した判決は、司法の最高権威の眼もあてられないほどの卑屈さを、国民の前に露呈させる結果となった。これでわれわれも幻想を捨て易くなる。われわれの豊前火力最高裁判決には一片の期待も抱きません」（「草の根通信」一九八二年一月一一〇号）と書いている。

環境権裁判最高裁判決について、判決直後の記者会見で松下さんは、

「こういう判決と見通していたので、軽く聞き流す程度だ。しかし法的な結論以前に、現在、豊前火力は十数％しか操業していないなど事実そのものが、我々の主張をはっきりと示している。環境権論議には触れず我々が、住民の委託がないからと珍しい理由を述べている。じゃ形として「委託を受けたような」かたちを整えればいいのかということになり、おもしろい」

（「毎日新聞」一九八五年十二月二十日）

と述べているが、こんど松下さんに尋ねてみると、「原告不適格ということ自体、環境権を否定したことと思っている」という答であった（一九九九年三月三日）。法の世界ではやはり環境権とい

う予防的な考えは認められないのであろう。だからといって、環境権の主張に意味がないということではない。環境権自体は幻想ではないが、環境権を今の司法に求めるのは幻想だということであろう。

［（略）ただ私は、環境権の考え方で、公害裁判自体を底上げしてきたっていう意義は非常に感じてるし、それはやっぱりこれからもますます必要だと思ってますね。確かに環境権というものを裁判の場で実質認めさせるということはまず当面視野に見えないんだけども、くり返される環境権裁判の中で、環境権的な考え方が非常に裁判に馴染んできたという意味では、やはり、従来の公害裁判では、捉えきれなかったところまで、底上げしてきたんだと思うんですね」

（「闘いの現場」『クリティーク12』一九八八年七月三十日）

これが環境権裁判を闘って来た松下さんの自己総括と言っていいだろう。かつて公害垂れ流しの企業は、廃棄物は外部不経済、経済の外だと言ってはばからなかったが、それでは企業イメージが悪くなり、経済的でなくなってくると、加害イメージを払拭しようとして、ある程度までは公害対策をするようになった。環境権は、今のところ、法律の外のようではあるが、環境権的な考え方は社会に広く認められるようになってきていると思われる。それはそれぞれの場所で、市民が住みよい環境を求めて努力しているからであろう。環境権という言葉概念は既に市民の常識になっている。これからも環境権の確立のために、水質汚濁、大気汚染、土壌汚染、ゴミの問題、焼却場の問題、産業廃棄物処理（場）の問題、騒音、悪臭、日照権、環境衛生の問題から、干潟や森林など自然保護の問題まで、それぞれの住まう所で不断の努力が積み重ねられねばならない。それが人間の暮らしやすさ、ひいては平和に通じる道である。

さらにその後の環境問題について追ってみる。一九九七年十二月、京都で地球温暖化防止京都会議が開かれた。一九九二年五月、地球サミット（環境と開発に関する国連会議）に先立ち「気候変動枠組み条約」が採択された。これに基づき、一九九五年四月第一回締約国会議がベルリンで、九六年七月第二回会議がジュネーブで行われたのに続く第三回として京都で開かれたものである。環境問題は既に地球レベルで考えなければならないところまできていることを各国は認め合った。地球温暖化は、生態系の変化、豪雨と旱魃の増加、海面上昇による海岸の浸食など、人類の基盤をゆるがす問題だからである。二酸化炭素など温室効果ガスの排出量を、日本は二〇一二年までに一九九〇年の時点に比べて六％削減することを国際的に約束した。

政府は、原子力発電は二酸化炭素を出さないクリーンエネルギーなので、今後も力を入れていくと言うが、これはまやかしである。原発はウラン鉱石の採掘から運転・管理まで常に放射能がつきまとい、採鉱から建設までに十分石油を消費し二酸化炭素を出している、いわば迂回生産にすぎないものだし、放射性廃棄物を生みだし、廃棄後の管理も厄介を極める。三十年もすれば原発自体が廃棄物になる。百年後、二百年後、いったいどんな姿をさらしているだろう。石油はあと四十数年分しかないということである。石油がなくなれば、石油の缶詰である原発も含めて石油文明は終わるのではないだろうか。それでも放射性廃棄物は残り、管理していくしかない。子孫たちが、半永久的に。地球・自然にとって、人間はガンなのだ、という思いを強くする。

不況打開と称してさらなる景気対策をすることは、大量生産・大量消費・大量廃棄の悪循環に戻ってしまうことである。文明はそれ自体麻薬であり、中毒から抜け出すことを考えて、ほどほどのところでやめておいた方がいい。日本の社会は自身の秋を受け入れるべきである。
方法は一つしかない。産業界が省エネに努めることは当然であるが、生活者一人一人がそれぞれの暮らしの場において、地球温暖化は人類の未来を危うくすることを自覚し、不要なものは買わないとか、冷暖房は控え目にするとか、電灯のつけっぱなしはやめるとか、車は小さいエンジンのものにするとか、小さなことから始めなければならない。二酸化炭素の全排出量の五割が家庭消費により発生しているのだ。現在の世代の贅沢が将来の世代の生活を危うくするということ、また先進国の贅沢が途上国の生活を危うくするということは、人間の生き方の問題として、倫理の問題として、一人一人が考えなければならないことである。エネルギーは自然系のものを使い、今ある以上のエネルギー需要を作らないようにすることが大切である。これは「暗闇の思想」としてつとに松下さんが言ってきたことである。
「有限な地球環境をまるで無限のように蕩尽してきて、いまや人類破滅の予感をチラッとでも抱かない者はよほどに鈍感といわねばなるまい。このままでいけないと思う一人ひとりが、ほんの少しずつビンボーになり、ほんの少しずつ競争社会から「降りて」いくしかないのではあるまいか」（「少しビンボーになって競争社会から降りようよ」『RONZA』一九九七年四月）
ここに「降りて」という言葉に引用符がついているのは、笠原和夫さん（映画『仁義なき戦い』や『福沢諭吉』のシナリオライター）による『底ぬけビンボー暮らし』の書評からの引用だからである。笠原さんは次のように書いている。「これは私の独断であるが、センセは「降りた人」だからだと思う。流行作家の道から降り、バブリーな暖衣飽食から降り、見栄、恥、義理といったお体裁からも一切降りてしまっている。……そしてセンセは家族や隣人たちとありあまるほどの交歓の時間を持ち、カモメや犬たちと遊ぶ悦楽を得ている。（略）じつはいま、若者も中年も降りたがっている人がゴマンといるのではないか。現実の成り行きで、「降りる」機会を得られぬまま、いつの日かサッパリと「降りられる日」の来ることを夢みている人はかなりいると思う。／日本の国自体が、もう虚しく果てしない国際競争から降りるべき時に来ている。（略）松下センセのこの本は、「降りたい」人たちに最高の友情を呈することだろう」（『サンサーラ』一九九六年十二月号）

降りたいと思っている人は確かに多いだろう。良寛さんや山頭火やフーテンの寅さんに憧れ、早く人生の林住期が来ないかと願っている人は確かに多いと思う。しかし、実際問題として、さんざん大杉栄のいわゆる「鎖工場」で過ごし、浮世のしがらみに縛られてきた者が、「一抜けた」と言うのは簡単なことではない。（右の三人を同列に置くのは多少問題がある。この三人と松下さんを同列に置くのも多少問題がある。四人は重なる部分はあるが、それぞれの生き方で孤独と自由を求めて社会や家族からドロップアウトしている。洋子さんや家族から離れられない松下さんとはそこだけ見ても違う。）

かつて一九七七年に諫早湾の自然を守る会の野呂邦暢さんと交わした往復書簡がある。松下さんは、野呂さんがほろぼされる干潟の海に対する哀惜の念を描いた『鳥たちの河口』に、滅びの予兆を読み取っている。長崎県南部総合開発計画は、諫早湾一万ヘクタールを締め切り、「百万年かかって出来た干潟を三年でつぶして」干拓するという巨大計画であった。

［百万年かかって出来たものへの畏れを忘れるとき、ヒトは必ず取り返しのつかぬむくいに遇うだろうという気がしてなりません。鳥たちの河口を守りたいという、一見有閑的な主張も、実はトリもウオも、ヒトも生態系の環にぬきさしならずつなぎとめられているのであってみれば、決して緊要さを欠く主張どころではないのです。／石牟礼道子さんの近著『椿の海の記』が感動的であるのは、サルもキツネもアリもトリもが「あんひとたち」と呼ばれて、さながらヒトとひとしなみにその存在をせつながられるような、ありし日の里を描いているからでしょう。こういう謙虚さは、水俣に限らずいずこの里にも遍在したはずです。私達がもう一度そういう謙虚さにたちかえってゆくすべは、もうないのでしょうか」（「朝日新聞」一九七七年三月五日）

一九九七年四月十四日、締め切りの規模は三五五〇ヘクタール（うち一八四〇ヘクタールを干拓）に縮小されたが、諫早湾は二九三枚のギロチンによって一挙に締め切られてしまった。一方では減反政策を実施しながら、新たな農業用地がなぜ必要なのかと厳しい批判にさらされながらも、既定の方針どおりに、諫早湾干拓は実施された。潮が来なくなり、干割れた跡には貝や蟹の死骸がるいるいと横たわっていた。ムツゴロウは地中深く潜んだまま死んでいった。

そして、海の埋立てもここまでであったかのようである。伊勢湾の藤前干潟、東京湾の三番瀬など、もはや限界に達した干潟の埋立ては、計画の中止ないし縮小が発表され、鳥や貝や底生動物の生態系に及ぼす重要性が認識されるにいたった。しかし、これで経済人も人間としての謙虚さを取りもどしたのかと思うのは早計であろう。環境庁の瀬戸内海環境保全審議会は、過去の開発で失われた環境の回復に努めるよう強調した答申を発表した。埋立てについて、特に浅い海域は生物の棲息に重要な場であることを十分考慮すべきであると指摘したが、やむをえない場合もあるとの立場も残した（「朝日新聞」一九九九年一月十九日）。ことほどさように、北九州市は新北九州空港の二〇〇五年開港をにらみ、曽根干潟の埋立て計画を、従来の五〇〇ヘクタールより面積を少なくして七二ヘクタールを埋め立てる（余地を残す）と発表して、曽根干潟を守る会の反発をかっている（「毎日新聞」一九九九年三月十三日）。

松下さんは「一羽の鳥のことから語り始めたい」と環境権裁判で述べたのであったが、松下さんにとっての最初が、あさはかであつかましい経済人（エコノミックアニマル）にとっては最後なのだということは、皮肉な現実なのである。

一九八八年四月十二日、日本武道館で行われた東大入学式で講演した。教養学部の学生が組織するオリエンテーションの新入生歓迎講演の講師として招かれたのだったが、実は三月六日、「草の根通信」の発送作業より帰ってから突然大量下血にみまわれた。その日は佐賀市で講演し、小倉で反原発フォーラムのパネリストをつとめ、一日中多忙であった。遠因として、「草の根通信」十五周年パーティ（一月十五日）、伊方原発の出力調整実験に反対する第一次高松行動（一月二十四〜二十六日）、講演に出かけようとしてタクシーを止められ、赤軍がらみということで家宅捜索（ガサ入れ）を受けたこと（一月二十九日。これは後に、やられたままでは終わらせないと東京地裁に提訴し、一九九六年十一月二十二日、勝訴した）、平和といのちをみつめる会で伊藤ルイさんと講演（一月三十一日）、第二次高松行動（二月十一〜十二日）と大きな出来事が立て続けにあり、ストレスがたまっていたのかもしれない。高松行動では体に奇跡が起こったかのように、冬にもかかわらず、毎年どんなに注意していてもひいてしまう風邪にもかからず、元気に行動できたのだったが、やはり、少しずつ体はストレスをため込んでいたのだったろう。三月六日に入院して、絶対安静を言い渡されたが、容態が落ち着くともうベッドの上で「草の根通信」の編集をしたり、本を読んだりした。活字中毒者は、読書を禁じられじっとしている方がストレスがたまる。

この時松下さんは自分がガンではないかと思い、もしそうなら隠さずに教えてほしい、と医師に言っている。医師も「あなたの場合、隠しません」と答えた。もしガンであった場合、残された日々を人との別れに心を尽くしたいと思った。結局、下血の原因は不明のまま、二十日間の入院のあと、洋子さんと自宅養生した。ガサ入れを受けたことで幾つかの講演をキャンセルされたが、それにもかかわらず松下さんを指名してきた東大自治会との約束はどうしても流したくなかった。

体調を整え、四月十二日、無事講演を終えることができた。講演（「私の現場主義」というタイトル）では、自分の生い立ちから、母の急死によって豆腐屋になったこと、作家として歩き始めたことを語った。火電公害反対運動に立ち上がったことを今振り返ると、一種の文化運動になっており、中央のアカデミズムが、この開発は大丈夫です、この企業は心配ありません、というお墨付きを与える権威になっていたことに対する地方の住民の暮らしの知恵という対決構図を描いてみせた。さらに反原発運動にたずさわるようになったことなど、自身の現場での体験と草の根市民の運動について語り、これからエリートコースをたどることになるであろう学生たちに、書斎や研究室に閉じこもることなく、自分の頭でものを考える人になってほしい、と訴えた。三千人の中から、何人かでも、話を受け止めてくれる人がいればそれでいい、と思った（「大分合同新聞」一九八八年四月十三日、「鼻の頭を」「草の根通信」一九八八年五月一八六号、「闘いの現場」『クリティーク　12』一九八八年七月）。

松下さんが「草の根通信」に連載した一連のずいひつは、『いのちきしてます』（一九八一年）、『小さな手の哀しみ』（一九八四年）、『右眼にホロリ』（一九八八年）、『底ぬけビンボー暮らし』（一九九六年）、『本日もビンボーなり』（一九九八年）、『ビンボーひまあり』（二〇〇〇年）、『そっと生きていたい』（二〇〇二年）の七冊にまとめられている。豆腐屋時代を経て、「暗闇の思想」を言った頃からの相変わらずの地道な暮らしが滑稽に哀切に描かれている。『右眼にホロリ』から『底ぬけビンボー暮らし』の間の出来事は、『母よ、生きるべし』（一九九〇年）、と『ありふれた老い』（一九九四年）に描かれている。松下さんは『あぶらげと恋文』、『豆腐屋の四季』以来、間断なく己の生き様を書いてきているわけである。

一九八八年十月三十一日、洋子さんの母三原ツル子さんが国立中津病院に入院した。検査の結果、右肺に進行したガンが発見された。あと半年くらいの命だという。本人には知らせないことにして、看病体制に入る。抗ガン剤の副作用で苦しんだ人を見ていたことのある松下さんは、「残酷な言い方だけど、かあちゃんが助からないのなら、これから残されたわずかな日々を、できる限り苦しませずに、気持ちを楽にしてあげるにはどうすべきかを、一番考えたいんだ」という方針を家族に了解してもらった。うっかり人にしゃべるかもしれないので、小祝のじいちゃん（ツル子さんの夫鶴雄さん）にも、ガンのことはふせておくことにした。松下さんは彼のことを「じいちゃん」と呼んでいる。「それが洋子の父に対する私の距離の取り方ともいえた」（『母よ、生きるべし』一四頁）。洋子さんは自分も母と同じ病気ではないかと、「ガンノイローゼ」になっている。

ツル子さんは、「なんで、こんな妙なことになってしまったんやろ。――やっぱり練炭火鉢が悪かったんやろか」と呟く。路地奥の小さな店で野菜や菓子、日曜雑貨などを商っていたのだが、小部屋に練炭火鉢をおき、客のとだえる間はそこで過ごしていた。練炭から出る亜硫酸ガスや炭酸ガスを長年吸い続けたからではないか、と考えているのだ。その店ももう閉めるしかないだろう。一九八九年二月二日、四十回のコバルト照射治療を終え、二十二日退院した。

三月二十一日、梶原一家と連れだって自転車で彼岸の墓参りに行った。その帰りに土手で弁当を食べることにした。対岸に、黄色い花の大群落を見つけ、行ってみると、眩暈がしそうなほどの黄の色の波だった。「かあちゃんにも見せたいなあ」と松下さんが言うと、「それはいい思いつきやなあ」と事情を知っている梶原さんが言い、車をとりに帰って、ツル子さんを連れてきた。「ばあちゃーん、だいじょうぶ?」と杏子ちゃんが呼び掛ける。黄色い花畑を見て「まあ!　すばらしいわね」とツル子さんが驚いている。風邪をひかせてはいけないので、三十分くらいで帰ってきた。

ツル子さんもこの時のことを日記に、「三時半頃、梶原さんの車で迎えに来た。カンちゃんもランも乗っている。水源池の近くの川原にセイヨウカラシナが黄色いジュータンを敷きつめたように咲いていて、なんとも目が覚めるようである。自分の病気など吹きとんだ心地になり本当に嬉しくなる」（『しのぶぐさ　三原ツル子病床日記抄』）と書いている。心は十分通い合っている。このあともホタルや花や何かきれいなものを見つけると、松下さんは籠りがちなツル子さんをタクシーで連れ出して、みんなで弁当を食べ、一時を過ごすのだった。お墓参りにも行き、「思わぬ思いがかなった」と喜んでいる。おそらく、ツル子さんも末期の眼でものごとを見つめていたのである。

十月二日の夜、ツル子さんは救急車で国立病院に入院する。脳に転移したガンが脳のどの部分かに作用したものらしい。右半身の不随と言語障害が進んでいる。九日、個室に移る。

「昔のことを思うと、運命って実に皮肉だと思わない？　ほら、若いころ、誰の人眼にも触れずにあなたと二人きりになれる機会が、ほんの二時間でも許されるなら、おれは命を二年縮めても悔いはないのになあなんて、いってたじゃない。それが一度もかなわずに、いまごろになってこんな皮肉な形で二人きりになってるんだから……神様というのも、ひどい意地悪をするものだね」

「ホントニネ」といって、母も微笑した」（『母よ、生きるべし』一三九頁）

ツル子さんは、言葉を理解する脳の部分ではなく、それを運動に置き換える指令を出す左大脳運動野にガンが転移している。言葉は理解できるが、話すことができなくなっている。松下さんは二十五歳の時の「俺は一生あなたのそばを離れずに見守ってあげる」という約束を忘れていない。東京に出ないかという誘いを断って、ずっと中津に居続けるのはこの約束のためなのだ（一七〇頁）。

一九九〇年一月三日から、洋子さんは泊まり込みで看病に当たることになる。鶴雄さんも看病のローテーションに入ると、何だか生き生きしてきたように思われた。鶴雄さんは毎朝五時に大師堂のお不動さんにお参りを欠かさない。松下さんも初めてじいちゃんに眼を向けている。ツル子さんにとって鶴雄さんとの結婚が不幸であったように、鶴雄さんにとってもこの結婚は不幸なものだったろう、おそらく四十余年のうち一度も愛されたことはなく、常に憎まれうとまれ続けたのだったろう。拒まれても嫌われても、毎日欠かさず病室に来て片隅にひっそりと座っている愚直なまでの一途さに、かなわないなあ、と松下さんは思う。鶴雄さんは自分が漬けたヌカ漬けのキュウリをツル子さんが好んで食べてくれるのがうれしくてならない。「あれだけ憎み続けた夫の漬けるキュウリのヌカ漬けが、いまでは母の食道を通るわずかな食物の一つになっているのだと思うと、私は人生というものに対して重い感慨を抱かずにはいられない」(一八四頁)と松下さんは書いている。

入院医療費の問題がある。田(一反)を売るしかあるまいということになった。鶴雄さんが作り、松下夫婦と妹夫婦と三軒でできた米を分けていた田圃だったが、松下さんにとっては、れんげの咲く頃家族や梶原さんと一緒に弁当を食べたり、寝転がってひばりの囀りを聴いていた田圃だった。

四月二日、二の丸公園の満開の桜の下で、松下さんは洋子さんに言った。

「お前には、ほんとうにすまないと思っているよ」/

私がそういった時、洋子は笑った。/「他の人が聞いたら、不思議に思うやろうね。うちのかあちゃんを看病しているのに、あんたから感謝されるんやから」/

「それはそうだろうな」私も笑った。/「母ちゃんがおれにとってどんなに大切な人なのかは、おれのどん底時代を知らない人には、どう説明してもわかってもらえんだろうな。おれはかあちゃんによって救われたんだものな」/

「うちはね、かあちゃんの一生はしあわせやったち思うんよ。かあちゃんの結婚は不幸やったけど、あんたと出会ってかあちゃんは救われたんやもの」/

満開の桜の花の下で、私は洋子のその言葉をすなおに聞いた。／
「ねえ、ばあちゃんに桜の花びらを持って行こうか」と杏子がいう。
「それはいいなあ。ばあちゃんのベッドに桜吹雪を降らせてあげたいなあ」
そういって私たちはビニール袋がふくらむほど、花びらを集めるのだった」(二三六頁)

松下さんが洋子さんに、「お前には、ほんとうにすまないと思っているよ」と言うのは、「青春」の章で触れたように、松下さんがツル子さんを看病することの中には、洋子さんの母を看病しているという意味合いの他に、自分の恋人を看病しているということがあるからである。そのことが洋子さんの心の負担になっていることが分かっているからである。洋子さんは、そういう松下さんの気持ちが分かっていて、「うちはね、かあちゃんの一生はしあわせやったち思うんよ。かあちゃんの結婚は不幸やったけど、あんたと出会ってかあちゃんは救われたんやもの」と、万感の思いをこめて答えたのだ。その心の寛さには、敬服すべきものがある。洋子さんはお母さんを愛し、幸せを願っていたし、松下さんを愛しているからである。松下さんは、洋子さんのその言葉を、万感の思いをこめて素直に聞いた。松下さんは洋子さんを愛しているからである。あの天使のように無欲で、むさぼることを知らない洋子さんを尊敬しているからである。「洋子ちゃんをしあわせにすることで、あなたをしあわせにする」という約束は果たされたのである。桜の花の満開の下で、桜の花よりも美しい会話が、静かに流れていたのだった。

ある時、福岡にいるおさななじみの好べえが、[「竜一ちゃん。あなた、ほんとにいい奥さんに恵まれたわね。『母よ、生きるべし』を読んでつくづくそう思ったわ。あんな奥さんって、いないわよ。そのことがわかってるの？」と言うと、松下さんは、「うん、わかってる」と素直にうなずいた（「おさなともだち」「草の根通信」一九九一年十一月二二八号、『底ぬけビンボー暮らし』）。

三角関係はむずかしい。Aの自然な感情と自由はBの嫉妬心の原因である。嫉妬心による狂乱から社会を防衛しようとする一夫一妻制という約束も守られねばなるまいが、人の心の自由はやはり認められねばならない。人の自然な感情は、同時に二人の人に愛を注ぐことがある。しかし自分だけを愛してほしいと望む人もいるし、自分だけがその人を独占的に愛するのだと言う人もいる。愛された二人は反目し合うことが普通だが、認め合うこともまれにある。本当に、松下さんはいい奥さんに恵まれたのだ。

しかしこれは四角関係であった。ツル子さんが危篤状態になった時、鶴雄さんが叫んだのだった。「お前たちは何の役にも立たん。二人とも出て行け！　おれ一人で看病する。おれにはおれの考えがある。おれが一人で責任を持つから、お前たちは出て行け」

鶴雄さんは逆上していた。焼酎も飲んでいた。「おれはなんにもおそろしいものはないぞ。来るなら来い……」。鶴雄さんは果物ナイフを手にしていた。洋子さんの妹がやってきて、すきを見てナイフは隠した。「まだおるんか、早く帰れ！」。鶴雄さんは、両手でツル子さんの髪や頰を包むようにして撫でながら、何か口の中で呪文を唱えていた。おそらく、大師堂のお不動さんに触れた手で撫でているのだ。そうすると治るという信仰があった。鶴雄さんは自分の手で妻を治そうとしているのだ。「二人とも出て行け！　おれ一人で看病する」というのは、彼の愛情表現なのである。

翌朝、松下さんと顔を合わせた鶴雄さんは、「きのうはすみませんでした。少し酔うてたもんじゃき」と言って詫びた。洋子さんに諭されたのらしい（二五五頁）。

四月二十九日、何度目かの危篤に陥った時、妹は、三十分か一時間だけでも家に連れて帰ろうと言った。ツル子さんは「カエリターイ」と言っているが、それはうわ言のようである。動かせる状態ではない。動かすだけで痛がるだろう。病み衰えた姿を近所の人に晒したくない。洋子さんも無理だと思っている。三十日にも、意見の対立が続く。「わたしは、このままお母さんを死なせるんだったら、一生心に悔いが残るわ」と妹が言った時、洋子さんはきっぱりと言った。「わたしは、かあちゃんのことでは、なんの悔いも残らないわ」。その言葉に気圧されたように妹は黙って、帰って行った。妹の心に蟠《わだかま》りが残るだろうと思うと、重苦しい気持ちになる。

一九九〇年五月十二日、不思議な生命力を保ってきたツル子さんは息をひきとる。半年と言われた余命を一年七カ月生き延びた。病院の庭にはニセアカシアの白い花が咲いていた。毛布にくるまれたツル子さんは、鶴雄さんに抱かれて、家に帰ってきた。六十四歳八カ月の生涯だった（二七〇頁）。

山国川河口の散歩は松下さんの日課だが、散歩する視野の中に、常にツル子さんの生きた小祝の島がある（「県境の川辺で」「毎日新聞」一九九一年十月二十四日）。

松下さんは『潮風の町』にまつわる不思議な運命について語る。『どろんこサブウ』の出版記念会で上京していた翌日、一九九〇年七月九日、新宿モーツァルトサロンで「歌と朗読の夕べ」という催しがあり、山内雅人さんが「絵本」を朗読した。山内さんの朗読を聴きながら、松下さんは泣いていた。松下さんはゲストとして挨拶した。

十三年間の豆腐屋生活の後、一九七〇年七月九日、二十年前のこの日、作家へと転身した。どこからも注文などないまま、いくつかの、短編小説と言うのが気恥ずかしくて「大人の童話」と呼んだ作品を『九州人』に書き、出版社に送ったが返事ももらえなかった。やむなく、自費出版の形で『人魚通信』(一九七一年)と『絵本切る日々』(一九七二年)の二冊の本にした。数年後、二冊からセレクトして『潮風の町』(一九七八年)が筑摩書房から公刊されることになったが、出版直後、筑摩書房は倒産してしまった。ところがこの本の中の「絵本」が、一九八一年から中学三年の教科書(東京書籍)に載ることになり、若い読者に読まれることになった(しかし中三の教科書の最後に載っても、中三の三学期は子供たちは受験勉強でそれどころではなく、誰も読まないのじゃないだろうか、とみんなにせがわれている〔「草の根通信」一九八〇年七月〕)。この他に「潮風の町」が教育出版の中学二年の国語、「鉛筆人形」が尚学図書の高校二年の国語の教科書に載っている(しかも、中三か高一の時に、そらんじるくらいに読み返し文学に目覚めた「城の崎にて」の著者、志賀直哉の「ジイドと水戸黄門」と肩を並べて……〔「草の根通信」一九八九年五月一九八号〕)。そして一九八五年、『潮風の町』は講談社文庫から復刊されたが、今またこの文庫本が消えかかっている。しかしまた不思議な運命でよみがえる予兆のようなものを感じています、とこの挨拶を締めくくった。

「不思議な運命でよみがえる予兆を感じる」と(さりげなく)言った松下さんの涙ぐましい努力を紹介する。『潮風の町』(講談社文庫)をなんとしても生き残らせるために、千冊をそっくり買い取る(三十七万円!)のを条件に増刷を出版社に申し入れた。「草の根通信」で広告すると、たちまち千冊を超える注文の申し込みがあった。出版社にはさらに三刷を交渉しなければならなくなった。しかしそれで利益が出るわけではない。

千冊の本が届くと、梶原夫妻の応援を得て発送作業をする。

「うちは、結婚した時からずーっと、こんなことばかりしてきたような気がするなあ」と洋子さんが言う。注文や寄贈の本には松下さんがサインをして、荷造り・発送はたいてい洋子さんがしてきた。

［「どうやら竜一さんは、スタートの最初から、二十年たってもやっぱり自分の本を自分で売らななならん作家のごたるなあ」／荷造りの手を休めずに、得さんがからかう。

「そうちこ。こんな哀れな作家も珍しいやろうな」

松下センセも軽口に応じつつ、別に不愉快ではない。心中には別の思いも動いているのだ。／自分で自分の本を売らねばならない「哀れな作家」かもしれないけれど、見方を変えていえば、これほど読者と直接に結びついた作家も稀ではないかと思うのだ。読者との結びつきの緊密さでいえば、珍しいほどに「倖せな作家」なのかも知れない」（「草の根通信」一九九〇年十一月二一六号→『底ぬけビンボー暮らし』一九九六年）

一度自分で本を売ることを嫌がったことがあり、そのことを反省してから、せっせと自分で本を売っているのだ。松下さんは読者の顔が分かるくらい「倖せな作家」なのである。そしてこういうことを（あけすけに、ぬけぬけと）書いてしまうのが松下センセなのである。

松下さんの生活ぶりはどこか世間離れしている。本人は社会の方が進んでいき、置き去りにされただけ、と言っているが、それは松下さんが大人になりきれない性格であったことによるし、天候の挨拶もろくにできない性格、逆に言えば世間ずれしない性格であったことにもよる。社会の欲望を煽る言説に惑わされることのない、いのちきの思想・知足の哲学を堅持している姿は、隠遁しているようにさえ思えるが、そのことが逆説的に社会的なのである。松下さんは社会から降りていることによって社会的なのである。社会の中に埋もれ追従して波にもまれている一般人よりよほど社会的なのである。

ある日（それは父健吾さんの危篤で姉弟が寄り集まった時のことである）、姉弟は、松下さんのビンボーぶりがお父さんをはらはらさせて、お父さんは、「おれがしっかりしちょかな」と気を張っていたのだろうとか、一方で松下さんが新しい本を出す度に知り合いに届けていたのは、やっぱり誇りにしていたんだろうと話し合った。そのあと、姉さんが言う。

「「竜一ちゃんにお金がないのは確かよ。だけど、こんな優雅な生き方をしてる夫婦ってないんだから。——聞いて呆れないでよ。わざわざ食パン六斤も買って、それをちぎって北門のカモメに持っていくんやから。これがお金のない人のすること？」

この際とばかりの姉の暴露が、弟たちの爆笑を誘う。

「姉の言うとおりなんよ。ほんとに優雅なもんだよ。いつも犬を連れて仲良く散歩してる二人といったら、あの辺じゃ有名なんだから。似た者夫婦というのかな、洋子さんがもうまったくお金のこととか頭にない人だから……」

紀代一の追い討ちに、「だから、兄貴もやってられるんだろうな」と、雄二郎が笑いながらうなずいてみせる。

「あんたたち、あした船場にいって屋根を見てみなさいよ。台風でやられたまま青いシートをかけて、ぜんぜん屋根をなおそうていう気がないんだから。――そのシートだって自分で買ったんじゃないんよ。見かねてわたしが貸してあげてるんよ」

姉のますますの暴露に弟たちは笑い転げ、私もまた自分が笑いの的になっていることを愉しんでいる。

「しかし、おれは兄貴の生き方が一番正しいんじゃないかと思うんだ」

思いがけない援軍がカナダ在住の満から出される。

「外国で暮らしていると日本人の異常さがつくづく見えるんだ。カナダではみんな生活をエンジョイしてるというか、人生を愉しむことが優先で、働くのはその手段と割り切ってるんだ。それに較べると日本人は、働くことだけが目的化して生活をエンジョイするゆとりがないよ。（略）」

意外なところで飛び出した満の日本人批判を受けて、話はしばらく国際情勢へと移っていったが、それがひと段落したところで私は胸を張っていったものだ。

「ほらみろ、おれは二十年以上も前から正しいことを主張し、かつ実践してきてるわけだ。もうこれ以上便利になる必要はない。これ以上ゆたかになるべきではないという、おれの〈暗闇の思想〉は二十年たってますます正当な主張となっているわけだ」

とたんに姉が言葉をかぶせた。

「あんたの場合はね、ゆたかになってはいけないから貧乏してるんじゃなくて、ゆたかになろうにもなれんから貧乏してるだけのことじゃないの」

またしても弟たちの爆笑がはじけて、いつのまにか（一九九三年）一月十八日へと日付けが移っていた」（『ありふれた老い』一九九四年、六五頁）

ここには、三十数年前のあの苦しかった時期を乗り越えて来たそれぞれの姿がある。もちろん乗り越えた時期はそれぞれにずっと早かったのであるが。ただ四男の和亜さんの暮らしがうまくいっていないのが気掛かりなのだった（同書六七頁、二二四頁、「お年玉」「読売新聞」一九九四年一月六日）。（和亜さんは、静岡県寸又峡の山湯旅館のオーナーになっている〔「草の根通信」二〇〇二年七月三五六号〕。）

そして、なごやかな、というか、きつい会話の中に、通い合った心の結びがある。松下さんが「暗闇の思想」をちょっと威張ってみせると、姉さんがそれをちょっとけなしてみせる間のよさ。分かり合っている姉弟の至福の時と言っていいのだろう。

松下さんの一番松下さんらしいところは、山国川の河口散歩だろう（正確に言うと、山国川は三角洲の島小祝で二つに分かれ、西の流れ、福岡県側が山国川で、松下さんが散歩するのは東側の中津川である。しかし少し上流まで行けば分流する前の山国川である）。勤めに出るより散歩の方が大切と言う洋子さんと一緒に、六匹の犬を連れて、二人の上を飛び交うカモメやウミネコにパン屑をやっているところだと僕は思う。つづめて言えば、松下さんはこれがやりたいためにいろんな社会的な運動をしているのだ。

そこはかつて松下青年が豆腐を配達して往来した山国川の河口であり、新聞配りの少年たちが磧《かわら》で囲んでいる焚火の色を「まるで、ベージンの草野だ」と呟き、［瀬に降りん白鷺の群れ舞いており豆腐配りて帰る夜明けを］と詠んだ場所であり、そこが巨大開発によって埋め尽くされようとするのに反対して、まさに、身に降る火の粉を払い除けるように、発電所建設反対運動を始めた場所である。松下さんの文学と運動の原点である。そしてこの散歩には、これまで触れてきた子供の眼、詩人の眼、末期の眼、社会に開かれた眼の全てがある。いのちきの思想の原点がある。それは次の文章がより一層証しする。これも全文を引用したいところであるが、そうもいかない。

［（略）レントゲン写真で見る限り、あなたはほんとは動ける身体じゃないんですよ、ベッドにじっと寝ているはずの身体なんですよ、と医師から診断されたのがすでに十五年前のことなのに、なぜかその後も私は自由に動きまわってきた。だから人間の身体は医学だけでは割り切れないんだという、格別な自負心が私を支えてきた。／だが、五十六歳を目前にして、それも限界にきたらしい。この冬、私の呼吸は苦しく、わずかの動作にも喘ぐことが多くなっている。肺活量が、本来あるべきちょうど半分で、まさに片肺飛行の状態にまで呼吸機能が衰えているのだという。そして私のこの病気には根本的な治療法はなく、ただそっと耐えて生きるしかありませんと宣告されているのだ。／医師が言葉を呑んだように、じっとベッドで静臥しているしかないという状態が、何年か先には待っているのだと、私はひそかに覚悟を定めようとしている。／それだけに、いまの時間を大切に生きたいという思いも深まってやまない。／／私は毎日の散歩にこだわっているが、それは運動のためなどではない。片肺飛行でそっと生き

ねばならない私の歩みはゆっくりしすぎていて、運動としての効用など期待できるものではない。／私は多分、いまはまだこうして妻と寄り添って歩くことのできる歓びを噛みしめるために、防寒服に身を固めてまで河口へと出て行くのだ。／今を大切に生きたい眼で見るとき、水の色にも空の色にも、遠い山並みに隠れる落日の輝きにも、けなげに真冬も緑を保って地を這う草にも、至福ともいえる感情のこみあげるときがあって、不意に涙ぐむことさえある。／いつからか二人の頭上を、大きな冠のようにおおってカモメたちが旋回するようになったのも、もちろん、ただパン屑を期待してのことにすぎないのだが、なんだかそんな私たちへの祝福のように思えて晴れやかな気持ちになる」（「カモメと遊ぶ」「読売新聞」一九九三年一月五日、『ありふれた老い』一九九四年、一七八頁にも）

松下さんは肺嚢胞症のため肺活量が普通の人の半分しかなく、片肺飛行のようなものだが、動脈から採った血液検査の結果、酸素容存量が正常値の八〇パーセントと、思ったより良くて、身体障害手帳の申請も却下された（「文部省の怠慢である」「草の根通信」一九九二年六月二三五号、『ありふれた老い』）。そうはいっても、いつか遠からずベッドを離れられない時が来るという予感が、今の生のかけがえのなさを自覚させる。末期の眼でものごとを見れば、子供のようにカモメと遊ぶことも、毎日の散歩も、自然の（環境の、と松下さんの場合言った方がいい）全てのものが愛しいものになり、存在は輝き始める。それを「至福の時」と呼ぶのは、詩人の証しということだろう。

ただし梶原和嘉子さんに言わせると、「夫婦でカモメにパンをやって遊んでても、松下センセのやってることだからって、みんな納得すると思うんよ。作家センセのしそうなことだって。……」

ということだし、梶原さんに言わせると、「カモメなんて、さかな屋には敵みたいなもんでね。魚市場の中まで舞い込んできて、すきがあれば魚を狙おうとしている、こにくらしい奴なんじゃから」（「草の根通信」一九九一年十二月二二九号、『底ぬけビンボー暮らし』七八頁）ということになる。こうして相対化してみせてくれるのが松下さんの現実感覚なのである。

松下さんはいつも生活者の側にいて、人間の真っ当な暮らしを実践してきた。どんなことにも簡単にめげることなく、忍耐強く、悲観もせず、楽観もせず生きていくこと、これを「散文精神」と言ったのは、松川事件の支援をした広津和郎であるが、松下さんの姿勢をも言い表している。詩人の眼と言い、散文精神と言うのは、一つは言葉の違いであろうが、言いたいことにそれほどの差はないように思える。精神の凝縮であり、一つのピークを詠う短歌から、エッセイ（散文）に向かった松下さんに一つ変化があるとしたら、寛容な人間になったということかもしれない。エッセイはなだらかな裾野から頂きに至る過程・状況を描く。粗忽味、稚気、滑稽、哀愁、清涼感といった味わいは、家族や友人の和気藹々とした関係——環境の中から生まれてくるものである。それを寛容、ないしは優しさというふうに言えばいいと思う。環境とは何でもない、なだらかな状況のことで、しかしそれがなくなると心の安定を欠くことになるようなものである。そんな中で、松下さんはやはり詩のありかを探しあて、描いているのである。

一九九三年七月十三日、父健吾さんが亡くなった。豆腐屋をやめて以来、ほとんど家に籠ったような暮らしをしてきたが、むさぼることを知らない父のつつましい生き方に、「この父にはかなわないなあ」という感慨を抱くと、松下さんは書いている。お父さんは八〇万円の預金を残しているが、これは葬儀の費用に消えてしまう。この世に一円の金も残さず生涯を終えるお父さんを、「きれいなものだね」と姉弟で話し合った。逝こうとしているお父さんに対して、松下さんには格別の哀しみはない。死は涼しい。お父さんは自分のひっそりとした人生を充分に生きたのだったから（『ありふれた老い』二〇七頁）。葬儀の席で松下さんは次のように挨拶した。

［最後を看取ってくださった看護婦さんたちが、こんなおとなしい患者さんはいませんでしたといって泣いてくださったのが印象的でした。肺に水がたまって呼吸が苦しいにもかかわらず、文句ひとつということはありませんでした。人の邪魔にならない、人に迷惑をかけないというのが父の生き方でしたが、最後の最後までそれを貫いたように思います。／（略）父は昔の小学校しか出ていなくて、学問とか教養には縁のない人でしたが、息子の口からいうのも妙ですが、なまじっか学問を身につけた私なんかより、人間の生き方としてみるときに、はるかに立派であったと思います」（「ありふれた老い 43」「西日本新聞」一九九四年六月三十日、『ありふれた老い』二一五一頁）

むさぼることを知らないビンボー暮らしの手本は目の前にあったのだ。お父さんは、一円も残さなかったけれど、家を遺した。この家があったから、松下さんは（ローンの支払いに追われることなく、ベストセラーを書く必要もなく、と言ったら怒られるかもしれないが）、暗闇の思想でいのちきできたのではなかったろうか。

手本といえば洋子さんもそうだった。家族から不満が出ないことが、このビンボー暮らしの秘訣である。しかし、互いの誕生日には花を贈り、毎年旧婚旅行に出かけ、毎日河口に二人で散歩に出かけ、カモメや草花に囲まれていて、しかもすぐ近くに仲のいい友達がいるという暮らしは、むしろ豊かと言うべきだ。パートナーや家族が貪欲で、強突張《エゴイスト》で、競争心が強く、権勢的で、嫉妬深い性格だったら、こうはいかない。数からいけばこういう性格の人の方がはるかに多いわけで、本当に松下さんは良い人たちに囲まれて、倖せな人である。良い人のところには良い人が集まってくる、と言うべきか。

一九九六年六月二十八日、伊藤ルイさんが亡くなった。七十四歳。胆道ガンだった。以下多少詳しく、ルイさんの後半生を追ってみる。

前述のように、松下さんとルイさん(五十七歳)が初めて会ったのは一九八〇年一月十五日、『豊前火力闘争八年史』のビデオ上映会の時だった。梅田順子さんが一緒だった。その後松下さんはルイさんのことを『ルイズ——父に貰いし名は』に書く。これはルイさんの言う、「必然の出会い」である。「必然の出会い」には前史がある(伊藤ルイ『必然の出会い』八五頁)。

王丸ルイさんの初めての文章は、一九五三年、達彦さんが小学校に入学してPTA委員になり、PTA新聞に書いたものであった。一九五九年、ルイさんはギャンブル好きの夫王丸和吉さんとの離婚を決意し、自立するため博多人形の彩色職人になろうと思い、そえ島人形工房雲月堂に弟子入りする。経営者の副島辰巳さんはアナーキストで、店の表には日本アナキスト連盟の大きな表札がかかっていた。ルイさんは中学を出てすぐの相弟子たちと修行し、決意から六年目、結婚して二十五年目、一九六四年に離婚した。旧姓に復し、伊藤ルイになる。四十二歳だった。

ルイさんはこの時すでに、社会問題に目覚めていた。ルイさんは早く尋常小学校六年の頃、大杉栄（一八八五～一九二三年）の『生の闘争』（一九一四年）を読み、その中の「奴隷根性」や「鎖工場」に一つのはっきりしたイメージを持っていた。

［鎖を造ることと、それを自分のからだに巻きつけることだけには、手足も自由に動くようだ。せっせとやっている。みんなの顔には何の苦もなさそうだ。むしろ喜んでやっているようにもみえる。（略）おれみずからおれの鎖を鋳、かつおれみずからおれを縛っている間、とうてい、この現実は、必然である。（略）おれはもうおれの鎖を鋳ることをやめねばならぬ。おれを縛っている鎖を解き破らねばならぬ。（略）］

と大杉の言うところを、正確に把握していた。

しかし困ったことに、人間は鎖を解き放とうとはせず現実に追従してしまうことが多い。鎖に縛られて苦しかったことを次の世代にそのまま押しつけ、縛る側になろうとするどれい――逆どれい根性を持っている。どれいのうぬぼれは手に負えない。

今宿の家にあった『大杉栄全集』全十巻（うち第十巻は『伊藤野枝全集』）が戦争中に行方不明になっていたが、一九四八年のある日、新天町の古本屋で揃いを見つけ、二四〇〇円で買った。この全集は自分が来るのを待っていたのだと思った。

ルイさんは一九六五年、福岡市当仁公民館の婦人のための政治学級に参加、平和憲法を守る学習をし、鳥飼公民館の「くらしの学級」に属し、社会教育法の改悪に反対し、一九七四年頃、環境権裁判の第一準備書面をガリ切りしてテキストに使用したことがあった。一九六八年の「エンタープライズ」佐世保入港や、ファントムが九大に墜落した時には新聞スクラップを作っていた（松下さんが七〇年安保の時、静かな中津の町で「中国に木を植える会」の会報を読んでいるしかなかったことを思い出そう）。

一九七〇年、社会教育法の改正に反対する運動や、朝鮮人被曝者孫振斗《ソンジンドゥ》さんに治療と在留を求める支援運動を始め（一九七八年最高裁で勝訴）、社会への関心を強めていた。この運動の中でルイさんは怒りを手にした。それまで大きな声など出したことのなかったルイさんだったが、行政の理不尽な対応や弱者に対する強者の奢りへの怒りがこの運動の七年間を支えた（「もっと違った私を求めて」『さまざまな戦後　第二集』日本経済評論社、一九九五年、二三四頁）。

一九七五年、名古屋市日泰寺の墓地の藪の中から、橘宗一少年の墓が発見されると、その墓前祭に出かけた。アメリカに住む父橘惣三郎によって一九二七年に建てられた墓には、「宗一ハ　再渡日中　東京大震災ノサイ　大正十二年九月一六日ノ夜　大杉栄、野枝ト共ニ　犬共ニ虐殺サル」と刻まれている。「犬共」とは、憲兵大尉甘粕正彦らのことである。翌一九七六年八月、大杉栄ら三人の死因鑑定書が五十三年たって発見される（「朝日新聞」一九七六年八月二十六日）。「大杉と野枝は肋骨などがめちゃめちゃに折れ、死ぬ前に蹴る、踏みつけるなどの暴行をうけ、喉頭部を鈍体（拳或は前膊）にて絞圧し、窒息させたもので、致死後裸体となして畳表にて梱包の上、東京憲兵隊構内東北隅爆弾庫北側の廃井戸に投げ捨てたもので、当時七歳の橘宗一（大杉の甥）も同じように扼殺されていた」（『日本政治裁判史録　大正』に収録）

その夜ルイさんは眠れなかった。「私たち夫婦は畳の上では死なれんと」と母親に告げていた野枝の覚悟を思い、同じような弾圧によって生を断たれた人々のことを思うと、三人の死を「私」事としてだけではなく、「優れた先達」として見る立場を獲得できた。ルイさんは両親が虐殺された時一歳三カ月で、両親のことは何も覚えていない。父母という実感はないのだった。今宿の祖父母伊藤亀吉・ウメに引き取られ、留意子と改名し、小さい頃、天皇に弓を引いた者の子と言われて困ったことはあったが、愛情に包まれて育ち、母に憧れるということもなかった。しかし今、野枝の死に様を知り、新しい女として生きてきた姿を知った時、なぜか二十八歳の野枝はルイさんに女として、母として、肉親として、美しく、輝いて感じられるのだった。血が騒いだのである。そしてルイさんはこのような悲嘆が自分や祖父母だけのものではないことを思い、長年の友人梅田さんを語らって、この年から千代隣保館で「九・一六の会」を始め、獄死、刑死、弾圧死、いま弾圧されつつある人びとのことを学習し、その後毎年続けた（『必然の出会い』一七九頁）。

一九七九年、スリーマイル島原発事故が起きると、原発問題に取り組み、福岡の反原発運動「あげな原発いらんばい」に参加する。

そうして一九八〇年、松下さんとの出会いとなる（前述）。松下さんは、ルイさんへの取材を三月十九日から開始した。人形彩色の仕事が終わる頃に訪ねていき、ルイさんの手料理をご馳走になり、話を聞こうとすると、ルイさんはいつも他の話を延々と話しはじめ、核心に入るのを避けようとするのだった。やっと本題に入るのは夜も更けた頃になり、ルイさん宅に泊めてもらうことになった。一年半に二十回の取材であったが、刑事のようにしつこく聞く松下さんを、一時は顔も見るのも厭になるほどだったと、ルイさんは言っている。

松下さんの方から言ってもこれは「必然の出会い」で、この出会いによって『ルイズ』（一九八二年）、『久さん伝』（一九八三年）、『憶ひ続けむ』（一九八四年）、『記憶の闇』（一九八五年）、『狼煙を見よ』（一九八七年）、さらには『怒りていう、逃亡には非ず』（一九九三年）が生み出されていくことになる。

一九四五年六月十九日、福岡大空襲の時、ルイさんは夫と共に二人の子を抱え、社員寮の地下で空襲の止むのを待っていた。近くの斯道文庫（九州大学附属図書館分室）が焼け落ちていた。二時間ほどの空襲で一一六四人の死者行方不明者が出た。八月十五日、広島・長崎の惨状も知らず、敗戦を迎えた。それから一週間して三人目の子が生まれた。九州本土決戦にならず、「沖縄で戦争が食い止められてよかった」と、安堵の胸をなでおろしたのが、九州のおおかたの人々の実感であった。

しかし、二十年後、沖縄の人々の死と引き替えに私の生があると気付いた時、ルイさんは、いさかでも沖縄で戦争が終わってよかったと思った自分を深く恥じ、許すことができなかった。大江健三郎さんの言葉を借りて言えば、「日本人らしい醜さを持った、そのような日本人ではないところの日本人へ自分をかえること」（『沖縄ノート』一九七〇年）を自身に課したのである。

一九八一年八月四日、唐突に、ルイさんは反戦の原点を求めて、沖縄に旅立っていく。大江健三郎さんが『思想史を歩く』の中に書いていた「一九四五年五月二二日、日兵逆殺」の碑を訪ねて。沖縄戦の最中、日本兵のために撃ち殺された妻夕ガ子のために、新堀弓太郎さんが建てた墓である。しかしその墓は弓太郎さんの甥によって打ち壊されていた。「沖縄も本土に復帰し、これからは日本本土と一つになってやっていかねばならぬ時に、いつまでもこのような激しい言葉の書かれた墓があることは、日本本土の人々にとっても、沖縄の人間にとっても妨げになることだと思い、四、五年前に私が打ち壊しました」と彼は言った。ルイさんはそれに対して、「戦争という状況の中で、人間が無思慮に暴力を使い、人を殺したあと、その暴力を使ったことによって、人間がどのように堕落していくものであるか、それは人間が人間でなくなる、そういう恐ろしさを私たちに教える証拠として、残しておいていただきたかった」と繰り返し話した。

国家の兵の惨虐を語る「日兵逆殺」という墓に、橋宗一少年の墓の「犬共ニ虐殺サル」という碑文をルイさんは思い出した。これもまた国家の兵の惨虐であった。ルイさんは美しい沖縄の海を見ながら、どうしてこんな美しい沖縄に恐ろしい砲弾が撃ちこめるのか、と問うている。「戦争が、人間を人間でなくする、ということを、このような比類ない美しさとして、私は死者から与えられているのではないか」と感慨を述べている（「草の根通信」一九八一年九月一〇六号、『海の歌う日』一六〇頁）。

一九八二年三月、松下さんの『ルイズ』が発表されると、ルイさんは「わたし、しばらく山の中に隠れていましょうか」と真顔で言うのだった。しかし、『ルイズ』の刊行は、両親の重い名を隠そうとしたり、肩肘張って抗したり、さまざまに屈折し続けたルイさんが公然と名乗りをあげるということだった。荒療治ながら、『ルイズ』はルイさんを解放した（松下「記録映画作家の至福の瞬間」、藤原智子監督『ルイズその旅立ち』の映画のパンフレット、一九九八年）。両親の名から解放され、というより、両親の志を受け継ぐように、ルイさんは本当に風に乗って種子を運ぶ風媒花のように、自在に軽やかに、虹を翔け、海を翔け、世界を翔け（ピースボートにも二度乗った）、草の根の交流を紡いでいった。甲山事件の救援に関わり（松下さんが一九八一年の九・一六の会で甲山事件の話を聞き、『記憶の闇』を書くに至る）、箕面忠魂碑訴訟の支援（松下さんが『憶ひ続けむ』を書くことになる）、福岡市の旧陸軍墓地に建てられた「大東亜戦争戦没者の碑」（聖戦の碑）問題で、戦争の賛美を許さず、碑文を修正させた。生きている者が死者を追悼するのは当然のことである。しかし、軍隊を美化し、戦争を肯定し、戦死者を「英霊」としてまつることは、新たな「英霊」つくりにつながり、死者を悪用するものである。侵略戦争で戦死した二人の息子を持つ古川和子さんは、息子の死を犬死だと思い、そのような死が再びないことを願った。古川佳子さん、神坂玲子さんたちは、一九七六年二月二十六日、箕面市長と教育長を相手取って箕面忠魂碑訴訟を始めたのだった。しかも、松下さんの『五分の虫、一寸の魂』を読み力づけられ（そそのかされ、と古川さんは書いている）、カルハズミの心で〝ランソの兵〟に志願したのだった。一九八二年三月二十四日、原告側が勝訴すると、松下さんは「ツウカイナリ　ランソノタイチョウノヤクハソチラニユズル」と祝電を打っている。被告側が控訴した。

一九八三年十月、ルイさんは佐世保に原子力空母「カールビンソン」入港反対に行っている。ルイさんは一九六八年の「エンタープライズ」入港時に新聞のスクラップを作っているが、その時は特に行動はしていない。そのことを精算するためだったのであろう。この時は松下さんも梶原さんも一緒に、過去を精算した。一九八六年には、「東アジア反日武装戦線の大道寺将司、益永利明両氏への『死刑』判決に反対し、死刑制度を考える会」（通称「うみの会」）を結成した。二人への死刑判決の出される前日、一九八七年三月二十三日、東京拘置所が獄中へのサイン入りTシャツの差し入れを拒否したり、通信の文書の削除や抹消など不当な行為を行ったとして、損害賠償請求裁判（差入交通権訴訟、通称「Tシャツ裁判」）を松下さんや筒井修、木村京子、山崎博之さんや獄中の二人と提訴し、その原告団長となった。ルイさんは死刑反対の理由を次のように書いている。

「（略）たしかに自分がそのような立場に立たされたとき、その憤怒や悲嘆や哀惜のために私はその犯人を殺してしまいたいと思うであろう。しかし、現実に殺すことはしないと思う。なぜなら、たとえば私がその犯人を殺したとしても、それで私の悲しみが消え去るものとは思わないし、私の怒りがおさまるものではない、と人間は本能的に知っていると思うし、さらには殺したあとの虚しさや苦しさをも想像することができるからである。そのことは「死刑制度」とはまったく無関係である。つまり私が犯人を殺すか、殺さないかということは、国家の刑罰とはまったく無縁の、私的心情であり、私的決定である。「死刑制度」とは、この私的決定の域に踏み込んでくるものであり、「国があなたに代わって殺してやります」という恩義の押売りである」（『必然の出会い』九三頁）

両親を虐殺され、その真相を知って始めた九・一六の会で、獄死、刑死、弾圧死、いま弾圧されつつある人びとのことを学習してきたルイさんの信念ということであろう。

一九八八年一月と二月には、伊方原発出力調整実験反対高松行動に参加している。反原発の行動では、下北半島を度々訪れ、六ケ所村核燃料サイクル基地訴訟の原告となっているし、山口県祝島にも出かけている。反戦・反基地の運動では、一九八七年と一九九一年に日出生台日米共同訓練反対集会や、一九八八年築城基地日米共同訓練反対集会に参加した。後者の時、一月三十一日は、松下さんと共に講演を行った。この時、会場の築城公民館が、政治的な行事には貸せないと、使用許可取消しになったので、豊前市の教育会館に会場を移した。ルイさんたちは福岡の公民館の「くらしの学級」で、政治や法律の勉強をしてきたのだから、ずいぶん変に思ったことだろう（この件ではのちに、集会の主催者・平和といのちをみつめる会の渡辺ひろ子さんが築城町を相手取って訴訟を起こし、一九八九年十一月三十日、全面勝訴した）。

一九八九年のXデーを、ルイさんはときつ医院で迎えた。「まるで予防拘禁にあってるみたい」とジョークをとばしているが、予め取材されていたコメントが新聞に出た。

［大正の終わり、昭和の準備期に反軍思想の故をもって両親は軍人に殺された。「天皇に弓を引いた者の子」と呼ばれて育った私にとって「天皇」は今もなお暗く重い荷物であり恐怖の対象である。「昭和」をもって「天皇」をなくすることでしか、この恥多き日々からの立ち直りはない」（「毎日新聞」一九八九年一月八日）

ルイさんの反戦・反天皇制の運動は、箕面忠魂碑訴訟以来一貫している。また古川桂子、神坂玲子さんたちと即位式大嘗祭違憲訴訟（大阪地裁）の原告になっている。福岡国体訴訟では日の丸・君が代・天皇杯・皇后杯・国籍条項の押しつけの違法性を争った。掃海艇訴訟の原告にもなり、福岡県苅田港へ、ペルシャ湾から帰ってきた掃海艇が、入港許可もとらず入港料も払わず寄港したことの違法性を争った。『阿賀に生きる』の映画作りを支援して、佐藤真さんを何度も新潟に訪ねている。

一九九五年六月八日と九月二十七日、Tシャツ裁判で筒井修さんの尋問に答えて証言した。その中でルイさんは自分の一生を語っている。名前の由来から、大杉・野枝の虐殺、今宿で祖父母に育てられたこと、博多人形の彩色職人になったこと、公民館で学習を始めたこと、そして七三年の東アジア反日武装戦線による三菱重工ビル爆破事件のこと、そのマスコミ報道への不信感、獄中の大道寺将司さんらとの交流、うみの会の結成、Tシャツの差し入れを拒否されたこと、二人の獄中原告に福岡地裁の川本裁判長らが東京拘置所に出張尋問に出かけ、紳士的に接してくれ、二人は元気でしたよと言われたことに感謝し、最後に次のように証言を締めくくった。

［私は、大寺道、益永この両君の思想と行動の持つ意味を終生忘れないように、今この法廷にいます。これまでの八年間の法廷でも、そう思って被告と向き合って来ました。私たちには人生のなかで忘れてはならないことがあります。記憶すること、何をどう記憶するか、それによって人の人格は形成されると言われています。私は彼らのこの世に希望と解放、そして平和との思いを終生記憶にとどめて、私という人間の核としたいと思っています。そして、今ここに原告代表者として私を立たせてくださったうみの会の仲間たち、加えて四代にわたる裁判官、傍聴の方たちに厚い厚い感謝を捧げます。七十三歳、伊藤ルイの遺言です、終わります］（速記録）

「遺言です」とルイさんが言った時、法定内は静まり返ってしまった。真意を計りかねていた。今自分は、私という人間の核にしている重大なことを語ったのだ、裁判官も心して聞いてほしい、という意味だったのだろうか。それともルイさんは何かを予感していたのだろうか。

一九九六年五月七日、福岡西教会にうみの会の例会にタクシーで出かけたが、入り口の低いブロックにタクシーがぶつかり（凄い音だったという）、そのままときつ医院に入院してしまった。梅田順子さんと小田正子さんが十六日にお見舞いに行き、「ルイさん、内臓が悪いんですって」と何気なしに聞くと、思いもしない答が返ってきた。

「「肝臓の奥の方のガンが、どんどん進行しているんだって。――もう長くは生きられないみたいよ」」

「ウソー、ほんとなの、ウソでしょ」と取り乱している梅田さんたちに、ルイさんの方が、

「ほんとうよ、ほんと」となだめるのだった。

「私はすべてを鯨津《ときつ》先生におまかせしているから。私はもう長くないし、もう充分したいことはしてきたし、行きたい所も行ってきたし、もういいわ……」と、これ以上の検査も延命治療も受けるつもりはないと言うルイさんに、梅田さんは「そんなにあっさり諦めなくても！　ルイさんはよくても、私が困ります」と言うのだった。

松下さんは鳥取日赤病院の徳永進医師に相談した。ルイさんは以前高橋和巳さんと鶴見俊輔さんの対談の中で、鶴見さんがハンセン病回復者のホーム作りをする若い医学生のことを話していたのを読んでいて、なぜか忘れられない人間像となっていた。松下さんが『ルイズ』で講談社ノンフィクション賞を受賞した一九八二年、『死の中の笑み』で同時受賞したのが徳永進さんだった。ルイさんは徳永さんの受賞作を読んで、死ぬ時はこのセンセイね、と言っていたが、その時はまだルイさんは、この徳永さんこそはあの幻の人だとは気付いていない。その後、そのことに気づかされたのは鶴見さんの文章によってだった。「想いつづけていれば、時が満つれば、やがては会える」。こ

れも「必然の出会い」だと感じ、ルイさんと徳永さんの交流は始まった（「虹の橋」『必然の出会い』）。徳永さんも大杉栄の本が好きで読んでいた。一九九〇年十月、徳永さんは自身の主催するこぶし館でルイさんに話してもらい（徳永『病気と家族』）、またルイさんは一九九三年の九・一六の会で徳永さんに話してもらっている。

徳永さんからルイさんに電話があった。ルイさんの報告では「いろいろ話し合ったのだけど、徳永さんが最後に『それではどうぞご機嫌よくご昇天ください』だって……」ということであった。『死の中の笑み』の著者との、当意の会話であっただろう。「まあ、それではルイさんの勝ちですね」と梅田さんも答える。梅田さんは、ほがらかなルイさんの笑顔につられ、機嫌よく送り出すことを覚悟した。

五月二十日と二十四日、松下さんと梶原さんはルイさんのお見舞いに駆けつけている。順調に死にむかって衰弱しています、と言うルイさんに、松下さんは気丈であざやかな生き方を見ている。梶原さんが記念写真をたくさん写した。

五月二十六日、ルイさんは福岡西教会の有川宏牧師より洗礼を受ける。有川さんは、ルイさんとは孫振斗さんの支援運動以来の付き合いだが、「ルイさんは無宗教の方が似合いますよ」と、牧師にあるまじきことを言ったのだった。ときつ医院の食堂において、家族や梅田さんたち、四十人の人に見つめられ、洗礼を受けたルイさんは、毅然として、凜として、「今は順調に死への道をゆっくりと歩いています」と述べた。そしてみんなで賛美歌のかわりに「ウィ　シャル　オーバーカム」を歌った。ガンの疼痛はないが、熱が下がらず、呼吸が苦しいという。

もう何も口に入らなくなって、キリンレモンと西瓜の汁をすするだけになり、最後の半月は点滴もはずし、わずかに口を湿らす水分だけで静かに生きた。松下さんと梶原さんは六月二十七日、九電株主総会に出席した後、梅田さんのはからいで、ルイさんに会うことができた。ルイさんはうっすらと眼を開け、松下さんと梶原さんに手を差し上げた。容典さんが、口を湿らせたら言葉が出るかもしれません言って、水をふくませた綿花を口に入れると、吸うように口を動かしたが、言葉は出なかった。六月二十八日明け方、家族の見守る中で眠るように息を引き取った。「伊藤ルイの遺言です」と法廷で語ってから約九カ月、七十四歳だった（梅田「ただ見守るばかりでした」「草の根通信」一九九六年七月二八四号、松下「謹んで伊藤ルイさんの御逝去をお知らせ致します」「草の根通信」一九九六年七月二八四号）。

あまりの潔さに、死は涼しいということさえ忘れてしまいそうな最期だった。

七月十三日、みんなでルイさんを送る会が福岡中部教会で開かれ、全国から三八〇人が参加した。松下さんは、ルイさんが彩色した博多人形「春うらら」を抱いて福岡まで電車で来た。混み合う電車の中で、大事に大事に人形を抱いているうちに、ふとルイさんの遺骨を抱いているような錯覚におそわれ、不意に涙が溢れた。

九月十六日、二十一回目、最後の九・一六の会が開かれた。鎌田慧さんが、大杉栄と伊藤野枝について講演した。一九九七年五月、松下さんは鳥取の徳永さんのこぶし館でルイさんのことを話した。

次にルイさんへの僕の追悼文を掲げる。

バトンタッチ

ぼくは、気が弱く、人見知りなもので、ルイさんとはあまり話したことがありません。しばしば裁判所などで会った時も目礼をする程度でした。以前はがきを頂きましたが、返事も書かないという失礼なやつなのです。今、その返事のつもりで書かせていただきます。

はがきの消印は「4・3・30」となっていて、この4は「平成四年」ということです。ルイさんは天皇制の年号は決して使わない人でした。どうしても使わなければならない時は、引用符をつける人でした。

はがきの内容は、鳥山敏子さんが宮沢賢治の教え子たちの証言をまとめた『先生はほほーっと宙に舞った』という映画がとても面白かった、新木さんはもう見ましたか、というものでした。僕が賢治ファンだとご存じだったのでしょう。僕はその映画、残念ながら見ていません。

*

賢治と伊藤野枝は一つ違いで、同じ時代を生きていました。野枝が一八九五年生まれ、賢治が一八九六年生まれです。ルイさんが一九二二年生まれです。賢治と野枝は会ったことはありませんが、ちょっとタイプが違う感じです。

賢治が花巻農学校で教師をしていたのは、一九二一年十二月から二六年三月までです。その期間というのは、一九二二年十一月に妹トシが亡くなり、一九二三年夏「オホーツク挽歌」の旅から帰ってくる、そして死んだトシを異空間に追跡することを断念し、現実社会の中で生きようと決断するという時期です。一九二三年九月十六日の日付で、賢治は「宗教風の恋」、「風景とオルゴール」、

「風の偏倚」、「昴」という、転機を告げる重要な四編を書いています。「昴」の中には、関東大震災のことを、「東京はいま生きるか死ぬかの堺なのだ」と言っているフレーズもあります。そういう時に、一方でその大杉栄・伊藤野枝虐殺事件が起こっていたわけです。

一九二四年四月に賢治は『春と修羅』を出版します。それを読んだ辻潤（彼と野枝の間には、一《まこと》と流二の二子がいます。ルイさんの兄です）は、七月に、「若し私がこの夏アルプスへでも出かけるなら、私は『ツァラトゥストラ』を忘れても『春と修羅』を携へることを必ず忘れはしないだらう」と評価しています。これは『春と修羅』に対する最も早い評価の一つです。

ところで、今年の九・一六の会で、ある人が、人間はなぜ簡単に変わるのだろうと不思議がっていました。すると別の人が、そんなことは不思議でも何でもないと言ってのけました。それは多分どれい根性の問題だと思って僕は聞いていましたが。

確かに人間は変わります。脱皮というか転進というか、変節というか転向というか、反省というか悔い改めというか。しかし人間は善くも悪くも変わるから教育とか運動とか説得とか強迫とかが可能なのだと思います。大杉栄はこう言っています。

「おれみずからおれの鎖を鋳、かつおれみずからおれを縛っている間、とうていこの現実は必然である」

賢治はそこのところを「いちめんのいちめんの諂曲模様」と言っていると思います。

先日、鳥山敏子さんが主宰する「賢治の学校」のことをテレビで見ました。「よだかの星」の劇をやっていました。鷹がよだかに市蔵という名前に改名したと披露して回れと迫ります。よだかはそれが嫌で、さらには虫を食べて生きていくのも嫌で、居場所をなくして、空の向こうに飛び去ってしまい、星になったというのです（後に賢治はこのよだかの小乗的な行為を批判して、「銀河鉄道の夜」の中で、飛び去るのではなく、世界・社会とつながって生きようとする大乗的なさそりの話を書きますが）。

しかし、嫌でもなんでも市蔵として生きていくしかない人もいるだろう、たいていの人はそうだろう。あるいは、市蔵ではなしに、カチョーという名前にしてほしい、一の子分にしてくれと取り入っていく（「貝の火」の狐のような）人もいるだろう。そして問題は鷹にある。鷹は問題と思ってないかも知れないけど。鷹はなぜ威張るんだろう。闘争本能だ、欲望自然主義だ、（権）力への意志だ、とでも言うかな。僕はサディストの逆どれい根性と呼んでいますが。

大杉栄はさらに続けて、人間は変わると言っています。

「おれはもうおれの鎖を鋳ることをやめねばならぬ。（略）おれを縛っている鎖を解き破らねばならぬ。そしておれは、新しい自己を築き上げて、新しい果実、新しい道理、新しい因果を創造しなければならぬ」（「生の闘争・鎖工場」）

これはよだかのように飛び去ることではありません。現実社会の中で闘うことです。伊藤野枝の一生も自由を求めての変革の闘いでした。ルイさんの闘いもまさにそのような自由と平和を求める闘いでした。ルイさんは大杉栄・伊藤野枝から、しっかりバトンを受け取り、「大切な自分を一歩前へ押し出し」（『海の歌う日』講談社、一九八五年）、軽やかに草の根を紡ぎ、バトンを次に渡し、歴史を一歩前に進めたのでした。自分を生きた美しい人でした。

（「バトンタッチ」『しのぶぐさ――伊藤ルイ追悼集』草の根の会、一九九七年）

松下さんに戻る。松下さんはこの自分を育ててくれた風土を愛し、故郷を離れないと言う。『豆腐屋の四季』の出版記念会で寄せ書きに「中津を一歩も出ず」と書いたとおり、ある人にあてた手紙の中で、次のように書いている。

［ご存知の通り、二十代の私は貧しく小さな豆腐屋でした。三十三歳で廃業しペン一本の生活に変わりましたが、私の存在の根はあの豆腐屋の日々にこそあって、その「世界」から離れることはないのです。貧窮ゆえに医者にもかかれず（いまとなっては、そんなこと信じられないといわれますが）二五歳で血を喀いて死んでいった友。小さな身体を酷使して豆腐造りの仕事中に倒れて逝った四十五歳の母。漁師町の路地奥で年中無休の小さな食品店（風邪薬一服、あぶらげ半分という小商いでした）を守って、六十四歳で亡くなった洋子の母。――それが私の「世界」です。／作家として大成するためになぜ東京に出なかったのかと、しばしば問われますが、いくつかある理由の中で一番大きかったのは、おのが出自の「世界」から遠ざかりたくなかったからです。／いまさら移り気な脚光を浴びたくらいのことで私が変わりようもないことをこれでわかっていただけたでしょうか」（「一通の祝電に始まって」「草の根通信」一九九八年四月三〇五号）

脚光を浴びたというのは、『底抜けビンボー暮らし』（一九九六年）が、多少、売れたことを言う。それまで松下さんの年収はほぼ二〇〇万円前後だった。平均的にいうと、年に一冊一六〇〇円の本を五千冊出版して、印税は約八十万円である。その他、これまで出版していた本が増刷になった時は冊数に応じて印税収入がある。あと講演（お金のない住民運動団体に呼ばれることがほとんど）や新聞雑誌（企業のＰＲ誌から声がかかることはない）の原稿料などが主な収入源で、臨時収入としては所得税の還付金などがある。清貧の現実は、確かに緊張感はあるであろうが、明るいビンボーなどと文章のあやに遊んでいられるような状況ではない。昼間から夫婦で犬を五匹もつれて散歩していると、「結構なご身分ですね」とか「贅沢な」などと言われたりするが、これが内実なのだった（しかも前述のように、結構楽しんでいるのだった）。

ところが、前三作は何の反響も呼ばずに消えていったのに、『底ぬけビンボー暮らし』が静かな反響を呼び、所得税も払わねばならなくなるくらいに売れたのである。収入も二〇〇万円から四〇〇万円に増えた。松下さんとしては今まで売れなかったがゆえにビンボー暮らしを余儀なくされ、「暗闇の思想」を実践せざるを得なかったということだったわけだが、他でもないそのビンボー暮らしを描いた本が売れ、所得倍増！になってしまって、看板に偽りありということになりはしまいか、と悩んでいたのである。しかもそのことで読者から祝電までもらい、別の読者から「馬鹿正直（失礼）」と言われ、四〇〇万円の年収で、退職金も厚生年金もないのだから、十分ビンボー作家です、と何度も言われると、今度はそれで少し落ち込んでしまいそうな、複雑な心境になってしまうのだった。さらには久し振りに所得税を一万円ちょっと払ったというので、高額納税者を報じる「朝日新聞」夕刊（一九九八年五月十八日）の一面に登場し、洋子さんとにっこり笑っている。しかしまた来年は今までどおりのビンボー暮らしに戻るのだから、何も変わることはない。相変わらずの地道な暮らしを続けていくばかりだ。出自の世界を離れることなく。

さて、そろそろこの松下さんの話を終えようと思う。すでに後半は駆け足で松下さんの運動をたどってきたが、主に松下さんの生き方に重点を置いたため、反原発や反戦、反天皇制、教育問題など、触れていないものの方が多いということは自覚している。

松下さんの人生を一言、二言で言うとすると、困難な問題を抱えながらも正面から挑んでいった、相当面白い人生だったということだ。こうしてみると、なんとドラマチックな人生であることか。そしてたいていの夢はかなえた初志貫徹の人生であると言えよう。家族や友人に恵まれて、松下さんほど幸せな人はそうはいないのではあるまいか。そして次の引用に見るとおり、社会での自身の位置関係を見渡せるところに来ている。

［高邁な思想によって選択した生き方ではないながら、（稼げないがゆえの）ビンボーであるゆえに物をむさぼらず、財に傲らずに生きてこれたのだと思うと、売れなかったことをさいわいとせざるをえないではないか。／

人の欲望はまことに限りなく貪欲である。その総和としての社会の欲望もとめどなく肥大化して、限られた地球の資源と環境を喰いつくそうとする。私は一九七二年に「暗闇の思想」と言う小文を発表して当地の火力発電所建設反対の根拠としたが、その趣旨はしごく単純であった。／（略）どうやら私も、年季の入ったビンボー暮らしのせいで、「清貧の生きかた」のはるか末流のほとりくらいにはいるかのようである。／中野氏が掲げてみせる「清貧の生きかた」がこの国本来の文化的伝統として清冽な流れをなしているのだとすれば、凡俗の私はせめて片足をその流れに浸して、魂をきよめられていたいと願うのだ」（中野孝次編『清貧の生きかた』解説、筑摩文庫、一九九七年）

暗闇の思想は高邁な思想というわけではない。ただ暗闇には原初性が潜んでいる。おそらく清貧の生き方をしている人は、特に高邁な生き方をしようと意図しているわけではないと思う。大抵の日本人は、貪欲に経済成長を望み、生き馬の眼を抜くように眼をギラギラさせながら忙殺されている。しかしわずかの人々がそんな目抜き通りをよそに、涼しい生き方を送っている。そして日本文化の最も良質な伝統、わび・さびというものは、こうした涼しい流れから生まれてきた。前述のように、いのちきとは命＋生きるのことで、なんとか生計を立て、かつがつ生きていられれば、もう多くは望まない、という知足の生き方である。倫理的に全うで、自由な生き方というニュアンスもある。そして松下さんのいのちきは、緊張感がある一方、本来的で明るく涼しく余裕のあるいのちきである。

本稿のタイトルは「松下竜一の四季」としたい気もするが、「松下竜一の青春」とすることにした。かつて緒形拳さんと並んだ写真では二人とも若々しかったが、今や二人の風貌は歴然と違ってきた（笑）（「松下竜一その仕事展」での講演挨拶）。しかしながら、述べてきたように、松下さんの核心はその心性が子供であることである。大人になれないといって悩んでいたくらいなのだ。四神図で言えば、子供は、東、青、春、竜などで象徴される。つまり、松下さんは、青年であり、青春であり、青竜なのである。

とはいえ、松下さんの（欲望の）涼しさは、秋冷の気を感じさせるところがある。死は涼しいとか、末期の眼などはそれである。わび・さびに通じていくところである。しかし、青春はまた死を意識する時期でもある。生の足元に開いている深淵に気付く季節である。松下さんの生のエネルギーは、ギラギラとサディスティックに発露するのではなく、クールにマゾヒスティックにあらわれ、倫理的で性善説的で理想主義的なのである。そのへんがやはり子供なのである。

子供とは、ぼくの言い方ではマゾヒストということになる。マゾヒストとは、気は弱いかもしれないが、芯が強く、理想を描く子供のことだ。理想ゆえに現実の中で受難《パシヨン》する。その理想を実現しようとする情熱《パシヨン》も内に秘めている。今ここのありように異議があり、いまここを革命・脱皮し、未だここにないユートピアを、未来のいつかどこかに実現しようとして、宙吊りになっている。典型的な人をあげれば、イエス、菩薩、宮沢賢治というところだ。松下さんもこの系譜につながる人だと思う。

そこには宗教性が介在するのが普通なのであるが、松下さんにはそれがない、と本人は思っている。松下さんの生のエネルギー（欲望・情熱《パシヨン》）は文学として現象し、現実社会の中で受難＝パションする。さらには人間の歴史性というものへの信頼があるだろう。今ここにぶつかり、抵抗（抵抗権！）しても、何度もはじき返されることになる。だがそれで終わったわけではない。

「全然むなしさがないといえば嘘になりますが、しかしそれほどむなしいとは思ってないのです。どうも、運動するということは、こんな効率の悪い、あるいは全然意義のないような、そ

マゾヒスト	サディスト	ペシミスト
気が弱い　芯が勁い	気が強い　明るく　逞しい	気が弱い　暗い
苦しいけれど意味がある	意味はないけれど楽しければいい	苦楽ともに意味がない
……のにやる	……だからやる	……だからやらない
情熱＝パシヨン＝受難	虚無　欲望　弱肉強食	虚無　否定
理想　未来　希望	現実追従的上昇志向　権力	絶望　幻滅
ユートピア　宙吊り	自分の神の共同化　建国神話	ないほうがまだまし
されど……　屈折	なぜと問わない　現実肯定	さらば……
まだ　いつか　別の祭り	今ここが祭り	もうだめ　祭は終わった
今ここを革命する	今ここに所を得ている　現世利益	ここは地獄だ
分裂病親和型	自然　健康　肯定	うつ病親和型
子供　少年　青年	大人	老人
志願どれい　自己犠牲	逆どれい（権力）	逃亡どれい
宮沢賢治　松下竜一	ナポレオン　小マゾヒスト	中原中也
菩薩　イエス	ニーチェ　道教	釈迦

んな行動に徹底的に耐えて積み重ねることしかないんじゃないかという気がしてならないんです。ゼロ＋ゼロ＋ゼロがある日突然五になり六になって生きてくるんだという気がするのです。……どうも理屈では説明つけられないんです。無駄みたいな行動を黙々とやりとげるうちに、それが分かってくるんです」（『暗闇の思想を』一九七四年、二二七頁）

『五分の虫、一寸の魂』の中で室原知幸の口をかりて、「（略）まだまだ日本の人民は敗け続けるたい。敗けて敗けて敗け続けるたい。ばってん、その敗北の累積の中に刻みつけていったものが、いつか必ず生きて芽を吹くとじゃ。（略）」と語っているし、環境権裁判判決批判の垂れ幕「アハハハ……敗けた敗けた」というのもある。

一九八三年十月、「カールビンソン」の入港抗議で佐世保に行き、巨大な空母に圧倒されながら小さな船で周囲を回っていた時の無力感。巨大なものはそれだけで正義と見えてしまう。しかし、徒手空拳の卑小な存在だとしても、松下さんは人間の精神を屹立させ、その巨艦と対峙した。「強靭な意志を！　小山のような空母と対峙してなお揺るがぬほどの屹立した意志力を」と（「九年前の再体験」「草の根通信」一九八三年十一月一三二号）。

また築城基地にF15が配備されようとして反対の声をあげた渡辺ひろ子さんの平和といのちをみつめる会での講演（一九八七年四月十八日）では、「平和運動とは限りない絶望との闘いである」と述べている。

米海兵隊射撃演習に反対して日出生台に出かけた時も（病弱な松下さんは決まってその後風邪をひきこみ、咳、痰、発熱で病臥したのである。それは本当に命を削るような行動・生き方であった）、「ここで反対することにどんな意味や効果があるのか、と問うつもりはない。反対だという自分の思いに忠実に行動したいと思っているだけです」（「草の根通信」二〇〇一年三月三四〇号）と言っている。これも同じ意志の表明である。これらはすでに明神海岸での豊前火力反対闘争の中で、「小山のような機械とも対峙してなお揺るがぬほどの意志力を！」、「戦いに勝てるかという問いかたではなく、止めたいと思っているかどうか」という言い方で語られていたことである。

負けても負けても闘い続ける松下さんは、歴史というスケールでものごとを見る。歴史の先端を先駆する者は、十年二十年より、もっと長いスパンでものごとを見る。すると長い時間の中で胚胎し、醸成された思想はそれまでの支配を脱皮し、新たな段階を迎える。ルイさんが好きだった歌に「ウィ シャル オーバーカム」があったが、歴史の進歩を信じているのだ。歴史の進歩とは何か。松下さんは、ある講演で述べている。

「歴史の進歩とは何なのか、それを、ある歴史学者が誠に明快に答えております。歴史の進歩とは、世の中の弱い者が、本当に自由に生きる事が出来る様になっていく、その事が進歩なんだと。（略）」（「優しさということ」一九八三年二月十五日、小倉南看護専門学校での講演）

ここに出てくる「ある歴史学者」とは市井三郎さんのことであろう。松下さんが読んだのは『明治維新』の哲学』（一九六七年、講談社現代新書）である。この本には、明治維新を達成した思想の源流として、百年前の先駆者山県大弐（一七二五～六七年）の思想から説き起こして、増田宋太郎（一八四八～七七年）にいたる約一〇〇年の流れが書かれている。その第一章に「歴史の進歩とは何か」という章があり、市井さんは「おのおの人間が、自分の責任を問われる必要のない事柄から、さまざまな苦痛を受ける度合いを減らさねばならない」という原則が、西欧の民主主義の一つの目標だった、と述べている。世襲身分制、門閥などの制度から、教育を受けられないとか、貧困や病気で苦しむことがないような社会制度を築き上げること、つまり、市民革命が歴史の進歩を創造すると述べている。しかし、歴史の逆説というものがあって、これについては『歴史の進歩とは何か』（一九七一年、岩波新書）に、より詳しく書かれている。

ジョン・ロック（一六三二～一七〇四年）は、西欧中世の世襲身分制をうち破って、近代市民社会なるものを創始した。実力の有無が事を決しなければならないと言い、国王権力に抵抗した（抵抗権！）。だが、実力のある者は確かに旧秩序を打破したが、その結果、そこには新たな権力による抑圧的な秩序が出来上がっていた。人は自由を求めて闘うが、今度はその自由が他者を抑圧する。またある社会の科学技術的進歩は植民地主義を台頭させ、他の社会の災厄をもたらすという歴史の逆説。自由のパラドックスというものが、歴史上、連綿とつながっている。これを非情的自然主義型進歩史観と呼ぶ。大人に闘いを挑んだ子供が、勝利すると、またぞろ大人になっていくということである。これはハードでサディスティックな変転である。

一方、浪漫的理想主義型進歩史観と呼ぶものがある。そこには人間の倫理が介在する。ダーウィン（一八〇九～八二年）は生物進化の要因を突然変異と自然淘汰の二つの法則に求めた。社会ダーウィニストは人間社会でもこの非情な進化の法則が貫かれると考えた。劣悪な素質のゆえに困窮に陥るような人間は、救わずに早く消え去るにまかせた方が、人間の種の進化のためによいと。しかし当のダーウィンはそのような非情的自然主義的主張に反対して、人道的自然主義とも言える主張をした。人間という種が出現するまでの生物進化の歴史過程については、非情的自然主義型の考え方を徹底させたが、ホモ・サピエンスの出現によって、道徳感覚《モラル・センス》なるものが派生し、画期的に理想主義的な様相を呈するようになったと。収入のない人に最低の食料と住居を公費で供給しようという救貧法に典型的なように、弱者を追い落として平気な社会は、人道的倫理的に問題がある。ダーウィンはこの救貧法に関して、以上のような論陣をはったのである。優れた人間だけを残そうと考える人間（優生思想）は、優しい人間ではないという点で優れた人間とは言いがたい。

ところがあまりに倫理的である集団、福祉社会は、他の自然主義的進歩集団から滅ぼされてしまうことになりかねない（マヤ文明のように）。そこで「他集団へ災厄をもたらさないような科学技術の進歩と、自滅をもたらさないような倫理的尺度上の進歩とが、期せずして調和的に実現したような場合」（一〇六頁）を「進歩」という。

ヨーロッパ近代のスローガンは自由・平等・博愛であったが、概ね「快」の総量を増やすという方向で機能してきた。しかし、市井さんは、この本の中で、「快」を増やすことよりも、「苦痛」を減らすという方向へ視座を逆転すべきだと考える。不条理な苦痛、各人の責任を問われる必要のないことから受ける苦痛を除去すること、それが歴史の進歩であるという。そのためには、みずから苦痛を負う覚悟の人間、ほとんど宗教的とさえ言っていい資質のある人間が出現せねばならない。例えば、イエスや菩薩や宮沢賢治のように。それはマゾヒスティックな受難である。しかしマゾヒストの訴えはサディストには容易なことでは通じないのである。マゾヒストが「自由を」と言えば、それは被支配からの解放・自由であるが、サディストが「自由を」と言うと、それは競争し、勝ち、支配する自由である。歴史の恥は彼らサディストによってつくられてきた。

松下さんは、この「苦痛を減らす」という方向性を、「歴史の進歩とは、世の中の弱い者が、本当に自由に生きる事が出来る様になっていくことだ」と意訳したのであろう。松下さんが最初にルポルタージュ「落日の海」一九七一年を書いた時、視点を大分新産都計画の被害者に据えたこと、その後のスタンスも一貫していたことを思い出せば、松下さんの中から生まれてきた優しさの思想と、市井さんの言葉とが重なるということである。

松下さんは誰にも制約されることなく、草の根の一人という自由な個の立場を求め、それを貫いて、ペン一本で生きてきた。環境権のこと、反戦、反核、反原発、反天皇制、死刑制度反対、冤罪事件支援といった社会的・政治的な運動をやっているが、その運動の方法として、「個の立場でものを言う」という原則がある。松下さんは組織に属してエラくなったりしない。そこがえらい。龍一ならば昇り龍であろうが、竜一に上昇志向はない（梶原さん流に言うと、「ボラにもならず」である）。組織に属すると、何かと窮屈になる。面従腹背は避けられないし、他者を面従腹背に追い込んだりする。自由な生き方は難しくなる。それを回避するための作家志願であったわけで、これが松下さんの初志であった。根底には文学というものがある。それは松下さんの子供性というものであって、けっして大人にはならない性格であることは、述べてきた通りである。自分は大人になれないのではないかというのが松下さんの不安だったわけだが、大人にならないことこそが、松下さんの核心なのである。「人は、他人の痛みについてどこまで分け合うことができるのか」という松下さんの所期の受難のテーマは今にいたるも貫徹されているのである。受難とは、優しさゆえのものであり、人の世を共に伴に友に倫に憂えることである。

僕は思うのだが、松下さんは「具体性に限られ、抽象化できないところが自らの文学の影だ」とか、「宗教とか哲学とか、自分には一番遠い資質という気がする」と言っているが、かなり広い意味で宗教的な資質はやはりあるのではなかろうか。そうでなければ、受難の人生の説明がつかないと思う。また、先の「カモメと遊ぶ」はまるで良寛さんかフランチェスカかという感じだったし、次のような至福の時の感受もあり得ないと思う。

この日（五月十九日か二十日）はここ数年で一番美しい日だった。心がさわぐ。松下さんは朝から、何かに誘われるように心が宙に浮いている。五月晴れ、さわやかな風、若葉がひるがえり、こまやかな光を散らしている。待ちきれなくて、洗濯が残っているという洋子さんをせかして、河口にやってきた。そして午後の数時間を過ごし、美しい一日を満喫した。

「うっとりするなあ」／松下センセが声に出して呟くと、細君が「もう三回目よ」と笑う。傍らにいるのが細君だけということに安堵して、松下センセは同じ呟きを繰り返しているのだ。さっきから土手を風が駆けのぼるたびに、いっせいに斜面の草々がなびくしなやかな美しさに、心がざわめいてやまない。緑のスギナの中に織りこまれているように、チガヤの穂波がしろじろと光るのを見ていると、たまらなく懐かしいことを想い出しそうになるのだが、しかし具体的にはそれが何なのかを想い出せない。なにか永遠の憧れにとりつかれたようにうっとりとしながら、こういう時をこそ至福の時というのではあるまいかという満ち足りた思いに浸っている」（「底抜けの散歩」「草の根通信」一九九四年六月二五九号、『底ぬけビンボー暮らし』一九九六年）

この静謐で涼しい時空。その中にいて、何か懐かしいものを想い出そうとして想い出せない。その「懐かしい何か」とは、あの宗教的とも言える「あれ」のことではあるまいか。それを「永遠の憧れ」と言っても、何かを言ったことにはならない。それは、「あれ」と、代名詞でしか言えないもののことである。中原中也も言うように、それは名辞以前の、言葉なき世界のことだから。「あれ」は遠いところにあるが、ここで待っていればいいのだ。この静かで涼しい時空に「うっとり」とひたっている感動の中に、それを至福と感じさせる「あれ」はある。無我、夢中というか、言葉で言おうとして既に言葉を忘れ、陶然としている。「欲辨已忘言」（辨《べん》ぜんと欲して已《すで》に言《げん》を忘る）。陶淵明の心境である。敢えて言ってしまえば、それは自然との合一という東洋に古くからある汎神論的でアニミスティックな純粋宗教の境地のことであろう。

松下さんが自然を守ろうとするのは、自然と感応する感受性のゆえに、それこそ自然に出てきた思想なのである。「百万年かかって出来たものへの畏れを忘れるとき、ヒトは必ず取り返しのつかぬむくいに遇うだろうという気がしてなりません」と松下さんは書いたことがあった（「海はだれのもの」野呂邦暢さんへの手紙「朝日新聞」一九七七年三月五日）が、自然への畏怖の念を抱いているということも、原初的な素樸な宗教意識と言えると思う。

松下さんは「ここにいる安堵」という文章の中で、次のように書いている。

「姉弟がいて親戚がいて、息子や娘がいて、洋子がいて、洋子の里もついそこにあって、豊前火力反対運動以来の同志がいて、幼な友達がいて……といった安堵だけではない、ここにいれば貧しくとも暮らせるのだという揺るぎない安堵はいったいどこから由来するのだろうか。五匹の犬たちにまつわりつかれながら洋子と二人で山国川の川辺に座り、眼の前の小祝島（洋子の里だ）をみつめているとき、その答が見えていたような気もするのだが……」（「ここにいる安堵」『松下竜一その仕事　7右眼にホロリ』一九九九年ゲラ）

自然とは環境のことである。また母性のことである。松下さんの至福の時とは、母に抱かれてあることなのである。それは時には退嬰的であったりもするのだが、そのことを隠そうとしないところが、松下さんの人間味であり、私小説作家たる所以でもある。また環境とは人間の心情的な信頼関係のことである。松下さんが中津を一歩も出ないのは、家族がいて、友達がいて、自然があって、それら故郷に包まれているからである。冬はカモメと遊び、夏は草のそよぎに陶然となり、そばに洋子さんがいて、遠くに虹がかかっていたら、もう何も言うことはない。

付録

1　松下さんが倒れた

（「草の根通信」二〇〇四年一月三七四号）

渡辺ひろ子さんから、「松下さんが倒れた。昨日、福岡で、『毎日新聞』のはがき随筆大賞の表彰式で講演したあと」という電話をもらったのは（二〇〇三年）六月九日だった。夕方、松下さんからのカンパの報告の手紙が郵便受の中に入っているのを見て、不思議な感じがした。八日、この手紙を投函して福岡に行ったのらしい。

僕は心配性だから、何かと良くない方向に想像してしまう。福岡まで行っても会えないということだから、どうすればいいのか、分からなかった。梶原さんからのファックスで、快方に向かっていることを知り、中津でできることをしようと思った。いつの間にか、僕は通信の編集委員に加えられていた。六月二十三日に特別号を発送した。

七月八日、七月号を持って、渡辺さんと済生会福岡総合病院にお見舞いにいった。松下さんは目を大きく見開いて、ベッドの上にいた。七月号の内容を少し説明したけれど、分かってもらえたかどうか、おぼつかない。右手は、無意識に管をはずしたりしないため両切りのペットボトルの中に入れられていた。人差し指で松下さんの人差し指にタッチしたけど、（ETのように）それで良くなるわけではない。

七月二十四日に小波瀬《おばせ》病院に移ってから、何度かお見舞いに行った。痰を吸引するため、気管切開していて、声が出せない。ものが食べられない。口がする二つの大きなことができないままの状態がもう六カ月以上続いている。こちらの言うことは全て理解できているようで、松下さんの方からは、文字盤などに頼るしかない。なんとか意思の疎通はとれていても、もどかしさは極まっているると思う。そのストレスは尋常なものではないと思う。あらぬことを言ったとしたら、それはストレスが言わせているのです。

洋子さんもストレスがたまって、毎日たいへんです。が、カン・キョウ・ケンがついているし、孫の力もある。『豆腐屋の四季』から、最近の「中津城天守閣から」（「草の根通信」二〇〇三年五月三六六号）にいたる松下家は、ほんとうに聖家族というふうにおもいます。それに梶原さんもいるし。

松下さん、リハビリがんばってください。予習復習も忘れずやってください。それが、家に帰る近道です。字の練習も、良寛さんのように「いろは、一二三」からやってください。文音ちゃんたちと一緒に。そして、今の体験を草の根通信の「ずいひつ」に書いてください（もしか、臨死体験をしたのなら、それも）。みんな待っています。カモメたちも待っています。

（「草の根通信」二〇〇四年六月三七九号）

2 正岡子規と松下さん

正岡子規（一八六七〜一九〇二年）は脊椎カリエスのため、二十九歳の時から七年間病床にあった。看病にあたったのは母八重と妹の律であった。痛みに耐えかねて八つ当たりした時は、あとで、こんなことは黒田如水にだって陸奥福堂にだってあったのだと、自分に言い訳をしている（「病牀六尺」一九〇二年）。（実際、こういうことは誰でも経験のあることだと思う。）思い通りにならないストレスからであろう、「律は理屈ヅメノ女也」とか、「律ハ強情也」などと当り散らしている（日記『仰臥漫録』一九〇一〜〇二年）。一番近くにいる者が矢面に立つことになり、気安い分だけ遠慮なく言われてしまう。それは、甘えと言ってもいいものかもしれない。

子規は食欲も旺盛で、何でも食べることができた。また、モルヒネで痛みをおさえながら、『ホトトギス』や『日本』などを舞台に旺盛に執筆した。『歌よみに与ふる書』（一八九八年）を書いたのも、『墨汁一滴』（一九〇一年）などの随筆を書いたり、俳句を詠んだり、糸瓜を写生したりしたのも病床でだった。気丈ではあったが、「死を嫌うために煩悶していると思われるだろうが、苦痛の甚だしいために早く死ねばいいと思う」（『病牀苦語』一九〇二年）とも言っている。さらに、「悟りという事は如何なる場合にも平気で死ぬる事かと思って居たのは間違いで、悟りという事は如何なる場合にも平気で生きて居る事であった」（『病牀六尺』）とも書いている。

今まで入院した時は、松下さんもベッドの上で執筆し、通信の編集をしていた。しかし今度は違う。

もちろん松下さんにも食欲はある。しかしプリンのようなものを除いて、「もう三〇〇余日も口からものをたべてない」（四月二十八日に紙に書いた）。言いたいことも山ほどある。しかし、松下さんは、痰を吸引するため、気管切開をしている。スピーチカニューレを使っていた時、文音ちゃんの入園式の日に、洋子さんに「お前、行かんでいいんか」と声に出して話したそうだけれど、スピーチカニューレを使うと痰の喀出がうまくできないので、普通のカニューレに戻している。やはり声が出せない。口述筆記もできない。小脳出血の後遺症なのであろう、手がふるえて字がうまく書けない。判読がむずかしい。文字盤による意思表示は、簡単なものに限られる。パソコンを練習し始めたが、それもやめてしまった。言葉で表現してきた人にとっては、この上ない苛酷だと思う。

二月にお見舞いに行った時、涙通信をパソコンで書き始め、一文を書いたあと、一、二分くらい次の文が出てこないということがあった。洋子さんが、「考えよるん」と聞くと、うんと頷いた。機械の操作を考えていたのかもしれないが、言葉が浮かんでこないようにも見えた。以前は、次々と湧き出てくる言葉を書き留めるのが間に合わないほどのスピードで文章を書いていたのだけれど。松下さんは家族のことをずっと書いてきて、いまの自分のことを書けないというのは残念と言うにはあまりある。声が出せない、文字を書いても伝わらない、という状態で、あきらめ、というか、断念があったのだろう、「沈黙の日々を送る」（二月十五日）と言っている。「リハビリのかいふく信じていない」（三月六日、朝日新聞の宮田さんとの筆談）とも書いている。今の状態は、普通のおじいさんならともかく、作家のレベルではないということを、自覚したということだろうか。松下さんの四季に突然の秋がやってきたということだろうか。

自分でも言っていることだけど、気の弱い人ではあった。しかし、意志の勁さは抜群だった。それで文章を書き、運動をひっぱってきた。

その松下さんが、心の弱さを言うようになった。自殺したいとも言っているそうだ（四月十三日）。なぜ、（小さい時から、ずっと）自分だけこんな目にあうのか、という苦しい思いが胸の中に蟠っているのだろうか。それはむしろ人間的なことである。

しかし、松下さんは、まだ心が揺れることはあっても、子規も言うように、如何なる場合にも平気で生きていくのではないかと、僕は思っています。

四月二十八日前田賤さんとお見舞いに行った時、松下さんが「いずれ今度の　病気のことは　かきます」と紙に書いたので、賤さんと二人で拍手と握手をし、みんな待っていますと伝えた。

（「草の根通信」二〇〇四年七月三八〇号）

3　松下さんに感謝

この一年間、僕は「草の根通信」の編集の手伝いをしてきた。僕がやったのは何かアイデアを出して、ページの割り振りの記録係と校正をしたぐらいだったけれど、渡辺さんと梶原さんは本当に大変だったと思う。「病状報告」の連載執筆、原稿依頼や電話連絡、松下印刷との連絡やマスコミを含めて多くの人たちの問い合わせへの対応、中島康子さんや大木洋子さんに手伝ってもらいながらカンパやメッセージの整理をしたり、もちろん寮管さんとしての仕事もある。食堂にはいつも小さな花が飾られてあり、話好きな和嘉子さんが場を和ませてくれる。ご飯もずいぶんよばれました。

六月一日に小波瀬病院から村上記念病院に転院し、松下さんはついに中津まで帰ってきた。去年六月八日に福岡で倒れてから一年である。

二日、通信六月号の第二校正のあと、僕は渡辺さんと梶原さんとでお見舞いに行った。新館三階の北側の部屋で、窓からは中津城と図書館の屋根が見える。洋子さんにせがんでさっそく城のあたりまで車椅子で散歩に行ったのだそうだ。いつもの山国川散歩コースに繰り出すのは明日か明後日かという感じで、もうここまで来ればこっちのものと思われた。カモメたちが帰ってくる秋には、パンを撒きに行くのだろう。ぼくが「野球はどこのファンですか」と訊いたら、文字盤を探して、「特にない」という答えである。「ダイエーが面白いですよ」とお勧めした。

六月十三日は一年で一番天気のいい日だった。きっとこんな日は、洋子さんを急かして山国川の土手へ行き、川風に吹かれ、草の葉のそよぐのに見入っているのだろうなどと想像していた。

ところが、梶原さんからのファックスによると、九日頃から調子が悪く、気管に入れているカニューレがずれて、痰の喀出がうまくいかず、三十九度の発熱もあるという。痰をとる手術をしたが、十分もすればまた溜まるだろうということである。十二日の十四時頃にカニューレから血を吐き、さらに十三日の五時にも喀血したと。持病の肺嚢胞症のブラが破れたのだろう、肺の内部から出血していて、やがて肺血栓をおこし、窒息死という経過をたどるという医師の話である。

急遽、松下さんに会いに行こうと、渡辺さんを誘い、昼頃梶原さんのところに行くと、梶原さんは今松下さんのところから帰ってきたところで、家族が、もうお見舞いは遠慮してほしいと言っているということである。（しかも、松下紀代一さん〔弟、松下印刷〕は今朝亡くなったという。）

洋子さんは、こういうことは小波瀬にいても起こったことだろうし、中津に帰って来れてよかった、家族にもすぐ会えるし、中津で最期を迎えられてよかった、と言っているそうだ。それは、ほんとうにそう思う。一年間看病して、洋子さんは本当に勁くなったし、よくやったと思う。カン・キョウ・ケンもよくやった。

十五日は紀代一さんの葬儀（松下家の宗旨は真言宗）で、その後、渡辺さん、梶原さん、和嘉子さんと、松下さんのお見舞いに行くことができた。十三日の十八時半頃に三回目の喀血をし、苦しそうにぐったりしていたが、十五日は奇跡的に持ち直し、血圧は九四、熱も三十七・五度くらいになったということである。痰の色も薄くなっていた。吸引する時、とても痛そうに顔をしかめるが、その後はずいぶん楽になるようだ。看護師さんは、また呼んでくださいといって詰め所に戻っていった（看病する者にとってこの言葉は救いである）。野崎医師もやってきて、出血は止まっており、一つの山は越えた感じですねと言われた。心臓が強いんやろうと洋子さんは言っている。松下さんはやがて眠ってしまったけれど、また痰がたまってきたのか、咳き込んで目が覚める。さっきの吸引から二十分くらい。看護師さんに来てもらい、吸引してもらう。かなりの量の痰が出て行く。松下さん、苦しいですね、と声をかけてあげたいが、そっとしておいて休ませてあげるのが一番だと思う。

少し起こしたベッドで、左側に体を傾けて、ぐったりしたように息をしている松下さんの右手を、洋子さんが握っている。これはもしかしてラブシーンではないだろうか。これが僕の見た松下さんの最後の姿です。

十七日午前三時頃、洋子さんが付き添っている時、痰を吸引していて大量の喀血があった。駆けつけた健一さんと、洋子さんが手を握ると、止まっていた心臓が一時動き始めたそうです。松下さんは二人に心臓で応えたわけです。

二〇〇四年六月十七日四時二十五分、松下さんは多発性肺囊胞症による肺出血の出血性ショックにより、息を引き取った。六十七歳。戒名は、義晃竜玄居士。葬儀は家族のみの密葬で行われ、棺にはペンや映画(『道』)のパンフレットなどが納められたそうです。

作家になるといって本当に作家になり、自分や妻や子供や友達との日常にきらりと輝く小さな詩を書きとめ、筆一本でいのちきし、そのいのちきの真っ当さを侵しに来るものと闘い続け、全集まで出した作家がいた。初志貫徹の自由人、彼の名前は、松下竜一である。

(『勁き草の根　松下竜一追悼文集』)

4 「死は涼しい」

六月十七日に松下竜一さんが亡くなって二カ月が過ぎた。なのに、僕には、悲しいという感情がおきてこない。それはなぜだろう。

「死は涼しい」というのは、『あぶらげと恋文』に出てくる二十一歳（一九五八年）の松下さんの言葉です。「死んでゆく者は涼しい」というのは『人魚通信・咳取り老人』一九七一年に出てきます。「死んだ者はみんな涼しい」は「ふるさとへの回帰」（「西日本新聞」一九七一年八月十日）という文章の中の言葉です。中原中也の詩の一節だというのですが、中也にそういう詩句はありません。あるのは、「生きのこるものはづうづうしく／死にゆくものはその清純さを漂はせ」（「死別の翌日」）という詩句と、「秋岸清涼居士」というタイトルの詩です。（と、以前松下さんに話したら、「そんなところじゃろう」と言われました。さらに、）その二つの合成かもしれないが、むしろ松下さんのオリジナルと言ってもいいように思います（と言うと、うれしそうに笑っていました）。この言葉は、小さい頃から病弱で、三十歳までは生きていないだろうと言っていた松下さんの死生観の根底にあったものだろうと思われます。

　自分のことに関してはそういうふうに言うことで超えて（耐えて）いくことができるとしても、たとえば二十五歳の人が不遇の中の死をむかえたというのなら、そんなクールなことは言っていられない。福止さんの死に関して、「絵本」という作品を書かずにはいられなかったように。それは松下さんの優しさというものです。松下さんの受難です。

「死は涼しい」と言う松下さんは、生も涼しい。いつも現場にいて、己の自由な位置を誤ることなく、現場の反動性に絡めとられることもなかった。脂ぎったリアリストになることもなく、貪欲なエコノミックアニマルになることもなかった。ビンボーというのは「いのちき」のことであるし、そこに漂っているのはつまり、生の涼しさ、ということです。

ただ残念と言えば、病床にあって、それまでの入院では通信の編集や執筆は普通にこなしていたのに、小脳出血という病気で今度はそれができなかった。病状が落ち着いて、パソコンの練習も始め、「涙通信」を書くと言っていたのに、それもできなかった。「涙通信」は正岡子規における『病牀六尺』や『仰臥漫録』にあたるものになるはずだったのだけれど。

それはそうなのだけど、大抵の夢は叶え、十分に自分の人生を生き切ったのだから、仕合わせな人生だったのでは、と僕も思います。生も死も涼しいからだと思えます。

六月十五日にお見舞いに行った時、痰の吸引を済ませて楽になったのでしょう、松下さんは眠り始めましたが、その寝顔は本当に安らかなものでした。中津に帰り、洋子さんのそばで、本当に穏やかな顔でした。松下さんが亡くなっても悲しくないというのは、長く苦しんできた病気から解放され、あの安らかな境に入ったに違いないと思えるからです。

ただし残された僕たちは、それぞれに課題をかかえています。松下さんという支柱をなくしたことの重大さは、これから知らされることになるのかもしれない。

あとがき

1　松下さんと僕

まず、僕と松下さんの出会いについて書きます。

中津に『豆腐屋の四季』という本を書いた人がいることは、知っていたと思います。それがテレビドラマになったということも、知っていたと思います。でも、僕は本を読まなかったし、テレビも見なかった。僕は松下さんとは一周り違いの一九四九年生まれだから、講談社版が出た六九年はちょうど二十歳ということになる。

その頃の僕の興味は、何だったのだろう。ヘルメットをかぶったり棒っきれを持ったりしたことはない。たぶん素朴な田舎者として、宮沢賢治や埴谷雄高、ランボーやドストエフスキーなんかを読んでいた。つまり僕は、何というか、文学青少年だったのです（たぶん、今も）。それから、ビートルズとマイルス・デイビスとモーツァルトにひたっていた。思えば、暗い青春だったことだ。

一年留年して、一九七二年、北九州の大学を卒業し、京都で職を転々とし、一年半ほどで家に戻っていた。僕の町（福岡県椎田町）にも周防灘開発計画の話はあっており、この海が一〇キロ先まで埋立てられると聞くと、それは困ると思っていた。海岸には美しい松林が三キロくらい続いていて、海は僕の海水浴や貝掘りの場だった。町には豊前火力反対のポスターがスーパーの壁などに貼られていた。しかし、僕一人で何かできるわけではなく、そのポスターの貼り主のところを訪ねていくほどの勇気もなかった。

僕と松下さんの作品との出会いは、一九七四年七月のことだ。その時僕は岩手県花巻市にいた。町に図書館を作ろうと思い立って、奥州大学で司書講習を受けていた。宮沢賢治にいかれていたので、避暑をかねて花巻まで来た。しかし、思い出しても汗が出る。

同じ講習を受けていた友人が、『終末から』という雑誌に、松下さんが豊前火力反対闘争のことをおもしろおかしく書いている(「立て、日本のランソのヘイよ」)のを、これはあんたところの話じゃないか、と言って、見せてくれたのだ。「そう。僕がこっちに来る前に、反対運動で逮捕された人がいた」と話したのだった。けれどもそれ以上詳しいことは、何も知らなかった。

七十日の講習のあと、北海道を回り、樺太には行けないので、礼文島まで行った。九月二十一日の賢治祭に出て、九月の終わり頃、僕は家に帰ってきた。

その年の冬、僕は勇気を出して、松下さんに手紙を書いた。文面はよく憶えていないが、「草の根通信」を送ってくださいということと、「僕は宮沢賢治と松下竜一を尊敬しているのです」ということを書いたと思う。ぶしつけな手紙に、松下さんはおそらく気分を害されたと思うけれど、しかし、これは本当のことなのです。今でも本当にそう思っているのです。確かに賢治さんと松下さんはよく似たところがある。賢治さんはその理想を現実の中で実現させようとして、東北の貧しい農村に入り、受難の道を歩いたのだった。松下さんも行動する作家として、現実の中で運動し、他者のいたみをどこまで分かち合えるかと、受難の道を歩いている人だと思う。

松下さんからは、「草の根通信」と「今後もよかったら購読してくださいませ」という趣旨の手紙が送られてきた。この「ませ」という語尾を僕はよく憶えている。

一九七五年二月五日の豊前海戦裁判を傍聴に行ったことがある。町に貼られたポスターにも「草の根通信」にも、午前十時からとなっていたので、早起きして出かけて行ったのだが、裁判所に着いてみると、午後からだという。どうしようと思ったけれど、せっかく来たのだからと思って、街で時間をつぶして、もう一度裁判所に行った（これは僕の勘違いで、二月六日の環境権裁判が午前十時からだった）。確か抵抗権のところをやっていた。終わって、誰にも挨拶せずに帰ってしまった。僕はまったく気が弱く人見知りで、気後れすることにかけては、松下さんに負けない。

五月から、僕は町の公民館図書室で働き始めた。八月に友人と松下さんを訪ねた。梶原さんの家で松下さんがやってくるのを待っていた。テント小屋の学生たちが海で釣った魚を持って帰ってきて、フライにして食べていた。僕もすすめられて一匹食べた。それはその時の僕の考え（できるだけビジテリアン）には反することだったかもしれないが、これを食べることが仲間入りだと思って、食べた。

松下さんが何を話されたかよく憶えていないが（話されなかったのかもしれない）、僕の方は水と空気と土を汚すやつは許せないとか言ったりしたのではなかったろうか。梶原さんは（この時だったか）、世の中には言うても分からん人と言わんでも分かる人がいる、というようなことを言われた。

帰る時、僕は、また来ます、と言った。そして律義にも、次からの「草の根通信」の発送作業に通い始めた。この人たちの後ろを、一番後ろの方をついていこうと思った。当時、毎週木曜日が学習会だったと思うけど、五割の出席率を確保しようとしていた。「美女見参シリーズ」というのがやってきたり、「ろくおんばん」を書かされたりした。図書館のことも少し書かされたけど、松下さんは図書館の司書になろうとしたことがあったのを、後で知った。

その後ずっと「草の根通信」の発送作業の手伝いをしている。松下さんの作品を何冊も読んだけれど、『5000匹のホタル』では、十回泣いた。『明神の小さな海岸にて』では五回泣いた。『五分の虫、一寸の魂』では、一回泣いて、百回ぐらい笑った。

また、図書館の読書会の講師として来てもらった時は、メンバーの人が「絵本」を読んだ感想を、「この感激はこのまま大事にしていたい」とか言って、話（合い）にならなかったことを憶えている。この時のことを「草の根通信」一九八〇年六月九一号「ろくおんばん」に書いているので、次に掲げる。

＊

（一九八〇年）五月二十二日、『潮風の町』をテキストに、松下センセを迎えておこなわれた当図書館読書会についての一席。

アンナのよぶな、オレが行くとかいう、型どおりのクレーム電話もあったりして、ナニガシカのキンチョー感もはらんでいたのに、いざ始まってみると、これは……。（美しい今の思いを）そっとしておきたいとか、こんなんばっかしで話にならない。

（「絵本」という作品の読後感を）言葉にするとやさしいものがだいなしになりそうでとか、
読書会というもんはそんなあまいもんであってはならんと思うんよね。読書会っちうのは、僕の考えでは、作品をサカナに一杯やることなのだ。あ、いや、作品をマナイタにのせ、イチャモンをつけ、あげ足を取り、メッタメタにやっつけるようでなければいかんと思うのだ。どんなことがあっても最低一箇所くらいはカランでみるものなのだ。

それが、こんな、感動のあまり何も言いたくないなんていうていたらくでどうする。この弁証法的発展性を無視したありようは、かなり重大な問題を含んでいると言わざるをえんね。

この際、この場をかりてメンバーの皆さんに要望したい。「作家を育てる」くらいの気概をもって、体ごと作品にぶち当たってもらいたい。作品を鏡にして、自分の側の横着や一見ゴーカ主義をかえりみてもらいたい。また、作家の側も、いろいろ各紙書評とやらを引いての手前味噌（これがまた、この人、くどいんよねえ）をやらず、あのヤスダ投手のように新魔球の研究にいそしんでもらいたい。

とにかくですね、作家も読者も、読書会ともなれば、互いにアンチテーゼのオニとなって、丁々発止と渡り合ってもらいたい。切磋琢磨、これこそが正しい読書会の精神と言えると思うんよ、うん。

2 『図録　松下竜一その仕事』所収年譜のこと　松下竜一年譜作りに携わって

一九九八年十月三日から三十一日まで、『松下竜一その仕事』全三十巻（河出書房新社）の刊行を記念して、中津市立図書館で「松下竜一その仕事展」が開かれた。それに際して図録を刊行することになりました。ぼくはその図録班になって、松下さんの年譜を担当することになった。次の文はその時のことを「草の根通信」一九九八年十一月三一二号に書いたものです。

自筆年譜

松下さんが自筆年譜を書き上げたのが（一九九八年）二月の中旬で、図録班が分担してワープロに打ち、それを持ち寄って一つにまとめ、社会背景を書き加えて校正し、それで印刷原稿は出来上がりのはずでした。それは実際五月の下旬には出来上がっていたのです。問題はそれからだった。

新木「これは落ちとるんがかなりあるんじゃないですか」
松下「そうなんじゃら」
新木「特に、草の根通信のことが出てこんのが問題です」
松下「そらもういいっちゃ」

そうかなあ、と思いながらも、本人がそう言うんだから、まいいかと思い、フロッピーを梶原さんに渡した。その直後から、何と言うか、何とも言えない達成感のなさに襲われてしまった。「草の根通信」を初めから捲り返して見てすぐに、これではいけない、と分かりました。しかし、ここから一歩踏み出すと、これは大変なことになることも分かっていました。

一歩踏み出す

年譜で一番充実しているのは『校本宮澤賢治全集』だろうと思いますが、いきなりそこまでは行けない。何しろスペースの制約がある。運動や集会、裁判や講演など探し始めたら切りがないほどあるだろう。今回は新聞・雑誌に発表された文章に的を絞りました。

「草の根通信」三〇〇号のほとんどに松下さんは文章を書いていて（ずいひつ以外に）、それを拾い上げていくと三〇〇項目になる。図録年譜の紙面構成上、一項目は二行になる。六〇〇行というのは、二〇ページ分になるわけで、主な項目だけ取上げることになってしまったのは仕方ないことだった。「草の根通信」は一応まとまったものなので追跡しやすいから、よしとしなければならない（別にリストを作っています）。

問題は、新聞・雑誌に発表した文章の方だ。武蔵村山市の安達協一・高岡美奈さんの作ったリストや、梶原さんや僕の持っていた資料（互いにダブッているものがかなりあった）や資料班の集めたものから、項目を追加した。大変だったのは、どういう内容なのか、どのくらいの分量なのか、松下さんが書いた文章なのか、松下さんのことを誰かが書いた文章なのかなどを確認するために、やはり現物を、少なくともコピーは見ておかなければならないということだった。福岡県立、大分県立、熊本県立などの図書館のレファレンスサービスを利用したが、あまりに数が多いので、福岡県立に調べに行った。年譜は〇月〇日のレベルで書いているので、雑誌なども〇月号だけでは不十分で、発行月日を調べ直さなければならなかった。また松下さんは自筆年譜を、「〇月〇日　これこれを書く」というふうに書いているが、これは、原稿を書いた、ということであることが多く、（後の研究者が文献を探すのに便利なように）新聞・雑誌の発行日に改めた。すると、雑誌の発行日より前に書評が出ていたりという矛盾が出てきたりもした。

『あぶらげと恋文』、『豆腐屋の四季』など一連のエッセイから項目を拾い上げ、さらに松下さんにスクラップブックを借り、自筆年譜以外の主要な項目を追加した。切抜きには月日の記入はあるけれど、何年か分からないものが多い。内容や前後の関係から判断していくしかない。さすがに初めの頃はスクラップを作っているようでしたが、何時の頃からか、やめているようです。雑誌も保存していないというのです。また何という雑誌に書いたのかわからなくて、年譜に掲載できなかったものがあります。

「こんなことなら残しちょかよかった」と松下さんは言っております。梶原さんも、「引っ越しする前ならあったかもしれんが」と言っております。松下さんは、雑誌どころか、原稿も捨ててしまったというのです。「もう本になったき、いらんと思うた」と言うのです。そんなこと、文学は許しても、文学学が許さない。まさに歴史を恐れぬ所行と言うべきではありますまいか。

図録の校正ゲラが出始めて、印刷直前の九月中旬になっても、まだ新しい項目の追加があり、松下印刷には迷惑をおかけしたと思います。

結局松下さんの自筆分三八〇項目に二五〇項目を追加した。まだまだ僕の未見の資料があると思います。増補の余地は十分にある。とくに地方紙に書いたものはその地方の人にしか分からない。今回の『図録』年譜は、一九九八年時点での一応の成果ということであって、決定版とは言えない。そこでお願いですが、年譜に載っていない資料がありましたら、コピーを送っていただけたらと思います（印刷にかかった後、長野県伊那市の中崎隆生さんの資料が届いたけれど、図録には載せられなかった）。

この時点で、僕が集めた「松下竜一文集」はB5ファイル五冊分、約五キロです（草の根通信掲載分は含まない）。それと「松下竜一論集」（松下さんのことを他の人が書いたもの。書評や裁判などの記事を含む）が二冊、約二キロです。これを本にしない手はないと思うのですが。社会と歴史と文学のために必要なことだと思うのですが。

本書の年譜について

その後、分かった文章がかなりあって、それを松下さんにあげたら、「うっとうしいな」といわれました。ある種のダンディズムだと思いますが、コレクターは、そんなことではめげません。やはり松下さんは雑誌などに書いた文章のコピーを送ってくれました。

二〇〇四年までに、「文集」ファイルは八冊、四百字詰め原稿用紙にして約三二〇〇枚に増え、「論集」ファイルは四冊になりました。

しかし、一方、松下さんの自筆年譜にあれこれ付け加えて余計なことをしたという思いが消えません。と同時に、あれではまだ不十分だとも思っています。

それで、今回、本書には、『図録 松下竜一その仕事』に前記の新発見の文献を加筆し、さらに「草の根通信」から松下さんの運動・講演・集会などの項目を追加しました。かなり詳細ではありますが、無論完璧というわけではありません。やはり二〇〇五年時点での一応の成果ということになります。

松下さんの自筆年譜は、『勁き草の根　松下竜一追悼文集』（二〇〇五年六月、草の根の会）に掲載しました。ただし自筆分は九七年までなので、九八年以降は僕が加筆しました。

3　『松下竜一の青春』について

そんなわけで、かなりの文献が集まり、それを通読した僕としては、このまま忘れ去るのがもったいなかった。そこでもう一歩踏み出し、外部記憶装置に記録することにした。できるだけ原文を引用し、どこに何が書かれているということを明記した。それは、一つは図書館人の習性かもしれないし、もう一つは、ぼくはテレビを見るのが好きで、テレビでは必ず現場の映像を見せてくれ実証的で、すごく分かりやすいと思うからです。もしかしたら松下さんのエッセンスを結集したアンソロジーのようなものが出来上がっているかもしれない。

しかしながら「落ちとるんがかなりあるんやないか」と言われれば、それはもう全くそのとおりです。反戦・反核・反原発・死刑廃止・教育問題など、取り上げていないことのほうが多いと思います。これは松下さんの全体像の素描という感じでしょうか。

他にこれを書いた理由としては、やはり松下さんと僕の性格が似ているということがある。松下さんの性格として、気が弱いとか引っ込み思案とか大人になれないとかいう部分は、そのまま僕のことだと思える。

ただ違う部分も多い。僕はほとんど自分のことを言わない。私小説は書けない。それに、しゃべるのが極端に苦手で、本当に思っていることの半分も言えない。素っ気ないほどに。ただ自分の中でうじうじと考えていて、「語らざれば憂い無きに似たり」とか言ってかっこつけたりして、厄介な性格だ。僕は自分のことを「己」と言うほどの強い自己意識を持たない。僕がやはり社会や時代に流されてしまいがちなのはそのせいだと思う。

ただし、僕は車は小さいものにしているし、二〇アンペアの電力でやっている。時々ブレーカーが落ちる。これは松下さんを見習っているというのではなく、僕の自ずからなる生き方というか、僕の自我のサイズなのだと思う。

最後に、松下文集を読み通しての感想を一言で言うと、松下さんは初志貫徹の自由人であるということです。

一九九九年三月

初稿の段階で、「たぶん二、三箇所いらんことを書いていると思いますが」と言って、松下さんに読んでもらいました。それに対して「書かれている解釈や分析にも反論は一切ありません。本人として納得しています」という返事をいただき、松下さんの度量の広さを感じたことを付記しておきたいと思います。

一九九九年五月

そして、松下さんが二〇〇四年六月十七日に亡くなり、その前後に書いたものを付録し、さらに一九九九年の原稿に多少加筆してできたものが、本書です。

本にするに当たり、今回も海鳥社の別府大悟さんと宇野道子さんのお世話になりました。僕のわがままを聞いていただき、どうもありがとうございました。

二〇〇五年六月

4 「草の根通信」総目次について

二〇〇二年十一月三日の「草の根通信」三六〇号記念パーティの時、三十年分の簡単な年表を作ろうとして果たせなかったことがありました。B４一枚四ページ、が無理なら二枚八ページくらいにまとめようと思ったのですが、「草の根通信」、なめたらいけん、一号分一行でも不可能だ。それで初めからやりなおして、なんとか十二月末には一号から三六一号までの総目次をワープロに入力し終えました。これは最初梶原さんがやると言われていたことでしたので、梶原さんに校正かたがた監修をお願いしました。

「草の根通信」は松下竜一のもう一つの作品だ、ということは、いつも梶原さんが言われていることですが、さらに言うなら、それは松下さんの依頼に応じてみんなが原稿を書いたからだ、そして読者がいたからだ、ということも言っておかなければならないと思います。一九七三年四月四号から一号の休みもなく毎月発行され続けてきた「草の根通信」は、民衆の歴史に記憶されることと思います（本文にも書いたように、一、二、三号は、豊前公害を考える千人実行委員会の機関紙として、一九七二年九、十、十一月に発行された）。

梶原さんは自分の「草の根通信」の合本を中津市立図書館に寄贈したので、校正のためには仕事の合間に図書館まで出かけなければならず、はかどらない様子でした。それで僕の草の根ファイルを持っていきました。

そんな時に、小脳出血で「松下さん倒れる」の知らせが飛びこんできたのでした。

「草の根通信総目次・索引」は、初め冊子の形で通信読者全員に配る予定でしたが、B5判で二三六頁にもなり、財政的に難しくなったので、中村修さんが長崎大学環境科学部紀要『総合環境研究』（二〇〇五年）に書いた「草の根通信　環境市民の活動とその記録」に載せてもらおうと思ったのですが、これも無理だということになりました。それでNPO法人地域循環研究所（中村修理事長）のホームページ（http://www.junkan.org/）からダウンロードすることができるようにしました。

また、梶原得三郎監修・新木安利編・NPO法人地域循環研究所協力、CD－ROM『草の根通信　総集編』（一～三八〇号＋総目次＋索引＋講演など収録）が二〇〇六年春頃、出版される予定です。

松下竜一とその時代【年譜】

1　一九九八年二月に松下さんが書いた自筆年譜（一九九七年まで）は、『勁き草の根　松下竜一追悼文集』（二〇〇五年）に収録した。一九九八年以後は新木が加筆。

2　自筆年譜に、新木が加筆して『図録 松下竜一その仕事』（一九九八年）に収めた。

3　二〇〇五年、2にさらに新木が加筆したのがこの年譜。

1937年

2月15日　大分県中津市塩町で、松下健吾（31歳）と光枝（26歳）の長男として生まれる。戸籍名龍一。長女陽子は1935年3月24日誕生。この頃父は材木商。のち戦時統制でやめさせられ、以後は木工・家具職人となる。

1939年　2歳

1月16日　弟雄二郎生まれる。
10月頃か　急性肺炎の高熱で危篤。高熱で右眼失明。宿痾、多発性肺嚢胞症はこの時発症したと思われる。

1941年　4歳

2月11日　弟紀代一生まれる。

1942年　5歳

5月10日　弟和亜生まれる。

1944年　7歳

2月26日　弟伊津夫生まれる。

1945年　8歳

7月18日　伊津夫死去。この時父は内地召集で不在。
8月15日　北部小学校3年で敗戦を迎える。

１９４５・８・15　この日の夕刻、宇垣纏中将は艦上爆撃機彗星11機22人を率い、大分海軍飛行場を飛立つ。

１９４６年　9歳

1月5日　弟満生まれる。
この頃には豆腐屋を始めていたと思われる。

１９４９年　12歳

4月　新制中津中学校入学。
この頃船場町５６１番地－１に転居か。

１９５１年　14歳

4月　生徒会会長となる。学年一のチビッコ。
10月10日　「さざ波四号」（中津市小中国語研究部編）に詩「冬の朝」を書く。
１９５１・３・31　結核予防法全面改正（医療費の公費負担）。

１９５２年　15歳

4月　中津西高等学校（後に北高と改名）入学。文芸部に入る。
11月15日　校内文芸誌「山びこ」15号に「西部劇礼讃」を書く。
１９５２・３・６　吉田首相、自衛のための戦力は合憲と答弁。7・31　警察予備隊を保安隊に改組。

１９５４年　17歳

2月　「山彦」17号に「殼」を書く。

6月頃　喀血して肺浸潤と診断され、休学となる。自宅で療養しつつ読書に没入。
11月11日「山彦」18号に小説の如きもの、「夏休みからの記録」を書く（12月10日発行）。
1954・6・9　自衛隊発足。10・26　仁保事件起こる。1955・10・19　岡部保さんが逮捕される。1962・6・3　山口地裁で死刑判決。1970・7・31　最高裁は広島高裁に差戻し。1972・12・14　無罪判決。

1955年　18歳

4月　復学するも結核治療は続く。
12月10日「山彦」20号に「おかしなドラマ」を書く。
1955・6・30　第一次砂川闘争。9・13　「赤とんぼ」の歌が歌われる。

1956年　19歳

3月　中津北高を卒業するも、結核治療は続き、療養かたがた1年間の浪人で大学をめざすことにする。
5月7日　昼前、母光枝仕事場で昏倒、昏睡に陥る。
8日　夕刻、昏睡から醒めぬまま死去（45歳）。
9日　葬儀の場で伯父より豆腐屋として働けと言われる。進学を断念し、父を助けて働く。弟紀代一も北高を退学し共に働く。
1956・5・1　新日本窒素水俣工場付属病院院長から保健所に、原因不明の中枢神経疾患多発の報告（水俣病）。

1957年　20歳

9月26日　日記始まる。現実のみじめさから逃避して読書と映画の日々。

11月3日　姉陽子、了戒弘毅と結婚。
1957・8・27　原子力研究所原子炉に原子の火がともる。

1958年　21歳

7月5日　村上記念病院で診察、入院を言われるが事情が許さず。
9月20日　大貞の国立療養所で肺嚢胞症の診断を受けるが、きれいに忘れ去る。
11月10日　弟の一人と争って家を出て、小倉に行く。
17日　さまよった果て、映画『鉄道員』を見て、帰る。
1958・10　長島茂雄新人王。西鉄、日本シリーズで優勝。

1960年　23歳

1月7日　親友福止《ふくし》英人死去（25歳）。
9月15日　医師から絶対安静を命じられるが休めず。
1960・6・15　安保改定阻止第二次実力行使、580万人参加。6・19　新安保条約自然成立。12・27　池田内閣、国民所得倍増計画を決定。

1961年　24歳

12月　副業の造花装飾（弟紀代一が始めた）で大わらわ。この年7月から約1年間つづく。
1961・9　大鵬・柏戸横綱に昇進。

1962年　25歳

5月28日　三原洋子（14歳）を将来の妻にと日記に書く。

9月7日　洋子の母に手紙でそのことを告げる。
11月10日　短歌を作り始める。
12月16日　朝日歌壇に初入選。［泥のごとできそこないし豆腐投げ怒れる夜のまだ明けざらん］

1963年　26歳

1月20日　朝日歌壇・五島美代子選1位、宮柊二選5位。
2月17日　宮柊二選1位。
3月17日　近藤芳美選1位、宮選4位、五島選6位。
4月14日　五島選1位、近藤選1位、宮選4位。以降、朝日歌壇一途。日記とだえる。
1963・11・16　伊藤保、死去（49歳）。1964・11・16『定本　伊藤保歌集』（白玉書房）刊。

1964年　27歳

12月13日　洋子への「相聞歌」。［我が愛を告げんには未だ稚きか君は鈴鳴る小鋏つかう］
1964・6・23　建設省は下筌ダム建設反対の拠点蜂ノ巣城を強制撤去（ダムは1970年春完成）。8・2　米国務省、北ベトナムが米駆逐艦を攻撃と発表（トンキン湾事件）。8・4　米軍、北ベトナム海軍基地を爆撃。10・10　第18回オリンピック、東京で開催。

1966年　29歳

3月　洋子、扇城高校を卒業。
11月3日　洋子（18歳）と結婚。歌集『相聞』を作る。
12月1日　貧血で入院（〜10日）。
この年、3C（カラーテレビ、カー、クーラー）が新三種の神器となる。

1967年　　30歳

2月9日　「朝日新聞」「ひととき」に洋子の書いた「小さな歌集」が載り、「相聞」騒動始まる。
15日　「朝日新聞」家庭欄に「〃愛の歌集〃に八百通の便り」の記事載る。
3月15日　小冊子「つたなけれど」発行。
22日　「朝日新聞」「声」欄に「一票の重み再考を」を書く。
9月29日　中津保健所にて、肺結核と診断される。
1966・2・11　初の建国記念の日。9・1　四日市ぜんそく患者、石油コンビナート6社を相手に慰謝料請求訴訟。12・11　政府、非核三原則を言明。

1968年　　31歳

2月10日　「朝日新聞」文化面に「豆腐づくりと歌づくりと」を書く。
4月3日　KBCテレビの「ティータイムショー」に出演。
8月19日　「毎日新聞」に「わが道はるかなり」の記事載る。
9月　「毎日新聞」大分県版毎日サロンに「瞳の星」を書く。
『九州人』9月8号に「小さな歌集」を書く。
11月4日　長男健一生まれる。
12月1日　『豆腐屋の四季』を自費出版。
12月　『九州人』12月11号に「瞳の星」を書く。
1968・1・19　原子力空母エンタープライズ佐世保入港。2・26　三里塚・芝山空港反対同盟と反日共系全学連、成田空港阻止集会。6・2　米偵察機RF4Cファントムが米軍板付基地に着陸しようとして建設中の九大工学部大型計算機センターに墜落炎上。10・16　カネミ倉庫の米ぬか油の販売停止。

1969年　32歳

3月　『九州人』3月14号に「心濡れて」を書く。
4月8日　講談社より『豆腐屋の四季』公刊。
5月13日　緒形拳さんが来宅。
6月30日　大阪朝日放送のスタジオに行く（～7月2日）。
7月17日　連続テレビドラマ『豆腐屋の四季』（大阪朝日放送制作）始まる（～1月8日。9時30分～10時15分）。
7月　『ヤングレディ』（講談社）に載る。
8月13日　野呂祐吉さんの造形劇場が『豆腐屋の四季』を大分市で上演。
9月15日　緒形拳・川口晶・林隆三・淡島千景さん、ロケで中津に来る（～16日）。
9月　『九州人』9月20号に「出版記念会」を書く。
11月3日　中津市童心会館で講演。
1969・1・18　機動隊、東大安田講堂の封鎖解除。4・7　連続ピストル射殺犯永山則夫逮捕（1997・8・1　死刑執行される）。5・30　政府、新全国総合開発計画を決定。周防灘総合開発計画もその一環。7・20　米アポロ11号、人間を乗せ、月面着陸。10・15　全米にベトナム反戦デモ。

1970年　33歳

1月8日　半年間のテレビドラマ終わる。
1月　『九州人』1月24号に「テレビ化騒動記」を書く。
2月10日　「西日本新聞」に「豆腐屋の四季決算の記」を書く。
15日　『吾子の四季』（講談社）刊。
4月5日　二男歓生まれる。

5月　宇部市の向井武子一家が来訪。
6月23日　日米安保条約自動延長の日、中国に木を植える会の会報「しずかな決意」を読む。
6月　向井武子さんから、金重剛二著『タスケテクダサイ』（理論社）が送られてくる。
『九州人』6月29号に「初蝶」を書く。
湯布院での講演の後、風邪のため二日間寝込む。その後、国東の両子寺の青年大学で講演。帰るなり寝ついた。咳の発作。医者から、こんなことを続けるなら責任は持ちません、と告げられる。
7月9日　豆腐屋を廃業。
17日　「朝日新聞」「声」欄に、「タスケテクダサイ」を書く。
29日　仁保事件の真相を聞く会（於中津教会）を多田牧師と主催。向井武子さん、金重剛二さんと会う（31日、最高裁は二審差戻し判決）。
8月7日　原水禁長崎大会へ。閉会式（9日）で挨拶。
8月　『九州人』8月31号に「美しい虫」を書く。
豆腐を作っていた仕事場を、書斎兼居間兼客間兼子ども部屋に改造。
9月5日　仁保事件の全国活動者会議（広島市）。
12日　「朝日新聞」文化面に「豆腐屋をやめて」を書く。
30日　大分市で寺司勝次郎さんに出会う。
10月18日　仁保事件を訴えに佐世保市へ（22日、岡部保被告は15年ぶりに釈放される）。
11月6日　庄野潤三著『小えびの群れ』を読む。また12月22日『夕べの雲』を読み、自分の文章のスタイルに確信を持つ。
14日　仁保事件現地調査に参加して山口市へ。
12月　『九州人』12月35号に「耳つまむ健二」を書く。
1970・3・31　日航機よど号、赤軍派学生9人に乗っ取られる。6・23　日米安保条約自動延長。

1971年　34歳

2月17日　「朝日新聞」文化面に「テレビ時評　なかった番組に怒り」を書く。
3月3日　『歓びの四季』（講談社）刊。
3月　「大分団地新聞」にエッセイを連載（～1972年9月）。
4月1日　「西日本新聞」に「人生の転機」を書く。
　14日　大分市で岡部保さんの訴えを聞く会を主催。
5月16日　司法権の独立を守る中津市民会議結成。
6月20日　戸畑の俳句結社「天籟」（穴井太主宰）に招かれて話す。上野英信氏と出会う。
7月3日　腹部激痛で村上記念病院に入院（～27日）。
　28日　『人魚通信』を自費出版。
8月4日　大分日赤病院に入院（退院日不明）。
　10日　「西日本新聞」に「ふるさとへの回帰」を書く。
9月　『九州人』9月44号に「絵本切る日々」を書く。
11月7日　「西日本新聞」に大分新産都の公害を取材して「落日の海」を連載（12月26日まで15回）。

1971・2・12～15　風成の女たちが、大阪セメントの海上測量阻止行動（7・20　大分地裁は埋立て免許取り消し）。2・22　成田空港公団、第一次強制代執行に着手。2・17　沖縄返還協定調印式。6・30　イタイイタイ病訴訟、住民側勝訴。9・29　新潟水俣病訴訟、患者側勝訴。10・15　九電が福岡県と豊前市に発電所建設申入れ。11　宮崎県土呂久住民に砒素によると思われる健康障害の指摘。12・24　新宿の派出所前でクリスマスツリー爆弾が爆発。警官ら12人が重軽傷。1980・3・26　鎌田俊彦、山口市で逮捕される。

1972年　35歳

1月28日　「朝日新聞」文化面に「風成の女たち取材記」を書く。
1月　佐藤誠さん（牟礼事件で死刑確定。無罪を訴えている）の歌集『自由か死か』の出版の手伝いをする（2月刊行）。
4月3日　「朝日新聞」文化面に「月曜寸評」を連載（5月1日・29日、6月26日）。
5月1日　広島大学の石丸紀興さんから周防灘開発問題についての手紙が来る。
16日　仁保事件広島高裁傍聴。広島大学で石丸紀興さんに会う。
6月4日　周防灘開発問題研究集会主催。
26日　「朝日新聞」に「月曜寸評　母性文明」を書く。
7月1日　『九州人』7月54号に「槍の山のうたびと」を書き、1973年3月まで9回連載。
14日　小冊子「海を殺すな」を自費発行（「落日の海」収録）。
15日　豊前の公害を考える千人実行委員会主催の甲田寿彦講演会（「草の根通信」1号に収録）で瓢鰻亭前田俊彦さんと出会う。
30日　中津の自然を守る会発足。宇井純さんの講演（中津市公会堂）。梶原得三郎さんと出会う。
8月8日　恒遠俊輔さんらと姫路、岬町、水島視察（～11日）。
20日　『風成の女たち』（朝日新聞社）刊。
27日　上野英信氏、初めて来宅。
9月27日　「西日本新聞」に「にっぽん変革　私はこう思う　地域エゴ、涙もろさを起点に」を書く。
30日　『風成の女たち』の出版記念会が小倉ステーションホテルで開かれる。上野英信、前田俊彦、森崎和江、河野信子、深田俊祐、穴井太、原田奈翁雄氏らが出席。
10月1日　『月刊地域闘争』（ロシナンテ社）に「周防灘総合開発反対のための私的勉強ノート」を書く（『海を

殺すな』から転載）。
11日　「朝日新聞」「声」欄に「計算が示すこの害……豊前火力に反対」を書く。
29日　「朝日新聞」「声」欄に「市民の声聴こうとせぬ九電」を書く。
11月14日　「熊本日日新聞」に「かもめ来るころ」を連載（12月18日まで30回）。
12月5日　『絵本切る日々』自費出版。
9日　「朝日新聞」「声」蘭に「隣県を考えぬ公害協定」を書く。
13日　路上で徹夜して広島高裁傍聴。仁保事件無罪判決。
16日　「朝日新聞」文化面に「暗闇の思想」を書く。
18日　「西日本新聞」に「開かれた眼——仁保事件と私」を書く。
25日　『日本読書新聞』に「シリーズ『列島改造』現場からの報告　3　許せぬふるさとの破壊」を書く。
1972・2・19〜28　連合赤軍、浅間山荘事件。6・11　田中角栄通産相、『日本列島改造論』発表。7・5　首相になる。7・24　四日市ぜんそく訴訟、患者側勝訴。7・26　伊達火力発電所建設差止請求訴訟提訴。

1973年　36歳

1月20日　『火力発電問題研究ノート』を中津公害学習教室から刊行。
28日　豊前火力反対市民大集会。公開・公害学習教室を主催、中津の自然を守る会と別れる。
1月　『市民』1月12号に「追いつめられる別府湾漁民」を書く。
2月15日　中津公害学習教室と豊前公害を考える千人実行委員会の合同学習会で、伊達火力の環境権訴訟について報告。
17日　千束《ちづか》公民館学習会、以後反対派講師として豊前市内各公民館を回る（〜28日）。
2月　『月刊労働問題』2月号に「海を売りたい漁民たち　周防灘開発のかげで」を書く。
3月15日　豊前火力絶対阻止・環境権訴訟をすすめる会発足（豊前市民会館）。

23日 「毎日新聞」に「人間的心情の復権を」を書く。
25日 全国反火力集会（銚子市）に参加。
3月 『市民』3月15号に「暗闇への志向」を書く。
4月1日 『月刊地域闘争』4月号に「豊前火力反対運動のなかの環境権」を書く（「草の根通信」創刊号に転載）。
5日 「草の根通信」創刊（第4号。1・2・3号は豊前公害を考える千人実行委員会の機関誌。恒遠俊輔さんの編集で、1972年9・10・11月発行。「草の根通信」は2004年7月380号まで、毎月5日に一度の休みもなく発行された）。
15日 直江津、富山、福井、内灘、七尾視察の旅（〜22日）。
5月7日 銚子の松本神父宅へ。
9日 神父らと共に北海道伊達市へ。
11日 伊達環境権裁判第四回公判傍聴（札幌地裁）。
25日 『ジュリスト　臨時増刊号』に「周防灘——中津市の視点から」を書く。
6月16日 反公害・くらやみ集会（豊前市平児童公園）。
17日 反公害・環境権シンポジウム（中津市福沢会館）。4氏が講演。淡路剛久「四大公害病から環境権へ」、仁藤一「環境権の提唱」、前田俊彦「里を守る権利」、星野芳郎「電力危機説に反論する」。
23日 電調審申請阻止で九電本社へ。
「朝日新聞」文化面に「武器としての環境権」を書く。
7月2日 東大自主講座第六学期で豊前火力反対運動について報告。
8月21日 福岡地裁小倉支部に豊前火力建設差止裁判（環境権裁判）提訴。決起集会。原告は、松下竜一、伊藤龍文、釜井健介、坪根侔、市崎由春、恒遠俊輔、梶原得三郎の7人。弁護士なしの本人訴訟。17時半から豊前市民会館で環境権訴訟決起集会。

22日　「朝日新聞」「ひと」欄に登場。
9月5日　「草の根通信」9号に「あらたなる出発　ついに、この日が来た」を書く。
18日　「西日本新聞」に「われら、しろうと！」を3回連載。
29日　小冊子「暗闇の思想――なぜ豊前火力に反対するか」を発行。
10月10日　共著『日本列島縦断随筆』（昭和書院）刊（「かもめ来るころ」収録）。
19日　環境権集会・浅川マキくらやみコンサート（豊前市民会館）。
11月17日　『エコノミスト』11月17日号に「住民運動から見た革新政党」を書く。
12月14日　福岡地裁小倉支部で第一回口頭弁論。公判録音の許可を得る。法廷に『荒野の七人』のテーマが鳴り響く。
16日　恒遠・坪根さんらと上京。17日、電調審に突入。18日、電調審と話し合い。19日、経済企画庁門前座り込み（～20日）。20日、電調審は豊前火力を認可決定。
24日　豊前現地気象調査（～27日）。西岡昭夫さんらが指導。
1973・2　周防灘総合開発計画は棚上げとなる。9・7　札幌地裁、長沼ナイキ訴訟で自衛隊違憲判決（1976・8　控訴審で、統治行為論により、住民の訴え却下。住民側上告）。10・6　第4次中東戦争。11・2　石油ショックで市民がガソリン、トイレットペーパーなどの買いだめに走る。瀬戸内海環境保全臨時措置法施行。

1974年　37歳

1月5日　「草の根通信」13号に「機動隊に守られて奴等は豊前火力を認可した」を書く。
2月4日　「読売新聞」に「西日本歴史探訪」を5回連載（2月4日＝小笠原長次、4月1日＝島田虎之助、5月27日＝増田宋太郎、7月23日＝学問のすすめ、9月17日＝前野良澤、11月12日＝小幡英之助）。
15日　『5000匹のホタル』（理論社）刊。

3月4日　準備書面提出。「一羽の鳥のことから語り始めたい」、「海が母の字より成るは、太古、最初のいのちを妊んだ海への古人の畏敬であったろう」
14日　『暗闇の思想を』（朝日新聞社）刊。
4月1日　福岡地裁小倉支部で第二回公判（「七人の侍」が意見陳述）。
3日　『月刊エコノミスト』に「われらが暗闇の思想」を書く。
4月　「毎日新聞」コラム「視点」連載（6月まで12回）。
5月20日　『終末から』6号に「立て　日本のランソのヘイよ！」を連載（～10月9号＝終刊号）。
5月　中津下毛地区労より名誉棄損で告訴される。不起訴となる。
6月20日　『市民』5月19号に「タタカイは一篇の笑い物」を書く。
26日　環境権裁判第三回公判。
7月4日　明神海岸埋立着工。阻止行動展開。以降、連日海岸へ通う。
7月　梶原得三郎、西尾勇、上田耕三郎さんが逮捕される。
8月16日　「草の根通信」19号に「決してひるまぬ心を」を書く。
19日　3人にかかわる刑事裁判（豊前海戦裁判）第一回公判で梶原意見陳述。
9月22日　3人、47日ぶりに保釈される。
25日　第5回反火力全国住民組織交流会（豊前、～23日）。
28日　『檜の山のうたびと』（筑摩書房）刊。
10月3日　「毎日新聞」に「『檜の山のうたびと』刊行にあたって」を書く。
6日　環境権裁判第四回公判。
12月5日　明神団結小屋を造る。15日、高知生コン裁判をはじめ、断続的に伊達、酒田、七尾視察（～11月末）。
15日　「草の根通信」24号に「北の兄貴を訪ねて」を書く。
小冊子「火電リポート・北から南までやってるぜ」を発行。

28日　「毎日新聞」に「放たれたランソの矢」を書く。
1974・3・19　甲山事件発生（西宮市の甲山学園で、2園児が行方不明となり、浄化槽から死体で発見）。4・7　保母山田（旧姓沢崎）悦子さんが逮捕される（1975・9・23　不起訴の決定。1978・2・27再逮捕、起訴。1985・10・17　神戸地裁は無罪判決。1990・3・23　大阪高裁、一審判決を破棄、神戸地裁に差し戻し。弁護団上告。1992・4・7　最高裁、大阪高裁判決を支持、弁護側の上告棄却。1998・3・24　神戸地裁は再び無罪判決。4・6　検察側控訴。1999・9・28　大阪高裁は無罪判決、検察側控訴せず、無罪確定）。1974・8・30　三菱重工ビル前で時限爆弾爆発（死者8人、重軽傷385人。1975・5・19　連続企業爆破事件の犯人として東アジア反日武装戦線の大道寺将司さんら8人を逮捕。1987・3・24　最高裁は大道寺将司、益永（旧姓片岡）利明さんに死刑判決）。

1975年　38歳

1月13日　『日本読書新聞』に「フォーカス75　文明への懐疑」を書く。
2月5日　「草の根通信」26号に「ずいひつ　小さな読者たち」を書く。松下センセの「ずいひつ」連載開始。以後、2003年6月367号まで334回連載。
6日　豊前海戦裁判第二回公判。抵抗権について。
10日　環境権裁判第五回公判。
3月13日　『日本読書新聞』に「フォーカス75　海の環境権」を書く。
15日　井出孫六氏と明神海岸で対談（『月刊労働問題』5月号）。
28日　豊前市で映画『公害原論74』を上映。中津市で井出孫六氏の講演会。
4月20日　『明神の小さな海岸にて』（朝日新聞社）刊。
第一回明神埋立て海域生物調査（4月24日＝第二回。5月15日＝第三回。6月13日＝第四回）。
元海上保安官田尻宗昭さんを招いて豊前市で講演会。

21日　豊前海戦裁判第三回公判。
5月1日　『法学セミナー』5月号から「法をわれらの手に」連載開始（～1979年10月号、56回）。
16日　「東京新聞」に「市民の証言を積みあげる」を書く。
5月　『月刊労働問題』5月号に井手孫六さんとの対談「住民にとって抵抗権は」。
6月12日　環境権裁判第六回公判（第一回法廷塾、横井安友証言）。
26日　明神一周忌抗議行動。
7月21日　豊前海戦裁判第四回公判。
8月21日　『環境権ってなんだ』（ダイヤモンド社）刊。
9月　『市民』9月号（れんが書房新社）に「草の根通信のこと　気恥ずかしき機関誌」を書く。
10月9日　環境権裁判第七回公判。星野芳郎証言。
10日　『五分の虫、一寸の魂』（筑摩書房）刊。
13日　豊前海戦裁判第五回公判。
21日　前田俊彦・原田奈翁雄氏らと水俣へ（～22日）。
12月1日　『文芸展望』12号に「砦に拠る」連載開始（～1977年4月）。
22日　豊前海戦裁判第六回公判。
1975・4・30　南ベトナム、サイゴン政府降伏。8・4　日本赤軍クアラルンプール事件。佐々木規夫ら5人、超法規的措置により出国。

1976年　39歳

1月2日　『週刊朝日』1月2日号に『五分の虫一寸の魂』の書評。
10日　「毎日新聞」に「抵抗権は人民の見果てぬ夢か」を書く。
26日　豊前海戦裁判第七回公判。

2月12日　環境権裁判第八回公判。星野芳郎証言つづき。
3月　『市民』3月号に「蜂の巣砦に起つ室原知幸」を書く。
4月5日　「草の根通信」40号に「環境権裁判がかかえている苦悩」を書く。40号に座談会「出た！　高知生コン裁判判決」。
　8日　瀬戸内調査団（星野芳郎団長）が来る。
　28日　「朝日新聞」に「平和と人権――環境権」を書く。
5月13日　環境権裁判第九回公判。市民5人が証言。
　14日　豊前海戦裁判第八回公判。
　18日　伊達環境権裁判第二三回公判を傍聴。
6月27日　九電に殺された明神の海の慰霊祭を開く。
7月11日　菊谷利秀さんと成本好子さんの仲人をつとめる。
　18日　千葉の干潟を守る会の森田三郎さんを招き、豊前と中津で、「海と干潟を守る集い」を開く。
8月2日　「毎日新聞」に「明神海岸七六年夏」を書く。
　11日　豊前海戦裁判第九回公判。
　明神団結小屋撤去。
9月6日　豊前海戦裁判第一〇回公判。
　16日　環境権裁判第一〇回公判。市民4人が証言。
　27日　豊前海戦裁判第一一回公判。
10月5日　「草の根通信」46号に明神海岸の歌碑について「かくもコケにされて」を書く（注＝1995年5月270号の梶原得三郎さんの「ろくおんばん」の文章を参照のこと）。
11月　『月刊労働問題』11月号に「不気味な原子力の裏舞台　田原総一朗『原子力戦争』を読んで」を書く。
12月8日　豊前海戦裁判第一二回公判。

1976・2・26 神坂玲子・古川佳子さんら、箕面市長・教育長らを相手取って、箕面忠魂碑違憲訴訟を大阪地裁に起こす（1982・3・24 一審原告側勝訴。被告側控訴）。7・27 ロッキード事件で、田中前首相逮捕。10・8 原子力委員会は放射性廃棄物処理の基本方針決定。高レベルはガラス化し地下へ、低レベルは固定し海洋投棄と陸地処分。

1977年 40歳

1月1日 作文教室舟の会から『合同文集・合歓の木など』を刊行。
10日 「西日本新聞」に「歯ぎしりの生」を連載（5月18日まで50回。『疾風の人』の原形）。
20日 環境権裁判第一一回公判。高崎裕士証言。梶原得三郎証言。
26日 豊前海戦裁判第一三回公判。
2月14日 豊前海戦裁判第一四回公判。
3月5日 朝日新聞紙上で野呂邦暢氏と往復書簡（諫早湾干拓と豊前海埋め立てについて）。
「草の根通信」51号に「海戦裁判報告に代えて」を書く。
16日 豊前海戦裁判第一五回公判。
4月16日 第二回豊前現地気象調査（〜17日）。
4月 『潮』4月号に「ドン・キホーテ的奮戦記 豊前環境権裁判からの教訓」を書く。
5月13日 環境権裁判第一二回公判。秋山章男、狩野浪子証言。
16日 豊前海戦裁判第一六回公判。
6月1日 瀬戸内調査団と共に埋立て海域周辺の海上調査。
10日 周防灘開発凍結（新全総工業基地見直し中間報告）。
13日 豊前海戦裁判第一七回公判。
20日 「草の根通信」増刊55号として「豊前平野気象観測報告号」刊行。

27日　豊前海戦裁判第一八回公判。
7月13日　沖縄金武湾ＣＴＳ建設差止め請求訴訟第一回公判を傍聴（那覇地裁）。
20日　『砦に拠る』（筑摩書房）刊。
8月15日　「朝日新聞」に「失ったもの見出したもの――光と闇」を書く。
9月1日　『ちくま』9月号に「闘いの哀しみ――蜂ノ巣城主の妻の視点」を書く。
9日　環境権裁判第一三回公判。讃岐田訓、柳哲雄証言。
12日　豊前海戦裁判第一九回公判。
28日　豊前海戦裁判第二〇回公判。
10月5日　「草の根通信」59号に「ずいひつ　ブラというヘンな奴」を書く。
18日　「毎日新聞」に「新たなる環境権論議へ」を書く。
26日　豊前海戦裁判第二一回公判。
29日　豊前環境権シンポジウムを豊前市で開く。パネラーは淡路剛久、川村俊雄、西原道雄、浜秀和、横田耕一氏（～30日）。
10月　上野英信さんの紹介で鞍手町立病院の山本廣史医師より多発性肺嚢胞症の診断を受ける。山本医師の紹介で、福岡ガンセンターに8日間入院。病気は結核ではなく、多発性肺嚢胞症と確定。
『新評』10月号に『砦に拠る』の書評（五木仁平）。
11月5日　「草の根通信」60号に「病者の生存権を考える」を書く。
9日　豊前海戦裁判第二二回公判。
13日　『サンデー毎日』11月13日号に『砦に拠る』の書評（小中陽太郎）。
15日　「西日本新聞」に上野英信『出ニッポン記』の書評を書く。
21日　豊前海戦裁判第二三回公判。
25日　『朝日ジャーナル』に本間義人『入浜権の思想と行動』、高崎裕士他『入浜権』の書評を書く。

12月1日　「読売新聞」に「新聞記事と作品――『砦に拠る』を執筆して」を書く。
5日　「草の根通信」61号に「豊前環境権シンポジウムを終えて　われらの実戦こそがカンキョー権確立の地平を拓くだろう」を書く。
9日　環境権裁判第一四回公判。生井正行証言。
14日　豊前海戦裁判第二四回公判。
1977・9・28　日航機、日本赤軍にハイジャックされ、ダッカ空港に着陸。政府、犯人の要求で、同志ら9人（大道寺あや子、浴田由紀子、泉水博を含む）を釈放。10・5　福岡地裁、カネミ油症事件で被害者側全面勝訴の判決。12・9　豊前火力1号機営業運転開始（1980・6・6＝2号機）。

1978年　41歳

1月9日　長女杏子生れる。
2月5日　「草の根通信」に「ずいひつ　カンキョウケン確立」を書く。
20日　豊前海戦裁判第二五回公判。
3月29日　豊前海戦裁判第二六回公判。
5月1日　豊前海戦裁判第二七回公判。
12日　環境権裁判第一五回公判。七原告の意見陳述。森永龍彦裁判長から塩田裁判長に代わる。
30日　『潮風の町』（筑摩書房）刊。
5月　「毎日新聞」に「科学的裁判の非科学的判決」を書く。
6月6日　愛媛県長浜海水浴場入浜権訴訟敗訴を取材に行く（～8日）。
12日　豊前海戦裁判第二八回公判。
23日　『朝日ジャーナル』に「町の声村の声」を書く。
7月12日　筑摩書房倒産（『ケンとカンともうひとり』刊行直前）。

21日　『朝日ジャーナル』7月21日号に小田実著『「共生」への原理』の書評を書く。
8月23日　豊前海戦裁判第三〇回公判。
25日　環境権裁判第一六回公判。恒遠俊輔証言。塩田裁判長から森林稔裁判長に代わる。
8月　『公害研究』（岩波書店）の「むかし海浜はだれのものだったか　どう変わってきたか」のパネラーとなる。
9月　『伝統と現代』9月号に「利用価値を問うのではなく」を書く。
18日　豊前海戦裁判第三一回公判。
10月21日　九州大学工学部本館で「資源の神話講演会」。槌田敦「太陽と水と土と」、松下「もう一度暗闇の思想を」、堀内隆治「強制の経済学」。
25日　豊前海戦裁判第三二回公判。
11月6日　佐賀関で「西尾事件」発生。7日現地へ。
11月　『潮』11月号に「伊方　承服せぬ人々」を書く。
11月　『技術と人間』11月号に「地域運動論と火電阻止の思想」を書く。
12月15日　『朝日ジャーナル』に星野芳郎『エネルギー問題の混乱を正す』の書評を書く。
18日　豊前海戦裁判第三三回公判。本人尋問。
19日　西尾事件第一回公判（大分地裁）。
12月　映画『復習するは我にあり』の撮影で行橋市に来ていた緒形拳さんと会う。
1978・3・26　成田空港管理棟に過激派乱入。28日の開港予定を延期。11・27　日米安全保証協議委員会、「日米防衛協力のための指針（ガイドライン）」決定。

1979年　42歳

1月　『潮』1月号に「スピード感ある事件の解明」（鎌田慧著『血痕』の書評）を書く。

12日　環境権裁判第一七回公判。西岡昭夫証言。
24日　豊前海戦裁判第三四回公判。
30日　西尾裁判第二回公判。
2月19日　豊前海戦裁判第三五回公判。結審。
3月5日　『中三国語』（東京書籍）に「絵本」を（1981年から）掲載するとの通知。
24日　腎臓結石の激痛で国立中津病院に入院（〜31日）。
4月18日　豊前海戦裁判判決（梶原さんは罰金8万円。ただし未決勾留中1日を2000円として算入するので、実質2万円。西尾さんは罰金1万5000円。ただし同じく全額を算入するので0円。上田さんは無罪）。
4月　『潮』4月号に「なぜ漁士は日本刀をふるったか　大分県佐賀関町反公害闘争の軌跡から」を書く。
5月1日　控訴。7月19日、検察側が控訴しなかったので、取り下げる。
18日　環境権裁判第一八回公判。西岡昭夫さんへの反対尋問。その後、突然の結審。裁判長忌避。森林判長は判決日を「7月28日」と言い間違えた。25日、裁判長忌避却下。
25日　『ケンとカンともうひとり』（筑摩書房）刊。
29日　『エコノミスト』5月29日号に、甲田寿彦著『田子の浦のヘドロは消えず』の書評を書く。
5月　『月刊労働問題』5月号に、松下圭一さんとの対談「草の根民主主義の意義と思想　闘争の中に汝は汝の権利を見出すべし」。
6月5日　「草の根通信」79号に環境権訴訟の年表。
6月　『潮』6月号に「有罪となることを恐れず　なぜ国が環境を護らないのか」を書く。
7月8日　喀血で国立中津病院に入院。
20日　『まけるな六平』（講談社）刊。
8月2日　熊本県高校社会科研究会政経・倫社部会で「環境権裁判について」講演（熊本県小国町杖立温泉）。

30日　「豊前人民法廷」を豊前市中央公民館で開く。
31日　環境権裁判門前払い判決。「アハハハ……敗けた敗けた」の垂れ幕。控訴。
9月1日　「毎日新聞」に「敗れた豊前環境権裁判・当然サと笑ってすむものか」の記事。各紙に判決を批判する記事出る。
10月5日　「草の根通信」83号に「それでもやらねばならぬ」を書く。
30日　『疾風の人』（朝日新聞社）刊。
12月1日　田中邦治『くにはるがかいた——一脳性マヒ青年の日記』を編集、「はじめに」を書く。歩みの会（宇佐市）から発行。
12日　NHKテレビ「新日本紀行　渚に詠む歌——豊前海岸」放送。
17日　『あしたの海』（理論社）刊。
22日　「朝日新聞」に「私の70年代」を書く。
1979・3・28　米スリーマイル島原発で放射能漏れ事故。6・6　元号が法制化される。

1980年　43歳

1月4日　『朝日ジャーナル』に「無力なはぐれ者たちの『わが闘争』」を書く。
15日　「ビデオで観る豊前火力闘争8年史」（中村隆市制作）を豊前市中央公民館で開く。伊藤ルイさんと出会う。
23日　環境権裁判控訴審始まる（福岡高裁）。
1月　『九州人』1月144号に「反福沢・伝」を書く。
3月5日　米ミシガン州立大学のプラッターさんを招いて、小魚がダムを差し止めた裁判について講演会を開く。
10日　『豊前環境権裁判』（日本評論社）刊。
12日　「朝日新聞」に「魚と鳥を結ぶ環境権裁判」を書く。

19日　伊藤ルイさん宅に押しかけ、取材第1回。
21日　『朝日ジャーナル』に「キャンパスめぐり　長崎総合科学大学」を書く。
4月7日　環境権裁判控訴審第二回公判。
25日　野呂邦暢氏とNHKテレビ対談放映（～26日。5月7日、野呂氏急逝）。
5月21日　環境権裁判控訴審第三回公判。
22日　椎田町図書館読書会に招かれる（6月も）。
8月20日　「朝日新聞」文化面に「私の転機——豆腐屋をやめて」を書く。
9月3日　環境権裁判控訴審第四回公判。
10月13日　「毎日新聞」に「新聞を読んで　解説をつけて欲しかった『放射性廃棄物投棄』の記事」を書く。
15日　デビッド・ロサリオさんを迎えて、放射性廃棄物の太平洋投棄反対の懇談会を中津で開く（日吉旅館）。
20日　『法学セミナー増刊　現代の警察』に「火力発電所反対運動を通して」を書く。
29日　環境権裁判控訴審第五回公判。
10月　『法律時評』10月号に「傍聴者にもわかる裁判を」を書く。
12月1日　『法学セミナー』12月号に「法をわれらの手に　豊前環境権裁判控訴審報告記1」を書く。1981年2月号まで三回連載。
24日　環境権裁判控訴審第六回公判。結審。
＊1980年の通算病臥日数＝32日（咳と痔疾）。
1980・7・19　第22回オリンピックモスクワ大会。日・米・西独・中国など不参加。11・29　川崎市の二浪中の予備校生、両親を金属バットで撲殺。

1981年　　44歳

1月1日　文章教室第二集『昼まえの文集』刊行。
8日　正木洋（伊達環境権裁判原告）さんの講演会を豊前で開く。
14日　「朝日新聞」に「失意の20歳迎える君に」を書く。
25日　歩みの会のみんなの家の落成記念で講演（宇佐）。
1～3月『昭和万葉集』13、14、15巻（講談社）に計11首載る。
3月1日『ちくま』に「道化の裁判を演じ抜く」を書く。
5日　「草の根通信」100号記念大座談会を掲載。
10日『海を守るたたかい』（筑摩書房）刊。
13日　砂田明さんの「乙女塚」勧進興行一人芝居「海よ母よ子どもらよ」を開く。その前座の吉四六芝居「徳利ん酒」で浪人を演じる（中津文化会館小ホール）。
31日　環境権裁判控訴審第七回公判。却下判決。「破れたり破れたれども十年の主張微塵も枉ぐと言わなく」の垂れ幕。
4月2日「毎日新聞」学芸欄に「肉体を動かすことの羞恥とそこからの解放と」を書く。
5日　「草の根通信」101号に「ずいひつ　腰に刀をたばさめば」を書く。
7日　環境権裁判、最高裁へ上告。
24日　土本典昭監督映画「水俣の図・物語」の上映会・講演会を開く。
28日　下痢と痔疾で木下外科入院、手術。
29日　「西日本新聞」に「私のこの本『ケンとカンともうひとり』」を書く。
30日『いのちきしてます』（三一書房）刊（「草の根通信」連載「ずいひつ」1975年2月～80年12月分）。

5月2日　痔手術。退院は5月20日。
3日　「朝日新聞」に「憲法に生きる」を書く。
6月27日　「西日本新聞」に「『かさこ地ぞう』なぜ憎い　自民党の教科書攻撃に一言」を書く。
8月22日　入浜権シンポ（舞子ビラ）で森田三郎さんと会う。
10月3日　石川県七尾市のエネルギー制作の転換を求める住民運動全国集会に参加（～4日）。
11月28日　熊本大学自主講座講義録『僻遠第一巻　生命のみなもとから』（熊本日日新聞情報文化センター発行）に「暗闇の思想を　海の一周忌」を書く（1978年5月の講演録）。
11月　小中陽太郎さんが『法学セミナー』11月号に、「新・権利のための闘争　豊前環境権裁判　暗闇の思想」を書く。
12月25日　『80年代　別冊4』に「石がまんじゅうになっても反対する」（玄海原発取材記）と「まわれ風車、とべ風船」（川内原発取材記）を書く。
12月　小倉駅で、偶然、ドブロク三里塚誉の利き酒会をした前田俊彦さんと出会う。
1981・4・18　敦賀原発で高濃度放射能漏れ事故。

1982年　45歳

1月29日　「朝日新聞」「ひと」欄に登場（すすめる会の解散）。
31日　環境権訴訟をすすめる会解散パーティ（豊前市民会館）。
2月1日　『教室の窓　東書中学国語』に「小説『絵本』の背景」を書く。
水俣病謀圧裁判を梶原さんと傍聴（熊本地裁）。
5日　「草の根通信」111号に「むしろ新しい出発のために」を書く。「草の根通信」のサブタイトルが「豊前火力絶対阻止」から「環境権確立に向けて」に変わる。発行は草の根の会。
12日　「毎日新聞」に「反対運動の中の『孤独な位置』」を書く。

3月10日　『ルイズ――父に貰いし名は』（講談社）刊。
30日　西尾事件判決。懲役3年、執行猶予5年。
4月15日　『週刊文春』4月15日号に『ルイズ』の書評（森本貞子）。
19日　「読売新聞」に「青春紀行」を書く。
21日　「朝日新聞」に「だれがこんなに拒むのか――車いすの少女千里ちゃんに思う」を書く。
29日　『ルイズ』出版記念会を中津オリエンタルホテルで開く。
5月12日　「読売新聞」に「彼女の昭和史を辿る作業をして」を書く。
6月7日　「朝日新聞」文化面に「日記から」連載開始（2週間）。
18日　『ルイズ』により第4回講談社ノンフィクション賞を受賞（同時受賞者は『死の中の笑み』の徳永進さん）。
20日　『季刊　いま人間として』1（径書房）に「最高裁第二小法廷へ」を書く。
7月3日　五つの電源立地（川内、玄海、苓北、松浦、豊前）が共闘して九電本社交渉。
5日　「草の根通信」116号に「ずいひつ　どちらが悪いのか」を書く（梶原さんがさかな屋を始めることになって……）。
16日　東京会館で授賞式（前夜浴室で転び、右肋骨にヒビが入った）。
9月12日　北九州・反核集会（真鶴会館）で日高六郎さんと共に講演。
24日　『週刊ポスト』9月24日号に『ルイズ』の書評（いいだもも）。
10月1日　『ちくま』に「不思議な因縁」（八木重吉のこと）を書く。
15日　大分県下の反戦運動のミニコミ『赤とんぼ』第1号編集に関わり、「彼女の熱気にあおられて」を書く（彼女というのは、歩みの会の寄村仁子さんのこと）。
10月　『文芸春秋』10月号に「謎の一発」を書く。
11月3日　「草の根通信」10周年浪曲大会を豊前市中央公民館で開く。口演司太郎、演目『蜂の巣城』。夜、中津市日吉旅館で懇親会。
15日　『砦に拠る』（講談社文庫）刊。
12月1日　梶原得三郎著『さかなやの四季』を草の根の会から出版。
14日　「朝日新聞」に「こどもと私　ひきょう者にはしたくない」を書く。
1982・3・18　川崎公害訴訟一次提訴（1994年、一審原告勝訴）。6・7　国連軍縮特別総会開催、反核運動頂点に達する。7・6　中国政府、日本の教科書の中国への「侵略」を「進出」とする記述など非難。秋、朝日新聞社公募の「日本の自然一〇〇選」に豊前海岸が選ばれる。

1983年　46歳

1月13日　「毎日新聞」に「サンパウロ美術館展」（山口県立美術館）出展のジャン＝マルク・ナティエ「エリザベト姫」に寄せる文を書く。
15日　梶原さんの『さかな屋の四季』出版記念会（日吉旅館）。
2月1日　『思想の科学』28に「わが町わが村　草の根通信の光と陰」を書く。
15日　小倉南看護専門学校で講演「優しさということ」。
24日　『いま人間として　別巻1』に「いのちきセンセ奮戦の半生記抄」を書く。
3月5日　『いつか虹をあおぎたい』（フレーベル館）刊。
20日　原子力空母「エンタープライズ」入港抗議で佐世保へ行く。大森さん、安部さんと共に。あとで梶原さんと一緒になる。市内をデモ。
4月5日　「草の根通信」125号に「エンプラ抗議に行った心細い4人組」を書く。
4月　中曽根康弘内閣総理大臣から、「昭和57年度芸術文化に活躍された人びととの懇親の集い」に招待されたが、遠慮した。
5月5日　NHK第二放送「青春を語る」に登場。

5月　東京拘置所の平田誠剛さん（三里塚空港管制塔占拠の闘士。「獄中通信」連載中）にTさんと共に面会。
6月5日　「草の根通信」127号に「憲法と私特集にあたって　憲法25条との出会い」を書く。
15日　『豆腐屋の四季』（講談社文庫）刊。
7月30日　『久さん伝　あるアナキストの生涯』（講談社）刊。
8月6日　福岡県の中学校で平和授業（講演）。
15日　『赤とんぼ』の寄村仁子さんらと「大分合同新聞」に、「だから憲法九条は守りたい」の全面意見広告を出す（第1回。以後毎年）。
9月19日　『週刊読書人』に秋山清さんが『久さん伝』の書評。
10月1日　原子力空母「カールビンソン」入港抗議で佐世保へ、梶原さん、伊藤ルイさんと共に（〜2日）。船でカ号の周りを回る。松浦公園で1万人集会に出る。「あなたと手を結ぶ草の根市民の一人」（梶原和嘉子さん作成）のゼッケンを持って。
11月5日　「草の根通信」132号に「9年前の再体験」を書く。
15日　『赤とんぼ』12号に「草の根市民が主力になるときこそ」を書く。
19日　小川プロ制作『ニッポン国古屋敷村』の上映会を開く。
30日　『ウドンゲの花』（講談社）刊。
11月　『現代』11月号に『久さん伝』の書評。
風邪で咳発作。病臥一月。
12月2日　横浜市立鶴ケ峰中学で「『絵本』が教科書に載るまで」を講演。
20日　『季刊　いま人間として』7に「あなたと手を結ぶ草の根市民のひとり」を書く。
1983・1・18　中曽根首相、レーガン大統領に「日米は運命共同体」と表明。9・1　大韓航空機、サハリン沖でソ連軍機に撃墜され、乗客乗員269名が行方不明。

1984年

47歳

1月5日　「草の根通信」134号に「少数者の運動とて、やめるわけにはいかぬ」を書く。
2月2日　甲山事件救援会の集会で講演。
3月22日　『東京タイムズ』に佐高信さんが「サラリーマン読書学2　含羞を失わぬ人」を書く（3月29日、4月15日にも）。
3月　山口県立高校の国語入試問題に『ウドンゲの花　弱気』から出題される。
4月14日　上野英信さんの筑豊文庫満20周年を記念する会に出席（芦屋町の国民宿舎）。
22日　赤とんぼの会主催、草の根の会後援で野坂昭如講演会を開く。
5月17日　トマホーク反対全国キャラバン隊（吉田満智子隊長）と中津交流会を開く（日吉旅館）。
6月7日　「毎日新聞」に「わが原郷」を書く。
29日　電源乱開発に反対する九電株主の会として、第60回九電株主総会に初めて出席。以後、毎年出席して発言。終了後、本社前で抗議集会。その後、農民会館で訴訟を提議。
7月20日　『小さな手の哀しみ』（径書房）刊（「草の根通信」連載ずいひつ、1981年1月~84年4月分）。
8月5日　熊本でシンポ。色川大吉、中野孝次、伊藤ルイさんらとパネラーになる。
10日　『憶ひ続けむ』（筑摩書房）刊。
8月　獄中の大道寺将司、鎌田俊彦さんらと交流始まる。
9月5日　「草の根通信」142号に、竹本信弘、鎌田俊彦、大道寺将司さんの手紙を掲載。
21日　平井孝治さんら22人で第60回の九電株主総会決議取消請求訴訟（九電株主権裁判）を提訴（福岡地裁）。
29日　『憶ひ続けむ』の出版記念会（大阪、昼と夜）。
11月1日　「毎日新聞」に「一万円札フィーバーの中で気にかかること」を書く。

20日　腎臓結石になる（翌年3月排出）。
30日　『風成の女たち』（現代教養文庫）刊。
11月　テレビ静岡制作「てれび寺子屋」に出演（焼津市民会館）。
12月5日　「草の根通信」145号に「一万円札フィーバーの町でのトマホーク・アンケート」を書く。「13年目に入る草の根通信」を書く（全国の通信の読者分布が載っている。発行部数1800部）。
27日　『文芸』2月号に「記憶の闇」一挙掲載。
1984・3・28　土呂久公害裁判で、鉱業権を継承した住友金属に、宮崎地裁延岡支部は損害賠償の支払いを命じる判決。鉱山側控訴（9・30　福岡高裁宮崎支部は、一審判決を支持）。11・1　福沢諭吉が一万円札の顔として登場。

1985年　48歳

1月29日　九電株主権裁判第一回口頭弁論。
2月5日　「草の根通信」147号に「九電株主権裁判のはじまりにあたって原告はかく主張する」を書く。
17日　「甲山事件　山田さんの見えない鎖をたちきろう　福岡集会」で「なぜ私は『記憶の闇』を書いたか」を講演（福岡市・農民会館。「草の根通信」4月149号に収録）。
25日　『上野英信集』（径書房）月報1に「上野英信氏に学んだこと」を書く。
3月15日　『ルイズ』（講談社文庫）刊。
『赤とんぼ』28号に「兵たちの無残な記録」を書く。
『インパクション』34に「東アジア反日武装戦線の闘いをどう受けとめたか」を書く。
18日　テレビ静岡の「てれび寺子屋」にアンコール出演（〜25日）。
19日　東京拘置所で大道寺将司さんと面会。
23日　東京拘置所で鎌田俊彦さんと面会。

　26日　九電株主権裁判第二回口頭弁論（福岡地裁）。
3月　径書房主催『上野英信集』刊行開始記念パーティーに出席。
　関西新空港反対の集いで講演。西宮で甲山集会など。
4月5日　『記憶の闇』（河出書房新社）刊。
　5日　「草の根通信」4月149号に「なぜ私は『記憶の闇』を書いたか」を書く。
　15日　『潮風の町』（講談社文庫）刊。
　30日　『暗闇の思想を』（社会思想社・現代教養文庫）刊。
4月　中津保健所のデイケア文章教室の講師となる（年2回。2002年まで。1992年と2002年に文集を発行、文集に寄せる文を書く）。
5月23日　福岡市の河合塾の春期特別講演会で講演。
6月23日　『サンデー毎日』に『記憶の闇』の書評（石村博子）。
　28日　九電株主総会に出席。
　30日　『明神の小さな海岸にて』（社会思想社・現代教養文庫）刊。
7月15日　『私兵特攻』（新潮社）刊。
7月　『赤とんぼ』32号から「複眼竜眼」を連載。
8月5日　「西日本新聞」に「〝最後の特攻隊〟を追って」を書く。
　6日　「草の根通信」153号に「草の根通信はなぜ東アジア反日武装戦線のことを載せるのか」を書く。
　中津市立北部小学校で平和授業（津久見市の保戸島空襲について話す。「草の根通信」154号に収録）。
　11日　『サンデー毎日』に『私兵特攻』の書評。
9月28日　京都大学で「東アジア反日武装戦線と私」のテーマで講演（オデッサ書房から1986年2月刊行）。
10月5日　「西日本新聞」に「土曜童話」連載開始（1987年6月まで毎週土曜、26回）。

17日　甲山裁判第一審判決（完全無罪）傍聴。

11月5日　「草の根通信」156号に「阪神優勝フィーバーの陰で」を書く。

2日　「非核平和展を実現させる会」発足。

22日　「読売新聞」に「書いた者と書かれた者のその後」を書く。

11月　『法学セミナー』11月号に「株主権裁判」を、1987年1月号まで15回連載。

12月5日　「草の根通信」157号に「博覧会騒動記」を連載（1986年6月163号まで）。

8日　伊藤ルイさんの『海の歌う日』の出版記念会に出席。

20日　最高裁は原告適格なしとして却下。豊前環境権裁判終結。

1985・5・8　ヴァイツゼッカー西独大統領、敗戦記念日に「歴史を思い起こせ」と演説。6・6　自民党、国家機密法（スパイ防止法）を議員立法として衆議院提出。12・2　廃案。7・28　第23回オリンピックロサンゼルス大会、ソ連東欧不参加。8・15　中曽根首相、戦後初の靖国神社公式参拝。閣僚18人も公式参拝。野党などの批判高まる。11・26　姫路市で前田陽一（仮名）が母子を殺害。12・3　神戸市で主婦を殺害。1996・12・17　最高裁で死刑確定（2003・9・12　死刑執行）。

1986年　49歳

2月28日　『五分の虫、一寸の魂』（社会思想社・現代教養文庫）刊。

30日　非核自治体運動全国交流集会を主催。

3月17日　中津北高で講演する。

21日　豊のくにテクノトピア（なかつ博）オープン。反核パビリオン（非核平和館）も（〜5月11日）。

4月30日　チェルノブイリ事故で九電本社に抗議。

5月16日　『インパクション』41に「彼らの視線を感じ続けねばならない」を書く。

6月8日　小出裕章さんを招き、中津で「チェルノブイリ原発で何が起きたのか」の講演会を開く（「草の根通信」7月、8月号に収録）。
23日　喀血して国立中津病院に入院（〜28日）。
7月14日　鎌田俊彦さんの控訴審（東京高裁）に情状証人として出廷。『黒ヘル公判ニュース特別号』（1986年11月14日発行）に「松下センセは、かく語りき」収録。
8月11日　第1回「平和の鐘まつり」。宮城喜久子さんの講演「ひめゆり部隊を語る」。
9月10日　『仕掛けてびっくり反核パビリオン繁盛記』（朝日新聞社）刊。
14日　「反日ヤジ馬大博覧会」（大阪中之島公会堂）で講演（「東アジア反日武装戦線狼を書き終えて」は「草の根通信」10月167号に収録）。
20日　「朝日新聞」「土曜サロン」（インタビュー）に登場。
10月5日　『白バラは死なず』の上映会で講演（東京）。
10日　『文芸　冬季号』に「狼煙を見よ」一挙掲載。
12日　うみの会主催「死刑制度に反対する集会」で水田ふうさんと講演（福岡市・キリスト教会館）。
11月15日　『季刊　クライシス』に「大盛況を博した非核平和館」を書く。
23日　島根県六日市町六日市中学に招かれ「絵本」について講演。
1986・1・22　社会党、「新宣言」で社会民主主義路線に転換。1・28　スペースシャトル「チャレンジャー号」、打ち上げ直後に爆発。乗組員7人死亡。4・26　ソ連チェルノブイリ原子力発電所で大事故。28日公表。放射能汚染拡大。6・16　豊前市馬場に新田原基地のファントム2機が墜落。8・15　中曽根首相、外相ら4閣僚、近隣諸国への配慮から靖国神社公式参拝見送り。8・16　閣僚が参拝。

1987年　50歳

1月3日　「熊本日日新聞」に「シリーズ転換の時代を生きる　死の灰を生み続ける原発」を書く。
5日　原水禁九州の非核交流でベラウ（パラオ）へ（〜12日）。

8日　「読売新聞」に「元旦の読書が至福だったころ」を書く。
15日　『狼煙を見よ　東アジア反日武装戦線〝狼〟部隊』（河出書房新社）刊。
18日　平田清剛『もぐら道3000日　三里塚・管制塔被告獄中の詩』（柘植書房）の序を書く。
1月25日　熊本市で東アジア反日武装戦線〝狼〟について講演。
1月　『日本の名随筆51　雪』（作品社）に「雪乞いの里」が収録される。
2月2日　「こみち通信」9・10合併号に「豆腐屋の四季から〝狼〟まで」を書く（前年10月の講演録）。
5日　東京池袋豊島区民センターで、東アジア反日武装戦線の最高裁小法廷最終弁論阻止集会。3日、最終弁論を傍聴。
9日　「草の根通信」171・172号に「松下センセのベラウ訪問記」を書く。
3月23日　井出孫六『峠をあるく』（ちくま文庫）の解説を書く。
大道寺将司さんと最後の面会。
24日　伊藤ルイ・筒井修・木村京子・大道寺将司・益永利明さんら13人（うみの会）で、差入れ交通権訴訟（Tシャツ裁判）を東京拘置所長と法務大臣を相手に提訴（福岡地裁・本人訴訟）。
最高裁、三菱重工ビル爆破の4被告について上告を棄却。大道寺将司さん、益永利明さんの死刑確定。
27日　記者会見に出る。
「原発なしでくらしたい」九州共同行動月間の代表を務める。事務局は熊本の中島真一郎さん（～4月26日）。
4月1日　『母の友』（福音館書店）4月号に「小さなさかな屋」連載開始（～1989年3月号）。
5日　「草の根通信」173号に「死刑によっても思想は抹殺しえぬ」を書く。
12日　第3回うみの会集会「東アジア反日武装戦線の大道寺、益永両氏への死刑判決糾弾、執行阻止Tシャツ訴訟提訴報告集会」（福岡市・農民会館）で報告。
18日　平和といのちをみつめる会に招かれて、築城町で講演「平和運動とは限りない絶望との闘いである」。

4月　『歴史読本』4月号に「わたしの城下町　中津　城下町敗れたり」を書く。
5月5日　「草の根通信」174号に「ぎりぎりまで生きて闘うと告げる最後の手紙」を書く。
16日　代々木八幡区民会館で「死刑確定判決を糾弾し、執行阻止をめざす講演集会」で李恢成さんと講演。
17日　姫路市・山陽教務所で「狼たちを殺すな」講演会。
6月5日　「草の根通信」175号に「あなたもランソの兵として立てる!」を筒井修さんと書く。
26日　九電株主総会に「電源乱開発に反対する九電株主の会」30人と出席、「社長になりそこ」なう。
7月3日　「読売新聞」にコラム「潮音風声」連載開始(〜12月4日、25回)。
5日　「草の根通信」176号に「この母の手紙を読んでほしい」を書く(甘蔗《かんしゃ》珠恵子『まだまにあうのなら』)。
「草の根通信」176号に「獄中の彼らとつながるために」を書く。8月177号、11月180号にも。
12日　非核自治体全国草の根交流会(法政大学)でパネラーとなり、水口洋子さん口演の反核紙芝居のめくり役を務める。
8月2日　第2回平和の鐘まつり。新屋英子一人芝居『身世打鈴《しんせたりよん》』上演。
5日　「草の根通信」177号に「九電社長になりそこないました」を書く。
19日　Tシャツ裁判第一回口頭弁論(録音不可となる。マサシ、トシアキ人形も代理出廷)。
9月16日　鞍手町立病院に上野英信氏を見舞う(最後)。
10月5日　「草の根通信」179号に「人殺しの演習はゴメンです」を書く。
18日　午前、日米合同軍事演習抗議集会(大分市・城跡公園)で発言。午後、日出生台・十文字原日米合同軍事演習に素手で立ち向かう大分県民の会主催のシンポジウム(大分市・コンパルホール)で発言。
11月1日　『群像』11月号に「法廷に出席した人形」を書く。
日出生台での日米共同訓練反対全国集会(3万人、玖珠河原)でアピール。

5日　「草の根通信」180号に「アンポとはこういうことであった」を書く。
8日　人間の鎖5000人が5キロにわたり演習場を取り囲む。
23日　上野英信氏の葬儀に参列（11月21日死去）。
12月10日　『試行』67「状況への発言」で吉本隆明氏に批判される。
25日　「朝日新聞」文化面に「冬の今宿海岸」を書く。
1987・4・1　国鉄が114年の歴史を閉じ、分割民営化。JR6社発足。7・29　ロッキード裁判丸紅ルートの控訴審、田中元首相の控訴棄却。10・26　読谷村の国体ソフトボール会場で、知花昌一さんが「日の丸」を百円ライターで焼き捨てる。

1988年　51歳

1月5日　「草の根通信」182号に「15周年を迎えた草の根通信」、答える人＝松下、坂本紘二、聞く人＝木村京子。
「草の根通信」182号に「なぜ『出力調整実験』は危険なのか」、答える人＝平井孝治、聞く人＝松下。
10日　『あぶらげと恋文』（径書房）刊。
15日　「草の根通信」15周年記念パーティ（ホテルサンルート中津）。
25日　四国電力伊方原発出力調整実験反対行動（高松市）に参加（〜26日）。
29日　警視庁による家宅捜索（ガサ入れ）を受ける（日本赤軍がらみの容疑。「草の根通信」184号参照）。
31日　平和といのちをみつめる会主催築城基地日米共同訓練反対の「平和の空を」集会で伊藤ルイさんと共に話す（会場の築城公民館が使用許可取り消しになったので、豊前市の教育会館で）。
1月　『公明』1月号に「検討に値しない『ふるさと創生論』」を書く。
2月5日　「草の根通信」183号に「わたしのからだに奇蹟が起こったような……　四電本社直接対決記」を

書く。
11日 第2次伊方行動（原発サラバ記念日）で高松市へ（～12日）。
3月4日 『朝日ジャーナル』3月4日号に「踏み込まれる側の論理」を書く。
5日 「草の根通信」184号に「出かけようとしてタクシーを止められて」を書く（ガサ入れのこと）。
6日 大量の下血で木下外科へ入院（～26日）。「草の根通信」4月号に「病床日記」を書く。
25日 『日本の名随筆65 桜』（作品社）に「花びら釣り」が収録される。
4月12日 日本武道館で東大入学式講演（自治会主催）。
24日 日比谷公園の反原発集会で意志表示、銀座デモへ（2万人）。
25日 東京拘置所へ鎌田俊彦・大道寺将司・益永利明さんに面会に行くが、強制排除される。
5月19日 平和といのちをみつめる会の渡辺ひろ子さんが、1月31日の集会会場（築城公民館）が使用許可取り消しになったので、築城町長を相手に福岡地裁小倉支部に提訴。その応援に行く。
6月15日 『季刊 自然と文化』（日本ナショナルトラスト）に「諭吉の里から」連載開始（～1989年9月、6回）。
7月9日 島根原発2号試運転反対集会（試運転開始直後にタービンが回らず停止。～10日）。
15日 伊藤ルイさんと石垣島へ（空港反対。～18日）。
30日 『クリティーク12』（青弓社）に「闘いの現場 反火電から〝狼〟まで」を書く。
8月12日 第3回平和の鐘祭で砂田明「鎮魂歌・女の平和」を上演。コロスとして出演。
25日 『右眼にホロリ』（径書房）刊（「草の根通信」連載ずいひつ、1984年7月～1988年1月）。
30日 泊原発提訴集会（札幌市）で講演（～9月2日）。
9月5日 『現代農業』9月増刊号（農文協）に「原発のある里」を書く。
29日 ガサ入れに対し国家賠償請求裁判提訴（東京地裁）。
10月2日 「東芝府中工場上野さん人権裁判提訴六周年記念集会」で講演（「私の原告歴15年」）後、豆腐を切り分ける。
11月5日　「草の根通信」191号に「やられたままでは終らせない」を書く。
31日　洋子の母に肺癌末期の宣告。本人に告知せず。
7大学生協連合主催で、熊本大、長崎大など七つの大学で講演。
12月13日　ガサ国賠裁判第一回口頭弁論で陳述。
1988・6・6　玄海原発1号機で一次冷却水漏れ事故。6・18　リクルート事件発覚。8　鳥取岡山県境の人形峠でウラン採鉱の残土放置発覚。9・19　天皇吐血。容態悪化で行事興行広告など自粛相次ぐ。その是非をめぐって活発な論議。

1989年　52歳

1月7日　佐高信『親と子と教師への手紙』（現代教養文庫）の解説を書く。
25日　『朝日ジャーナル』緊急増刊号に「わたしの天皇感覚」を書く。
2月5日　「草の根通信・福岡新春の集い」に出席（大手門会館）。
6日　『アサヒグラフ』に「死を想う（死の瞬間から先を考えず。思いつめても詮ないことである）」を書く。
8日　Tシャツ裁判。
14日　橋本勝講演会「イラストで描く脱原発」（中津・勤労者福祉会館）を開く。
20日　第20回記念全国ボランティア研究集会（宮崎市）の分科会「いのちと暮らしの不響を生きる」の水先案内人として出席。
3月30日　ピースボート（原発めぐり）に乗船。高木仁三郎・前田哲夫氏らと福島原発、下北、六カ所村などを回る（～4月3日）。
4月　尚学図書の高校2年の国語の教科書に、「鉛筆人形」が載る（志賀直哉の「ジイドと水戸黄門」と並んで）。

5月5日　船場町・留守居町子供会の会長を務める。
14日　「草の根通信」198号に「サトウサンペイさん考えて下さい」を書く（死刑廃止問題）。
6月29日　京都の論楽社で講演。岡部伊都子さんと会う。
7月5日　第65回九電株主総会に出席。
18日　参院選に「原発いらない人びと・九州」から木村京子さんが立候補。松下代表は各地で応援演説（鹿児島、加治木、博多、熊本、長崎）。23日、落選。16万1523票。
20日　「西日本新聞」に「いつになったらやめられる」を書く。
8月6日　読売新聞西部本社学芸資料課編『西日本　先達・新鋭作家シリーズ　掌編小説集　パート2』に「釘の音」を書く。
8月　第4回平和の鐘祭。4・2築城基地人間の鎖がテーマ。
15日　『エコノミスト』に「電力の大量消費は破滅への道」を書く（8月22日にも）。
9月26日　『教育評論』8月号に「『暗闇の思想を』から17年　脱原発　原発社会の対極を考える」を書く。
10月13日　株主権裁判で本人尋問に答える。
25日　築城基地日米共同訓練反対の座り込みに参加（基地ゲート前）。
31日　『小さなさかな屋奮戦記』（筑摩書房）刊。
11月2日　『砦に拠る』（ちくま文庫）刊。
20日　洋子の母に24時間の付き添いが必要となる。洋子泊り込む。
21日　『朝日ジャーナル』臨時増刊号に「私を揺さぶったノンフィクション　頑なに記録文学の孤塁を守った上野英信」を書く。
『追悼上野英信』（裏山書房）に「原石貴重の剛直な意志」を書く（「草の根通信」1993年12月253号に収録）。
11月　中津市母と女教師の会で「くらしを守るために　しのび寄る放射能汚染」を講演。

12月5日　「草の根通信」205号に「病む人につきそう日々」を連載（～1990年6月号）。
1989・1・7　天皇死去。4・1　消費税スタート（3％）。5・7　1965年12月5日に沖縄近海航海中の米空母「タイコンテロガ」から水爆搭載機が滑落していたことが表面化。6・4　天安門事件。11・9　東独、ベルリンの壁を実質的に撤去。

1990年　53歳

2月24日　本島市長銃撃事件抗議集会で長崎へ（～25日）。
3月23日　大阪高裁で甲山裁判傍聴（一審判決破棄、差し戻し判決）。
24日　虹の会主催「それぞれの反日」を講演（大阪府立労働センター）。
5月12日　洋子さんの母ツル子さん死去（64歳）。
20日　『どろんこサブウ』（講談社）刊。
6月1日　『群像』6月号に「裁判の恐ろしさ」を書く。
「朝日新聞」文化面に「母が見た蛍」を書く。
3日　日米共同訓練反対三万人集会に参加（玖珠河原）。
17日　「西日本新聞」に「父の沈黙」を書く。
28日　九電株主総会に出席。
7月8日　船橋市で『どろんこサブウ』の出版記念会。
9日　新宿モーツァルトサロンでの「東京室内歌劇場・歌と朗読の夕べ」で、山内雅人さんが「絵本」を朗読するのを聞いて泣く。
7月　『月刊ASAHI』に「母子草」を書く。
8月5日　「草の根通信」213号に「反原発株主、全国でいっせいに蜂起」、語る人＝平井孝治、聞く人＝松下。
8日　奄美大島での人権交流集会に参加。19日、名瀬で講演。

10月17日　自衛隊の海外派兵に反対する緊急ネットワークを結成。
19日　大分県・自衛隊海外派兵阻止闘争合同会議を結成。
21日　赤とんぼの会で自衛隊の海外派兵に反対して中津駅前でアピールと署名活動。
28日　「佐伯市母と女教師の会」で海外派兵反対の声をあげようと講演。
11月3日　梶原夫妻（11月2日が結婚記念日）と共に合同旧婚旅行（日田、久重、大分）に出かける。
4日　大分駅前で赤とんぼの会の自衛隊海外派兵反対の集会に出る。
12日　即位の礼に反対する市民集会（大分市・教育会館）のパネラーになる予定が、腹痛で病院に運び込まれる。
14日　急性腸炎で木下外科へ入院（〜19日）。
26日　鎌田慧『隠された公害』（ちくま文庫）の解説を書く。
12月5日　『母よ生きるべし』（講談社）刊。
10日　『現代日本朝日人物事典』に載る。また同書に大道寺将司、室原知幸の項を書く。
25日　平和といのちをみつめる会編『平和な空を！』に「あるいは一匹のアリだとしても」を書く。
31日　『気にいらぬ奴は逮捕しろ』（社会評論社）に「警視庁めざまあみろ！」を書く。
1990・5・24　韓国盧泰愚大統領来日。天皇が「痛惜の念」表明。8・2　イラク軍、クウェート制圧。
11・12　天皇即位の礼。11・22　現憲法下初の大嘗祭。

1991年　54歳

1月14日　ニカラグアから30人を迎え、「九一年今こそ非暴力、平和運動を」大分集会（大分市・労働福祉会館）。
17日　徳島市の郷土文化会館で講演（湾岸戦争の開戦を知る）。
20日　中津駅前で湾岸戦争反対の街頭行動。
25日　島田雅美さんらと抜穂の儀違憲訴訟提訴。原告となる（大分地裁）。

2月5日　『反日思想を考える　死刑と天皇制』（軌跡社）に、集会に寄せた文を書く。「草の根通信」219号に「来なかったディスコート神父に真の政治家の姿を見た」を書く（湾岸戦争に関して）。
24日　反原発一万人集会（代々木公園）。
3月11日　チェルノブイリ原発事故5周年統一キャンペーンとして、藤田祐幸さんの講演「チェルノブイリ現地を歩いて」（9時＝中津市勤労青少年ホーム、18時＝中津市勤労者福祉会館で）。
4月22日　「抜穂の儀」違憲訴訟第一回口頭弁論（大分地裁）で意見陳述。
27日　平井孝治さよなら講演「美浜事故をめぐって」と清水泰「株主権裁判の判決を前にして」（福岡市農民会館）。
5月14日　九電株主権裁判敗訴判決（控訴断念）。
6月27日　第67回九電株主総会に出席。
8月26日　「毎日新聞」に「私の新古典・庄野潤三『夕べの雲』」を書く。
9月5日　「草の根通信」226号に「松下センセ夫妻の旧婚旅行を妨害する日米両軍」を書く。
10日　大分県評と共に「インディペンデンス」入港母港化反対一万人集会へ（横須賀）。
11日　首相官邸、防衛庁、総評などを回る（日米共同訓練の件で）。
27日　台風19号で自宅屋根瓦が吹き飛ぶ。
10月21日　「毎日新聞」学芸面に「私の散歩道」を書く。
11月10日　日米共同訓練反対一五〇〇〇人集会に参加（玖珠河原）。玖珠隣保館で市民集会。11日、20日も。
17日　中津市内の新法相田原隆事務所に向かって死刑廃止を訴える。
12月1日　『群像』12月号で鎌田慧・佐木隆三氏と座談（東京）「事実と虚構ノンフィクションの可能性」。
5日　「草の根通信」229号に「日出生台での日米合同演習に抗議する」を書く。
6日　ＰＫＯ抗議で48時間在宅ハンスト（〜8日）。

11日　父健吾寝たきりとなり、食事介護始まる。
15日　菊田幸一・安田好弘さんを迎えて、「田原法相の足元で死刑制度を考えるつどい」主催（「草の根通信」1992年3月232号に収録）。たまたま帰りの飛行機が同じになった安田さんらが、法相に要請書を直接手渡す。
1991・1・17　湾岸戦争。劣化ウラン弾使用（2・28　終結）。1・24　政府・自民党、湾岸戦争支援策として90億ドルの追加支出、避難民輸送のための自衛隊機派遣などを決定。2・9　関西電力美浜原発2号機で原子炉が自動停止する国内最大規模の事故。2・19　吉四六劇団の池ゆう子さん、交通事故で死去。11・27　自民・公明両党、衆院国際平和協力委でPKO協力法案を強行裁決。12・10　政府、今国会での成立断念。

1992年　55歳

6月25日　『ゆう子抄』（講談社）刊。
7月1日　梶原得三郎・和嘉子夫妻が東九州女子短期大学の学生寮の寮管・寮母となり住み込む。
8月1日　政教分離訴訟全国集会で講演（別府）。
9月3日　『週刊文春』9月3日号に『ゆう子抄』の書評（矢野誠一）。
24日　『宝島』9月24日号に『狼煙を見よ』の書評（柳下毅一郎）。
10月11日　北九州がんを語る会主催の講演会で、「母よ、生きるべし」を話す（行橋市中央公民館）。11月15日、同会会報「希望」29号に要旨掲載。
10月　『記録』10月・終刊号に「歌との出遭い、そして別れ」を書く。
11月13日　「信濃毎日新聞」に「学校の外で学んだ　短歌と出遇って」を書く。
22日　「西日本新聞」に「上野英信氏逝きて五年」を書く。
11月　父の夕食介護に加えて朝食介護に通う。自身の点滴通院治療も。高血圧を指摘される。
1992・1・13　加藤紘一官房長官、従軍慰安婦問題で旧軍の関与を認め、公式に謝罪。1・17　訪韓中の宮沢首相、韓国国会で公式に謝罪。2・17 宮崎県串間市に九電が原発立地を打診。6・14 PKO協力法案成立。9・19 PKO部隊の自衛隊第一陣、呉から出発。8・28 金丸信自民党副総裁、佐川急便からの5億円授受を認め辞任。10・23 天皇訪中。日本が「中国国民に対し、多大の苦難を与えた不幸な一時期につき深く悲しみとする」と反省の発言。

1993年　56歳

1月3日　返還プルトニウム輸送船「あかつき丸」への抗議で大分駅前に座り込む。
　5日　「読売新聞」に「カモメと遊ぶ」を書く。
3月1日　「草の根通信」に「ずいひつ　242　カモメのおじさん」を書く。
　20日　『群像』3月号に「偽証罪」を書く。
4月5日　パトリオット配備反対人間の鎖に参加（福岡県豊津町）。
　22日　「草の根通信」に「五四四五頁、これが創刊以来の総頁数です」を書く（1990年までの略年譜と主要記事タイトル）。
　24日　「朝日新聞」「文芸時評」で大江健三郎氏が「怒りていう、逃亡には非ず」を激賞。
5月1日　「朝日新聞」文化面に「さようなら前田俊彦さん」を書く（前田さんは4月16日自宅で焼死）。
6月13日　『文芸』夏季号に「怒りていう、逃亡には非ず」一挙掲載。
　29日　伊達火力着工阻止20周年集会で講演（北海道伊達市）。
7月13日　九電株主総会に出席。
　22日　父健吾死去（87歳）。
8月30日　「西日本新聞」に「砂田明さんを悼む」を書く（砂田さんは7月16日死去）。
9月2日　秀川さん（仮名）が訪ねてくる。入院。
　「西日本新聞」に「ありふれた老い」連載（〜1994年6月30日、43回。毎週木曜日。挿絵今井と

30日　『狼煙を見よ』（社会思想社・現代教養文庫）刊。

も子）。

10月8日　「熊本日日新聞」に書評「人間の愚行を検証　鈴木真奈美著『プルトニウム＝不良債権論』」を書く。

16日　三枝義浩『埋もれた楽園』（講談社コミックス）に解説を書く。

10月　『月刊ASAHI』「日本がわかる百冊」で『砦に拠る』の書評（呉智英）。

11月28日　原発被曝労働者救済センター代表平井憲夫さんの講演会を中津で開く。

12月12日　論楽社ブックレット『生活者の笑い、「生」のおおらかな肯定』（講演録）刊。

15日　『怒りていう、逃亡には非ず』（河出書房新社）刊。

1993・1・5　フランス出帆のプルトニウム輸送船「あかつき丸」、茨城県東海港に入港。6・29　ゼネコン汚職事件。8・4　政府、従軍慰安婦の「強制連行」を認める調査結果発表。8・23　細川首相、所信表明演説で「侵略行為や植民地支配」に「深い反省とおわび」の意を表明。10・17　ロシア、日本海に放射性廃棄物を投棄。

1994年　57歳

1月6日　「読売新聞」に「お年玉」を書く。

2月3日　『週刊文春』2月3日号に『怒りていう、逃亡に非ず』の書評（鳥井守幸）。

14日　「熊本日日新聞」に書評「松下竜一が読む　ガリー・トーブス著『常温核融合スキャンダル』」を書く。

20日　『日本の名随筆別巻36　恋文』（作品社）に「名のない手紙」が収録される。

25日　ガサ国賠裁判で本人証言（東京地裁）。福島瑞穂弁護士の尋問に答える。

3月7日　「朝日新聞」文化面に「出会いの風景」連載（11日まで5回）。

20日　「草の根通信」21周年春の集い（オリエンタルホテル。「草の根通信」4月257号に完全再現）。

26日　梶原玲子さんが拾った子犬（チェリー）を飼うことになる。ラン、インディと3匹になる。

4月16日　第1回瓢鰻亭忌ドブロク祭（行橋市・コスメイト）で前田俊彦さんを偲ぶ挨拶。
4月　『月刊社会教育』に「草の根通信が紡いだネットワーク」を書く。
5月18日　「熊本日日新聞」に書評「松下竜一が読む　下嶋哲朗著『沖縄「旗めいわく」裁判記』」を書く。
6月5日　笹山久三『郵便屋』（河出文庫）の解説を書く。
10日　「草の根通信」259号に「ずいひつ　底抜けの散歩」を書く。
29日　『週刊金曜日』29号に「21年という気恥かしさ」を書く。
　九電株主総会で、電源乱開発に反対する九電株主の会（事務局は深江守さん）が、3万7000株を結集して株主提案権を初めて行使。
30日　抜穂の儀違憲訴訟で敗訴（大分地裁）。弁護士談「これは裁判ではない」。直ちに控訴。
7月5日　「草の根通信」の発送作業を梶原さん宅の離れで21年間やってきたが、そこが取り壊されることになり、中津市北部公民館に変わる。
22日　『週刊金曜日』35号に「われは九州電力意見株主」を書く。
30日　荒井まり子『未決囚十一年の青春』（社会思想社・現代教養文庫）の解説「人の精神の輝きをみる」を書く。
7月　「熊本日日新聞」に書評「松下竜一が読む　紙パルプ・植林問題市民ネットワーク著『沈黙の森・ユーカリ』」を書く。
8月15日　赤とんぼの会が「憲法九条こそが国際貢献です」と意見広告。
9月1日　「西日本新聞」に「私にとっての戦後五〇年」を5回連載（〜7日）。
10月18日　大分県日出町のハーモニーランドの中にある「皇太子殿下御成婚記念公園」（3億円）について、島田雅美さんらと監査請求を出し、意見陳述する。
11月5日　チェリーが子犬を3匹産む（1匹はもらわれていったが、ケヴィンとコナンが残る。全部で5匹）。
13日　「熊本日日新聞」に書評「松下竜一が読む　川原一之著『土呂久羅漢』」を書く。

24日　東チモール・スピーキングツアーのロケ・ロドリゲスさんの講演会を開く。
12月12日『AERA』12月12日号「現代の肖像」に登場（中川六平文、芥川仁写真）。
13日『ありふれた老い』（作品社）刊。
24日　上関原発反対集会（大分県国見町）に参加。
歳末、喘鳴が激しく、点滴のため通院。
1994・4・8　細川首相、佐川急便グループからの1億円借金問題などでの国会空転で辞任。5・7　羽田内閣永野法相、「南京大虐殺でっちあげ」発言で辞任。5・10　経済企画庁、不況は37カ月目と報告。6・28　松本サリン事件。県警、第一通報者を被疑者扱い。7・20　村山首相、臨時国会で自衛隊合憲の所信表明。7・21　日の丸・君が代の学校での指導容認。10・13　大江健三郎氏、ノーベル文学賞受賞。10・14　文化勲章を辞退。この年、バブル期の不動産への放漫融資のツケが表面化。

1995年　58歳

1月5日　上野英信『出ニッポン記』（現代教養文庫）の解説を書く。
16日「熊本日日新聞」に書評「松下竜一が読む　高木仁三郎著『プルトニウムの未来』」を書く。
2月3日「反権力の系譜　負けても負けても闘い続ける」に取り上げられる（朝日新聞・吉沢龍彦記者）。
6日　風邪で発熱、病臥。
20日　築城基地日米共同訓練反対の座り込みに参加。
22日　腎臓結石の激痛で病院へ行く。26日、排出。
3月1日　風邪で、激しい咳の発作。
7日　洋子が子宮筋腫の手術で入院。退院までの15日間、酸素吸入しながら付き添う。
9日『週刊文春』3月9日号に『ありふれた老い』の書評（島成郎）。
4月1日『潮』に「波音　河口へ」を書く。

13日　門司労災病院の医師に入院を勧められるが……。
6月10日　チェルノブイリ支援運動九州編『わたしたちの涙で雪だるまが溶けた』（梓書院）の解説を書く。
15日　『さまざまな戦後　第一集』（日本経済評論社）に「思えば遠くへ来たもんだ」（「私にとっての戦後五〇年」改題）を収録。
29日　九電株主総会で、九電消費者株主の会（電源乱開発に反対する九電株主の会が改称）が25万株を結集して株主提案権を行使。
7月2日　「熊本日日新聞」に書評「松下竜一が読む　山口明著『寝たきり少女の喘鳴が聞こえる』」を書く。
5日　「草の根通信」272号に「ずいひつ　今日の夕日は何点」を書く。
29日　第10回平和の鐘祭で森川万智子さんが従軍慰安婦問題を講演。30日、ピースサイクル一行が長崎を目指して出発。
8月15日　「西日本新聞」に「あの日」（環境権裁判提訴の日のこと）を書く。
共同通信に「50年前の小さな死」を書く（各地方紙に15日頃掲載。「草の根通信」9月274号に転載）。
20日　『自然保護事典　2海』（緑風出版）に「環境権を豊前海から見る」を書く。
9月12日　木村京子さんたちと福岡市天神でフランスの核実験反対行動でアピール。2時から九電に申し入れ。
27日　Tシャツ裁判。伊藤ルイさんの証言「……73歳、伊藤ルイの遺言です」（「草の根通信」11月276号に掲載）。
10月3日　「朝日新聞」に「拝啓シラク大統領　理性はどこへ」を書く。
11月8日　中津市下宮永集会所で草伏村生さん（東京HIV訴訟の原告）の講演会「もっと生きたい　薬害エイズ感染といのちの重み」を開く。
1995・1・17　阪神淡路大震災。震度7。死者6425人、全壊家屋約11万7000棟。2・23　名瀬市の環境ネットワーク奄美（籠橋弁護士）、アマミノクロウサギ、ルリカケスなどを原告に、ゴルフ場開発許可取り消しを求めて鹿児島地裁に提訴。3・23　地裁は動物の訴えはありえないと却下。3・20　地下鉄サリン事件発生。死者12人、重軽傷者5500人以上。5・16　オウム真理教代表麻原彰晃（本名松本智津夫）を殺人・同未遂容疑で逮捕。5・7　仏大統領にシラク当選。6・13　南太平洋で1995年9月〜96年5月の間に、核実験を8回行うと発表。8・15　村山首相、戦後50年の談話。「植民地支配と侵略」につきアジア諸国に「お詫び」を表明。

1996年　59歳

1月1日　『水俣東京展NEWS』№6に「水俣を考える5　私に転身を迫った衝撃」を書く。
24日　「西日本新聞」に「筑豊文庫とわたし」を書く。
2月2日　『怒りていう、逃亡には非ず』（河出文庫）刊。
10日　脱原発大分ネットワーク主催の講演会「原発の時代は終った　もんじゅ事故から原発大国を考える」で基調提案。
15日　風邪をひき、下痢、咳、啖、発熱。点滴注射に通い始める。
4月　娘の杏子さんが福岡の専門学校に入学。
5月2日　『岡部伊都子集』（岩波書店）の月報に「豆腐のご縁で」を書く。
15日　伊藤ルイさん、末期の胆道ガンと知る。
24日　Tシャツ訴訟のため裁判官と折衝のあと、ときつ医院にルイさんを見舞う。洋子さん、梶原さん、木村京子さん、筒井修さん、古川佳子さんも一緒に。
26日　ルイさん、ときつ医院の食堂で有川宏牧師より洗礼を受ける。
6月27日　九電株主総会の後、ルイさんを最後のお見舞い。
28日　伊藤ルイさん死去。「西日本新聞」（29日）、「朝日新聞」（7月1日）、「読売新聞」（7月1日）に追悼文を書く。

7月5日　Tシャツ訴訟原告団がルイさんの遺影を抱いて東京拘置所での獄中原告への尋問への立会いを求めたが、ピケに阻まれる。
8日　『記録』にルイさんの追悼文を書く。
13日　みんなでルイさんを送る会（福岡市・日本基督教団福岡中部教会）で挨拶。
8月15日　赤とんぼの会が日出生台米軍演習移転反対の意見広告14回目。「基地はいらない！　憲法九条があるから」。
9月5日　『週刊金曜日』にルイさんの追悼文「力に抗して真剣に生きて」を書く。
23日　長男健一結婚（中津市）。
25日　『底抜けビンボー暮らし』（筑摩書房）刊（「草の根通信」連載ずいひつ、1990年7月〜95年6月分）。
9月　伊藤ルイさんの9・16の会で挨拶。鎌田慧さんが大杉栄について話す。
10月7日　『文芸』冬季号に「汝を子に迎えん」一挙掲載。
12日　上関原発予定地祝島へ、国東港から船で行き、立木トラストの札を梶原さんにかけてもらう。
11月13日　Tシャツ裁判結審。
17日　日出生台日米合同演習反対集会に参加。
22日　ガサ国賠判決（一部勝訴。64人の原告のうち6人は家宅捜査の根拠がなかった。被告、原告控訴）。奇しくもこの夜、テレビ「驚きももの木20世紀」は泉水博さんのことをテーマに取り上げた。
23日　次男歓結婚（岡山市）。
12月5日　「草の根通信」289号に「海から行って見えた〝上関原発〟」を書く。
6日　中野孝次『清貧の生き方』（ちくま文庫）の解説を書く。
20日　『週刊朝日』12月20日号に「私の読書日記」を書く。
1996・2・16　菅直人厚相、エイズ薬害問題で血友病患者に直接謝罪。8・4　新潟県巻町で原発建設を問う初の住民投票。反対派が有権者の過半数に。10・18　川内原発1号機で一次冷却水漏れ事故。12・17　ペルーの日本大使公邸事件発生。

1997年　60歳

1月5日　「草の根通信」290号に「ガサ国賠裁判の一審判決にふれて」を書く。
31日　「草の根通信」290号に「川内原発一号機の一次冷却水漏れで交渉」を書く。
2月7日　『しのぶぐさ――伊藤ルイ追悼集』を編集、草の根の会より刊行。
24日　『RONZA』に「少しビンボーになって競争社会から降りようよ」を書く。
2月　NHK「ラジオ談話室」に登場（～28日）。
3月1日　岡山の次男歓くんがエンゾーを連れてくる（都合6匹になる）。
26日　『群像』3月号に「大赤字の勝訴」を書く。
4月10日　Tシャツ裁判判決（一部勝訴。控訴。現金の差し入れは認められる。しかし東京拘置所は差し入れ金を入れさせなかった）。
12日　『汝を子に迎えん』（河出書房新社）刊。
5月3日　瓢鰻亭忌ドブロク祭に参加（豊津町・瓢鰻亭ひまわりこども）。
9日　鎌田俊彦『鎌田俊彦氏の生活と意見』（北冬社）に寄せる文を書く。
12日　『週刊金曜日』に「松下竜一の眼」連載（4回）。
14日　「神戸新聞」に随筆を書く（5月12日、27日、6月11日、26日、7月11日、29日、8月3日、28日の8回）。
17日　米軍の土地強制使用期限切れで特別措置法改悪される。反基地沖縄デーに共同行動として、築城基地前で座り込み。
鳥取市の徳永進さんのこぶし館で伊藤ルイさんのことを話す。

31日 「朝日新聞」に「わが青春のヒーロー」を書く（『鉄道員』のサンドロ少年のこと。九州は載らず）。
6月16日 1カ月以上続いた激しい咳による喀血で、村上記念病院に入院（〜7月12日）。入院は通算8回。喀血では4回目。
8月25日 今井美沙子・中野章子著『男たちの天地』（樹花舎）で取り上げられる。
31日 「西日本新聞」に「上野晴子さんをしのんで」を書く（上野晴子さんは8月27日死去）。
9月2日 築城基地正門前座り込み第100回に参加。
17日 大分県議会に出された〈「従軍慰安婦」削除請願〉への対策で各方面に呼び掛ける。
10月1日 『群像』に「一頁人物論」を書く（12月号まで3回連載）。
3日 「朝日新聞」「言葉の森」に登場。
8日 ガサ国家賠償請求裁判控訴審第一回公判で意見陳述（東京高裁）。
23日 山口平明『娘天音妻ヒロミ』の序文を書く。
26日 佐高信監修『戦後ニッポンを読む　狼煙を見よ』（読売新聞社）刊。
11月5日 「草の根通信」300号に「そういえば、今月で300号なんですね」を書く。
21日 Tシャツ訴訟控訴審第一回口頭弁論。
12月6日 「朝日新聞」「出会いの風」連載（7回）。
7日 甲山事件福岡集会に参加。
10日 TBS系「女神の天秤」に出演。
16日 「朝日新聞」の「ひと」欄に載る（「草の根通信」300号）。
記念庭園裁判で敗訴。弁護士談「欠陥裁判による欠陥判決」。直ちに控訴。
1997・1・18 菅厚相、1953年改正のらい予防法放置を謝罪（3・27 らい予防法廃止法成立）。2・10 米軍機が1995年から1996年にかけ、沖縄の鳥島で劣化ウラン弾を発射していたと外務省が公表。3・11 動燃東海事業所の再処理工場内のアスファルト固化処理施設で火災・爆発事故。作業員37人被曝。4

・18　政府は動燃の解体と新型転換原型炉ふげんの廃炉の方針固める。6・19　仏首相は高速増殖実証炉スーパーフェニックスを廃止する方針表明。5・27　神戸市須磨区の小学6年生の切断された頭部が中学の校門で発見される。6・28　中学3年の男子生徒（14歳）が逮捕される。2月と3月に女児4人が殺傷された事件についても再逮捕。11・24　営業不振に陥った山一証券が自主廃業を決める。12・1　地球温暖化防止京都会議。

1998年　61歳

1月25日　築城基地日米共同訓練に抗議の座り込み。
2月2日　「毎日新聞」に林田英明記者によるインタビュー「この人と」4回載る（～5日）。
　20日　第二次Tシャツ訴訟第一回口頭弁論（福岡地裁）。
3月2日　「人と人との物語　上野英信と松下竜一」に取り上げられる（「朝日新聞」文＝河谷史夫編集委員、絵＝トーナス・カボチャラダムス。～5日）。
　24日　甲山差戻し審無罪判決を傍聴（4月6日検察側またしても控訴）。
4月5日　「草の根通信」305号に「甲山裁判差し戻し審で再び無罪判決」を書く。
5月18日　「朝日新聞」に「報！　こちら一万円足らず『低額納税者』。『底抜けビンボー…』売れてビンボー脱却!?」の記事載る。
　20日　『本日もビンボーなり』（筑摩書房）刊（「草の根通信」連載ずいひつ、1995年7月～1997年10月分）。
　30日　第1回ゆふいん文化・記録映画祭で、藤原智子監督『ルイズその旅立ち』を上映。講演をする。
6月29日　村上記念病院に入院（～7月28日）。酸素吸入をしながら「草の根通信」の編集。
6月　風邪をひき、いつもの「咳、咳地獄」。
7月28日　第13回平和の鐘祭りで、藤原智子監督『ルイズその旅立ち』を上映。「ルイズを書いて」を講演（中津文化会館）。

7月　『論座』7月号に「甲山事件、無謀なるかな検察の再度の控訴」を書く。
8月1日　『ルイズその旅立ち』のパンフレットに「記録映画作家の至福の瞬間」を書く。
9月25日　抜穂の儀違憲訴訟控訴審判決。
10月3日　「松下竜一その仕事展」中津市立小幡記念図書館で開催（～31日）。『図録　松下竜一その仕事』刊行。6日、佐高信講演会（中津勤労福祉会館）。18日、緒形拳講演会（南部小学校体育館）。26日、シンポジウム。パネラーは長田洋一、虫賀宗博、松永久美、城戸洋さん（中津商工会議所ホール）。
5日　『松下竜一その仕事』（全30巻、河出書房新社）刊行開始。第1巻は『豆腐屋の四季』。
「朝日新聞」に「私空間」（緒形拳さんのこと）を4回連載（～8日）。
11日　中津読書クラブ読書会に出席。
16日　「朝日新聞」に鎌田慧さんが「『松下竜一その仕事』刊行に寄せて　ナイーブにラジカルに」を書く。
11月3日　長女杏子、窪田貴志と結婚式。
8日　築城基地航空祭に反対して渡辺ひろ子さんら5、6人で基地ゲート前で集会。
16日　伊藤ルイ著『海を翔ける　草の根を紡ぐ旅2』（八月書館）を編集刊行。
23日　「朝日新聞」の天声人語で『松下竜一その仕事』が紹介される。
12月5日　『松下竜一その仕事2　潮風の町』（河出書房新社）刊。
26日　窪田貴志・杏子夫妻に長女文音ちゃん生まれる。松下さんの初孫。
12月　山国町で「松下竜一その仕事展」（コアやまくに）。
1998・1・28　中学生が女教師をナイフで刺殺。ナイフ事件続発。3・31　東海原発廃炉となる。5・11　インドが核実験。5・29　パキスタンが核実験。7・25　和歌山市で亜ヒ酸入りカレー事件。10・8　韓国の金大中大統領来日。

1999年　62歳

1月14日　『松下竜一その仕事3　いのちきしてます』（河出書房新社）刊。
25日　米海兵隊実弾演習に抗議して、日出生台に通う（「朝日新聞」大分版に「松下竜一の目」を2月25日まで15回連載。「草の根通信」3月号に転載）。
31日　NHKラジオ深夜便に、立松和平さんと出演。
2月6日　人権弁護士・安田さんへの弾圧は不当だ！福岡集会（福岡県弁護士会館）。
小倉クエスト書店で「松下竜一その仕事展」（～15日）。
10日　『松下竜一その仕事4　ウドンゲの花』（河出書房新社）刊。
15日　風邪をひくが日出生台に通う。医師から「責任は持てませんからね」と匙を投げられる。
3月1日　大分パルコブックセンターで「松下竜一その仕事展」（～14日）。
8日　NHK教育テレビETV8で「豆腐屋の書斎から」放送。
10日　『松下竜一その仕事5　小さな手の哀しみ』（河出書房新社）刊。
4月1日　熊本市紀伊國屋書店で「松下竜一その仕事展」（～15日）。
9日　『松下竜一その仕事6　あぶらげと恋文』（河出書房新社）刊。
11日　「朝日新聞」に「ちょっと深呼吸　わがまち　二人と五匹の散歩道」を書く。森崎和江、永畑道子、岡田哲也、石牟礼道子さんと共にリレー連載（～2004年6月20日、43回）。
25日　須賀瑠美子さんが中津市議に初当選。
長男健一夫妻に未來ちゃん誕生。
5月1日　「宮崎日日新聞」、「四国新聞」、「秋田さきがけ新聞」、「熊本日日新聞」などに、「老い来りなば」を、7月3日まで15回連載。
10日　『松下竜一その仕事7　右眼にホロリ』（河出書房新社）刊。

16日　福岡市紀伊國屋書店本店で「松下竜一その仕事展」（〜18日）。
6月10日　「朝日新聞」に「ちょっと深呼吸　食卓　父の応接台の上で」を書く。
25日　『松下竜一その仕事8　母よ、生きるべし』（河出書房新社）刊。
29日　「朝日新聞」の「在る」シリーズに載る（27日まで3回）。
6月　九電株主総会で株主共同提案権を行使。
7月9日　『季刊銀花』6月号に「手をめぐる四百字　その19」を書く。
8月10日　『松下竜一その仕事9　ありふれた老い』（河出書房新社）刊。
12日　『松下竜一その仕事10　底抜けビンボー暮らし』（河出書房新社）刊。
29日　ブハハ会と交流。
足利由紀子さんたちの水辺に遊ぶ会のスライド上映会で松下竜一ネイチャートーク（中津市立図書館）。
8月　福岡県大平村の広報紙「たいへい」で、「松下竜一が選ぶあなたのエッセイ」の選者になる。
9月10日　『松下竜一その仕事11　風成の女たち』（河出書房新社）刊。第2期刊行開始。
15日　歩みの会25周年記念誌編集委員会『わいわいドタバタ日記』に「『弱者として』の視点」を書く。
10月8日　『松下竜一その仕事12　暗闇の思想を』（河出書房新社）刊。
10月　佐賀市立図書館で「松下竜一その仕事展」。
11月7日　築城基地航空祭に抗議に行く。
10日　『松下竜一その仕事13　五分の虫、一寸の魂』（河出書房新社）刊。
12日　『週刊金曜日』11月12日号に「無実を信じた『記憶の闇』」を書く（9月28日、大阪高裁は山田悦子さんに無罪判決。10月8日、大阪高検は控訴せず、無罪確定）。
15日　航空総隊総合演習に抗議して築城基地に行く。
12月6日　「毎日新聞」に「学校と私　成績、何ぼのもんか」を書く。

10日　『松下竜一その仕事14　檜の山のうたびと』（河出書房新社）刊。
17日　福岡高裁でTシャツ控訴審判決。国の控訴棄却。実質勝訴。
18日　市川市での『ルイズその旅立ち』の映画会で講演。
23日　大分植樹祭に反対する集いに参加、その後、日出生台で千年紀最後の満月に平和を祈る集会に参加。
30日　『シリーズ20世紀の記憶　連合赤軍・〝狼〟たちの時代　1969―1975　なごり雪の季節』（毎日新聞社）に、「時代の証言6　定点を定めての彷徨」を書く（なお同書の鎌田俊彦さんの「塀の中から〝お元気ですか?〟」の中に松下さんへの言及がある）。
1999・5・24　周辺事態で日本がアメリカを支援するガイドライン法が成立。9・3　東海村の核燃料加工施設（JCO）で臨海事故発生。

2000年　63歳

1月14日　『松下竜一その仕事15　砦に拠る』（河出書房新社）刊。
25日　日出生台米海兵隊実弾演習の先発隊に抗議。
2月4日　日出生台演習場正門前で実弾演習反対のシュプレヒコール。
10日　『松下竜一その仕事16　疾風の人』（河出書房新社）刊。
13日　日出生台実弾演習反対行動。
14日　風邪をひく。咳、啖、熱（～29日）。
23日　ガサ国賠控訴審で勝訴。東京都は10万円の賠償金を支払え。
3月5日　「草の根通信」3月328号に「再び砲声響く日出生台からの報告」を書く。「ずいひつ　真夜中の天使」を書く。
中津市商工会館で「広瀬隆が語る恐怖の臨海事故」講演会を開く。
9日　鳥取市県民文化会館での『ルイズその旅立ち』の映画会で講演。

10日　『松下竜一その仕事17　ルイズ――父に貰いし名は』（河出書房新社）刊。
22日　「毎日新聞」に「ひとものがたり　快傑黒頭巾」を書く。
『草思』に「ビンボーに効用あり」を書く。
4月10日　『松下竜一その仕事18　久さん伝』（河出書房新社）刊。
22日　全国植樹祭で抗議に行く。
27日　村上記念病院に入院。主治医に「やっぱり来たなあ」と言われる。入退院を繰り返す（～6月27日）。
5月10日　『松下竜一その仕事19　憶ひ続けむ』（河出書房新社）刊。
6月10日　『松下竜一その仕事20　記憶の闇』（河出書房新社）刊。
7月2日　築城基地ゲート前に座り込み。
10日　『松下竜一その仕事21　私兵特攻』（河出書房新社）刊。
12日　大分市音の泉ホールに緒形拳・串田和美出演の『ゴドーを待ちながら』を見に行き、緒形さんと会う。
26日　入院（～8月8日）。
8月10日　『松下竜一その仕事22　狼煙を見よ』（河出書房新社）刊。
9月3日　川内原発3号機増設に抗議して、九電本社前で座り込み（主治医にテレビニュースで見られる）。
5日　「草の根通信」334号に「ずいひつ　MY ATLAS」を書く。
8日　『松下竜一その仕事23　怒りていう、逃亡には非ず』（河出書房新社）刊。
13日　主治医に「あなたを入院させたいのはいくら禁じてもあなたが動きまわるからです。……あなたの肺はやっとのことで呼吸してるんですよ」と入院を勧告されるが、点滴通院。
10月10日　『松下竜一その仕事24　汝を子に迎えん』（河出書房新社）刊。
19日　旧婚旅行から帰って入院。
11月11日　『松下竜一その仕事』が24巻まで刊行され、松下竜一ワークショップ2001が日吉旅館で開かれる。
12月7日　『ビンボーひまあり』（筑摩書房）刊。

2000・5・3　佐賀発福岡行き西鉄バスを少年が乗っ取り、一人を殺害、東広島市小谷SAで逮捕され、人質10人が解放された。7　雪印乳業集団食中毒事件。8・16　大分県国見町の神職が山口県祝島に渡り神楽を奉納。1000年以上の歴史を持ち、4年に1回行われる。山口県の無形民俗文化財。11・5　旧石器発掘の捏造発覚。

2001年　64歳

1月31日　米海兵隊実弾演習に抗議して日出生台に通う（2月2日、3日、8日、12日、18日、19日）。
3月3日　点滴のため村上記念病院に通う。
5日　「草の根通信」3月340号に「日出生台での3度目の米海兵隊演習に抗議して」を書く。
11日　「熊本日日新聞」に書評「松下竜一が読む　広瀬隆著『燃料電池が世界を変える』」を書く。
4月24日　中津・新博多町交流センターで「原発事故から一五年　チェルノブイリからの報告」。リュドミラ・ウクラインカさんらの報告会を開く。
28日　「朝日新聞」社説に登場。
5月5日　「草の根通信」342号に「ずいひつ301　まとわりつく者たちのために」を書く。
18日　「西日本新聞」に「ルイさんの博多人形」を書く。
25日　第4回ゆふいん文化・記録映画祭で、NHK大分制作の『風成の女たち』が上映され、『風成の女たち』を朗読する。
5月　『ナーシングツデイ』に「若き日の想い」を書く。
6月3日　指先の壊れたルイさんの博多人形を、博多人形師津志田孟さんが修理する。
24日　「熊本日日新聞」に書評『松下竜一が読む　佐高信編『日本国憲法の逆襲』」を書く。
7月28日　ピースサイクル東九州ルートの一行を築城から迎え、翌日日出生台へ送り出す。最終ゴールは長崎原爆記念碑（これはすでに13年続いている）。

9月3日　「西日本新聞」に「諭吉の里で」連載開始（50回）（『そっと生きていたい』に収録）。
20日　『松下竜一その仕事25　5000匹のホタル』（河出書房新社）刊。第3期刊行開始。
9月　窪田貴志・杏子夫妻に次女奏《かなで》ちゃん誕生。
10月20日　『松下竜一その仕事26　まけるな六平』（河出書房新社）刊。
21日　築城基地前の国際反戦デー集会に参加、アメリカのアフガニスタン爆撃に抗議。
11月20日　『松下竜一その仕事27　ケンとカンともうひとり』（河出書房新社）刊。
22日　中津新博多町交流センターで「島田恵写真展　六ケ所村・核の遺産と人々」と島田さんの講演会を開く。
12月9日　来年2月の海兵隊実弾演習反対24時間座り込み行動で日出生台に行く。
20日　『松下竜一その仕事28　あしたの海』（河出書房新社）刊。
2001・1・6　中央省庁再編成。2・9　米原潜がハワイ沖で漁業実習船「えひめ丸」に衝突。5・11　ハンセン病訴訟で患者隔離は違憲判決（熊本地裁）。5・23　日政府は控訴断念。8・13　小泉首相が靖国神社参拝。中国・韓国が反発。9・11　ニューヨークの世界貿易センター、国防総省などに旅客機が激突、同時多発テロ起こる。10・7　ブッシュ大統領は、テロの主犯ビンラディンを匿っているとしてタリバン政権のアフガニスタンを空爆。11・30　テロ対策特別措置法に基づき自衛隊が米軍支援や難民救援にあたるための派遣を承認。

2002年　65歳

1月20日　『松下竜一その仕事29　小さなさかな屋奮戦記』（河出書房新社）刊。
25日　オッペンハイマー著『原子力は誰のものか』（中公文庫）に解説「パンドラの箱をあけた人」を書く。
2月9日　4回目の米海兵隊実弾演習に抗議して日出生台に行く。小泉首相に抗議書を送る（1月21日～2月18日）。

17日　風邪をひく。右肺の奥が燃えている。発熱。
20日　『松下竜一その仕事30　どろんこサブウ』刊。全30巻完結。
3月2日　「西日本新聞」「この人のこの場所」に載る（菊池修一記者）。
10日　松原明監督『人らしく生きよう　国労冬物語』の上映会（大分文化会館）で挨拶。
20日　『巻末の記』（河出書房新社）刊。
30日　「河出書房新社の無謀な編集者に深く感謝し、『松下竜一その仕事』全30巻の無事完結を祝う夕べ」が開かれる。
3月　東京書籍の中学三年の教科書から「絵本」が消える。
4月12日　「熊本日日新聞」に「『その仕事』全30巻が完結」が載る（三国隆昌記者）。
5月15日　花田俊典著『清新な光景の軌跡』（西日本新聞社）の「記録者たち」に載る。
23日　「毎日新聞」に「草の根　法が根こそぎ」の記事。第三種・第四種郵便の割引の廃止に反対する（「草の根通信」の場合、第三種で60円だが、廃止されると120円になる）。
6月30日　小倉北区での第1回毎日はがき随筆大賞表彰式で「実戦的文章修行」を講演。
6月　姉弟と静岡県寸又峡の山湯館に弟和亜さんを訪ねる。
7月23日　宮崎県綾町に行き、原生照葉樹林を伐って送電鉄塔を造ることは自然への冒瀆と批判する。
7月　「熊本日日新聞」に書評「松下竜一が読む　徳永進著『野の花診療所まえ』」を書く（「草の根通信」8月357号に転載）。
8月5日　第17回平和の鐘まつりで本橋成一監督『アレクセイの泉』を上映（中津文化会館）。
25日　『そっと生きていたい』（筑摩書房）刊。
10月5日　「草の根通信」10月359号に「日出生台を米軍基地とするのか」を書く。
26日　つぶそう上関原発10・26総決起集会で挨拶。
「大分合同新聞」に「草の根通信」360号の記事（10月29日「朝日新聞」にも）。

11月3日　「草の根通信」360号記念パーティーを中津オリエンタルホテルで開く。
15日　『赤とんぼ』157号に「憲法九条の〈申し子〉の世代として」を書く。
17日　日米共同訓練・イラク攻撃反対のピースアクションで日出生台に行く。
24日　『サンデー毎日』に、「佐高信の政経外科　173　『草の根通信』360号に寄せて　松下竜一さんへの手紙」。
12月15日　築城基地航空祭（観衆6万人）で、渡辺ひろ子さんら6人で抗議。
12月　『望星』12月号に「あの日あの味　母の団子汁」を書く。
2002・8・5　国民全てに11桁の番号をつけ、個人情報を管理する住民基本台帳ネットワーク化。8・29　東京電力の原発トラブル隠し発覚。10・15　北朝鮮に拉致されていた5人が帰国。

2003年　66歳

1月7日　インフルエンザと肺炎で村上記念病院に入院（〜18日）。
2月1日　「朝日新聞」に「一語一会　とにかく生きていて下さい」を書く。
2月　『群像』2月号に「私もまた瞑目」を書く。
3月　斉藤貴男さんのインタビューに答える（斉藤『絶望禁止』〈日本評論社〉に収録）。
4月12日　豊津町の瓢鰻亭で「パネルディスカッション　百姓は米をつくらず田をつくる」のパネラーになる。
5月21日　沖縄大学を辞めた宇井純夫妻が中津を訪れる。
6月8日　第2回毎日はがき随筆大賞表彰式（福岡市博多区の城山ホテル）で「私のエッセー作法」を講演のあと、午後2時頃、小脳出血で倒れる。済生会福岡総合病院に運ばれ、緊急手術。家族が付き添う。
21日　病状を知らせるため、「草の根通信」特別号を発行（梶原得三郎・渡辺ひろ子・新木安利編集）。梶原さんが「松下竜一さんのこと　経過と現況」連載（2004年7月380号まで）。
29日　窪田貴志・杏子夫妻に龍くん誕生。

7月7日　「草の根通信」7月368号発送。
13日　指で文字盤を「ようこ」などと押さえる。
24日　小波瀬病院に転院。ずっと気管を切開しているので声が出せず、ものが食べられない。リハビリを続ける。
26日　ペンで文字を書こうとするが、判読できない。
27日　洋子さんに「かえりたい」と文字盤を指す。
9月27日　初めて自宅に外泊。
2003・2・1　米スペースシャトルが帰還直前にテキサス上空で空中分解。3・20　米英軍がイラク攻撃。劣化ウラン弾使用。6・6　有事法制三法が成立。6・22　夏至の夜8時から10時まで、ナマケモノ倶楽部と環境省の呼びかけで、日本各地で「100万人のキャンドルナイト」が行われた。7・26　イラク復興支援特別措置法成立。

2004年　67歳

1月　「涙通信」(2~5行くらいの短文)をパソコンで書き始める。
2月23日　[涙通信と草の根通信を続けるはずだったがそれもできない事情となった。これからは沈黙の日々を送る。さようなら、みなさんさようなら」と入力。
27日　[草の根通信を終えるにあたって　姉の言葉によれば私は近いうちに言葉もなくすそうだ。そうした時、私は表現のすべてを失う。それでも洋子についていくときめました]、[これをアピールに別れとしたい。草の根の皆と]、[最後の一枚が完成すればリハビリで完成して梶原夫妻にわたす]と入力。
28日　6回目の外泊。
4月28日　[いずれ今度の病気のことは書きます」と紙に書く。
5月26日　第二次Tシャツ訴訟判決。勝訴。

6月1日　中津市村上記念病院に転院。早速近所を洋子さんに車椅子を押してもらい散歩。
14日　弟紀代一（松下印刷）死去。63歳。
17日　午前4時25分、多発性肺嚢胞症に起因する肺出血の出血性ショックにより、村上記念病院（新館）で死去。67歳。
18日　家族のみで密葬。戒名は義晃竜玄居士。
各紙に死亡記事（17日、「朝日新聞」が号外を出す）。
19日　佐高信さんが「熊本日日新聞」に「馴れ合い許さぬ含羞の人」を書く。
佐木隆三さんが「大分合同新聞」に「静けさ秘めた意志」を書く。
斎間満さんが「南海日日新聞」に「松下竜一さんの死を悼む」を書く。
20日　「朝日新聞」に「ちょっと深呼吸　すれ違い　幻のラストシーン」（第43回、遺稿）が載る。また、宮田富士男記者が「死去した作家松下竜一氏の『草の根通信』休刊へ　心血注いだ本音の市民ミニコミ」を書く。
21日　佐高信さんが「朝日新聞」に「いのち侵すものに静かな闘志」を書く。
「宮崎日日新聞」に「松下竜一さんを悼む」が載る。
23日　佐木隆三さんが「西日本新聞」に「志高き兄貴分のような人」を書く。
25日　坂本紘二さんが「毎日新聞」に「大きなものに立ち向かったカンキョーケンの竜一さん」を書く。
川原一之さんが「読売新聞」に「たちむかう文学」を書く。
27日　三國隆昌記者が「熊本日日新聞」に「己を語らぬ生き方求め続け」を書く。
7月3日　米田綱路さんが『日本図書新聞』に「いのちき（生活）する記録文学の火が消える」を書く。
9日　「草の根通信」7月380号（終刊号）発行（追悼文集録）。
毛利甚八さんが「毎日新聞」に「時間を探す旅　大分県臼杵市風成」を書く。
10日　川原一之さんが『日本図書新聞』に「高度成長の負のベクトルと闘った文学」を書く。

20日　斉藤貴男著『絶望禁止』（日本評論社）に載る（「自分の生き方を通していくしかない」）。
24日　渡辺ひろ子さんが『なずな』188号に「さようなら、松下竜一さん」を書く。
26日　佐藤直子さんが「東京新聞」に「草の種はじけた」を書く。
31日　平田誠剛さんが『かけはし』に「松下竜一さんを追悼する」を書く。
8月1日　「高知新聞」、「神戸新聞」、「中国新聞」などに「声なき弱者見つめる」が載る。
中津文化会館で草の根の会主催「松下竜一さんを偲ぶ集い」。全国から800人以上が集う。
草の根の会編「松下竜一さんを偲ぶ集い」パンフレット発行。
9日　徳永進さんが『ちくま』に「眼施から出発する　松下竜一さん追悼」を書く。
9月14日　西田勝さんが『非核ネットワーク通信』96号に「松下竜一を悼む」を書く。
20日　宮田富士男記者が「朝日新聞」に「現場を重視、反骨に共感」を書く。
10月1日　佐高信さんが「山形新聞」に「文筆の徒を誇らず」を書く。
18日　林田英明記者が「毎日新聞」に「うろたえない強さ」を書く。
20日　梶原得三郎さんが『パトローネ』10月59号に「松下竜一さんを偲ぶ集い」を書く。
ナマケモノ倶楽部主催第1回「スロー大賞」を受賞（以後この賞は松下竜一賞という名になる）。
南陽子記者が「西日本新聞」に「あなたに会いたい　故松下竜一さんの妻洋子さん　やっぱり優しさじゃろね」を書く。
11月1日　轟良子さんが『ひろば北九州』11月号に「海峡の風　人に自然に優しさを」を書く。
2004・1・26　陸上自衛隊本体にイラク南部サマワに派遣命令。10・23　新潟県中越地震。12・26　インドネシアのスマトラ沖でM9の地震。インド洋沿岸各地で大津波。死者・行方不明30万人。

2005年

2月27日　梶原得三郎さんが北九州市若松区の河伯洞で「松下竜一さんのこと」を講演。

3月7日　梶原得三郎さんが『西日本文化』に「松下竜一が遺したもの」を書く。
5月　中村修さんが長崎大学環境科学部研究紀要『総合環境研究』に「草の根通信——環境市民の活動とその記録」を書く（冊子として刊行できず、また同紀要に載せられなかった、梶原得三郎監修・新木安利編「草の根通信総目次・索引」が、ＮＰＯ法人地域循環研究所のホームページ〔http://www.junkan.org/〕からダウンロードできる。
6月17日　草の根の会編『勁き草の根　松下竜一追悼文集』（草の根の会）刊。
草の根の会監修・本村博編『ビデオ　松下竜一さんを偲ぶ集い』発売。
新木安利『松下竜一の青春』（海鳥社）刊。
18日　第1回竜一忌（オリエンタルホテル・中津新博多町交流センター）。

＊「その時代」の項については、神田文人編『昭和平成現代史年表』（小学館、一九九七年）、西井一夫編『昭和史全記録』（毎日新聞社、一九八九年）、『朝日新聞報道写真集』、中村政則編『年表昭和史増補版』（岩波ブックレット、二〇〇四年）などを参照した。

新木安利（あらき・やすとし）　1949年，福岡県築上郡椎田町宇留津に生まれる。北九州市立大学文学部英文学科卒業。現在，椎田町図書館勤務。著書に『くじら』（私家版，1979年），『宮沢賢治の冒険』（海鳥社，1995年），編纂書に前田俊彦著『百姓は米をつくらず田をつくる』（海鳥社，2003年），草の根の会編『勁き草の根　松下竜一追悼文集』（草の根会，2005年）がある。

松下竜一《まつしたりゅういち》の青春《せいしゅん》

■

2005年6月17日　第1刷発行

■

著者　新木安利

発行者　西　俊明

発行所　有限会社海鳥社

〒810-0074 福岡市中央区大手門3丁目6番13号

電話092(771)0132　FAX092(771)2546

http://www.kaichosha-f.co.jp

印刷・製本　大村印刷株式会社

ISBN 4-87415-531-6

［定価は表紙カバーに表示］

JASRAC 出0506128-501